周振甫 译注

诗经译注

（精装本）

中華書局

图书在版编目(CIP)数据

诗经译注/周振甫译注. —北京:中华书局,2019.4(2022.11重印)
ISBN 978-7-101-13812-2

Ⅰ.诗… Ⅱ.周… Ⅲ.①古体诗-诗集-中国-春秋时代②《诗经》-译文③《诗经》-注释 Ⅳ.I222.2

中国版本图书馆 CIP 数据核字(2019)第 046216 号

书　　名	诗经译注(精装本)
译 注 者	周振甫
责任编辑	石　玉
责任印制	管　斌
出版发行	中华书局
	(北京市丰台区太平桥西里 38 号　100073)
	http://www.zhbc.com.cn
	E-mail:zhbc@zhbc.com.cn
印　　刷	三河市宏达印刷有限公司
版　　次	2019 年 4 月第 1 版
	2022 年 11 月第 3 次印刷
规　　格	开本/880×1230 毫米　1/32
	印张 19　插页 2　字数 404 千字
印　　数	11001-14000 册
国际书号	ISBN 978-7-101-13812-2
定　　价	66.00 元

目 录

引　言

《诗经》是我国第一部诗歌总集，先秦时代称为《诗》，都称有三百多首。孔子称为“《诗》三百”（《论语·为政》），又称“诵《诗》三百”（《论语·子路》）；《墨子·公孟篇》里有“诵《诗》三百，弦《诗》三百，歌《诗》三百，舞《诗》三百”。大概当时传的《诗》就只有三百零五首，举成数说，只说三百首了。到了汉朝，尊称《诗》为经，才有《诗经》的称呼。如班固的《汉书·艺文志》称“《诗经》二十八卷，齐、鲁、韩三家”。

这部《诗》是谁编的？司马迁《史记·孔子世家》里说：“古者诗三千余篇，及至孔子，去其重，取可施于礼义，上采契、后稷，中述殷、周之盛，至幽、厉之缺，始于衽席，故曰：‘《关雎》之乱以为《风》始，《鹿鸣》为《小雅》始，《文王》为《大雅》始，《清庙》为《颂》始。’三百五篇，孔子皆弦歌之，以求合《韶》、《武》、《雅》、《颂》之音，礼乐自此可得而述。”这是把删诗说是孔子，把三百零五篇诗的删定说是孔子，把三百零五篇诗配上音乐说是孔子，把三百零五篇诗中的《关雎》、《鹿鸣》、《文王》、《清庙》四首诗作为《风》、《小雅》、《大雅》、《颂》的开始，认为这四首诗有关于王道的开始，也始于孔子，把一切有关于《诗经》的事都归到孔子身上。其实孔子没有说过诗三千余篇的话，没有说过删诗的话。《诗》到孔子手里，只有三百余篇。这三百篇都已配上音乐，音乐也不是孔子配的。后来孔子周游列国，回到鲁国，那时《诗》的《雅》、《颂》上原配的音乐已经散乱了，这时孔子才加以整理，所以说孔子给《诗》配上音乐是不对的。把《诗》中的《关雎》、《鹿鸣》、《文王》、《清庙》作为《国风》、《小雅》、《大雅》、《颂》的开始，是编《诗》的人这样安排的。《诗》既不是孔子编的，这样安排也不是孔子的。把这样安排称为“四始”，说是有他的用意，是《毛诗》的话，也不出于孔子。因此，司马迁讲的话，都是不对的。

到了宋朝，朱熹写《诗集传·序》说：“孔子生于其时，既不得位，无以行劝惩黜陟之政，于是特举其籍而讨论之。去其重复，正其纷乱，而其善之不足以为法，恶之不足以为戒者，则亦刊而去之，以从简约，示久远，使夫学者即是而有以考其得失，善者师之而恶者改焉，是以其政虽不足以行于一时，而其教实被于万世，是则《诗》之所以为教者然也。曰：‘然则《国风》、《雅》、《颂》之体，其不同若是，何也？’曰：吾闻之，凡《诗》之所谓《风》者，多出于里巷歌谣之作，所谓男女相与咏歌，各言其情者也。惟《周南》、《召南》，亲被文王之化以成德，而人皆有以得其性情之正，故其发于言者，乐而不过于淫，哀而不及于伤，是以二篇独为《风诗》之正经。自《邶》而下，则其国之治乱不同，人之贤否亦异，其所感而发者，有邪正是非之不齐，而所谓先王之风者，于此焉变矣。若夫《雅》、《颂》之篇，则皆成周之世，朝廷郊庙乐歌之辞，其语和而庄，其义宽而密，其作者往往圣人之徒，固所以为万世法程而不可易者也。至于《雅》之变者，亦皆一时贤人君子，闵时病俗之所为，而圣人取之，其忠厚恻怛之心，陈善闭邪之意，尤非后世能言之士所能及之。此《诗》之为经，所以人事浃于下，天道备于上，而无一理之不具也。”朱熹讲的话，结合他的认识，实际上同司马迁的推重孔子是一样的。司马迁讲孔子删《诗》，朱熹也讲孔子删《诗》。司马迁讲孔子用《诗》作为王者政治的开始，朱熹也有这个意思。朱熹说“而圣人取之”，就是说孔子取之，实际上是说《诗》是孔子编定的，只是不提孔子罢了。朱熹在《诗集传》上讲到《商颂》时，说：“至孔子编《诗》而已亡其七篇。”是说《商颂》本十二篇，“亡其七篇”，只剩了五篇，这里明确地提了“孔子编《诗》”，承认《诗》是孔子编的。

两次编《诗》

孔子有没有删《诗》，有没有编《诗》呢？清方玉润《诗经原始·自序》说：“且孔子未生以前，《三百》之编已旧，孔子既生而后，《三百》之名未更。吴公子季札来鲁观乐，《诗》之篇次悉与今同（惟《豳》次《齐》，《秦》又次《豳》，小异），其时孔子年甫八岁。迨杏坛设教，恒雅言《诗》，一则曰‘《诗》三百’，再则曰‘诵《诗》三百’，未闻有‘三千’说也。厥后自卫反鲁，年近七十。乐传既久，未免残缺失次，不能不与乐官师挚辈审其音而定正之，又何尝有删《诗》说哉？”孔子既没有删《诗》，也没有编《诗》，那末《诗经》是谁编的呢？说《诗》是谁编的，已无法考证，只能考《诗》是哪个机关编的。当时是鲁襄公二十九年，吴公子季札到鲁国来聘问，他知道周朝把周乐送给鲁国，就向鲁国大夫叔孙穆子请求一观周乐。周乐用《诗》的《风》、《雅》、《颂》作为歌辞，所以季札听了周乐，也听了《诗》的《风》、《雅》、《颂》。编周乐的周朝大乐官也把《诗》编成《风》、《雅》、《颂》，他是按照《风》、《小雅》、《大雅》、《颂》的次序排列的。《风》是十五国，他把十五国的歌谣排在第一，这是很难得的。当时周朝有采诗的官，周朝可以派他到十五个诸侯国去采集歌谣。像鲁国，只是一个诸侯国，就不能派官到各个诸侯国去采集了。所以说孔子编《诗》是不对的。方玉润《诗经原始》谈《邶风》说："武王克商，分自纣城朝歌而北谓之邶，南谓之鄘，东谓之卫，以封诸侯。邶、鄘始封及后何时并入于卫，诸家均未详。""惟邶、鄘地既入卫，《诗》多卫诗，而犹系其故国之名，且编之卫国前，《序》与《传》都莫名其故。……范氏处义曰：'先《邶》而后《鄘》者，岂以其亡之先后欤？'"季札听了邶、鄘、卫诗，曰："美哉渊乎，忧而不困者也！吾闻卫康叔武公之德如是，是其《卫风》乎？"原来邶、鄘已并入卫，已没有了。可是周代编《诗》的乐官不承认卫国并吞了邶、鄘，还写明是《邶风》、《鄘风》。

再看方玉润论《唐风》："周成王以封弟叔虞为唐侯。南有晋水，至子燮乃改国号曰晋。……十七传至晋侯缗，为曲沃武公所并。然武公能灭晋之宗而不能灭唐之号，能冒晋之号而不能继唐之统。君子欲绝武公于晋而不可，故总名其诗为唐以寓意焉。"

再看方玉润讲《商颂》："愚谓颂之体始于商，而盛于周。……而乃先周而后商者，何哉？盖先周者，尊本朝，后商者，溯诗源，编《诗》体例应如是耳。"

从吴公子季札观周乐就听到许多诗看，从方玉润论邶、鄘风诗及《唐风》、《商颂》诗看，知第一组编《诗》的人就是编周乐的周朝乐官。从季札观周乐看，季札在听到《齐风》后，就听《豳风》，他听了《豳风》说："美哉，荡乎，乐而不淫，其周公之东乎？"大概季札听的《豳风》，只有《七月》一首诗，下面的《鸱鸮》诗他没有听到。《鸱鸮》诗说："予室翘翘，风雨所飘摇，予维音哓哓。"倘季札听到这诗，谈不上"乐"了。倘季札听《豳风》，只听见《七月》一首诗，那把它放在《齐风》后面，没有不合。不过鲁国的乐官听了，一定很不满意，把相传周公作的诗附在后面，成了方玉润讲的《豳风》。方玉润说："案《豳》仅《七月》一篇，所言皆农桑稼穑之事，非躬亲陇亩久于其道者，不能言之亲切有味也如此。周公生长世胄，位居冢宰，岂暇为此？且公刘世远，亦难代言。此必古有其诗，自公始陈王前，俾知稼穑艰难并王业所自始，而后人遂以为公作也。至《鸱鸮》、《东山》二诗，乃为公作。《伐柯》、《破斧》、《九罭》、《狼跋》则又众人为公而作之诗。以其无所系属，故并附《七月》后，而统而名之曰《豳》，凡以为公故也。……且诗以《风》名，有正不能无变，既漓又当返淳。天下淳风，无过农民，此《七月》之诗所以必居变风之末者也。……"这是又一次编《诗》，当出于鲁乐官之手。孔子在季札观周乐时只有八岁，未必参与第二次改编的事。第一次编《诗》的本子既到了鲁国，鲁国的乐官听了季札的评《豳风》，一定很不满意，把相传周公作和他人为周公作的诗，附在《七月》后，按照方玉润说的道理，把《豳风》放在十二国风最后，可能是出于鲁国乐师之手。这是第二次的改编。

孔子论《诗》

孔子以《诗》教人，《论语·为政》："子曰：'《诗》三百，一言以蔽之，曰思无邪。'"朱熹注："言三百者，举大数也。蔽犹盖也。'思无邪'，《鲁颂·驷》篇之辞，凡《诗》之言，善者可以感发人之善心，恶者可以惩创人之逸志，其用归于使人得其情性之正而已。然其言微婉，且或各因一事而发，求其直指全体，盖未有若此之明且尽者，故夫子言《诗》三百篇，而惟此一言足以尽盖其义，其示人之意亦深切矣。"

《论语·子路》："子曰：'诵《诗》三百，授之以政，不达，使于四方，不能专对，虽多，亦奚以为？'"朱熹注："《诗》本人情，该物理，可以骇风俗之盛衰，见政治之得失。其言温厚和平，长于风谕，故从之者，必达于政而能言也。"孔子教儿子孔鲤学《诗》，说："不学《诗》，无以言。"当时的外交官，都用念《诗》来表达自己的意思。所以不念《诗》，在外交上不能说话，念《诗》可以供外交上发言之用。

《论语·阳货》："子谓伯鱼曰：'女（汝）为《周南》、《召南》矣夫，人而不为《周南》、《召南》，其犹正墙面而立也欤？'"朱熹注："《周南》、《召南》，《诗》首篇名，所言皆修身齐家之事。正墙面而立，言即其至近之地，而一物无所见，一步不可行。"说明孔子极看重《周南》、《召南》。孔子所以看重二南，因为二南的诗，是接受周文王教化的。周文王的教化，是实行王道的。可见孔子讲《诗》，是从实行王道来的。

《论语·阳货》："子曰：'小子何莫学夫《诗》？《诗》可以兴（感发志意），可以观（考见得失），可以群（和而不流），可以怨（怨而不怒）。迩之事父，远之事君（人伦之道，《诗》无不备，二者举重而言），多识于鸟兽草木之名（其绪余又足以资多识）。'"

朱熹注："学《诗》之法，此章尽之。读是经者，所宜尽心也。"

《论语·卫灵公》："颜渊问为邦，子曰：'……放郑声，远佞人。郑声淫，佞人殆。'"朱熹注："放谓禁绝之。郑声，郑国之音。佞人，卑谄辩给之人。殆，危也。"《论语正义》说："郑国之俗有溱洧之水，男女聚会，举歌相感，故云'郑声淫'。非谓郑诗皆是如此。"

《论语·子罕》："子曰：'吾自卫反鲁，然后乐正，《雅》、《颂》各得其所。'"朱熹注："鲁哀公十一年冬，孔子自卫反鲁，是时周礼在鲁，然《诗》乐亦颇残缺失次。孔子周流四方，参互考订，以知其说。晚知道终不行，故归而正之。"

孔子论"放郑声"、"郑声淫"，《论语正义》以郑声指郑国之俗，而不以指郑国之诗，极善，是孔子非放逐郑诗也。孔子之正《雅》、《颂》，是在《雅》、《颂》放废以后。孔子不言四始，则司马迁论孔子言四始及弦歌三百五篇皆非其实矣。

三家《诗》与《毛诗》

汉时言《诗》有鲁、齐、韩三家《诗》，后又有《毛诗》。三家《诗》，据《史记·儒林列传》说："言《诗》于鲁则申培公，于齐则辕固生，于燕则韩太傅。"又称："申公者，鲁人也。……归鲁，退居家教终身不出门，复谢绝宾客。独王（鲁恭王）命召之，乃往。弟子自远方至受业者百余人。申公独以《诗经》为训以教，无传疑，疑者则缺不传。……弟子为博士者十余人。……""清河王太傅辕固生者，齐人也，以治《诗》，孝景时为博士。……久之，病免。今上初即位，复以贤良征固，诸谀儒多疾毁固，曰：'固老。’罢归之。时固已九十余矣。……自是之后，齐言《诗》皆本辕固生也。诸齐人以《诗》显贵，皆固之弟子也。”“韩生者(名婴)，燕人也。孝文帝时为博士。景帝时为常山王太傅。韩生推《诗》之意而为内外传数万言，其语颇与齐鲁间殊，然其归一焉。……自是之后，而燕赵间言《诗》者由韩生。韩生孙商为今上博士。”

《汉书·儒林传》：“毛公，赵人也。治《诗》，为河间献王博士。……”郑玄《诗谱》：“鲁人大毛公为《诂训传》于其家，河间献王得而献之，以小毛公为博士。”陆玑《毛诗草木鸟兽虫鱼疏》：“孔子删《诗》授卜商，商为之《序》，以授鲁人曾申，申授魏人李克，克授鲁人孟仲子，孟仲子授根牟子，根牟子授赵人荀卿，荀卿授鲁国毛亨，亨作《训诂传》，以授赵国毛苌。时人谓亨为大毛公，苌谓小毛公。”

这样，西汉讲《诗经》的有《鲁诗》、《齐诗》、《韩诗》三家，都列于学官。三家的书，用今文写的，即用汉朝通行的隶书写的。还有《毛诗》，没有立于学官，是用古文写的，即用周代的文字写的。清王先谦《诗三家义集疏·序例》说：“《诗》则鲁、齐、韩三家立学官，独毛以古文鸣。献王以其为河间博士也，颇左右之。刘子骏(歆)名好古文，尝欲立《毛诗》，然其《移太常书》，仅《左氏春秋》、《古文尚书》、《逸礼》三事而已。东汉之季，古文大兴，康成(郑玄)兼通今古，为毛作笺，遂以翼毛而凌三家。盖毛之诂训，非无可取，而当大同之世，敢立异说，疑误后来，自谓子夏所传，以掩其不合之迹，而据为独得之奇，故终汉世少尊信者。魏晋以降，郑学盛行，读郑笺者必通毛传。其初，人以信三家者疑毛，继则以宗郑者暱毛，终且以从毛者屏三家，而三家亡矣。众煦漂山，聚蚊成雷，乃至学问之途，亦与人事一辙。君子观于古今盛衰兴亡之故，可不为长叹息哉!”那末，王先谦讲《毛诗》突出的不同于三家《诗》而错误的是什么呢？他说：“《毛传》巨谬，在伪造周召二南新说，羼入《大序》之中。”“二南疆域，三家具存其义，若如毛说，是十五《国风》不全也。”《毛诗》在《诗大序》中插入一段说：“然则《关雎》、《麟趾》之化，王者之风，故系之周公，南言化自北而南也。《鹊巢》、《驺虞》之德，诸侯之风也，王之所以教，故系之召公。《周南》、《召南》，正始之道，王化之基。”原来从《关雎》到《麟之趾》十一篇诗叫《周南》，从《鹊巢》到《驺虞》十四篇诗叫《召南》。《周南》是指周公领导的南国，《召南》是指召公领导的南国，所以成为两个南国，占十五《国风》之二。照《毛诗》的讲法，不作为二个南国，就少了两国，成为十三《国风》，就不对了。《毛诗》第一句话，像《羔裘》，《毛诗序》说：“刺朝也。”《女曰鸡鸣》，《毛诗序》说：“刺不说德也。”《鸤鸠》，《毛诗序》说：“刺不壹也。”《楚茨》，《毛诗序》说：“刺幽王也。”《信南山》，《毛诗序》说：“刺幽王也。”《甫田》，《毛诗序》说：“刺幽王也。”《瞻彼洛矣》，《毛诗序》说：“刺幽王也。”……“《楚茨》以下诸篇，毛以为‘刺幽王’者，篇中皆无刺义。”这是《毛诗序》的不可信的第二点。又称：“《关雎》之为刺，三家《诗》说并同。《琴操》、《驺虞》、《鹿鸣》诸篇，亦与众说相应，无一家独自立异者，虽旧文散落，大致尚堪寻绎。而毛于《关雎》、《驺虞》别创新说，又以《驺虞》配《麟趾》为《鹊巢》之应，私意牵合，一任自为，其居心实为妄缪，宜刘子骏不敢以之责太常也。”这是说《毛诗》别创新说，私意牵合，实不可信，三也。又说："《毛诗》则诡名子夏，而传授茫昧，姓名参错，其大旨与三家歧异者凡数十，即与古书不合者亦多，徒以古文之故，为郑偏好。诸家既废，苟欲读《诗》，舍毛无从。抚今者溯往事而不平，望古者睹遗文而长叹，是以穷经之士讨论三家遗说者，不一其人，而侯官陈氏，最为详洽。"从后面的文章看，他是讲陈乔枞。这样看来，不论是陈乔枞或王先谦，研究三家《诗》的，都想纠正《毛诗》的误解，求得三家《诗》的解释，以求正确解《诗》。

朱熹和方玉润

研究三家《诗》的人想借三家《诗》来纠正《毛诗》的错误，但三家《诗》有的同《毛诗》一样错了，怎么办？这时有朱熹来纠正。但朱熹也有错的，怎么办？就靠方玉润来纠正。方玉润也有不明白的，只好靠其他人了。比方《周南》的《卷耳》诗，第一章说："采采卷耳，不盈顷筐。嗟我怀人，寘(置)彼周行。""我"指妇人，这个妇人拿着顷筐采卷耳，不满顷筐，因为怀人，把顷筐放在大路上。可是《鲁诗》说："思古君子官贤人，置之列位也。"把"怀人"解作"思古君子"，把"彼"指"贤人"，把"周行"解作周朝的官的行列，说成"置之列位"。说明《鲁诗》全错了。朱熹把"周行"解作"大路"，对了。但诗的第二章说："陟彼崔嵬，我马虺隤。我姑酌彼金罍，维以不永怀。"朱熹说："此又托言欲登此崔嵬之山，以望所怀之人而往从之，则马罢(疲)病而不能进，于是初酌金罍之酒，而欲不至于长以为念也。"第二章里有两个"我"字，朱熹把第二章的两个"我"字说成即第一章的"我"，认为妇人上山，错了。方玉润说："故愚谓此诗当是妇人念夫行役而悯其劳苦之作。……则求贤官人之意，亦无不可通也。”方玉润认为是“妇人念夫行役”，则诗第二章中的两个“我”指丈夫说的，纠正了朱熹的错误。但说：“则求贤官人之意，亦无不可通也。”这是回到第一章说“周行”是周朝官的行列，又错了。“周行”指大路，是朱熹的正确解释。即朱熹对诗的第一章解释对了，对第二章的两个“我”字解错了。方玉润对第二章解释对了，对第一章解释错了。只有钱钟书先生在《管锥编》中对《卷耳》的解释，认为“花开两朵，各表一枝”，第一章写妇人，第二章写丈夫，讲得正确。因此，我的解释，先用《毛诗》的解释，因为《诗经》只有《毛诗》传下来，不能不引用它；再引用三家《诗》或朱熹的评论《毛诗》，因为三家《诗》或朱熹确实能批评《毛诗》的不足；再引用方玉润，因为他确能指出《毛诗》和朱熹的不足来。凡是《毛诗序》讲的同三家《诗》一样的，我用又，称又三家《诗》，或又朱熹论。倘《毛诗序》讲的同三家《诗》不同，称一是《毛诗序》，二是三家《诗》；或一是《毛诗序》，二是朱熹《诗》。我就是这样注释的。至于方玉润的不足处，为了节省篇幅，不可能作细致的批评，只能简略地指一下谁对而已。有的不指出，让读者自己判断，因为看了诗注，再看了《毛诗序》和别的解释，必能自己作出判断，来节省我的批判了。

卷　一

国　风

周　南

“周，国名。南，南方诸侯之国也。周国本在《禹贡》雍州境内岐山之阳，后稷十三世孙古公亶父始居其地。传子王季历至孙文王昌，辟国寖广，于是徙都于丰，而分岐周故地以为周公旦、召公奭之采邑。……于是德化大成于内，而南方诸侯之国，江沱汝汉之间，莫不从化。……至子武王发，又迁于镐，遂克商而有天下。武王崩，子成王诵立，周公相之，制作礼乐。乃采文王之世风化所及民俗之诗……杂以南国之诗，而谓之《周南》。言自天子之国而被于诸侯。”（朱熹《诗集传》）

关　雎

关关雎鸠，①	鱼鹰关关对着唱，
在河之洲。	停在河中沙洲上。
窈窕淑女，②	漂亮善良好姑娘，
君子好逑。③	该是君子好对象。
参差荇菜，④	或长或短的荇菜，

左右流之。⑤　　或左或右把它采。
窈窕淑女，　　漂亮善良好姑娘，
寤寐求之。⑥　　睡里梦里求怎样。

求之不得，　　求她总是得不到，
寤寐思服。⑦　　睡里梦里想更牢。
悠哉悠哉，⑧　　长啊长啊长想念，
辗转反侧。⑨　　翻来覆去睡不好。

参差荇菜，　　或长或短的荇菜，
左右采之。　　或左或右把它采。
窈窕淑女，　　漂亮善良好姑娘，
琴瑟友之。⑩　　弹琴鼓瑟把她爱。

参差荇菜，　　或长或短的荇菜，
左右芼之。⑪　　或左或右把它采。
窈窕淑女，　　漂亮善良好姑娘，
钟鼓乐之。⑫　　敲钟鼓使她开怀。

①关关：雌雄两鸟的和鸣声。雎鸠（jū jiū 居究）：一种水鸟。　②窈窕（yǎo tiǎo 咬挑）：娴静漂亮。淑女：贤德的女子。　③好：男女相悦。逑（qiú 求）：通“仇”，配偶。　④参差（cēn cī 岑刺）：高低不齐。荇（xìng 杏）菜：水中植物，叶浮在水面上，根茎可吃。　⑤流：捋取。　⑥寤寐

（wù mèi 物妹）：犹言日夜。睡醒为“寤”，睡着为“寐”。　⑦思：语助词。服：思念。　⑧悠：长久。　⑨辗转反侧：翻来覆去，睡不着觉。　⑩友：亲爱。　⑪芼（mào 冒）：采。　⑫乐：娱悦。

这诗的解释有二：一是《毛诗序》：“《关雎》，后妃之德也，《风》之始也，所以风天下而正夫妇也。……是以《关雎》乐得淑女以配君子，忧在进贤不淫其色，哀窈窕，思贤才，而无伤善之心焉。是《关雎》之义也。”二是方玉润《诗经原始》：“《小序》以为‘后妃之德’，《集传》又谓‘宫人之咏大（太）姒、文王’，皆无确证。诗中亦无一语及宫闱，况文王、大（太）姒耶？窃谓风者，皆采自民间者也，若君妃，则以颂体为宜。”

葛　覃

葛之覃兮，①	葛藤长又长，
施于中谷，②	山沟里延伸，
维叶萋萋。③	叶儿密密层层。
黄鸟于飞，④	黄莺飞成群，
集于灌木，⑤	聚集在灌木丛中，
其鸣喈喈。⑥	叽叽叽叽叫不停。
葛之覃兮，	葛藤长又长，
施于中谷，	山沟里延伸，
维叶莫莫。⑦	叶儿密密层层。

是刈是濩，⑧　　割啊煮啊忙不停，
为絺为绤，⑨　　织成粗布和细布，
服之无斁。⑩　　穿上了它多舒服。

言告师氏，⑪　　我向女师告个假，
言告言归。⑫　　要回娘家。
薄污我私，⑬　　脏了的内衣搓一搓，
薄澣我衣。⑭　　脏了的外衣涮一涮。
害澣害否？⑮　　哪件该洗哪件不该洗？
归宁父母。⑯　　急着要见爹妈。

①葛：一种多年生蔓草，纤维可织布。覃（tán 弹）：延长。　②施（yì 义）：蔓延。中谷：山谷中。　③维：发语词。萋萋：茂盛貌。　④黄鸟：黄莺，一说黄雀。于：语助词。　⑤集：群鸟栖息在树上。　⑥喈喈（jiē 皆）：鸟鸣声。　⑦莫莫：茂盛貌。　⑧刈（yì 义）：割。濩（huò 获）：煮。　⑨絺（chī 吃）：细葛布。绤（xì 细）：粗葛布。　⑩服：服用，指穿。斁（yì 译）：厌恶。　⑪言：语助词。下同。师氏：女师。《传》："师，女师也。古者女师教以妇德、妇言、妇容、妇功。"　⑫告归：告假回父母家。　⑬薄：语助词。污：洗去污垢。私：内衣。一说指日常所穿的衣服。　⑭澣（huàn 患）：同"浣"，洗。衣：外衣。一说礼服。　⑮害（hé 何）：通"何"。　⑯归宁：归问父母安。

这诗的解释有二：一是《毛诗序》："《葛覃》，后妃之本也。后妃在父母家，则志在于女功之事；躬俭节用，服澣濯之衣；尊敬师傅，则可以归安父母，化天下以妇道也。"二是方玉润《诗经原始》："《小序》以为'后妃之本'，《集传》遂以为'后妃所自作'，不知何所证据。以致驳之者云：'后处深宫，安得见葛之延于谷中，以及此原野之间鸟鸣丛木景象乎？'愚谓后纵勤劳，岂必亲手'是刈是濩'？后即节俭，亦不至归宁尚服澣衣。纵或有之，亦属矫强，非情之正，岂得为一国母乎？盖此亦采之民间，与《关雎》同为房中乐，前咏初昏，此赋归宁耳。"

卷　耳

采采卷耳，[1]	采啊采啊采卷耳，
不盈顷筐。[2]	卷耳装不满浅筐。
嗟我怀人，[3]	一心思念出门人，
寘彼周行。[4]	搁下浅筐大路旁。
陟彼崔嵬，[5]	登上高高的峻岭，
我马虺隤。[6]	我的马儿腿发软。
我姑酌彼金罍，[7]	且把壶酒来斟满，
维以不永怀。[8]	喝上一杯心稍安。
陟彼高冈，	登上高高的山岗，
我马玄黄。[9]	我的马儿眼花昏。
我姑酌彼兕觥，[10]	且把壶酒来斟满，
维以不永伤。[11]	宽慰自己不忧伤。

陟彼砠矣，⑫　　登上高高的石山，
我马瘏矣，⑬　　我的马儿要趴下，
我仆痡矣，⑭　　我的仆人快累垮，
云何吁矣！⑮　　这份忧伤何时了啊！

①卷耳：草木植物名，嫩苗可食，也可药用。　②盈：满。顷筐：斜口筐，后高前倾。　③我：采者女子自称。怀：思念。　④寘：同“置”。周行(háng 杭)：大道。　⑤陟(zhì 治)：登。崔嵬：山高峻。　⑥我：思妇代远行丈夫的自称。下同。虺隤(huī tuí 灰颓)：马疲不能升高之病。　⑦姑：姑且。金罍(léi 雷)：饰金的酒器，大肚小口。　⑧维：发语词。永怀：常想念。　⑨玄黄：马生病而变色。闻一多《诗经通义》：“眼花亦谓之玄黄。”⑩兕觥(sì gōng 四宫)：用犀牛角做的酒器。　⑪永伤：永久伤痛。　⑫砠(jū 居)：有土的石山。　⑬瘏(tú 涂)：劳累过度致病。　⑭痡(pū 铺)：疲困不能行走。　⑮云：语助词。吁(xū 需)：忧叹。

这诗的解释有三：一是《毛诗序》：“《卷耳》，后妃之志也。又当辅佐君子求贤审官，知臣下之勤劳，内有进贤之志，而无险诐私谒之心，朝夕思念，至于忧勤也。”《笺》：“谒，请也。”又《诗三家义集疏》：“鲁说曰：‘思古君子官贤人，置之列位也。’《淮南子·俶真训》云：‘《诗》云：“采采卷耳，不盈顷筐，嗟我怀人，寘彼周行。”以言慕远世也。’高注：‘言采易得之菜，不满易盈之器，以言君子为国执心不精，不能以成其道。……“嗟我怀人，寘彼周行”，言我思古君子官贤人，置之列位也。诚古之贤人，各得其行列，故曰慕远也。’”此鲁说。这首诗，以“嗟我怀人”为怀古人，“寘彼周行”为置贤人于周官的行列。是《鲁诗》讲错了，《毛诗》也跟着错。二是朱熹《诗集传》解“嗟我怀人，寘彼周行”为“心适念其君子(指丈夫)，故不能复采而置之大道之旁也”。把“周行”解作“大道”，是对的。把二章的“我马虺隤，我姑酌彼金罍”的两个“我”，说成即是第一章的“嗟我怀人”的“我”，即是妇人，又错了。三是钱钟书先生《管锥编》解《诗经》的《卷耳》，以先写妇人，后写丈夫，即“花开两朵，各表一枝”的写法，是对的。

樛　木

南有樛木，①	南山有棵弯腰树，
葛藟累之。②	野葛到来缠住它。
乐只君子，③	有这快乐的君子，
福履绥之。④	幸福到来安定他。
南有樛木，	南山有棵弯腰树，
葛藟荒之。⑤	野葛到来掩盖它。
乐只君子，	有这快乐的君子，
福履将之。⑥	幸福到来扶助他。
南有樛木，	南山有棵弯腰树，
葛藟萦之。⑦	野葛到来萦绕它。

乐只君子，　　有这快乐的君子，
福履成之。⑧　　幸福到来成就他。

①樛(jiū 鸠)木：树木向下弯曲。 ②葛藟(lěi 垒)：藟似葛，有茎可以缠树。累：缠，挂。 ③只：语助词。 ④福履：犹福禄。绥：安。 ⑤荒：掩盖。 ⑥将：扶助。 ⑦萦：缠绕。 ⑧成：成就。

这诗的解释有二：一是《毛诗序》："《樛木》，后妃逮下也。言能逮下而无嫉妒之心焉。"《笺》："后妃能谐众妾，不嫉妒。其容貌恒以善，言逮下而安之。"指后逮下。二是《诗三家义集疏》："《文选》班孟坚《幽通赋》：'葛绵绵于樛木兮，咏南风以为绥。'李注引曹大家曰：'《诗·周南·国风》曰："南有樛木，葛藟累之。乐只君子，福履绥之。"此是安乐之象也。'"曹大家用齐义而说此诗，不及后妃逮下，只用君子，较合。

螽　斯

螽斯羽，①　　螽儿的翅膀，
诜诜兮。②　　发出沙沙响。
宜尔子孙，　　应该您的子孙，
振振兮。③　　多得无可量。

螽斯羽，　　螽儿的翅膀，
薨薨兮。④　　飞得翁翁响。

宜尔子孙，	应该您的子孙，
绳绳兮。⑤	相继无可量。

螽斯羽，	螽儿的羽翼，
揖揖兮。⑥	发出响唧唧。
宜尔子孙，	应该您的子孙，
蛰蛰兮。⑦	多得称密集。

①螽（zhōng 终）：蝗虫的一种，身长色青，叫声从翅膀里发出。斯：的。羽：翅膀。　②诜诜（shēn shēn 深深）：和顺的响声。　③振振（zhēn zhēn 真真）：众盛貌。　④薨薨（hōng hōng 轰轰）：众多。　⑤绳绳：不绝貌。　⑥揖揖（jī jī 积积）：聚集。　⑦蛰蛰（zhí zhí 执执）：和集。

《毛诗序》："《螽斯》，后妃子孙众多也。言若螽斯不妒忌，则子孙众多也。"《笺》："忌有所讳恶于人。"

桃　夭

桃之夭夭，①	桃树年轻枝正好，
灼灼其华。②	花开红红开得妙。
之子于归，③	这个姑娘来出嫁，
宜其室家。④	适宜恰好成了家。

桃之夭夭，　　　　桃树年轻枝正好，
有蕡其实。⑤　　　结的果儿大得妙。
之子于归，　　　　这个姑娘来出嫁，
宜其家室。　　　　适宜恰好成一家。

桃之夭夭，　　　　桃树年轻长得好，
其叶蓁蓁。⑥　　　叶儿茂密密得妙。
之子于归，　　　　这个姑娘来出嫁，
宜其家人。　　　　适宜一家人都好。

①夭夭：指树还年轻长得好。　②灼灼(zhuó 酌)：指红红。　③之子：这个姑娘。子也可指女的。于归：出嫁。归指嫁。　④室家：家庭。⑤蕡(fén 坟)：大。　⑥蓁蓁(zhēn zhēn 真真)：茂盛。

这诗的解释有二：一是《毛诗序》："《桃夭》，后妃之所致也。不妒忌则男女以正，婚姻以时，国无鳏民也。"二是方玉润《诗经原始》："《桃夭》不过取其色以喻'之子'，且春华初茂，即芳龄正盛时耳，故以为比。……何诗又以为美后妃而作？……且呼后妃为'之子'，恐诗人轻薄亦不止猥亵如此之盛耳！"

兔　罝

肃肃兔罝，①　　　严肃认真结兔网，
椓之丁丁。②　　　柱子敲打响丁当。

赳赳武夫，③	赳赳武夫真勇猛，
公侯干城。④	公侯要他做屏障。
肃肃兔罝，	严肃认真结兔网，
施于中逵。⑤	放在大路的中央。
赳赳武夫，	赳赳武夫真勇猛，
公侯好仇。⑥	公侯用做好伴当。
肃肃兔罝，	严肃认真结兔网，
施于中林。	放在树林的中央。
赳赳武夫，	赳赳武夫真勇猛，
公侯腹心。	公侯认做腹心样。

①肃肃：严肃认真。兔：野兔。罝（jū 居）：网。　②椓（zhuó 酌）：敲击。丁丁（zhēng zhēng 争争）：伐木声。　③赳赳（jiū jiū 纠纠）：健壮威武。　④干城：垣城，城墙，犹屏障。　⑤施：加到。中逵：逵中，九达之道，四通八达的大路。　⑥仇：同“逑”，配偶，这里指伴当、帮手。

这诗的解释有二：一是《毛诗序》：“《兔罝》，后妃之化也。《关雎》之化行，则莫不好德，贤人众多也。”二是《诗三家义集疏》：“韩说曰：殷纣之贤人退处山林，网禽兽而食之。文王举闳夭、泰颠于罝网之中。”二说较合。

芣 苢

采采芣苢，①	采呀采呀车前子，
薄言采之。②	赶些快快来采它。
采采芣苢，	采呀采呀车前子，
薄言有之。	赶些快快占有它。
采采芣苢，	采呀采呀车前子，
薄言掇之。③	赶些快快拾取它。
采采芣苢，	采呀采呀车前子，
薄言捋之。④	赶些快快捋取它。
采采芣苢，	采呀采呀车前子，
薄言袺之。⑤	翻过衣襟装着它。
采采芣苢，	采呀采呀车前子，
薄言襭之。⑥	插好衣襟藏着它。

①采采：采了又采。芣苢（fú yǐ 浮以）：车前子，多年生草本，叶自根际丛生，广椭圆形。开淡紫小花，结果。诗称捋之，当指捋果实。叶可供食用，实可供药用。 ②薄言：发语词。 ③掇（duō 多）：拾取。 ④捋（luō 啰）：用手握物而脱取。 ⑤袺（jié 结）：手执衣襟以承物。 ⑥襭（xié 协）：翻动衣襟插于腰带以承物。

这诗的解释有三：一是《毛诗序》："《芣苢》，后妃之美也。

和平则妇人乐有子矣。"《笺》："天下和，政教平也。"二是《诗三家义集疏》："鲁说曰：'蔡人之妻者，宋人之女也。既嫁于蔡而夫有恶疾，其母将改嫁之。女曰："夫不幸，乃妾之不幸也，奈何去之？适人之道，壹与之醮终身不改。不幸遇恶疾，不改其意。且夫采采芣苢之草，虽其臭恶，犹将始于捋采之，终于怀撷之，浸以益亲，况于夫妇之道乎？彼无大故，又不遣妾，何以得去！"终不听其母，乃作《芣苢》之诗。君子曰：宋女之意，甚贞而壹也。'"三是方玉润《诗经原始》："夫佳诗不必尽皆征实，自鸣天籁，一片好音，尤足令人低回无限，若实而按之，兴会索然矣。读者试平心静气，涵泳此诗，恍听田家妇女，三三五五，于平原绣野、风和日丽中群歌互答，余音袅袅，若远若近，忽断忽续，不知其情之何以移而神之何以旷。则此诗可不必细绎而自得其妙焉。"

汉　广

南有乔木，①	南方有棵高高树，
不可休思。②	树下少荫不可休。
汉有游女，③	汉水之上有游女，
不可求思。	女虽好游不可求。
汉之广矣，	汉水太广太直流，
不可泳思。	汉水上面不可游。
江之永矣，④	长江的水长又长，
不可方思。⑤	航行不用小船舫。

翘翘错薪，⑥	高高杂草做柴好，
言刈其楚。⑦	割草首要割荆条。
之子于归，	这个姑娘要出嫁，
言秣其马。⑧	喂她的马为了她。
汉之广矣，	汉水太广太直流，
不可泳思。	汉水之上不可游。
江之永矣，	长江之水长又长，
不可方思。	航行不用小船舫。

翘翘错薪，	高高杂草做柴好，
言刈其蒌。⑨	割草先要割芦蒿。
之子于归，	这个姑娘要出嫁，
言秣其驹。	喂饱马驹为了她。
汉之广矣，	汉水太广太直流，
不可泳思。	汉水上面不可游。
江之永矣，	长江之水长又长，
不可方思。	航行不用小船舫。

①乔木：高树。树高则树荫少。 ②思：语助词。 ③汉：汉水。游女：爱游的女子，不必指为仙女。 ④江：指长江。永：水流长。 ⑤方：《鲁诗》方作舫，小舟。 ⑥翘翘（qiáo qiáo 桥桥）：如鸟尾上长羽的高起。错薪：错杂为薪。 ⑦楚：牡荆。 ⑧秣（mò 末）：用草喂马。 ⑨蒌（lóu 楼）：蒌蒿，多年生草本，多生水滨，高四五尺，叶互生，羽状深裂。叶嫩

时可食，老则为薪。

这诗的解释有二：一是《毛诗序》：“《汉广》，德广所及也。文王之道被于南国，美化行乎江汉之域，无思犯礼，求而不可得也。”《笺》：“纣时淫风遍于天下，维江汉之域受文王之教化。”《诗三家义集疏》：“鲁说曰：‘江妃二女者，不知何所人也。出游江汉之湄，逢郑交甫。见而悦之，不知其神人也，谓其仆曰：“我欲下请其佩。”仆曰：“此间之人皆习于辞，不得，恐罹悔焉。”交甫不听，遂下与之言曰：“二女劳矣。”二女曰：“客子有劳，妾何劳之有。”交甫曰：“橘是柚也，我盛之以笥，令附汉水将流而下，我遵其傍，采其芝而茹之，以知我为不逊也。愿请子之佩。”……遂手解佩与交甫。交甫悦，受而怀之中当心。趋去数十步，视佩，空怀无佩；顾二女，忽然不见。’”总说江汉之女，受文王教化，非礼不可求。二是方玉润《诗经原始》：“其诗大抵男女相赠答，私心爱慕之情”，“愚意此诗，亦必当时诗人歌以付樵”，“所谓樵唱是也”。

汝　坟

遵彼汝坟，①	顺那汝水走上大堤岸，
伐其条枚。②	砍那树枝再砍树干。
未见君子，	没有看见那位君子，
惄如调饥。③	如同早上没吃饭。
遵彼汝坟，	顺那汝水上大堤，

伐其条肄。④	砍那新生的树枝。
既见君子，	既然看到那君子，
不我遐弃。⑤	还好不把我抛弃。
鲂鱼赪尾，⑥	鲂鱼劳累尾巴红，
王室如燬。⑦	王朝像火烧相同。
虽则如燬，	虽则像火烧那样，
父母孔迩。⑧	父母很近要供奉。

①遵：沿着。汝：汝水，源出河南嵩县西南天息山，东南流入淮水。坟：河堤。　②条：树枝。枚：树干。　③惄（nì 匿）如：饥困貌。调：通“朝”，早晨。　④条肄（yì 异）：新生的枝条。　⑤遐：远。　⑥鲂（fáng 房）鱼：一名鳊鱼，细鳞，鱼之美者。赪（chēng 称）：赤色。　⑦燬（huǐ 毁）：火。　⑧孔迩：很近。

《毛诗序》：“《汝坟》，道化行也。文王之化行乎汝坟之国，妇人能闵其君子，犹勉之以正也。”《笺》：“言此妇人被文王之化，厚事其君子。”又《诗三家义集疏》：“鲁说曰：‘周南之妻者，周南大夫之妻也。大夫受命平治水土，过时不来，妻恐其懈于王事，盖与其邻人陈素所与大夫言。国家多难，惟勉强之，无有谴怨，遗父母忧。昔舜耕于历山，渔于雷泽，陶于河滨，非舜之事而舜为之者，为养父母也。家贫亲老，不择官而仕。亲操井臼，不择妻而娶。故父母在，当与时小同，无亏大义，不罹患害而已。夫凤鸟不离于罻罗，麒麟不入于陷阱，蛟龙不及于枯泽。鸟兽之智，犹知避害，而况于人乎？生于乱世，不得道理而迫于暴虐，不得行义然而仕者，为父母在也。乃作诗曰："鲂鱼赪尾，王室如燬。虽则如燬，父母孔迩。"盖不得已也。君子是以知周南之妻能匡夫也。'"这诗的意义，数家相近。

麟之趾

麟之趾，①　　不踏生物的麟脚趾，
振振公子。②　　好比仁厚的公子。
于嗟麟兮！　　值得赞美的麟啊！

麟之定，③　　不顶人的麟额头，
振振公姓。④　　好比公孙多仁厚。
于嗟麟兮！　　值得赞美的麟啊！

麟之角，　　不触人的麟头角，
振振公族。⑤　　好比仁厚的公族。
于嗟麟兮！　　值得赞美的麟啊！

①麟：《广雅·释兽》："麒麟步行中规，折还中矩，不履生虫，不折生草。"　②振振（zhēn zhēn 真真）：仁厚貌。　③定：额。严粲《诗缉》："有额者宜抵，唯麟之额，可以抵而不抵。""有角者宜触，唯麟之角，可以触而不触。"　④公姓：公孙。　⑤公族：族人。

《毛诗序》："《麟之趾》，《关雎》之应也。《关雎》之化行，则天下无犯非礼，虽衰世之公子，皆信厚如《麟趾》之时也。”《笺》：“《关雎》之时，以麟为应。后世虽衰，犹存《关雎》之化者，君之宗族犹尚振振然，有似麟应之时，无以过也。”《诗三家义集疏》：“韩说曰：‘《麟趾》，美公族之盛也。’”

召　南

召，地名，与周邑皆在岐山阳。武王得天下后，封姬奭于召。在今陕西岐山县西南。周成王时，与周公旦分陕而治，自陕而西，召公主之，自陕而东，周公主之。召南，指自陕以西的南方诸侯国之地。《召南》与《周南》近，地同俗同，诗之音亦略同，故与《周南》同为《国风》之正。

鹊　巢

维鹊有巢，	喜鹊树上有个窠，
维鸠居之。①	斑鸠飞来居住它。
之子于归，	这个姑娘要出嫁，
百两御之。②	百辆车子侍候她。
维鹊有巢，	喜鹊树上有个窠，
维鸠方之。③	斑鸠飞来占有它。
之子于归，	这个姑娘要出嫁，
百两将之。④	百辆车子来送她。
维鹊有巢，	喜鹊树上有个窠，
维鸠盈之。⑤	斑鸠飞来占满它。
之子于归，	这个姑娘要出嫁，

百两成之。[⑥]	百辆车子成就她。

①鸠：斑鸠，布谷鸟，占有其它的鸟巢。 ②御：侍候。 ③方：占有。 ④将：送。 ⑤盈：满。古时诸侯嫁女，有陪嫁的媵女，以侄娣陪嫁，所以诸侯一娶九女。 ⑥成：成就，即成礼。

这诗的解释有二：一是《毛诗序》："《鹊巢》，夫人之德也。国君积行累功，以致爵位。夫人起家而居有之，德如鸤鸠，乃可以配焉。"《笺》："起家而居有之，谓嫁于诸侯也。夫人有均壹之德如鸤鸠然，而后可配国君。"又《诗三家义集疏》："齐说曰：'鹊以复至之月始作室家，鸤鸠因成事，天性如此也。'"二是姚际恒《诗经通论》："愚意大抵文王公族之女，往嫁于诸大夫之家，诗人见而美之，与《桃夭》篇略同。"

采　蘩

于以采蘩，[①]	什么地方采白蒿，
于沼于沚。[②]	水边洲上和湖沼。
于以用之，	什么地方能用到，
公侯之事。	公侯的事祭祖考。
于以采蘩，	什么地方采白蒿，
于涧之中。	山涧中间能找到。
于以用之，	什么地方能用到，

公侯之宫。　　公侯宫里祭祖庙。

被之僮僮，③　　首饰佩戴得丰崇，
夙夜在公。　　早夜祭祀在从公。
被之祁祁，④　　首饰佩戴得多众，
薄言还归。　　祭祀完毕回家中。

①于以：问词。蘩：白蒿，生陂泽中，叶似嫩艾，茎或赤或白。 ②沼：沼泽。沚：小洲。 ③被：通“髲（bì 币）”，首饰。僮僮：盛。 ④祁祁（qí qí 其其）：繁盛。

《毛诗序》：“《采蘩》，夫人不失职也。夫人可以奉祭祀，则不失职矣。”《笺》：“奉祭祀者，采蘩之事也。不失职者，夙夜在公也。”

草　虫

喓喓草虫，①　　喓喓只听草虫叫，
趯趯阜螽。②　　蚱蜢只会拍拍跳。
未见君子，　　没有看见君子人，
忧心忡忡。③　　心里忧愁咚咚跳。
亦既见止，④　　既然看见他，
亦既觏止，⑤　　既然交好他，
我心则降。　　我的心平不再跳。

陟彼南山， 登那南山路不缺，
言采其蕨。⑥ 为采山中那个蕨。
未见君子， 没有看见君子人，
忧心惙惙。⑦ 心里忧愁好惶惑。
亦既见止， 既然看见他，
亦既觏止， 既然会见他，
我心则说。⑧ 我的心儿才喜悦。

陟彼南山， 登那南山路不奇，
言采其薇。⑨ 为采山中那个薇。
未见君子， 没有看见君子人，
我心伤悲。 我的心里又悲凄。
亦既见止， 既然看见他，
亦既觏止， 既然会见他，
我心则夷。⑩ 我心才能得欣喜。

①喓喓（yāo yāo 腰腰）：虫声。 ②趯趯（tì tì 惕惕）：跳跃。阜螽：蚱蜢。 ③忡忡（chōng chōng 冲冲）：心跳。 ④止：语助词。 ⑤觏（gòu 构）：相会。 ⑥蕨（jué 厥）：羊齿类植物，地下茎很长，春季长嫩叶，可吃。 ⑦惙惙（chuò chuò 绰绰）：惶惑。 ⑧说：同“悦”。 ⑨薇（wēi 微）：野菜，叶子一种绿色，一种褐色，嫩的可吃。 ⑩夷：平。

这诗的解释有三：一是《毛诗序》：“《草虫》，大夫妻能以礼自防也。”二是《诗三家义集疏》：“鲁说曰：‘孔子对鲁哀公曰：

“恶恶道不能甚，则其好善道亦不能甚；好善道不能甚，则百姓亲之也亦不能甚。”《诗》云：“未见君子，忧心惙惙。亦既见止，亦既觏止，我心则说。”诗人之好善也如此。’”王先谦认为这是《鲁诗》说，他从刘向《说苑·君道篇》中引来，认为它与《毛诗序》异。三是朱熹《诗集传》：“诸侯大夫行役在外，其妻独居，感时物之变，而思其君子如此。亦若《周南》之《卷耳》也。”

采　蘋

于以采蘋，①	什么地方采浮萍，
南涧之滨。	在那南涧的水滨。
于以采藻，②	什么地方采浮藻，
于彼行潦。③	在那流水的沟边好。
于以盛之，	什么东西装得好，
维筐及筥。④	只有方筐圆篓好。
于以湘之，⑤	什么器具能煮好，
维锜及釜。⑥	三足釜和釜煮得好。
于以奠之，	什么地方祭献它，
宗室牖下。⑦	宗室里头南窗下。
谁其尸之，⑧	什么人来主这事，
有齐季女。⑨	有个斋戒的少女娃。

①蘋：浮萍，蕨类植物，生浅水中。 ②藻（zǎo 早）：藻类植物，没有根茎叶的区分，用细胞分裂繁殖，生浅水中。 ③行潦（hánq lǎo 杭老）：流的水沟，流的积水。 ④筥（jǔ 举）：圆竹器。 ⑤湘：烹煮。 ⑥锜（qí 其）：三足釜。釜：炊具。 ⑦牖（yǒu 有）：窗子。 ⑧尸：主持。古代祭祀用人作神，称尸。 ⑨齐：同“斋”，沐浴祝敬。季：排行第四。

《毛诗序》：“《采蘋》，大夫妻能循法度也。能循法度，则可以承先祖，共祭祀矣。”《笺》：“女子十年不出，姆教，婉娩听从。执麻枲，治丝茧，织纴组紃，学女事以供衣服。观于祭祀，纳酒浆、笾豆、菹醢，礼相助奠。十有五而笄，二十而嫁。此言能循法度者。今既嫁为大夫妻，能循其为女之时所学、所观之事，以为法度。”

甘　棠

蔽芾甘棠，①	茂盛的棠梨树，
勿翦勿伐，	不剪不砍它，
召伯所茇。②	召伯曾留在树下。
蔽芾甘棠，	茂盛的棠梨树，
勿翦勿败，③	不剪不坏它，
召伯所憩。	召伯曾休息在树下。
蔽芾甘棠，	茂盛的棠梨树，
勿翦勿拜，④	不剪不弯它，

召伯所说。⑤　　召伯曾经住过夜。

①蔽芾(fèi 费)：茂盛。甘棠：棠梨树，落叶乔木，开花白的叫甘棠，果实圆而小，味甜。　②召伯：召公奭为诸侯的长，称伯。茇(bá 拔)：草舍，止于其下以自蔽，犹草舍。　③败：败坏。　④拜：弯，弯枝向下如人拜。　⑤说：通“税”，舍，休憩。

《毛诗序》：“《甘棠》，美召伯也。召伯之教，明于南国。”《笺》：“召伯，姬姓，名奭，食采于召，作上公，为二伯，后封于燕。此美其为伯之功，故言伯云。”又《诗三家义集疏》：“鲁说曰：‘召公之治西方，甚得兆民和。召公巡行乡邑，有棠树，决狱听政其下。自侯伯庶人各得其所，无失职者。召公卒，而民思召公之政，怀甘棠不敢伐，歌咏之，作《甘棠》之诗。’”

行　露

厌浥行露，①　　沾湿是路上的露，
岂不夙夜，②　　难道清早不走路，
谓行多露。③　　怕的是路上多露。

谁谓雀无角，　　谁说雀儿没有角，
何以穿我屋？　　怎么啄穿我的屋？
谁谓女无家，　　谁说女儿没婆家，
何以速我狱？④　　怎么催我进牢狱？
虽速我狱，　　虽然催我进牢狱，

室家不足!⑤　　成室的道理还不足。

谁谓鼠无牙,⑥　　谁说老鼠没长牙,
何以穿我墉?　　怎么穿透我的墙?
谁谓女无家,　　谁说女儿没婆家,
何以速我讼?　　怎么催迫告我状?
虽速我讼,　　虽然催迫告我状,
亦不女从!　　也不从你告我状!

①厌浥(yè yì 夜义):沾湿。行:路。　②夙夜:早夜,夜未尽天未明时。　③谓:通"畏"。　④速:催,加快。　⑤室家:成室成家,即婚姻。　⑥牙:牙比齿长。说鼠只有齿无牙。

《毛诗序》:"《行露》,召伯听讼也。衰乱之俗微,贞信之教兴,强暴之男,不能侵陵贞女也。"《笺》:"衰乱之俗微,贞信之教兴者,此殷之末世,周之盛德,当文王与纣之时。"又《诗三家义集疏》:"鲁说曰:'邵南申女者,申人之女也。既许嫁于酆。夫家礼不备而欲迎之。女与其人言,以为夫妇者人伦之始也,不可不正。'《传》曰:'正其本则万物理,失之毫厘,差之千里,是以本立而道生,源始而流清。故嫁娶者,所以传重承业,继续先祖,为宗庙主也。夫家轻礼违制,不可以行,遂不肯往。夫家讼之于理,致之于狱。女终以一物不具、一礼不备,守节持义,必死不往。……君子以为得妇道之宜,故举而扬之,传而法之,以绝无礼之求,防淫泆之行。'"

羔　羊

羔羊之皮，	羔羊的皮需要缝，
素丝五纥。①	白丝交错来细缝。
退食自公，②	退朝进食亦自公，
委蛇委蛇。③	委曲前进态从容。
羔羊之革，④	羔羊的革需要缝，
素丝五緎。⑤	白丝交错来细缝。
委蛇委蛇，	委曲前进态从容，
自公退食。	退朝进食亦自公。
羔羊之缝，⑥	羔羊的皮需要缝，
素丝五总。⑦	白丝交错来细缝。
委蛇委蛇，	委曲前进态从容，
退食自公。	朝朝进食亦自公。

①五纥（tuó 驼）：陈奂《传疏》：五当读为交午之午。严粲《诗缉》：“纥，缝也。”闻一多《通义》：“缝之义亦交午也。”“五纥”即“午纥”，丝线交午缝制的意思。　②退食自公：退朝进食出自公家，是公家供食。　③委蛇（yí 夷）：委曲自得之貌。　④革：犹皮。　⑤五緎：犹五纥。　⑥缝：革。　⑦五总：犹五纥。

《毛诗序》：“《羔羊》，《鹊巢》之功致也。召南之国，化文王之政，在位皆节俭正直，德如羔羊也。"《笺》："《鹊巢》之君积行累功，以致此《羔羊》之化。在位卿大夫竞相切化，有如此《羔羊》之人。"又《诗三家义集疏》："齐说曰：'羔羊皮革，君子朝服。辅政扶德，以合万国。'韩说曰：'诗人贤仕为大夫者，言其德能称，有洁白之性、屈柔之行，进退有度数也。'"

殷其雷

殷其雷，① 殷殷的雷声。
在南山之阳。② 在南山的南边啊。
何斯违斯？③ 何以在此又离开此呀？
莫敢或遑。④ 没有敢休息啊。
振振君子， 诚厚的君子，
归哉归哉！ 归来啊归来啊！

殷其雷， 殷殷的雷声，
在南山之侧。 在南山的旁边啊。
何斯违斯？ 何以在此又离开此呀？
莫敢遑息。 没有敢休息啊。
振振君子， 诚厚的君子，
归哉归哉！ 归来啊归来啊！

殷其雷， 殷殷的雷声，
在南山之下。 在南山的下边啊。

何斯违斯？	何以在此又离开此呀？
莫或遑处。[5]	没有敢闲暇呀。
振振君子，	诚厚的君子，
归哉归哉！	归来啊归来啊！

①殷（yǐn 引）：雷声。　②阳：指山的南方。　③何斯：斯指此人。违斯：违，离开；斯，指此地。　④或：有。遑（huáng 皇）：暇。　⑤处：居。

《毛诗序》："《殷其雷》，劝以义也。召南之大夫远行从政，不遑宁处，其室家能闵其勤劳，劝以义也。"《笺》："'召南大夫'，召伯之属。'远行'，谓使出郊畿。"

摽有梅

摽有梅，[1]	落下的有梅子，
其实七兮。	枝头留下梅子七成。
求我庶士，[2]	追求我的众士人，
迨其吉兮。[3]	及到这是好时辰。
摽有梅，	落下的有梅子，
其实三兮。	枝头梅子三成。
求我庶士，	追求我的众士人，
迨其今兮。	及到今朝是好时辰。

摽有梅，	落下的有梅子，
顷筐塈之。④	尽这筐来取它。
求我庶士，	追求我的众士人，
迨其谓之。⑤	及时说话就得成。

①摽（biào 俵）：落下。 ②求：追求。庶：众。 ③迨：及。 ④顷筐：同"倾筐"。塈（jì 既）：取。 ⑤谓：说话。

《毛诗序》："《摽有梅》，男女及时也。召南之国，被文王之化，男女得以及时也。"

小　星

嘒彼小星，①	微光的是那小星，
三五在东。②	三颗五颗在东方的是大星。
肃肃宵征，③	急急忙忙夜里行，
夙夜在公，	从早到夜都从公，
寔命不同。④	实在命运各不同。

嘒彼小星，	微光的是那小星，
维参与昴。⑤	参宿与昴宿是大星。
肃肃宵征，	急急忙忙夜里行，
抱衾与裯，⑥	被子帐子自己抱，
寔命不犹。⑦	实在命运不如人。

①嘒（huì 诲）：微光。　②三五：参宿三星，昴宿五星。　③肃肃：急忙。征：行。　④寔：实。　⑤参（shēn 申）昴（mǎo 卯）：二十八宿中的二宿。　⑥衾（qīn 亲）：被子。裯（chóu 稠）：床帐。　⑦犹：如。

这诗的解释有二：一是《毛诗序》："《小星》，惠乃下也。夫人无妒忌之行，惠及贱妾，进御于君，知其命有贵贱，能尽其心矣。"《笺》："以色曰妒，以行曰忌。命，谓礼命贵贱。"《诗三家义集疏》："齐说曰：'旁多小星，三五在东。早夜晨行，劳苦无功。'"二是方玉润《诗经原始》："《大序》谓'夫人无妒忌，惠及贱妾，进御于君，知其命有贵贱，能尽其心矣'。《集传》亦谨守其说而不敢背。然诗中词意唯衾裯句正闺词，余皆不类，不知何所见而云然也。""姚氏际恒解此诗，以为小臣行役作。""夫'肃肃宵征'者，远行不逮，继之以夜也。'夙夜在公'者，勤劳王事也。'寔命不同'，则大小臣工之不一，而朝野劳逸之悬殊也。"

江　有　汜

江有汜，①	大江也有水倒流，
之子归。	这个男人归来正时候。
不我以，②	他不用我，
不我以，	他不用我，
其后也悔。	他的懊悔在后头。
江有渚，③	大江也有小的洲，
之子归。	这个男人归来正时候。

不我与，	他不同我好，
不我与，	他不同我好，
其后也处。④	他的发愁在后头。
江有沱，⑤	大江也会有支流，
之子归。	这个男人归来正时候。
不我过，⑥	他不到我处，
不我过，	他不到我处，
其啸也歌。	他把哭当歌在后头。

①汜（sì 四）：由主流分出而复汇合的河流。 ②以：用。 ③渚：水中的小洲。 ④处：闻一多《诗经新义》：训忧。 ⑤沱（tuó 驼）：江的支流。 ⑥不我过：不至我处。

这诗的解释有三：一是《毛诗序》："《江有汜》，美媵也。勤而无怨，嫡能悔过也。文王之时，江沱之间，有嫡不以其媵备数，媵遇劳而无怨，嫡亦自悔也。"《笺》："勤者以己宜媵而不得，心望之。"二是《诗三家义集疏》："齐说曰：'江水沱汜，思附君子，伯仲爰妇，不我肯顾，姪娣恨悔。'"三是方玉润《诗经原始》："殊知妾妇称夫，亦曰'之子'，如《有狐》诗云'之子无裳'、'之子无带'之类，不必定妇人而后称之。然则归也者，还归之归，非于归之归也，又明矣。此必江汉商人远归梓里，弃其妾不以相从，始则不以备数。继则不与偕行，终且望其庐舍而不之过。妾乃作此诗以自叹而自解耳。"

野有死麕

野有死麕，①	野地里有死獐子，
白茅包之。	用白茅草包裹它。
有女怀春，	有个姑娘动了心，
吉士诱之。②	吉祥的人引诱她。
林有朴樕，③	树林里有小树，
野有死鹿。	野地里有死鹿。
白茅纯束，④	白茅草搓纯来捆着它，
有女如玉。	有个女儿美如玉。
舒而脱脱兮，⑤	缓缓地慢慢来啊，
无感我帨兮，⑥	不要动我的围裙啊，
无使尨也吠。⑦	不要使狗叫啊。

①麕（jūn 军）：獐子。　②吉士：男子的美称，当指青年猎人。　③朴樕（sù 速）：小树。　④纯束：捆扎。　⑤舒：缓缓。脱脱（duì duì 兑兑）：慢慢。　⑥感：通“撼”。帨（shuì 税）：围裙。　⑦尨（máng 忙）：多毛狗。

这诗的解释有三：一是《毛诗序》：“《野有死麕》，恶无礼也。天下大乱，强暴相陵，遂成淫风。被文王之化，虽当乱世，犹恶无礼也。”《笺》：“‘无礼’者，为不由媒妁，雁币不至，劫胁以成昏，谓纣之世。”二是《诗三家义集疏》：“韩说曰：‘平王东迁，诸侯侮法，男女失冠昏之礼，《野麕》之刺兴焉。’”三是朱熹《诗集传》：“言美士以白茅包死麕而诱怀春之女也。”认为是情诗。余冠英先生《诗经选》：“这诗写丛林里一个猎人获得獐和鹿，也获得了爱情。”也认为是一首情诗。

何彼襛矣

何彼襛矣？①	怎么那么繁盛？
唐棣之华。②	郁李开的花。
曷不肃雍？③	何以不严肃雍容？
王姬之车。	那是王姬的车。
何彼襛矣？	怎么那么繁盛？
华如桃李。	花像桃和李。
平王之孙，④	那是平王的外孙，
齐侯之子。	是齐侯的好女。
其钓维何？	她的钓鱼用什么？
维丝伊缗。⑤	用丝线做钓绳。
齐侯之子，	是齐侯的好女，
平王之孙。	是平王的外孙。

①襛（nóng 农）：繁盛。 ②唐棣（dì 第）：郁李，落叶灌木，高五六尺，春开花，夏结实。 ③曷：何。肃雍：严肃雍容。 ④平王：东周第一代君

主，名宜臼。 ⑤缗(mín 民)：纶，捻丝成纶，即钓丝。

这诗的解释有二：一是《毛诗序》：“《何彼襛矣》，美王姬也。虽则王姬，亦下嫁于诸侯。车服不系其夫，下王后一等，犹执妇道，以成肃雍之德也。”《笺》：“‘下王后一等’，谓车乘厌翟，勒面缋總，服则褕翟。”二是《诗三家义集疏》：“三家说曰：‘言齐侯嫁女，以其母王姬始嫁之车远送之。’”诗说“曷不肃容”，是讥讽齐侯之女肃雍不够。

驺虞

彼茁者葭，① 那茁壮的芦苇做箭干，
壹发五豝，② 一箭发射到五母猪啊，
于嗟乎驺虞。③ 正好样的猎人啊。

彼茁者蓬，④ 那茁壮的蓬蒿做箭干，
壹发五豵，⑤ 一箭发射到五小猪啊，
于嗟乎驺虞。 正好样的猎人啊。

①茁(zhuó 浊)：壮实。葭(jiā 家)：芦苇。 ②豝(bā 巴)：牝猪。 ③驺(zōu 邹)虞：天子掌鸟兽之官，即官家的猎人。 ④蓬：蓬蒿。 ⑤豵(zōng 宗)：小猪。

这诗的解释有三：一是《毛诗序》：“《驺虞》，《鹊巢》之应也。《鹊巢》之化行，人伦既正，朝廷既治，天下纯被文王之化，则庶类蕃殖，蒐田以时。仁如驺虞，则王道成也。"《笺》："应者，应德，自远而至。"二是《诗三家义集疏》："鲁说曰：'《驺虞》者，邵国之女所作也。古者圣王在上，君子在位，役不逾时，不失佳会。内无怨女，外无旷夫。及周道衰微，礼义废弛，强陵弱，众暴寡，万民骚动，百姓愁苦，男怨于外，女伤于内，内外无主，内迫情性，外逼礼仪，叹伤所说，而不逢时，于是援琴而歌。'"三是姚际恒《诗经通论》："此为诗人美驺虞之官克称其职也。"

卷　二

国　风

邶　风

邶鄘卫：三国名。周武王克商以后，夺商王纣都朝歌，即今河南淇县东北。朝歌而北谓之邶，在今河南汤阴县东南；南谓之鄘，在今河南汲县东北；东谓之卫，即朝歌，后卫有邶鄘。文公迁楚丘，在河南滑县东。成公迁帝丘，在河北濮阳县西南，后还有濮阳。但邶鄘地既入卫，其诗皆为卫事，而犹系其故国之名，当为编《诗》者不同意卫之并邶鄘，特于《诗》中著（注）名《邶风》、《鄘风》欤？

柏　舟

汎彼柏舟，①	柏木船儿随水流，
亦汎其流。②	也是随波顺着流。
耿耿不寐，③	心内不安难入睡，
如有隐忧。④	像有深切的忧愁。
微我无酒，⑤	不是我没有酒，
以敖以游。⑥	用来到处游。

我心匪鉴，⑦	我的心不是镜子，
不可以茹。⑧	不可以照。
亦有兄弟，	也有兄弟，
不可以据。	不可以靠。
薄言往愬，⑨	说是去诉苦，
逢彼之怒。	碰上他们在发怒。
我心匪石，	我的心不是磨石，
不可转也。	不可以转。
我心匪席，	我的心不是席子，
不可卷也。	不可以卷。
威仪棣棣，⑩	我的尊严面子，
不可选也。⑪	不可退让自止。
忧心悄悄，⑫	心内忧愁不了，
愠于群小。⑬	成群小人憎恨不少。
觏闵既多，⑭	遭到痛苦既已多，
受侮不少。	受的侮辱也不少。
静言思之，	静静地想它，
寤辟有摽。⑮	交互抚心只扰扰。
日居月诸，⑯	太阳啊月亮啊，

胡迭而微。⑰	为啥轮流不放光。
心之忧矣，	心内的忧愁除不了，
如匪澣衣。	好像没洗脏内衣。
静言思之，	静静地想想它，
不能奋飞。	不能奋翅起高飞。

①汎（fàn 泛）：随水流动。　②流：中流。　③耿耿（gěng gěng 梗梗）：不安貌。　④隐：深。　⑤微：非。　⑥敖：游。　⑦鉴：镜子。　⑧茹（rú 如）：容纳。　⑨愬：同“诉”。　⑩威仪：庄严容止。棣棣：雍容闲雅。　⑪选：屈挠退让。　⑫悄悄：忧貌。　⑬愠（yùn 运）：怨恨。　⑭闵（mǐn 敏）：忧伤。　⑮寤：交互。辟（pì 劈）：捶击。摽（piào 票）：抚心。　⑯居、诸：语助。　⑰迭：更动。微：隐微，无光。

这诗的解释有二：一是《毛诗序》：“《柏舟》，言仁而不遇也。卫顷公之时，仁人不遇，小人在侧。”《笺》：“‘不遇’者，君不受已之志也。君近小人，则贤者见侵害。”二是《诗三家义集疏》：“鲁说曰：‘卫宣（《御览》四百四十一引作寡）夫人者，齐侯之女也。嫁于卫，至城门而卫君死，保母曰：“可以还矣。”女不听，遂入。持三年之丧毕。弟立，请曰：“卫，小国也，不容二庖，愿请同庖。”终不听。卫君使人诉于齐兄弟，齐兄弟皆欲与君，使人告女，女终不听，乃作诗曰：“我心匪石，不可转也。我心匪席，不可卷也。”厄穷而不悯，劳辱而不苟，然后能自致也。……君子美其贞壹，故举而列之于《诗》也。’”

绿 衣

绿兮衣兮，①	绿啊上衣啊，
绿衣黄里。②	绿上衣啊黄里衣。
心之忧矣，	心里的忧啊，
曷维其已。③	何时它才止哩。
绿兮衣兮，	绿啊上衣啊，
绿衣黄裳。④	绿上衣啊黄下衣。
心之忧矣，	心里的忧啊，
曷维其亡。⑤	何时它才消失哩。
绿兮丝兮，	绿啊丝呀，
女所治兮。	女人所做的呀。
我思古人，⑥	我想念古代人，
俾无訧兮。⑦	使我没有过错啊。
絺兮绤兮，⑧	葛布不论粗或细，
凄其以风。	穿上身凉风凄凄。
我思古人，	我想念古代人，
实获我心。	实在获得我心意。

①衣：指上衣。 ②里：指上衣的衬里，黄布来衬里。 ③曷：何

时。 ④裳：下衣，即裤子。 ⑤亡：止。 ⑥古人：一说“古人”即“故人”，改字，不从。 ⑦俾：使。訧：同“尤”，过错。 ⑧絺(chī 痴)：细葛布。绤(xì 隙)：粗葛布。

《毛诗序》：“《绿衣》，卫庄姜伤己也。妾上僭，夫人失位而作是诗也。”《笺》：“庄姜，庄公夫人，齐女，姓姜氏。妾上僭，谓公子州吁之母，母嬖而州吁骄。”又《诗三家义集疏》：“齐说曰：‘黄里绿衣，君服不宜。淫湎毁常，失其宠光。’”

燕　燕

燕燕于飞，	燕子展开翅膀飞，
差池其羽。①	翅膀展开不整齐。
之子于归，	这个妇人要大归，
远送于野。	远远送她到郊区。
瞻望弗及，	睁眼望她望不见，
泣涕如雨。	哭泣眼泪落如雨。
燕燕于飞，	燕子展开翅膀飞，
颉之颃之。②	忽上忽下望见它。
之子于归，	这个妇人要大归，
远于将之。	远远出来往送她。
瞻望弗及，	睁眼望她望不见，
伫立以泣。③	久立哭泣想着她。

燕燕于飞，	燕子展开翅膀飞，
下上其音。	下下上上发呢喃。
之子于归，	这个妇人要大归，
远送于南。④	远远送她去向南。
瞻望弗及，	睁眼望她望不见，
实劳我心。	实在劳我心不安。
仲氏任只，⑤	仲氏你姓任，
其心塞渊。	你心想得远又深。
终温且惠，	终于温柔又惠爱，
淑慎其身。	善良谨慎及你身。
先君之思，⑥	你还想念到先君，
以勖寡人。⑦	用来勉励我寡人。

①差（cī）池：不整齐。 ②颉颃（jié háng 杰杭）：飞而上下。 ③伫（zhù 住）：久。 ④南：南方。 ⑤仲：第二。氏：姓氏。任：姓任。 ⑥先君：已死的君主。 ⑦寡人：寡德之人，庄姜自称。

这诗的解释有二：一是《毛诗序》："《燕燕》，卫庄姜送归妾也。"据《左传》隐公三及四年的纪事，卫庄公夫人庄姜无子，以庄公妾陈女戴妫之子完为己子。庄公死，完即位，为州吁所杀。戴妫以子被杀归陈，此是大归，即归而不再回卫，庄姜相送而作。二是《诗三家义集疏》引《鲁诗》说："卫姑定姜者，卫定公之夫人，公子之母也。公子既娶而死，其妇无子，毕三年之丧，定姜归其妇。”又称诗作“先君之思，以畜寡人”。郑注：“定姜无子，立庶子衎，是谓献公。畜，孝也。献公无礼于定姜，定姜作诗，言献公当思先君定公，以孝于寡人。”按就本诗说，“先君之思”，指仲氏之思，与他人之思不同，当以《毛诗序》所说为准。

日　月

日居月诸，①	太阳啊月亮啊，
照临下土。	照亮下面的疆土。
乃如之人兮，	是这样的人啊，
逝不古处。②	不用古道和我相处。
胡能有定，	怎么能够有一定，
宁不我顾。③	岂有不把我照顾。
日居月诸，	太阳啊月亮啊，
下土是冒。④	下面的土地是光照。
乃如之人兮，	是这样的人啊，
逝不相好。	不和我相好。
胡能有定，	怎么能够有一定，
宁不我报。⑤	岂有不向我回报。
日居月诸，	太阳啊月亮啊，
出自东方。	出来从东方。
乃如之人兮，	是这样的人啊，

德音无良。⑥	好话完全变样。
胡能有定，	怎么能有一定，
俾也可忘。⑦	使我也可以把他忘。
日居月诸，	太阳啊月亮啊，
东方自出。	出来从东方。
父兮母兮，	父亲啊母亲啊，
畜我不卒。⑧	对我为啥不终养。
胡能有定，	怎么能够有一定，
报我不述。	回报我的话不好讲。

①居、诸：语助辞。 ②逝：语助辞。古：古道。 ③宁：岂。 ④冒：覆盖。 ⑤报：回答。 ⑥德音：好话。 ⑦俾：使。 ⑧畜：养育。

《毛诗序》："《日月》，卫庄姜伤己也。遭州吁之难，伤己不见答于先君，以至困穷之诗也。"又《诗三家义集疏》："鲁说曰：'宣姜者，齐侯之女，卫宣公之夫人也。初，宣公夫人夷姜生伋子，以为太子。又娶于齐，曰宣姜，生寿及朔。夷姜既死，宣姜欲立寿，乃与寿及朔谋构伋子。公使伋子之齐，宣姜乃阴使力士待之界上而杀之，曰："有四马白旄至者，必要杀之。"寿闻之，以告太子，曰："太子其避之。"伋子曰："不可，夫弃父之命，则恶用子也。"寿度太子必行，乃与太子饮，夺之旄而行，盗杀之。伋子醒，求旄不得，遽往追之，寿已死矣，伋子痛寿为己死，乃谓盗曰："所欲死者乃我也，此何罪？请杀我！"盗又杀之。二子既死，朔遂立为太子。宣公薨，朔立，是为惠公，竟终无后，乱及(五)三世，至戴公而后宁。《诗》曰："乃如之人兮，德音无良。"此之谓也。'"庄姜即宣姜，二说相同。

终　风

终风且暴，①	整天刮风又狂暴，
顾我则笑。	看见了我就好笑。
谑浪笑敖，	戏谑狂浪又讪笑，
中心是悼。	我的心中是伤悼。
终风且霾，②	整天刮风又扬土，
惠然肯来。	惠爱那样肯光顾。
莫往莫来，	如果不去不来问，
悠悠我思。	老是令我把他想。
终风且曀，③	整天刮风又阴沉，
不日有曀。	不定那天有天阴。
寤言不寐，④	卧时醒着不能睡，
愿言则嚏。⑤	愿他想我打喷嚏。
曀曀其阴，	黑沉沉是天阴，
虺虺其雷。⑥	豁轰轰是天打雷。
寤言不寐，	卧着不能入睡，

愿言则怀。	愿他能对我长怀。

①终风：整天刮风。 ②霾（mái 埋）：阴尘。 ③曀（yì 翳）：阴沉。 ④寤（wù 悟）：睡醒。 ⑤嚏（tì 替）：打喷嚏。 ⑥虺虺（huǐ huǐ 毁毁）：打雷声。

《毛诗序》："《终风》，卫庄姜伤已也。遭州吁之暴，见侮慢而不能正也。"《笺》："'正'，犹止也。"又《诗三家义集疏》："《易林·颐之升》：'终风东西，散涣四分。终日至暮，不见子懽。'此齐义。"即认为《齐诗》说。

击　鼓

击鼓其镗，①	敲击大鼓堂堂响，
踊跃用兵。②	士兵跳跃弄刀枪。
土国城漕，③	为国土功，为漕建城墙，
我独南行。	我独向南走一趟。
从孙子仲，	跟从统帅公孙子仲，
平陈与宋。④	交好与国陈和宋。
不我以归，	不许我归来，
忧心有忡。⑤	心里忧苦有忡忡。
爰居爰处，⑥	在哪里定我的住处，

爰丧其马。	在哪里失掉他的马。
于以求之，	在哪里去找它，
于林之下。	在树林的下。
死生契阔，⑦	死活和契合远隔，
与子成说。⑧	同您成功相说。
执子之手，	握着您的手，
与子偕老。	同您到老不脱。
于嗟阔兮，	可叹啊如今远隔啊，
不我活兮。	不许我还活啊。
于嗟洵兮，⑨	可叹我的信用啊，
不我信兮。⑩	不能使我伸说啊。

①镗（tāng 汤）：堂堂，击鼓声。　②踊跃：跳跃，表高兴。兵：兵器。　③土国：为国家兴土功。城漕：在漕地筑城。一说漕在河南滑县东。　④平：和好。陈与宋：陈国和宋国。　⑤忡（chōng 冲）：状忧愁。　⑥爰（yuán 元）：于何。　⑦契阔：契合疏阔。　⑧成说：成约，约定。　⑨洵（xún 旬）：信用。　⑩信：古伸字。

《毛诗序》："《击鼓》，怨州吁也。卫州吁用兵暴乱，使公孙文仲将而平陈与宋，国人怨其勇而无礼也。"《笺》："将者，将兵以伐郑也。平，成也。将伐郑，先告陈与宋，以成其伐事。《春秋传》曰：'宋殇公之即位，公子冯出奔郑，郑人欲纳之。及卫州吁立，将修先君之怨于郑，而求宠于诸侯，以和其民。使告于宋曰：“君若伐郑，以除君害，君为主，敝邑以赋与陈蔡从，则卫国之愿也。”宋人许之。于时陈蔡方睦于卫，故宋公、陈侯、蔡人、卫人伐郑。’”伐郑在鲁隐四年。又《诗三家义集疏》：“齐说曰：‘击鼓合战，士怯叛亡。威令不行，败我成功。’”

凯　风

凯风自南，①	和风来从南方了，
吹彼棘心。②	吹那酸枣树还小。
棘心夭夭，③	酸枣树小小，
母氏劬劳。④	母亲勤累又辛劳。
凯风自南，	和风来从南方了，
吹彼棘薪。	吹那酸枣成柴篠。
母氏圣善，	母亲圣明又善良，
我无令人。⑤	我们没有善人怎么好。
爰有寒泉，	有寒冷的泉水，
在浚之下。⑥	在浚城下面围绕。
有子七人，	有儿子七个人，
母氏劳苦。	母亲还是勤苦辛劳。
睍睆黄鸟，⑦	好看的黄鸟，

载好其音。	传来好听的叫声。
有子七人，	有儿子七个人，
莫慰母心。	没有能安慰母亲的心。

①凯风：和风。　②棘心：酸枣小树，酸枣树枝上多刺，初生即有刺，心指刺，棘心指小酸枣。酸枣为落叶灌木，开黄绿色小花，结枣味酸。　③夭夭：指树小小，未长大。　④劬（qú 渠）：辛勤。　⑤令人：善人。　⑥浚（jùn 俊）：卫国地名。　⑦睍睆（xiàn huǎn 现缓）：好看。

这诗的解释有二：一是《毛诗序》："《凯风》，美孝子也。卫之淫风流行，虽有七子之母，犹不能安其室，故美七子能尽其孝道，以慰其母心而成其志尔。"《笺》："'不安其室'，欲去嫁也。'成其志'者，成言孝子自责之意。"又《诗三家义集疏》："齐说曰：'凯风无母，何恃何怙？幼孤弱子，为人所苦。'"二是当是一首儿子自责、怜爱母亲的诗篇，诗无一涉其母"不能安其室"之词，所谓"淫风流行"不确。

雄　雉

雄雉于飞，	雄的野鸡展翅飞，
泄泄其羽。①	展开翅膀慢慢飞。
我之怀矣，	我的怀念啊，
自诒伊阻。②	独留阻隔忧伤啊。
雄雉于飞，	雄的野鸡展翅飞，

下上其音。	或下或上传它的音。
展矣君子，③	诚实的君子啊，
实劳我心。	确实劳苦我的心。
瞻彼日月，	眼看日月向人催，
悠悠我思。	长长思念积成堆。
道之云远，	道路又说这么远，
曷云能来。	何时说他能回来。
百尔君子，④	众多的君子们，
不知德行。	不知什么叫德行。
不忮不求，⑤	不去害人不贪富，
何用不臧。⑥	怎么不善都可行。

①泄泄（yì yì 意意）：慢慢。《传》："雄雉见雌雉飞，而鼓其翼泄泄然。"比喻丈夫想念她，精神萎靡。　②诒（yí 夷）：留。伊：语辞。阻：忧。　③展：诚实。　④百尔：指众多。　⑤忮（zhì 至）：害。　⑥臧（zāng 赃）：善。

《毛诗序》："《雄雉》，刺卫宣公也。淫乱不恤国事，军旅数起，大夫久役，男女怨旷，国人患之而作是诗。"《笺》："淫乱者，荒放于妻妾，烝于夷姜之等。国人久处军役之事，故男多旷，女多怨也。男旷而苦其事，女怨而望其君子。"

匏有苦叶

匏有苦叶，①	葫芦叶子味道苦，
济有深涉，②	济水深处也得渡。
深则厉，③	水深连带衣裳过，
浅则揭。④	水浅提起衣裳过。
有弥济盈，⑤	茫茫水满济河充，
有鷕雉鸣。⑥	雌野鸡叫声不穷。
济盈不濡轨，⑦	济河水不浸车轴头，
雉鸣求其牡。	雌野鸡叫着求那雄。
雝雝鸣雁，⑧	和谐叶声是雁子，
旭日始旦。	初升太阳东方红。
士如归妻，	你如有心来娶妻，
迨冰未泮。⑨	过河切莫解冰封。
招招舟子，	船夫招招开渡船，
人涉卬否。⑩	人来摆渡我则否。
人涉卬否，	人来摆渡我则否，
卬须我友。	我是须要我的友。

①匏（páo 袍）：葫芦。　②济：水名，源出河南济源县王屋山，古时与

黄河并入海，今下游古道为黄河所夺。 ③厉：以衣涉水。 ④揭(qì 气)：提起衣裳渡水。 ⑤弥：水满。 ⑥鷕(wěi 尾)：雌野鸡叫声。 ⑦轨：车轴头。 ⑧雝雝(yōng yōng 拥拥)：雁鸣声。 ⑨泮(pàn 判)：冰解。 ⑩卬(áng 昂)：我。

这诗的解释有二：一是《毛诗序》："《匏有苦叶》，刺卫宣公也。公与夫人并为淫乱。"《笺》："'夫人'，谓夷姜。"二是余冠英先生《诗经选》："一个女子正在岸边徘徊，她惦着住在河那边的未婚夫。"是女子盼望迎娶的诗篇。

谷　风

习习谷风，①	豁啦啦吹来山里风，
以阴以雨。	又是阴天又下雨。
黾勉同心，②	同心合意来生活，
不宜有怒。	不该对我来发怒。
采葑采菲，③	采了萝卜采萝菁，
无以下体。	不要不用它的根。
德音莫违，	好话不要来违反，
及尔同死。	说是同你一同死。
行行迟迟，	出门走走走得慢，
中心有违。④	心中有恨走不快。
不远伊迩，⑤	不远很近难回去，

薄送我畿。[6]	你只送我大门坎。
谁谓荼苦，[7]	谁说荼菜味道苦，
其甘如荠。[8]	它的甜味像荠菜。
宴尔新婚，	你的新婚多快乐，
如兄如弟。	像兄像弟加成对。
泾以渭浊，	泾水因为渭水浑，
湜湜其沚。[9]	泾水停下也清澄。
宴尔新婚，	你的新婚多快乐，
不我屑以。	不屑与我来相亲。
毋逝我梁，[10]	不要放开我鱼梁，
毋发我笱。[11]	不要打开我鱼筐。
我躬不阅，[12]	我身尚且不相容，
遑恤我后。[13]	难忧我后终无穷。
就其深矣，	就它的水深啊，
方之舟之。[14]	用并船或船来渡它。
就其浅矣，	就它的水浅啊，
泳之游之。	用游泳来渡它。
何有何亡，	什么有什么没有，
黾勉求之。	没有的勉力去相求。
凡民有丧，	凡是人家有丧亡，

匍匐救之。[15]	走不动也要爬着去救。
不我能慉，[16]	不再爱我，
反以我为雠。[17]	反而以我为仇。
既阻我德，	既然掩盖我的好处，
贾用不售。[18]	好比卖货不能售。
昔育恐育鞫，[19]	从前生活恐惧又潦倒，
及尔颠覆。	同你一起倾覆颠倒。
既生既育，	现在生活过得好，
比予于毒。	你却把我比做毒蠡。
我有旨蓄，	我有好的积蓄，
亦以御冬。	也可用来抵御过冬。
宴尔新婚，	你新婚很快乐，
以我御穷。	用我来抵御困穷。
有洸有溃，[20]	又动武又发怒，
既诒我肄。	既已让我劳苦。
不念昔者，	从前的恩情你不睬，
伊余来塈。[21]	我昔来时曾相爱。

①习习：风声。谷风：山谷里来的风。 ②黾（mǐn 敏）勉：勉力。 ③葑菲（fēng fēi 封非）：萝卜蔓菁。 ④违：恨。 ⑤迩：近。 ⑥畿（jī 机）：门槛。 ⑦荼（tú 途）：苦菜。 ⑧荠（jì 祭）：荠菜。 ⑨湜湜

（shí shí 食食）：水清。沚（zhǐ 止）：水停止。　⑩梁：鱼梁，筑堤以捕鱼。开梁则鱼皆游去。　⑪笱（gǒu 狗）：捕鱼竹笼，鱼能进不能出。　⑫阅：容纳。　⑬恤（xù 序）：忧。　⑭方：并船。　⑮匍匐（pú fú 蒲服）：爬行。⑯慉（xù 畜）：好，爱。　⑰雠：同“仇”。　⑱贾（gǔ 古）：经商。　⑲鞫（jū 居）：穷困。　⑳洸（guāng 光）：武貌。溃（kuì 愧）：怒貌。　㉑塈（xì 戏）：爱。

《毛诗序》：“《谷风》，刺夫妇失道也。卫人化其上，淫于新昏而弃其旧室，夫妇离绝，国俗伤败焉。”《笺》：“‘新昏’者，新所与为昏礼。”

式　微

式微式微，①	衰微啊衰微，
胡不归？	为什么不归？
微君之故，②	不是君主的缘故，
胡为乎中露？③	为什么身上受露？
式微式微，	衰微啊衰微，
胡不归？	为什么不归？
微君之躬，	不是为了您的身体，
胡为乎泥中？	为什么滚在泥巴里？

①式：发语辞。微：衰落。　②微：非，不是。　③中露：露户。

这诗的解释有二：一是《毛诗序》："《式微》，黎侯寓于卫，其臣劝以归也。"《笺》："黎侯为狄人所逐，弃其国而寄于卫，卫处之以二邑，因安之。可以归而不归，故其臣劝之。"二是《诗三家义集疏》："齐说曰：'式微式微，忧祸相绊，隔以岩山，室家分散。'"

旄　丘

旄丘之葛兮，①	土山上的葛茎啊，
何诞之节兮？②	怎么长的茎啊？
叔兮伯兮，	叔啊伯啊，
何多日也？	怎么多天不来行？
何其处也？	怎么安处啊？
必有与也。	一定有相与的人。
何其久也？	怎么这样久啊？
必有以也。	一定有它的原因。
狐裘蒙戎，③	狐皮的毛乱纷纷，
匪车不东。④	不是车子不东行。
叔兮伯兮，	叔啊伯啊，
靡所与同。⑤	没有同情结成群。
琐兮尾兮，⑥	小啊微啊，

流离之子。⑦	流亡的人。
叔兮伯兮，	叔啊伯啊，
褎如充耳。⑧	微笑着充耳不闻。

①旄(máo 毛)丘：前高后低的土山。　②诞之节：长的茎，葛茎较长。　③蒙戎：龙茸，多毛。　④匪：同"非"。　⑤靡：无。同：同情。　⑥琐：小。尾：微。　⑦流离：流亡。　⑧褎(xiù 袖)如：多笑貌。充耳：耳旁挂的塞物，挂在帽上。

《毛诗序》："《旄丘》，责卫伯也。狄人迫逐黎侯，黎侯寓于卫，卫不能修方伯连率之职，黎之臣子以责于卫也。"《笺》："卫康叔之封爵称侯，今曰伯者，时为州伯也。周之制，使伯佐牧。《春秋传》曰：五侯九伯。侯为牧也。"《诗三家义集疏》："齐说曰：'阴阳夹塞，许嫁不答。旄丘新台，悔往叹息。'"

简　兮

简兮简兮，①	选择啊选择啊，
方将万舞。②	刚要开场的《万舞》。
日之方中，	太阳刚在中间，
在前上处。	他在前面的上处。
硕人俣俣，③	高大的人身体魁梧，
公庭万舞。	在公的院子内跳《万舞》。

有力如虎，	有力量像老虎，
执辔如组。④	拿着缰绳像柔轻的带组。
左手执籥，⑤	拿笛吹奏指挥的靠左手，
右手秉翟。⑥	拿野鸡尾舞蹈的靠右手。
赫如渥赭，⑦	脸红得像深色的赭石，
公言锡爵。⑧	公说赐他一杯酒。
山有榛，⑨	山上有榛栗，
隰有苓。⑩	湿地长苦苓。
云谁之思，	说在想哪一个，
西方美人。	想西方来的漂亮人。
彼美人兮，	那个漂亮人啊，
西方之人兮。	是西方来的人啊。

①简：选择。 ②将：大。万舞，一种舞名。合武舞与文舞称万舞，武舞用干(盾牌)，文舞用野鸡尾。诗里讲执籥，不讲执干，可能又改了。 ③硕(shuò 朔)：高大。俣俣(yǔ yǔ 与与)：大而美。 ④辔：马缰绳。驾车的，一车四马，一马两绳，四马八绳，两绳系车上，六绳执驾车人手。组：丝带。⑤籥(yuè 跃)：乐器，可吹。 ⑥翟(dí 敌)：野鸡尾。 ⑦赫：红色。渥(wò 沃)：厚。赭(zhě 者)：赤褐色。 ⑧锡：赐。爵：酒器。 ⑨榛(zhēn 真)：榛树所结的果，称榛子。 ⑩隰(xí 席)：湿地。苓(líng 伶)：一种苦的药。

这诗的解释有二：一是《毛诗序》：“《简兮》，刺不用贤也。

卫之贤者，仕于伶官，皆可以承事王者也。”《笺》：“伶官，乐官也。伶氏世掌乐官而善者也。”二是余冠英先生《诗经选》：“这诗写卫国公庭的一场《万舞》。着重在赞美那高大雄壮的舞师。这些赞美似出于一位热爱那舞师的女性。”

泉　水

毖彼泉水，①	涓涓流的那泉水，
亦流于淇。②	也流到淇水。
有怀于卫，	有心想到卫国，
靡日不思。	没有一天不想念。
娈彼诸姬，③	诸位姓姬的好女，
聊与之谋。	姑且和她们商议。
出宿于泲，④	出门住宿在泲，
饮饯于祢。	亲朋饯行在祢。
女子有行，⑤	姑娘要出嫁，
远父母兄弟。	远远离开父母兄弟。
问我诸姑，	回家问候众位姑姑，
遂及伯姊。	还连到大姊。
出宿于干，	出门住宿在干，
饮饯于言。	亲朋饯行在言。
载脂载舝，⑥	油脂涂车安好轴，

还车言迈。⑦	调转车行远又快。
遄臻于卫，⑧	直到卫国多么快，
不瑕有害。⑨	何不问有什么害。

我思肥泉，⑩	我想到肥泉，
兹之永叹。	对此不免长叹息。
思须与漕，	想到须邑和曹邑，
我心悠悠。	我的心里长想念。
驾言出游，	驾车去出游，
以写我忧。	用来书写我的忧。

①毖（bì 必）：水流貌。 ②淇：水名，源出河南林县，流至淇县入卫河。 ③诸姬：卫姓姬，卫女出嫁时有娣侄陪嫁亦姓姬。 ④泲（jì 际）、祢（nǐ 你）、言、干：皆卫国地名。 ⑤行：嫁。 ⑥舝（xiá 侠）：车轴两头的金属键。 ⑦迈：远。 ⑧遄（chuán 传）：速。臻（zhēn 真）：到。 ⑨瑕：何。 ⑩肥泉：卫地名。

《毛诗序》：“《泉水》，卫女思归也。嫁于诸侯，父母终，思归宁而不得，故作是诗以自见也。”

北门

出自北门，	我从北门出来，
忧心殷殷。①	心里忧愁意漫漫。

终窭且贫，②	既鄙陋又贫困，
莫知我艰。	没人知道我艰难。
已焉哉！	算了吧！
天实为之，	天实在这样安排，
谓之何哉！	说它什么啊！

王事适我，③	周王的事派给我，
政事一埤益我。④	公差一发加给我。
我入自外，	我从外面回家，
室人交偏讁我。	家人交互地责备我。
已焉哉！	算了吧！
天实谓之，	天实在这样安排，
谓之何哉！	说它什么啊！

王事敦我，⑤	周王的事逼迫我，
政事一埤遗我。	公差一发加给我。
我入自外，	我从外面回家，
室人交偏摧我。⑥	家人交相讽刺我。
已焉哉！	算了吧！
天实为之，	天实在这样安排，
谓之何哉！	说它什么啊！

①殷殷：状忧貌。　②窭（jù 巨）：鄙陋不能备礼。　③适：派给。

④埤（pí 皮）：加。 ⑤敦：逼迫。 ⑥摧：挫折，讥刺。

《毛诗序》："《北门》，刺士不得志也。言卫之忠臣不得其志尔。"《笺》："'不得其志'者，言君不知己志而遇困苦。"

北　风

北风其凉，	北风吹得冷，
雨雪其雱。①	下雪下得猛。
惠而好我，②	惠然爱好我，
携手同行。	握手一同走。
其虚其邪，③	慢慢又慢走，
既亟只且。④	既然急迫宜快走。
北风其喈，	北风吹得响，
雨雪其霏。	下雪下得猛。
惠而好我，	惠然爱好我，
携手同归。	握手同回一起走。
其虚其邪，	慢慢又慢走，
既亟只且。	既然急迫宜快走。
莫赤匪狐，	没有赤的不是狐，
莫黑匪乌。	没有黑的不是乌。
惠而好我，	惠然爱好我，

携手同车。　　　　握手同趁一车走。
其虚其邪，　　　　慢慢又慢走，
既亟只且。　　　　既然急迫宜快走。

①雱(páng 旁)：雪盛貌。　②惠而：惠然，爱好貌。　③虚：慢。邪：通“徐”，也是慢意。　④亟(jí 急)：急迫。只且(jū 居)：语助词。

《毛诗序》：“《北风》，刺虐也。卫国并为威虐，百姓不亲，莫不相携持而去焉。”又曰《诗三家义集疏》：“齐说曰：‘北风寒凉，雨雪益冰。忧思不乐，哀悲伤心。’又曰：‘北风牵手，相从笑语。伯歌季舞，燕乐以喜。’”

静　　女

静女其姝，①　　　　幽静姑娘长得美，
俟我于城隅。②　　　等我在城角里。
爱(薆)而不见，③　　隐蔽着看不见，
搔首踟蹰。④　　　　搔着头立在那里。

静女其娈，⑤　　　　幽静姑娘真美丽，
贻我彤管。⑥　　　　送我彤管有用意。
彤管有炜，⑦　　　　彤管有着红艳艳，
说(悦)怿女(汝)美。⑧我是喜爱你的美。

自牧归(馈)荑,⑨	野外归来送我荑,
洵美且异。⑩	确实美丽又怪异。
匪女(汝)之为美,	不是认为荑美丽,
美人之贻。	因是美人的赠贻。

①静：幽雅。姝(shū 殊)：美。 ②城隅：城边隐蔽处。 ③爱：隐。 ④踟蹰(chí chú 池除)：徘徊不定。 ⑤娈(luán 鸾)：美丽。 ⑥彤(tóng 同)管：红管草。 ⑦炜(wěi 伟)：光彩。 ⑧说(悦)怿(yì 亦)：喜悦。 ⑨牧：野外。荑(tí 提)：初生的茅。 ⑩洵(xún 旬)：实在。

这诗的解释有二：一是《毛诗序》："《静女》，刺时也。卫君无道，夫人无德。"《笺》："以君及夫人无道德，故陈静女贻我以彤管之法，德如是，可以易之，为人君之配。"又曰《诗三家义集疏》："齐说曰：'季姬踟蹰，结衿待时。终日至晚，百两不来。'"又曰："季姬踟蹰，望我城隅。终日至暮，不见齐侯。"二是顾颉刚先生《古史辨》："这是一首情歌。"

新　台

新台有泚,①	新台照水倒影明,
河水弥弥。②	河水涨得与岸平。
燕婉之求,③	求的安顺夫婿好,
籧篨不鲜。④	嫁个蛤蟆不像人。
新台有洒,⑤	新台靠水造得高,

河水浼浼。⑥　　河水涨满浪滔滔。
燕婉之求，　　求的安顺夫婿好，
籧篨不殄。　　嫁个蛤蟆不得了。

鱼网之设，　　鱼网设备为捕鱼，
鸿则离之。⑦　　蛤蟆入网空怜渠。
燕婉之求，　　求的安顺夫婿好，
得此戚施。⑧　　得这蛤蟆怎么了。

①新台：卫宣公替世子伋（jí 级）娶齐女，听说齐女美，在河边造了一座新台，把齐女给自己娶来，称为宣姜。泚（cǐ 此）：鲜明貌。　②弥弥（mǐ mǐ 米米）：盛满貌。　③燕婉：安顺。　④籧篨（qú chú 渠除）：蛤蟆。鲜：善。　⑤洒（cuǐ 璀）：高峻貌。　⑥浼浼（měi měi 每每）：水盛貌。⑦鸿：指蛤蟆。离：通“罹”。　⑧戚施：指蛤蟆。

《毛诗序》：“《新台》，刺卫宣公也。纳伋之妻，筑新台于河上而要之。国人恶之，而作是诗也。”《笺》：“伋，宣公之世子。”

二子乘舟

二子乘舟，①　　两位公子去坐船，
泛泛其景。②　　飘浮河上去得远。
愿言思子，　　思念啊思念两公子，
中心养养。③　　心里很是忧愁。

二子乘舟，	两位公子趁船来，
泛泛其逝。	飘浮河上去不还。
愿言思子，	思念啊思念两公子，
不瑕有害。	该不会有危害。

①二子乘舟：卫宣公夺娶了世子伋的妻，生了寿和朔，想杀死伋，立寿做世子，派伋去坐船，叫船夫翻船淹死伋。寿知道了，就同伋一起去乘船，船夫因此不敢翻船。　②泛泛：浮水。景：同“憬”，远行貌。　③养养：忧貌。

《毛诗序》：“《二子乘舟》，思伋、寿也。卫宣公之二子，争相为死，国人伤而思之，作是诗也。”《诗三家义集疏》：“鲁、韩说曰：‘卫宣公之子，伋也、寿也、朔也。伋，前母子也。寿与朔，后母子也。寿之母与朔谋，欲杀太子伋而立寿也，使人与伋乘舟于河中，将沉而杀之。寿知不能止也，固与之同舟，舟人不得杀伋。方乘舟时，伋傅母恐其死也，闵而作诗，《二子乘舟》之诗是也。’”

鄘　风

见《邶风》注。

柏　舟

泛彼柏舟，	浮荡水中柏木船，
在彼中河。	浮在河中水泱泱。
髧彼两髦，①	那人头发分两边，
实维我仪。②	实是我的好对象。
之死矢靡它！③	到死发誓没他心！
母也天只，	母亲也像天那样，
不谅人只！④	不体谅人呀怎么样！
泛彼柏舟，	浮荡水中柏木船，
在彼河侧。	在那河边好浮荡。
髧彼两髦，	那人头发分两边，
实维我特。⑤	实是我的好对象。
之死矢靡慝！⑥	到死发誓不变心！
母也天只，	母亲也像天那样，
不谅人只！	不体谅人啊怎么样！

①髧（dàn 淡）：发垂貌。当时头发上戴帽，帽上挂两块耳塞，头发也分

成两股。两髦（máo 毛）：即把头发分成两股。②仪：配偶，对象。③之：到。矢：誓。靡：无。④只：语助词。⑤特：同“仪”。⑥慝（tè 特）：邪恶。

这诗的解释有二：一是《毛诗序》：“《柏舟》，共姜自誓也。卫世子共伯早死，其妻守义，父母欲夺而嫁之，誓而弗许，故作是诗以绝之。”余冠英先生《诗经选》：“一个少女自己找好了结婚对象，誓死不改变主意。”

墙有茨

墙有茨，①	墙上有蒺藜草，
不可扫也。	不可以来扫。
中冓之言，②	宫中的话，
不可道也。	不可以向外传道。
所可道也，	如可以向外传道，
言之丑也。	说了使人害臊。
墙有茨，	墙上有蒺藜草，
不可襄也。③	不可以除掉。
中冓之言，	宫中的话，
不可详也。	不可以详细讲。
所可详也，	如可以详细讲，
言之长也。	说的内容也太长。

墙有茨， 墙上有蒺藜草，
不可束也。 不可以捆束。
中冓之言， 宫中的话，
不可读也。 不可以接触。
所可读也， 如可以接触，
言之辱也。 说来都是耻辱。

①茨（cí 词）：蒺藜，一年生草本植物，果实有刺。 ②中冓（gòu 构）：宫中。 ③襄：除去。

《毛诗序》："《墙有茨》，卫人刺其上也。公子顽通乎君母，国人疾之而不可道也。"《笺》："宣公卒，惠公幼，其庶兄顽烝于惠公之母，生子五人：齐子、戴公、文公、宋桓夫人、许穆夫人。"

君子偕老

君子偕老，① 宣公和你同到老，
副笄六珈。② 首饰玉簪加六宝。
委委佗佗，③ 行走庄重态雍容，
如山如河。 思如河深貌山崇。
象服是宜，④ 华服上身真充融，
子之不淑， 你的为人不善良，
云如之何。 说的又是怎么样。

玼兮玼兮，⑤	衣鲜艳啊真鲜艳，
其之翟也。	绣上雉毛真是艳。
鬒发如云，⑥	黑发如云何等美，
不屑髢也。⑦	不屑用那假发佩。
玉之瑱也，⑧	美玉耳环垂两边，
象之揥也，⑨	象牙发插发最妍，
扬且之皙也。⑩	额头宽广又白皙，
胡然而天也，	怎么好像个天仙，
胡然而帝也。	怎么好像天帝升上乾。
瑳兮瑳兮，⑪	美丽啊真美丽，
其之展也。⑫	她的礼服真美丽。
蒙彼绉絺，	罩上她的薄纹衣，
是绁袢也。⑬	是夏天穿的白内衣。
子之清扬，⑭	你的眉清目秀，
扬且之颜也。⑮	额角丰满是天授。
展如之人兮，⑯	诚像你这人啊，
邦之媛也。⑰	是国中的美人。

①君子：指卫宣公。 ②副：指首饰。笄（jī 鸡）：簪子，插在发中的。六珈（jiā 家）：加在簪子上的珠宝。 ③委委佗佗（tuó 驮）：庄重又雍容。 ④象服：绘画的衣服。 ⑤玼（cǐ 此）：鲜明。 ⑥鬒（zhěn 诊）：黑发。 ⑦髢（dí 狄）：假发。 ⑧瑱（tiàn 掭）：垂在两耳旁的玉。 ⑨揥（tì 替）：发钗

类首饰。 ⑩扬：眉上广。皙(xī 析)：白。 ⑪瑳(cuō 搓)：鲜白。 ⑫展：礼服。 ⑬绁袢(xiè fán 屑烦)：夏天穿的白色内衣。 ⑭扬：视清明。 ⑮扬：额角。 ⑯展：诚。 ⑰媛：美女。

《毛诗序》："《君子偕老》，刺卫夫人也。夫人淫乱，失事君子之道，故陈人君之德、服饰之盛，宜与君子偕老也。"《笺》："夫人，宣公夫人，惠公之母也。人君，小君也，或者'小'字误作'人'耳。"

桑 中

爰采唐矣，①	在什么地方采菟丝子，
沬之乡矣。②	在那个沬乡。
云谁之思？	说是想那个呢？
美孟姜矣。③	想的是美丽的孟姜。
期我乎桑中，④	她约我在桑中，
要我乎上宫，⑤	她邀我在上宫，
送我乎淇之上矣。⑥	她在淇水上把我送。
爰采麦矣，	在什么地方采麦，
沬之北矣。	在沬邑的北乡。
云谁之思？	说是想那个呢？
美孟弋矣。	想美丽的弋家大姑娘。
期我乎桑中，	她约我在桑中，

要我乎上宫，　　　　她邀我在上宫，
送我乎淇之上矣。　　她在淇水上把我送。

爰采葑矣，⑦　　　　在什么地方采芜菁，
沬之东矣。　　　　　在沬邑的沬乡东。
云谁之思？　　　　　说想什么人呢？
美孟庸矣。　　　　　想美丽的孟庸。
期我乎桑中，　　　　她约我在桑中，
要我乎上宫，　　　　她邀我到上宫，
送我乎淇之上矣。　　她在淇水上把我送。

①爰：于何，在什么地方。唐：菟丝子，寄生蔓草，比喻女方依靠男方。　②沬（mèi 妹）：卫邑名。　③孟：兄弟姊妹中排行最长的。姜是齐国女；弋（yì 亦），杞女；庸在沬东，孟庸，指庸族的长女，嫁给卫国的。④桑中：地名。　⑤要（yāo 腰）：邀。上宫：地名。　⑥淇：水名，源出河南林县，流至淇县入卫河。　⑦葑：芜菁。

《毛诗序》：“《桑中》，刺奔也。卫之公室淫乱，男女相奔，至于世族在位，相窃妻妾，期于幽远，政散民流，而不可止。”《笺》：“卫之公室淫乱，谓宣惠之世，男女相奔，不待媒氏以礼会之也。世族在位，取姜氏、弋氏、庸氏者也。窃，盗也。幽远，谓桑中之野。”

鹑之奔奔

鹑之奔奔，[①]　　雌鹑跟着雄鹑飞，
鹊之彊彊。[②]　　雌鹊跟着雄鹊飞。
人之无良，　　男人却是不良善，
我以为兄。　　我为什么当作兄长看。

鹊之彊彊，　　雌鹊跟着雄鹊飞，
鹑之奔奔。　　雌鹑跟着雄鹑飞。
人之无良，　　男人却是不良善，
我以为君。　　我为什么当作君主看。

①鹑（chún 淳）：鹌鹑。奔奔：指居有常匹，飞则相随貌。　②彊彊（jiāng jiāng 江江）：与“奔奔”相似。

《毛诗序》：“《鹑之奔奔》，刺卫宣姜也，卫人以为宣姜鹑鹊之不若也。”认为是刺宣姜，即认为是刺卫宣公夫人，因为她与卫宣公庶子公子顽相通。但《诗三家义集疏》认为这诗不是刺宣姜，是刺卫宣公。《左传》襄二十七年：“郑七卿享赵孟，伯有赋《鹑之奔奔》，赵孟曰：‘床笫之言不逾阈，况在野乎？非使人之所得闻也。’”杜注：“卫人刺其君淫乱，鹑鹊之不若，义取‘人之无良，我以为兄’、‘我以为君’也。”兄与君皆指男人，宣姜是女人，故三家诗以为刺卫宣公。就诗看，当以为刺卫宣公。

定之方中

定之方中，①	营室星儿正当中，
作于楚宫。②	十月造筑楚丘宫。
揆之以日，③	按照太阳定方向，
作于楚室。④	后造居室兴冲冲。
树之榛栗，	种的榛树兼有栗，
椅桐梓漆，⑤	还种椅桐和梓漆，
爰伐琴瑟。	于是好伐作琴瑟。
升彼虚矣，⑥	登那漕邑已成墟，
以望楚矣。	望见楚丘可定居。
望楚与堂，⑦	再望楚丘与堂邑，
景山与京。⑧	大山高丘相和集。
降观于桑，	下来观察那种桑，
卜云其吉，	占卜都说这里吉，
终然允臧。⑨	终于是善好居地。
灵雨既零，⑩	好雨既下水涓涓，
命彼倌人，⑪	命令那个驾车员，
星言夙驾，⑫	天晴早早把车驾，
说于桑田。⑬	把车停在种桑田。

匪直也人，⑭	不特劝农耕好田，
秉心塞渊，	用心充实又深远，
騋牝三千。⑮	七尺雌马繁殖到三千。

①定：星名，叫营室。此星认为在夏历十月可以营造宫室。　②楚宫：楚丘的宫。　③揆(kuí 葵)：度量太阳的出来和没落来定方向。　④楚室：整齐的房室，楚指整齐。　⑤榛、栗、椅、桐、梓、漆：皆树名。　⑥虚：指漕邑为墟，即荒废了。　⑦楚与堂：楚丘与堂邑。　⑧景山与京：大山与高丘。　⑨臧(zāng 赃)：善，好。　⑩灵雨：好雨。零：落下。　⑪倌(guān 官)人：驾车的人。　⑫星：晴。《韩诗》："星，精也。"精，晴明。夙：早。　⑬说(shuì 税)：通"税"，停止。　⑭匪直：不特。　⑮騋(lái 来)：七尺以上的马。牝(pìn 聘)：母马。

《毛诗序》："《定之方中》，美卫文公也。卫为狄所灭，东徙渡河，野处漕邑。齐桓公攘戎狄而封之。文公徙居楚丘，始建城市而营宫室，得其时制，百姓说(悦)之，国家殷富焉。"《笺》："《春秋》闵公三年冬，狄人入卫，卫懿公及狄人战于荧泽而败，齐桓公迎卫之遗民渡河，立戴公，以庐于漕。戴公立一年而卒。鲁僖公二年，齐桓公城楚丘而封卫，于是文公立而建国焉。"

蝃　蝀

蝃蝀在东，①	彩虹出在东方啊，
莫之敢指。	没有人敢指点它。
女子有行，②	姑娘要出嫁，

远父母兄弟。　　远远离开父母兄弟家。

朝隮于西，③　　早上彩云出在西，
崇朝其雨。④　　整个早晨在下雨。
女子有行，　　姑娘要出嫁，
远兄弟父母。　　远远离开兄弟父母家。

乃如之人也，　　是这样的人呀，
怀昏姻也。　　想念婚嫁呀。
大无信也，⑤　　太没有信，
不知命也。⑥　　不知道父母的命。

①蝃蝀（dì dōng 帝东）：彩虹。　②行：指出嫁。　③隮（jī 鸡）：彩云。　④崇朝：终朝。　⑤无信：无媒妁之言。　⑥不知命：不知父母之命。

《毛诗序》："《蝃蝀》，止奔也。卫文公能以道化其民，淫奔之耻，国人不齿也。"《笺》："不齿者，不与相长稚。"又《诗三家义集疏》："韩序曰：'刺奔女也。'"《后汉书·杨赐传》："有虹蜺昼降于嘉德殿前，赐书对曰：'今殿前之气，应为虹蜺，皆妖邪所生，不正之象，诗人所谓蝃蝀者也。'"

相　　鼠

相鼠有皮，　　观察老鼠有皮，

人而无仪。①　　人却没有威仪。
人而无仪，　　人而没有威仪，
不死何为？　　不死还干什么呢？

相鼠有齿，　　观察老鼠有齿，
人而无止。②　　人却没有行止。
人而无止，　　人而没有行止，
不死何俟？　　等待什么还不死？

相鼠有体，　　观察老鼠有体，
人而无礼。　　人却没有礼。
人而无礼，　　人而没有礼，
胡不遄死？③　　何不赶快死去？

①仪：威仪，使人尊敬的仪表。　②止：容止，行动的所止，指遵守礼法。　③遄（chuán 船）：快。

这诗的解释有二：一是《毛诗序》：“《相鼠》，刺无礼也。卫文公能正其群臣，而刺在位，承先君之化，无礼仪也。”二是《诗三家义集疏》：“鲁说曰：‘妻谏夫也。’”《白虎通·谏诤篇》：“妻得谏夫者，夫妇一体，荣耻共之。《诗》曰：‘相鼠有体，人而无礼，胡不遄死。’此妻谏夫之诗也。”

干 旄

孑孑干旄，①	特出的干挂旄牛尾旗，
在浚之郊。②	走在浚邑的郊区。
素丝纰之，③	用白丝线把旗边缝好，
良马四之。	用好马四匹做前驱。
彼姝者子，	那个美好的人呀，
何以畀之。④	拿什么来送给他呀。
孑孑干旟，⑤	特出的干挂画隼鸟旗，
在浚之都。	走在浚邑的都市里。
素丝组之，	用白丝线把旗边缝好，
良马五之。	用好马五匹做前驱。
彼姝者子，	那个美好的人呀，
何以予之。	拿什么来送给他呀。
孑孑干旌，⑥	特出的干挂鸟羽旗，
在浚之城。	走在浚邑的城区。
素丝祝之，⑦	用白丝线把旗边缝好，
良马六之。	用好马六匹做前驱。
彼姝者子，	那个美好的人呀，
何以告之。	拿什么来告诉这个人呀。

①孑孑(jié jié 杰杰)：特出貌。干：旗杆。旄(máo 毛)：旄牛尾做旗，旄牛即为牦牛。　②浚(jùn 峻)：卫地名。　③纰(pí 皮)：把旗的边上用线缝好。　④畀(bì 闭)：给与。　⑤旟(yú 鱼)：画有鹰隼的旗。　⑥旌(jīng 精)：上用野鸡毛装饰的旗。　⑦祝：连结。

《毛诗序》："《干旄》，美好善也。卫文公臣子多好善，贤者乐告以善道也。"《笺》："贤者，时处士也。"

载　驰

载驰载驱，	赶车赶马快些走，
归唁卫侯。①	回来吊问失国的卫侯。
驱马悠悠，②	赶着马儿走远路，
言至于漕。	走到漕邑还不留。
大夫跋涉，	大夫赶来阻止我，
我心则忧。	使我心里发忧愁。
既不我嘉，③	既然对我不赞成，
不能旋反。④	要我回去我不能。
视尔不臧，	看你想法都不好，
我思不远。	我的想法岂不深。
既不我嘉，	既然对我不赞成，
不能旋济。⑤	要我转回我不能。

视尔不臧， 看你想法都不好，
我思不闷。⑥ 我的想法岂不慎。

陟彼阿丘，⑦ 登上那个阿丘，
言采其蝱。⑧ 采点贝母来解忧。
女子善怀， 女人善于怀想，
亦各有行。⑨ 也各有主张。
许人尤之，⑩ 许国大夫责备我，
众稚且狂。⑪ 既是幼稚又发狂。

我行其野， 我走到卫国的原野，
芃芃其麦。⑫ 看见麦子正猛长。
控于大邦， 我求大国来相帮，
谁因谁极？⑬ 靠谁谁能急着来帮？
大夫君子， 大夫君子们，
无我有尤。 不要指责我有过错。
百尔所思， 百种法子是你们所想，
不如我所之。 不如我所亲自所往。

①唁（yàn 厌）：吊问失国。 ②悠悠：遥远。 ③嘉：好。 ④旋：转车。 ⑤济：止。 ⑥闷（bì 必）：同“毖”，慎。 ⑦阿丘：有一边高的山丘。 ⑧蝱（méng 萌）：贝母药。 ⑨行：道路，指主张。 ⑩尤：指过错。 ⑪众：通“终”，既是。 ⑫芃芃（péng péng 蓬蓬）：茂盛。 ⑬极：急。

这诗的解释有二：一是《毛诗序》："《载驰》，许穆夫人作也。闵其宗国颠覆，自伤不能救也。卫懿公为狄人所灭，国人分散，露于漕邑。许穆夫人闵卫之亡，伤许之小，力不能救，思归唁其兄，又义不得，故赋是诗也。"二是《诗三家义集疏》："鲁说曰：'许穆夫人者，卫懿公之女，许穆公之夫人也。初，许求之，齐亦求之，懿公将与许。女因其傅母而言曰："古者诸侯之有女子也，所以苞苴玩弄，系援于大国也。今者许小而远，齐大而近，若今之世，强者为雄，如使边境有寇戎之事，惟是四方之故，赴告大国，妾在不犹愈乎？今舍近而就远，离大而附小，一旦有车驰之难，孰可与虑社稷？"卫侯不听，而嫁之于许。其后翟人攻卫，大破之，而许不能救。卫侯遂奔走涉河，而南至楚丘。齐桓往而存之，遂城楚丘以居，卫侯于是悔不用其言。当败之时，许夫人驰驱而吊唁卫侯，因疾之而作诗云……君子善其慈惠而远识也。'"

卫　风

见《邶风》注。

淇　奥

瞻彼淇奥，①	看那淇水弯曲处，
绿竹猗猗。②	绿竹美盛有秩序。
有匪君子，③	这个文雅的君子人，
如切如磋，④	如切如磋治骨器，
如琢如磨。⑤	如雕玉石美如许。
瑟兮僩兮，⑥	庄严啊宽大啊，
赫兮咺兮。⑦	喧赫啊威仪啊。
有匪君子，	这个文雅的君子人，
终不可谖兮。⑧	终于教人不可忘掉他。
瞻彼淇奥，	看那淇水弯曲处，
绿竹青青。	绿竹青青有秩序。
有匪君子，	这个文雅的君子人，
充耳琇莹，⑨	耳瑱美玉光莹莹，
会弁如星。⑩	帽缝宝玉有如星。
瑟兮僩兮，	庄严啊宽大啊，

赫兮咺兮。	喧赫啊威仪啊。
有匪君子，	这个文雅的君子人，
终不可谖兮。	终于不可忘掉他。

瞻彼淇奥，	看那淇水弯曲处，
绿竹如箦。⑪	绿竹郁积有秩序。
有匪君子，	这个文雅的君子人，
如金如锡，	像金像锡般贵重，
如圭如璧。	像圭像璧美如许。
宽兮绰兮。⑫	宽广啊阔绰啊，
猗重较兮。⑬	像依靠车子重较啊。
善戏谑兮，⑭	善于对人们作戏谑，
不为虐兮。	不去对人们作暴虐。

①奥：弯曲处。　②猗猗：长而美。　③匪：通“斐”，文采。　④切磋：治骨曰切，治象牙曰磋。　⑤琢磨：治玉曰琢，治石曰磨。　⑥瑟：庄严貌。僩（xiàn 现）：宽大貌。　⑦赫：威严貌。咺（xuān 喧）：威仪。　⑧谖（xuān 宣）：忘。　⑨琇（xiù 秀）：宝石。莹：光彩。　⑩会弁（biàn 便）：鹿皮帽接合处。如星：会合处缀上宝石如星。　⑪箦（zé 则）：积，郁积。　⑫绰：旷达。　⑬猗：通“倚”。重较：相重复的车厢横木。　⑭戏谑：开玩笑。

《毛诗序》：“《淇奥》，美武公之德也。有文章，又能听其规谏，以礼自防，故能入相于周，美而作是诗也。”

考　槃

考槃在涧，①	快乐成就在涧中，
硕人之宽。②	高大人儿心宽松。
独寐寤言，③	独睡独醒独自语，
永矢弗谖。	永远发誓不忘记。
考槃在阿，④	快乐成就在山阿，
硕人之薖。⑤	高大人儿快活多。
独寐寤歌，	独睡独醒独唱歌，
永矢弗过。	永远发誓不错过。
考槃在陆，	快乐成就在平陆，
硕人之轴。⑥	高大人儿心快乐。
独寐寤宿，	独睡独醒独自卧，
永矢弗告。	永远发誓弗告诉。

①考：成就。槃（pán 盘）：快乐。　②宽：放松。　③寐：睡。寤：睡醒。　④阿：山的曲隅。　⑤薖（kē 科）：快活。　⑥轴：宽舒。

《毛诗序》："《考槃》，刺庄公也。不能继先公之业，使贤者退而穷处。"《笺》："穷，犹终也。"

硕　人

硕人其颀，①	高大美人实在高，
衣锦褧衣。②	身穿锦衣布衣罩。
齐侯之子，	是齐侯的女儿，
卫侯之妻，	又是卫侯的妻，
东宫之妹，③	是齐太子的亲妹妹，
邢侯之姨，	邢国侯的小姨，
谭公维私。④	谭公是她的妹婿。
手如柔荑，⑤	手指像初生的柔荑，
肤如凝脂，	皮肤像凝结的白脂，
领如蝤蛴，⑥	头颈像白而长的蝤蛴，
齿如瓠犀，⑦	牙齿整齐得像那瓠瓜子，
螓首蛾眉。⑧	方正前额细弯眉。
巧笑倩兮，⑨	巧妙笑时酒窝好，
美目盼兮。⑩	美目盼时眼波俏。
硕人敖敖，⑪	高大美人面貌妙，
说于农郊。	车子停止在近郊。
四牡有骄，	四匹雄马气势骄，
朱幩镳镳，⑫	红色带子马勒飘，

翟茀以朝。⑬	手拿雉羽来上朝。
大夫夙退，	大夫可以早退朝，
无使君劳。	不要使君主多辛劳。

河水洋洋，	黄河流水满洋洋，
北流活活，⑭	向北流势波泱泱，
施罛涉涉，⑮	鱼网撒在水中央，
鳣鲔发发，⑯	鳣鱼鲔鱼忙乱跳，
葭菼揭揭。⑰	芦苇荻梗正猛长。
庶姜孽孽，⑱	庶姜陪嫁盛饰忙，
庶士有朅。⑲	庶士护送也逞强。

①硕人：高大的美人。颀（qí 其）：指高。 ②褧（jiǒng 炯）：布罩衣。穿锦衣的人，要穿布罩衣。 ③东宫：指齐国的太子宫。 ④私：古时女子称姊妹之丈夫为私。 ⑤荑：茅草芽。 ⑥蝤蛴（qiú qí 囚齐）：天牛幼虫，色白身长。 ⑦瓠犀：瓠瓜的子，白而整齐。 ⑧螓（qín 秦）：似蝉而小，头宽广正方。蛾眉：蚕蛾的触角，细长而曲。 ⑨倩：笑靥美好貌。 ⑩盼：望，指眼波流动。 ⑪敖敖：身高貌。 ⑫幩（fén 坟）：帛绢，用在马口上，使不汗。镳镳（biāo biāo 标标）：马嚼子。马衔两旁的铁饰称镳。镳镳，盛美貌。 ⑬翟茀（fú 弗）：野鸡毛羽作车后的装饰。 ⑭活活（guō guō 郭郭）：水流声。 ⑮罛（gū 孤）：大鱼网。涉涉（huò huò 或或）：撒网入水声。 ⑯鳣（zhān 毡）：鳇鱼。鲔（wěi 委）：鲟鱼。发发（bō bō 波波）：鱼跳跃声。 ⑰葭菼（jiā tǎn 家坦）：初生芦苇和荻。揭揭（jiē jiē 孑孑）：长貌。 ⑱孽孽（niè niè 聂聂）：盛饰貌。 ⑲朅（qiè 怯）：勇武貌。

这诗的解释有三：一是《毛诗序》："《硕人》，闵庄姜也。庄公惑于嬖妾，使骄上僭，庄姜贤而不答，终以无子，国人闵而忧之。"二是《诗三家义集疏》："鲁说曰：'傅母者，齐女之傅母也。女为卫庄公夫人……有冶容之行、淫佚之心，傅母见其妇道不正……砥厉女之心以高节……女遂感而自修。君子善傅母之防未然也。'"三是方玉润《诗经原始》："《硕人》，颂庄姜美而贤也。""诗之不咏其贤者，诗之所以善咏乎贤者也。……诗发端不曰'硕人其颀'乎？夫所谓硕人者，有德之尊称也。曾谓妇之不贤而可谓之硕人乎？故题眼既标，下可从旁模写，极意铺陈，无非为此硕人生色。"

氓

氓之蚩蚩，①	那人前来笑嘻嘻，
抱布贸丝。	抱着布匹来换丝。
匪来贸丝，	不是真的来换丝，
来即我谋。	来前找我谈婚辞。
送子涉淇，	送你渡过淇水去，
至于顿丘。②	到了顿丘分别伊。
匪我愆期，③	不是我误了婚期，
子无良媒。	是你没有请好媒。
将子无怒，④	请你不要生怒气，
秋以为期。	清秋时节是佳期。
乘彼垝垣，⑤	登上那坏墙头，

以望复关。⑥	用来望那复关。
不见复关，	没有看见复关，
泣涕涟涟。⑦	哭泣得眼泪接连。
既见复关，	既然看见复关，
载笑载言。⑧	又是笑来又发言。
尔卜尔筮，⑨	你已卜吉又请筮，
体无咎言。⑩	卦上没有不祥话。
以尔车来，	用你的车子来，
以我贿迁。⑪	把我嫁妆运一回。
桑之未落，	桑叶没有落下时，
其叶沃若。⑫	叶儿润泽又繁盛。
于嗟鸠兮，	可叹那小斑鸠啊，
无食桑葚。⑬	不要吃那桑葚。
于嗟女兮，	可叹那姑娘啊，
无与士耽。⑭	不要同男人爱过分。
士之耽兮，	男人的爱过分，
犹可说也。⑮	要摆脱还可以讲。
女之耽兮，	姑娘的爱过分，
不可说也。	要摆脱不可以讲。
桑之落兮，	桑树的叶儿落了啊，

其黄而陨。[16]	叶儿枯黄往下掉。
自我徂尔，[17]	自从我到你家来，
三岁食贫。	三年贫困过不少。
淇水汤汤，[18]	当年淇水满洋洋，
渐车帷裳。[19]	打湿车里帷子和下裳。
女也不爽，[20]	我的心思不变样，
士贰其行。[21]	你的行为却两样。
士也罔极，[22]	男人心思不可测，
二三其德。	三心两意也算德。
三岁为妇，	三年做个媳妇了，
靡室劳矣。	没有家事不辛劳。
夙兴夜寐，	早起晚睡过惯了，
靡有朝矣。	没有一天息过朝。
言既遂矣，	说是既经遂心了，
至于暴矣。	你的态度变凶暴。
兄弟不知，	兄弟对此不知道，
咥其笑矣。[23]	看见我时只是笑。
静言思之，	静静地细细想一回，
躬自悼矣。	自身独个儿自伤悼。
及尔偕老，	原想和你同到老，

老使我怨。	老使我怨终不断。
淇则有岸，	淇水洋洋有个岸，
隰则有泮。㉔	漯水长长也有岸。
总角之宴，㉕	我们小时的快乐，
言笑晏晏。㉖	说说笑笑是一贯。
信誓旦旦，㉗	山盟海誓岂不算，
不思其反。㉘	不想从前多灿烂。
反是不思，	从前灿烂你不想，
亦已焉哉。	也是罢了莫再讲。

①氓(méng)：民。蚩蚩(chī chī 吃吃)：戏笑貌。 ②顿丘：卫地名。 ③愆(qiān 千)：错过。 ④将：请。 ⑤垝(guǐ 诡)垣：毁坏的墙。 ⑥复关：地名，氓所居地。 ⑦涟涟(lián lián 连连)：眼泪连接貌。 ⑧载：则。 ⑨筮(shì 是)：用蓍草占吉凶。 ⑩体：卜卦的征兆。咎言：不吉的话。 ⑪贿(huì 悔)：财物，指嫁妆。 ⑫沃若：润泽貌。 ⑬葚(shèn 慎)：桑树所结果实。 ⑭耽(dān 单)：乐过其节，极爱。 ⑮说：通“脱”，摆脱。 ⑯陨(yǔn 允)：落下。 ⑰徂(cú 殂)：往。 ⑱汤汤(shāng shāng 商商)：水多貌。 ⑲渐(jiān 尖)：沾湿。 ⑳爽：失，差。 ㉑贰：有二心。 ㉒罔极：不可测。 ㉓咥(xì 戏)：大笑貌。 ㉔隰(xí 席)：水名，即漯(luò 洛)河。泮(pàn 判)：岸。 ㉕总角：古时儿童两边梳辫，如双角，指童年。宴：欢乐。 ㉖晏晏：和柔。 ㉗旦旦：诚恳貌。 ㉘反：反覆。已：止。

这诗的解释有二：一是《毛诗序》：“《氓》，刺时也。宣公之时，礼义消亡，淫风大行，男女无别，遂相奔诱。华落色衰，复相弃背，或乃困而自悔，丧其妃耦，故序其事以风焉。美反正，刺淫泆也。”二是《诗三家义集疏》称齐说曰：“弃妇自悔恨之辞。”二说较合。

竹　竿

籊籊竹竿，①	钓鱼竹竿长又尖，
以钓于淇。	用来垂钓淇水边。
岂不尔思，	岂有不是这样想，
远莫致之。	莫能达到道路长。
泉源在左，②	泉水源头在左边，
淇水在右。	淇水河流在右边。
女子有行，	姑娘自从出嫁后，
远兄弟父母。	远离兄弟父母前。
淇水在右，	淇河水流在右边，
泉源在左。	泉水源头在左边。
巧笑之瑳，③	巧妙笑时齿鲜白，
佩玉之傩。④	佩玉行动声接连。
淇水滺滺，⑤	淇河之水长长流，
桧楫松舟。	桧树做楫松做舟。
驾言出游，	坐着轻舟来出游，

以写我忧。　　用来舒写心中忧。

①籊籊（dí dí 狄狄）：长而尖貌。 ②泉：指百泉，在卫的西北，东南流入淇水。 ③瑳（cuō 磋）：玉色鲜白。 ④傩（nuó 挪）：有节奏。 ⑤滺滺（yóu yóu 由由）：水流貌。

《毛诗序》："《竹竿》，卫女思归也。适异国而不见答，思而能以礼者也。"又《诗三家义集疏》的编者王先谦说："愚按：古之小国数十百里，虽云异国，不离淇水流域。前三章卫之淇水，末章则异国之淇水也。"又方玉润《诗经原始》："《竹竿》，卫女思归也。""无端而念旧。……盖其局度雍容，音节圆畅，而造语之工，风致嫣然，自足以擅美一时。"

芄　兰

芄兰之支，①　　芄兰的枝，
童子佩觿。②　　像童子佩带的象锥。
虽则佩觿，　　虽则像象锥，
能不我知。　　能够不同我相知。
容兮遂兮，③　　有容仪啊有成就啊，
垂带悸兮。④　　带子下垂都有样啊。

芄兰之叶，　　芄兰的叶子，
童子佩韘。⑤　　像童子佩带的象钩。

虽则佩韘，	虽则像象钩，
能不我甲。⑥	能够不同我亲狎。
容兮遂兮，	有容仪啊有成就啊，
垂带悸兮。	带子下垂都有样啊。

①芄（wán 丸）兰：植物名，一名萝藦，蔓生。支：枝条。　②觿（xī 希）：解结的用具，用象骨制，形如锥。　③容：容仪。遂：成就。　④悸：带下垂貌。　⑤韘（shè 涉）：钩弦用具，射箭时用，象骨制。　⑥甲：一作"狎"。

这诗的解释有二：一是《毛诗序》："《芄兰》，刺惠公也。骄而无礼，大夫刺之。"《笺》："惠公以幼童即位，自谓有才能而骄慢于大臣，但习威仪，不知为政以礼。"二是方玉润《诗经原始》："《芄兰》，讽童子以守分也。""此诗不过刺童子之好躐等而进，诸事骄慢无礼，以见先进恂恂退让之风无复存者。"

河　广

谁谓河广，①	谁说黄河太宽广，
一苇杭之。②	一束芦苇可以航。
谁谓宋远，	谁说宋国太遥远，
跂余望之。③	踮起脚来可以望。
谁谓河广，	谁说黄河太宽广，
曾不容刀。④	竟然容不下一小舠。

谁谓宋远，	谁说宋国太遥远，
曾不崇朝。⑤	竟然不到一终朝。

①河：指黄河。 ②一苇：指黄河的广，一束芦苇可以航行。杭：通“航”。 ③跂（qì 气）：踮起脚尖。 ④刀：通“舠”，指小船。 ⑤崇朝：终朝，来回不过一个早晨。

《毛诗序》：“《河广》，宋襄公母归于卫，思而不止，故作是诗也。”《笺》：“宋桓公夫人，卫文公之妹，生襄而出。襄公即位，夫人思宋，义不可往，故作诗以自止。”宋桓公夫人，被出，出妇只能回娘家卫，不能归宋。

伯　兮

伯兮朅兮，①	老大啊，勇武啊，
邦之杰兮。	是国内的英杰啊。
伯也执殳，②	老大拿着丈二棒，
为王前驱。	为了周王当前锋。
自伯之东，③	自从老大亲往东，
首如飞蓬。④	我的头发像飞蓬。
岂无膏沐，⑤	难道没有脂和油，
谁适为容？⑥	为谁修饰为谁容？

其雨其雨，	该下雨该下雨，
杲杲日出。⑦	一轮红日高高出。
愿言思伯，	愿意说是念老大，
甘心首疾。	头脑发病甘受害。
焉得谖草，⑧	怎么得到忘忧草，
言树之背。⑨	说是种在北堂好。
愿言思伯，	愿意说是念老大，
使我心痗。⑩	使我心里受病害。

①伯：老大。朅(qiè 妾)：威武。　②殳(shū 书)：古兵器，杖类，长丈二而无刃。　③之：往。　④飞蓬：乱飞的蓬草。　⑤膏沐：化妆用的油脂。　⑥谁适为容：为谁修饰打扮。　⑦杲杲(gǎo gǎo 搞搞)：阳光强烈貌。　⑧谖(xuān 萱)草：即萱草，亦称忘忧草。　⑨背：指北堂。　⑩痗(mèi 妹)：病。

《毛诗序》："《伯兮》，刺时也。言君子行役，为王前驱，过时而不反焉。"《笺》："卫宣公之时，蔡人、卫人、陈人从王伐郑伯也。为王前驱久，故家人思之。"按陈、蔡皆小国，周王又弱，而所伐郑伯，当时称强，而伯又为王前驱，故思之也。思伯，又忧覆败也。

有　狐

有狐绥绥，①	有只狐狸独自走，

在彼淇梁。②	在那淇水桥边头。
心之忧矣，	我的心里直发愁，
之子无裳。③	这人裤儿也没有。
有狐绥绥，	有只狐狸独自走，
在彼淇厉。④	在那淇水摆渡口。
心之忧矣，	我的心里直发愁，
之子无带。	这人带子也没有。
有狐绥绥，	有只狐狸独自走，
在彼淇侧。	在那淇水旁边头。
心之忧矣，	我的心里直发愁，
之子无服。	这人衣服也没有。

①狐：一说狐比喻男性。绥绥：指独自行走。 ②梁：桥。 ③裳：下裳，指裤子。 ④厉：河水深，摆渡处。

《毛诗序》："《有狐》，刺时也。卫之男女失时，丧其妃耦焉。古者国有凶荒，则失礼而多婚，会男女之无夫家者，所以育人民也。"《笺》："育，生长也。"

木　瓜

投我以木瓜，①	他送我用木瓜，

报之以琼琚。②	用美玉报答他。
匪报也，	不是答报，
永以为好也。	是永远作为相好。
投我以木桃，③	他送我用木桃，
报之以琼瑶。	报答他用琼瑶。
匪报也，	不是答报，
永以为好也。	是永远作为相好。
投我以木李，④	他送我用木李，
报之以琼玖。	报答他用琼玖。
匪报也，	不是答报，
永以为好也。	是永远作为相好。

①木瓜：植物名，落叶灌木或乔木，果实秋成熟，椭圆，有香气，经蒸煮或蜜渍后供食用。 ②琼琚(jū 居)：指美玉。 ③木桃：指樝子。樝子似梨而酸涩。因此一说木桃即指桃子，因生于桃树，故称木。 ④木李：即榠樝，与木瓜相似，比木瓜大而色黄。因此有人即以木李为李子，因生在李树上，故加木。

这诗的解释有二：一是《毛诗序》："《木瓜》，美齐桓公也。卫国有狄人之败，出处于漕，齐桓公救而封之，遗之车马器服焉。卫人思之，欲厚报之而作是诗也。"二是朱熹《诗集传》："言人有赠我以微物，我当报之以重宝，而犹未足以为报也，但欲其长以为好而不忘耳。疑亦男女相赠答之辞，如《静女》之类。"

王　风

周公建立洛邑，是谓东都。后来幽王失掉西周，他的儿子东迁洛邑，是谓东周。东周已经同诸侯相似了。所以迁居洛邑王城的诗称为王风，即王国的诗，同诸侯国的诗一样。

黍　离

彼黍离离，①	那个黍子长成行列，
彼稷之苗。②	那个高粱正在长苗。
行迈靡靡，③	走路慢慢地走，
中心摇摇。④	心里头不安地摇摇。
知我者谓我心忧，	知道我的人说我心在发愁，
不知我者谓我何求。	不知道我的人说我有什么要求。
悠悠苍天，	遥远的苍天啊，
此何人哉！	这是什么人造成的啊！

彼黍离离，	那个黍子长成行列，
彼稷之穗。	那个高粱正在抽穗。
行迈靡靡，	走路慢慢地走，
中心如醉。	心中像喝醉了酒。
知我者谓我心忧，	知道我的人说我心在发愁，
不知我者谓我何求。	不知道我的人说我有什么要求。

悠悠苍天，	遥远的苍天啊，
此何人哉！	这是什么人造成的啊！
彼黍离离，	那个黍子长成行列，
彼稷之实。	那个高粱正在结实。
行迈靡靡，	走路慢慢地走，
中心如噎。⑤	心中好像气逆发咽。
知我者谓我心忧，	知道我的人说我心发愁，
不知我者谓我何求。	不知道我的人说我有什么要求。
悠悠苍天，	遥远的苍天啊，
此何人哉！	这是什么人造成的啊！

①黍（shǔ 暑）：黍子，草本植物，子实淡黄色，去皮后叫黄米，煮熟后有黏性。离离：行列貌。　②稷（jì 寂）：高粱。　③靡靡：行步迟缓貌。　④摇摇：心神不安。　⑤噎（yē 掖）：气逆不顺。

《毛诗序》："《黍离》，闵宗周也。周大夫行役，至于宗周（西周），过故宗庙宫室，尽为禾黍，闵周室之颠覆，彷徨不忍去，而作是诗也。"《笺》："宗周，镐京也，谓之西周。周，王城也，谓之东周。幽王之乱而宗周灭，平王东迁，政遂微弱，下列于诸侯，其诗不能复雅，而同于《国风》焉。"

君子于役

君子于役，①	先生在服劳役，

不知其期，	不知他的期限，
曷至哉？	何时回来啊？
鸡栖于埘，②	鸡飞上窠，
日之夕矣，	太阳下了山，
羊牛下来。	羊牛下来。
君子于役，	先生在服劳役，
如之何勿思？	怎么不想一回？
君子于役，	先生在服劳役，
不日不月，	不讲日子不讲月，
曷其有佸？③	怎么能够求会合？
鸡栖于桀，④	鸡栖息在小木桩，
日之夕矣，	太阳下了山，
羊牛下括。⑤	牛羊下来。
君子于役，	先生在服劳役，
苟无饥渴！	愿他没有饥和渴！

①役：服劳役。　②埘（shí 时）：墙上挖洞做鸡窠。　③佸（huó 活）：会合。　④桀：木桩。　⑤括（kuò 扩）：来。

这诗的解释有二：一是《毛诗序》："《君子于役》，刺平王也。君子行役无期度，大夫思其危难以风焉。"二是《诗三家义集疏》编者王先谦按语："案：据诗文'鸡栖'、'日夕'、'牛羊下来'，乃室家相思之情，无僚友托讽之谊，所称'君子'，妻谓其夫，《序》说误也。"

君子阳阳

君子阳阳，①	先生喜洋洋，
左执簧，②	左手拿着笙簧，
右招我由房。③	右手招我去游逛。
其乐只且！	他的快乐无量！
君子陶陶，④	先生乐陶陶，
左执翿，⑤	左手拿着羽毛舞纛，
右招我由敖。	右手招我出游遨。
其乐只且！	他真快乐逍遥！

①阳阳：快乐。　②簧：指笙，古代的乐器。笙以簧为舌。　③由房：通"游敖"，指游戏。　④陶陶：和乐貌。　⑤翿（dào 道）：即纛，羽毛做的舞具。

这诗的解释有二：一是《毛诗序》："《君子阳阳》，闵周也。相招为禄仕，全身远害而已。"《笺》："禄仕者，可得禄而已，不求道行。"二是方玉润《诗经原始》："盖三代贤人君子，多隐仕于伶官，以其得节礼乐，可以陶性情而收和乐之功。故或处一房之中，或侍遨游之际，无不扬扬自得，陶陶斯咏，有以自乐。"

扬 之 水

扬之水，①	激扬翻腾的河水，
不流束薪。	一束薪不流去。
彼其之子，②	那个自己乡里的人，
不与我戍申。③	不同我去守申。
怀哉怀哉，	想念啊想念啊，
曷月予还归哉？	哪月我还能回去啊？
扬之水，	激扬翻腾的河水，
不流束楚。	一捆柴不流去。
彼其之子，	那个自己乡里的人，
不与我戍甫。	不同我守甫。
怀哉怀哉，	想念啊想念啊，
曷月予还归哉？	哪月我还能回去啊？
扬之水，	激扬翻腾的河水，
不流束蒲。	一捆蒲草不流去。
彼其之子，	那个自己乡里的人，
不与我戍许。	不同我守许。
怀哉怀哉，	怀念啊怀念啊，
曷月予还归哉？	哪月我还能回去啊？

①扬：激扬。　②其：或作“己”，今按“己”译。　③戍：守卫。申、甫、许：皆地名。

《毛诗序》：“《扬之水》，刺平王也。不抚其民而远屯戍于母家，周人怨思焉。”《笺》：“平王母家申国，在陈、郑之南，迫近强楚，王室微弱而数见侵伐，王以是戍之。”

中谷有蓷

中谷有蓷，①	谷中长有益母草，
暵其干矣。②	干燥它又再求干。
有女仳离，③	有女离弃伤心肝，
嘅其叹矣。④	感慨伤心又长叹。
嘅其叹矣，	感慨伤心又长叹，
遇人之艰难矣。	嫁个男人真艰难。
中谷有蓷，	谷中长有益母草，
暵其脩矣。⑤	干燥它又长求干。
有女仳离，	有女离弃伤心肝，
条其歗矣。⑥	长长的有她的痛苦。
条其歗矣，	长长的有她的痛苦，
遇人之不淑矣。	嫁了个人真不妥。
中谷有蓷，	谷中长有益母草，

暵其湿矣。⑦	干燥它变湿力求干。
有女仳离，	有女离弃伤心肝，
啜其泣矣。⑧	呜咽哭泣伤心极。
啜其泣矣，	呜咽哭泣伤心极，
何嗟及矣。	怎么嗟叹来不及。

①蓷（tuī 推）：益母草。　②暵（hàn 汉）：干燥。　③仳（pǐ 痞）离：离弃。　④嘅（kǎi 凯）：叹息。　⑤脩（xiū 休）：干肉，因指干。　⑥条：指长。歗（xiào 啸）：痛声。　⑦湿："㬤（qì 泣）"的假借，干。　⑧啜（chuò 辍）：哭泣时抽噎。

这诗的解释有二：一是《毛诗序》："《中谷有蓷》，闵周也。夫妇日以衰薄，凶年饥馑，室家相弃尔。"二是朱熹《诗集传》："凶年饥馑，室家相弃，妇人览物起兴，而自述其悲叹之辞也。"

兔　爰

有兔爰爰，①	有兔脱网游不绝，
雉离于罗。②	野鸡入网网不裂。
我生之初，	我的生活开始时，
尚无为，③	还是无为少磨折，
我生之后，	我的生活到后来，
逢此百罹。	碰到百种的磨折。
尚寐无吪！④	还是睡着无可说！

有兔爰爰，	有兔脱网好优游，
雉离于罦。[5]	野鸡入网无限愁。
我生之初，	我的生活开始时，
尚无造，[6]	还是无事少闯祸，
我生之后，	我的生活到后来，
逢此百忧。	碰到这样百种忧。
尚寐无觉！	还是睡着才算休！
有兔爰爰，	有兔脱网往前冲，
雉离于罿。[7]	野鸡陷在罗网中。
我生之初，	我的生活开始时，
尚无庸，[8]	还是无事少灾凶，
我生之后，	我的生活到后来，
逢此百凶。	碰到这样百种凶。
尚寐无聪！	还是睡着耳不聪！

①爰爰：解网放纵。 ②离：同“罹”，入网。罗：网。 ③无为：无所作为。 ④吪（é 俄）：说话。 ⑤罦（fú 浮）：捕鸟网。 ⑥造：造祸。 ⑦罿（tóng 童）：捕鸟网。 ⑧庸：用，与“造”同。

这诗的解释有二：一是《毛诗序》：“《兔爰》，闵周也。桓王失信，诸侯皆叛，构怨连祸，王师伤败，君子不乐其生焉。”二是方玉润《诗经原始》：“诗人不幸遭此乱离，不能不回忆当初犹及见西京盛世，法制虽衰，纪纲未坏，其时尚幸无事也。迨东都既迁……而王纲愈坠，天下乃从此多故。……故不如长睡不醒之为愈耳。”

葛　藟

绵绵葛藟，①	长长的野葛茎，
在河之浒。②	在河的边上生。
终远兄弟，	终于远离兄弟们，
谓他人父。	叫他人父。
谓他人父，	叫他人父，
亦莫我顾。	也没有对我照顾。
绵绵葛藟，	长长的野葛茎，
在河之涘。③	在河的边上生。
终远兄弟，	终于远离兄弟们，
谓他人母。	叫他人娘。
谓他人母，	叫他人娘，
亦莫我有。④	也没有对我抚养。
绵绵葛藟，	长长的野葛茎，
在河之漘。⑤	在河的边上生。
终远兄弟，	终于远离兄弟们，
谓他人昆。	叫他人兄。

谓他人昆，	叫他人兄，
亦莫我闻。⑥	也没有对我问穷。

①绵绵：长不断绝。葛藟（lěi 垒）：蔓草名，见《诗·周南·樛木》。②浒（hǔ 虎）：水边。　③涘（sì 似）：水边。　④有：通“友”。　⑤漘（chún 唇）：水边。　⑥闻：与“问”通。

这诗的解释有二：一是《毛诗序》：“《葛藟》，王族刺平王也。周室道衰，弃其九族焉。”《笺》：“九族者，据己上高祖、下及玄孙之亲。”二是朱熹《诗集传》：“世衰民散，有去其乡里家族而流离失所者，作此诗以自叹。言绵绵葛藟，则在河之浒矣。今乃终远兄弟而谓他人为己父，己虽谓彼为父，而彼亦不我顾，则其穷也甚矣。”

采　葛

彼采葛兮，	那个采葛啊，
一日不见，	一天不见，
如三月兮。	好比隔了三个月啊。
彼采萧兮，①	那个采青蒿啊，
一日不见，	一天不见，
如三秋兮。②	好比隔了三个秋啊。

彼采艾兮，	那个采艾啊，
一日不见，	一天不见，
如三岁兮。	好比隔了三年啊。

①萧：植物名，即青蒿，有香气。 ②三秋：三个秋天，一个秋天三个月，三个秋天即九个月。

这诗的解释有二：一是《毛诗序》："《采葛》，惧谗也。"《笺》："桓王之时，政事不明，臣无大小，使出者则为谗人所毁，故惧之。"二是方玉润《诗经原始》："夫良友情亲，如同夫妇，一朝远别，不胜相思，此正交情浓厚处，故有三月、三秋、三岁之感也。"

大　车

大车槛槛，①	槛槛发声是牛车，
毳衣如菼。②	车毡有似芦苇花。
岂不尔思，	岂有我不想念你，
畏子不敢。	怕你不敢成一家。
大车啍啍，③	牛车开得慢又重，
毳衣如璊。④	车毡颜色像玉红。
岂不尔思，	岂有我不想念你，
畏子不奔。	怕你出奔不相从。

穀则异室，⑤	活着住的不同房，
死则同穴。	死了同你在一坑。
谓予不信，	说我说话不可信，
有如皦日。⑥	有这高高的太阳。

①大车：姚际恒说是牛车。槛槛（kǎn kǎn 砍砍）：指车声。 ②毳（cuì 脆）衣：车上蔽风雨的毡子。菼（tǎn 毯）：初生的芦苇花。 ③啍啍（tūn tūn 吞吞）：指车慢而笨重的声音。 ④璊（mén 门）：赤色的玉。 ⑤穀：活着。 ⑥皦：同“皎”，光明。

这诗的解释有三：一是《毛诗序》：“《大车》，刺周大夫也。礼义陵迟，男女淫奔，故陈古以刺今，大夫不能听男女之讼焉。”二是《诗三家义集疏》：“鲁说曰：‘楚伐息，破之，虏其君，使守门，将妻其夫人而纳之于宫。楚王出游，夫人遂出见息君，谓之曰：“人生要一死而已，何至自苦？妾无须臾而忘君也，终不以身更贰醮，生离于地上，何如死归于地下乎？”乃作诗曰：“穀则异室，死则同穴。谓予不信，有如皦日。”息君止之，夫人不听，遂自杀。息君亦自杀，同日俱死。楚王贤其夫人守节有义，乃以诸侯之礼合而葬之。君子谓夫人说于行善，故序之于《诗》。夫义动君子，利动小人。息君夫人不为利动矣。’”三是《左传》鲁庄公十四年七月，“遂灭息，以息妫归，生堵敖及成王焉”。息妫即息夫人，息夫人与楚王生了二子，她没有死。

丘中有麻

丘中有麻，	土丘中间有苎麻，
彼留子嗟。①	他是留子嗟。
彼留子嗟，	他是留子嗟，
将其来施施。②	愿他高兴地来吧。
丘中有麦，	土丘中间有小麦，
彼留子国。	他是留子国。
彼留子国，	他是留子国，
将其来食。	愿他快来谋吃食。
丘中有李，	土丘中间有李树，
彼留之子。	他是留的子。
彼留之子，	他是留的子，
贻我佩玖。	他把美玉向我赠。

①彼留子嗟：彼是留子嗟，留子嗟是人名。　②将：请，愿。施施：高兴貌。

这诗的解释有四：一是《毛诗序》："《丘中有麻》，思贤也。庄王不明，贤人放逐，国人思之而作是诗也。"《笺》："思之者，思其来，己得见之。"二是《诗三家义集疏》："称留为姓，一名留子嗟，二名留子国，三则姓留而不称名。”三是方玉润《诗经原始》：“周衰，贤人放废，或越在他邦，或尚留本国，故互相招集，退处丘园以自乐。”四是以留子国、留子嗟、留什么为三人，有三女以三人为情人来幽会，与《静女》相似。

卷　三

国　风

郑　风

郑，国名。初本在西周畿内咸林之地，在今陕西安华州，周宣王以封其弟友为采地。后为幽王司徒，死于犬戎之难，其子武公掘突，定平王于东都，亦为司徒。又得虢桧地，乃徙封于新邑，是为新郑，即河南开封府新郑县，即成皋、荥阳虎牢之地，岩险闻天下，密迩东周，故次于《王风》。

缁　衣

缁衣之宜兮，①	黑衣的适宜啊，
敝予又改为兮。②	破了我又替你改做啊。
适子之馆兮，③	到你的客馆中啊，
还予授子之粲兮。④	回来我送给你的饭啊。
缁衣之好兮，	黑衣的美好啊，
敝予又改造兮。	破了我又替你改造啊。

适子之馆兮，　　　　到你的客馆中啊，
还予授子之粲兮。　　回来我送给你的饭啊。

缁衣之蓆兮，[5]　　　黑衣的宽大啊，
敝予又改作兮。　　　破了我又替你改做啊。
适子之馆兮，　　　　到你的客馆中啊，
还予授子之粲兮。　　回来我送给你的饭啊。

①缁(zī 资)衣：黑衣。　②敝：破坏。改为：改做。　③馆：客舍。　④粲：为“餐”之假借字。　⑤蓆：宽，大。

这诗的解释有二：一是《毛诗序》：“《缁衣》，美武公也。父子并为周司徒，善于其职，国人宜之，故美其德，以明有国善善之功焉。”《笺》：“父谓武公父桓公也。司徒之职掌十二教，‘善善’者，治之有功也。郑国之人皆谓桓公、武公居司徒之官，正得其宜。”二是方玉润《诗经原始》：“美郑武公好贤”，不然“‘改衣’、‘适馆’、‘授粲’，此岂臣下施于君上哉？无论郑人不宜为此言，即周人亦不当出此词”。又说：“卿士旦朝于王，服皮弁，不服缁衣。”

将仲子

将仲子兮，[1]　　　　请仲子啊，
无逾我里，[2]　　　　不要跨进我闾里，

无折我树杞。③	不要攀折我家的杞。
岂敢爱之，	难道我敢爱惜它，
畏我父母。	怕我爹娘要说话。
仲可怀也，	仲子是可以怀念，
父母之言，	爹娘的说话，
亦可畏也。	也是可以害怕。
将仲子兮，	请仲子啊，
无逾我墙，	不要跨过我家的墙，
无折我树桑。	不要攀折我家的桑。
岂敢爱之，	难道我敢爱惜它，
畏我诸兄。	怕我的众兄长说话。
仲可怀也，	仲子可以怀念，
诸兄之言，	众位兄长的说话，
亦可畏也。	也是可以害怕。
将仲子兮，	请仲子啊，
无逾我园，	不要跨进我家的园，
无折我树檀。④	不要攀折我家的檀。
岂敢爱之，	难道我敢爱惜它，
畏人之多言。	怕旁人多说话。
仲可怀也，	仲子可以怀念，

人之多言，　　　　旁人的多说话，
亦可畏也。　　　　也是可以害怕。

①将：请。　②逾：跨过。里：闾里。　③杞（qǐ起）：杞柳，落叶乔木，像柳树，木质坚实。　④树杞、树桑、树檀：即杞树、桑树、檀树，倒文来押韵。

这诗的解释有三：一是《毛诗序》："《将仲子》，刺庄公也。不胜其母以害其弟，弟叔失道而公弗制，祭仲谏而公弗听，小不忍以致大乱焉。"《笺》："庄公之母谓武姜，生庄公及弟叔段。段好勇而无礼，公不早为之所而使骄慢。"二是朱熹《诗集传》从郑渔仲说，以为无与庄公、叔段事，是矣。而又以为淫诗，亦非。三是方玉润《诗经原始》："惟能以理制其心，斯能以礼慎其守。"非淫词。

叔　于　田

叔于田，①　　　　叔在打猎，
巷无居人。　　　　里巷内没有居住的人。
岂无居人，　　　　难道没有居住的人，
不如叔也，　　　　不像叔那样，
洵美且仁。　　　　确实美好并且慈仁。

叔于狩，②　　　　叔去冬天打猎，

巷无饮酒。　　　　闾巷没有人喝酒。
岂无饮酒，　　　　难道没有人喝酒，
不如叔也，　　　　不像叔那样，
洵美且好。　　　　确实漂亮并且清秀。

叔适野，　　　　　叔在野外打猎，
巷无服马。[3]　　　闾巷里没有人会驾马。
岂无服马，　　　　难道没有人会驾马，
不如叔也，　　　　不像叔那样，
洵美且武。　　　　确实漂亮并且英武。

①田：打猎。　②狩：冬天打猎。　③服马：用马驾车。

这诗的解释有二：一是《毛诗序》："《叔于田》，刺庄公也。叔处于京，缮甲治兵，以出于田，国人悦而归之。"《笺》："缮之为言善也。甲，铠也。"二是朱熹《诗集传》："疑此亦民间男女相悦之词。"

大叔于田

叔于田，　　　　　叔在打猎，
乘乘马。[1]　　　　趁着四匹马拉的车。
执辔如组，　　　　手执缰绳像丝组，
两骖如舞。[2]　　　两匹旁马像在舞。

叔在薮，[3]	叔在泽地边，
火烈具举。	猎火完全举起。
襢裼暴虎，[4]	赤膊空拳捉猛虎，
献于公所。	献到公爷所。
将叔无狃，[5]	请叔不要再捉虎，
戒其伤女。	谨戒它会害你真不妥。
叔于田，	叔在打猎，
乘乘黄。	趁着拉车的四马毛色黄。
两服上襄，[6]	两匹服马在中央，
两骖雁行。	外面骖马像雁行。
叔在薮，	叔到草泽边，
火烈具扬。	猎火都上扬。
叔善射忌，	叔是善射的，
又良御忌，	又是好驾驶的，
抑磬控忌，[7]	还是骋马止马的，
抑纵送忌。[8]	还是发箭从禽的。
叔于田，	叔在打猎，
乘乘鸨。[9]	趁的四匹驾车的马毛色杂。
两服齐首，	中间两匹服马齐头，
两骖如手。	旁边两匹骖马像两手。

叔在薮，	叔在薮泽上，
火烈具阜。	猎火烧得旺。
叔马慢忌，	叔的马走得慢哩，
叔发罕忌，	叔的箭发少哩，
抑释掤忌，⑩	还是把箭放进箭袋里，
抑鬯弓忌。⑪	还是把弓放进弓袋里。

①乘乘：趁坐四匹马拉的车，后乘字指四匹马。 ②两骖（cān 参）：四匹马中外两匹叫骖马。 ③薮（sǒu 叟）：沼泽地，有水草处。 ④襢裼（tǎn xī 坦吸）：肉袒。暴虎：搏虎。 ⑤狃（niǔ 纽）：复。 ⑥两服：四匹马中间的两匹叫服马。上襄：并驾于前。 ⑦磬控：骋马曰磬，止马曰控。 ⑧纵送：发矢曰纵，从禽曰送。 ⑨鸨（bǎo 保）：黑白杂色马。 ⑩掤（bīng 兵）：箭筒盖。 ⑪鬯（chàng 唱）：弓囊。

这诗的解释有二：一是《毛诗序》："《大叔于田》，刺庄公也。叔多才而好勇，不义而得众也。"又方玉润《诗经原始》："案此诗与前篇同为刺庄公纵弟游猎之作，但前篇虚写，此篇实赋，前篇私游，此篇从猎，而愈矜其勇也。"二是姚际恒《诗经通论》："篇中绝无刺庄公之意。"余冠英先生《诗经选》："这诗赞美一个贵族勇猛善猎，精于射箭和御车。"

清　人

清人在彭，	清地的兵在彭地，
驷介旁旁。①	四匹马披甲很壮强。

二矛重英，[2]　　两支矛饰着二重红羽，
河上乎翱翔。　　在河上飞翔。

清人在消，　　清地的兵在消地，
驷介麃麃。[3]　　四匹马披着甲极其骁骁。
二矛重乔，[4]　　两个矛上挂着二重野鸡毛，
河上乎逍遥。　　在河上可以逍遥。

清人在轴，　　清地的兵在轴地，
驷介陶陶。　　四匹马披着甲乐陶陶。
左旋右抽，[5]　　左边转车右拔刀，
中军作好。[6]　　将军头头做得好。

①驷介：四匹马披甲驾车。旁旁：强盛貌。　②重英：以二重朱羽为矛饰。　③麃麃（biāo biāo 标标）：威武貌。　④乔：雉羽。　⑤旋：转车。抽：抽刀。　⑥中军：指军中统帅。

《毛诗序》："《清人》，刺文公也。高克好利而不顾其君，文公恶而欲远之，不能，使高克将兵而御狄于境。陈其师旅，翱翔河上，久而不召，众散而归。高克奔陈。公子素恶高克，进之不以礼，文公退之不以道。危国亡师之本，故作是诗也。"《笺》："好利而不顾其君，注心于利也。御狄于竟，时狄侵卫。"又《诗三家义集疏》："齐说曰：'清人高子，久屯外野。逍遥不归，思我慈母。'"

羔　裘

羔裘如濡，①	羔裘真是润泽，
洵直且侯。②	确是美好且顺直。
彼其之子，	那个是自己的人，
舍命不渝。③	舍弃性命不变实。
羔裘豹饰，	羔裘用豹皮装饰，
孔武有力。	显得勇武又有力。
彼其之子，	那个是自己的人，
邦之司直。	国中的主管是正直。
羔裘晏兮，④	羔裘真是鲜明啊，
三英粲兮。⑤	三道镶边真美啊。
彼其之子，	那个自己的人，
邦之彦兮。⑥	是国中的才彦啊。

①濡（rú 儒）：润泽。　②侯：美。　③渝：变。　④晏：鲜明貌。⑤三英：三次缝补。英指裘饰。　⑥彦：士的美称。

《毛诗序》："《羔裘》，刺朝也。言古之君子以风其朝焉。"《笺》："言，犹道也。郑自庄公而贤者陵迟，朝无忠正之臣，故刺之。"《左传·昭十六年》："郑六卿饯韩宣子于郊。子产赋郑之

《羔裘》，宣子曰：‘起不堪也。’”“此诗言古君子立朝之义，故启辞不堪。”

遵　大　路

遵大路兮，	遵照大路走啊，
掺执子之祛兮。①	拉着你的袖口啊。
无我恶矣，	不要讨厌我啊，
不寁故也。②	不要很快抛弃旧情啊。
遵大路兮，	遵照大路走啊，
掺执子之手兮。	拉着你的手啊。
无我魗兮，③	不要嫌我丑啊，
不寁好也。	不要很快抛弃好朋友。

①掺（shǎn 闪）：执。祛（qū 区）：袖口。　②寁（jié 捷）：速。　③魗（chǒu 丑）：丑。

这诗的解释有三：一是《毛诗序》：“《遵大路》，思君子也。庄公失道，君子去之，国人思望焉。”二是朱熹《诗集传》：“淫妇为人所弃，故于其去也，擥其祛而留之曰‘子无恶我而不留’，故旧不可以遽绝也。宋玉赋有‘遵大路兮擥子祛’之句，亦男女相说之辞也。”三是方玉润《诗经原始》：“此诗当从《序》言为正，《集传》谓‘淫妇为人所弃’者固非。……吕氏祖谦曰：‘武公之朝，盖多君子矣。至于庄公，尚权谋，专武力，气象一变，左右前后无非祭仲、高渠弥、祝聃之徒也。君子安得不去乎？“不寁故也”，“不寁好也”，诗人岂徒勉君子迟迟其行也，感于事而怀其旧者亦深矣。’”

女曰鸡鸣

女曰鸡鸣，	女人说鸡叫，
士曰昧旦。①	男人说天刚刚亮。
子兴视夜，	你起来看夜空，
明星有烂。②	启明星有光亮。
将翱将翔，③	遨翔遨翔，
弋凫与雁。④	射野鸭与雁子不让。
弋言加之，⑤	射中了正好，
与子宜之。⑥	给你烹饪从早。
宜言饮酒，	应该用来下酒，
与子偕老。	同你活到老。
琴瑟在御，⑦	琴和瑟在弹奏，
莫不静好。	没有不安静和好。
知子之来之，⑧	知道你慰问我，
杂佩以赠之。⑨	送你杂佩不算宝。
知子之顺之，	知道你顺着我，
杂佩以问之。⑩	送你杂佩问你好。

知子之好之，　　　　知道你恩爱我，
杂佩以报之。　　　　送你杂佩用来报。

①昧旦：天将亮时。　②明星：启明星。　③翱翔：鸟飞貌。　④弋（yì亦）：用绳系在箭上射。　⑤加：射中。　⑥宜：《尔雅》：“肴也。”作肴。　⑦御：奏。　⑧来：王引之《述闻》：“读为劳来之来。”即慰劳。　⑨杂佩：各种佩玉，称杂佩。　⑩问：慰问。

这诗的解释有二，一是《毛诗序》：“《女曰鸡鸣》，刺不说德也。陈古义以刺今不说德而好色也。”《笺》：“德，谓士大夫宾客有德者。”二是方玉润《诗经原始》：“此诗人述贤夫妇相警戒之辞。”称“贤妇警夫以成德也”。

有女同车

有女同车，　　　　有个同车的姑娘，
颜如舜华。①　　　　脸色美得像木槿花样。
将翱将翔，②　　　　遨翔遨翔，
佩玉琼琚。　　　　她的玉佩是宝玉优良。
彼美孟姜，　　　　她是美丽的孟姜，
洵美且都。③　　　　确实美丽而且贤良。

有女同行，　　　　有个姑娘同行，
颜如舜英。　　　　脸色真像开花的木槿。

将翱将翔，　　遨翔遨翔，
佩玉将将。　　玉佩锵锵发声。
彼美孟姜，　　她是美丽的孟姜，
德音不忘。④　　她的德行不能忘。

①舜华、舜英：皆指木槿花。英指华。 ②将翱将翔：鸟飞貌，这里形容女子步态轻盈。 ③都：闲静。 ④德音：当指女子的德音。

这诗的解释有二：一是《毛诗序》："《有女同车》，刺忽也。郑人刺忽之不昏于齐。太子忽尝有功于齐，齐侯请妻之齐女。贤而不取，卒以无大国之助至于见逐，故国人刺之。"二是方玉润《诗经原始》："然忽已辞昏，而诗仍存者，一为忽惜（失大国之援而见逐），一为忽幸（后文姜淫乱，几覆鲁国），而终以忽之辞昏为有见也，而又何刺乎？"

山有扶苏

山有扶苏，①　　山上有桑树，
隰有荷华。　　洼地有荷花。
不见子都，　　没有看见漂亮的子都，
乃见狂且。②　　却是看见丑陋的狂童。

山有乔松，　　山上有高松，
隰有游龙。③　　洼地有水红。

不见子充，	没有看见漂亮的子充，
乃见狡童。	却是看见坏小童。

①扶苏：一说同于扶疏，指枝叶茂盛的大树，一作桑树。　②且（jū 拘）：指狂童。　③游龙：红草，亦名水红。

这诗的解释有三：一是《毛诗序》："《山有扶苏》，刺忽也。所美非美然。"《笺》："言忽所美之人实非美人。"二是方玉润《诗经原始》："《小序》谓刺忽，无据。""然有时亦见狡童、狂且为美，而不见子都、子充之美者，则何以故？是非混则妍媸莫辨耳。""《山有扶苏》，刺世美非所美也。"三是朱熹《诗序辨说》："男女戏谑之辞。"又余冠英先生《诗经选》："这诗写一个女子对爱人的俏骂。"

萚　兮

萚兮萚兮，①	树叶枯啊树叶枯啊，
风其吹（女）汝。	风在把你吹破。
叔兮伯兮，	老三啊老大啊，
倡予和女。②	你来唱我来和。
萚兮萚兮，	树叶枯啊树叶枯啊，
风其漂女。③	风在把你吹破。
叔兮伯兮，	老三啊老大啊，
倡予要女。④	你来唱我来和。

①萚(tuò 托)：树叶枯。　②倡：唱。　③漂：飘。　④要：成也。凡乐节一终为一成，故要亦和。

这诗的解释有三：一是《毛诗序》："《萚兮》，刺忽也。君弱臣强，不倡而和也。"《笺》："不倡而和，君臣各失其礼，不相倡和。"二是方玉润《诗经原始》："此诗解者虽多，要以严氏粲之言为近。曰：'此小臣有忧国之心，呼诸大夫而告之。言槁叶风吹不能久矣，岂可坐视，以为无与于己而不相与扶持之乎？叔伯诸大夫其亟图之。患无其倡，不患无和之者。'""《萚兮》，讽朝臣共扶危也。"三是余冠英先生《诗经选》："这是写女子要求爱人同歌。"

狡　童

彼狡童兮，	那个狡猾的顽童啊，
不与我言兮。	不同我言谈啊。
维子之故，①	因为你的缘故，
使我不能餐兮。	使我不能吃饭啊。
彼狡童兮，	那个狡猾的顽童啊，
不与我食兮。	不同我吃饭啊。
维子之故，	因为你的缘故，
使我不能息兮。	使我不能够安顿啊。

①维：因为。

这诗的解释有二：一是《毛诗序》："《狡童》，刺忽也。不能与贤人图事，权臣擅命也。"《笺》："权臣擅命，祭仲专也。"二是朱熹《朱子语类》："当是男女相怨之诗。"

褰　裳

子惠思我，	你惠爱地想我，
褰裳涉溱。①	我提裤和你淌溱河。
子不我思，	你不想我，
岂无他人。	难道没有别人。
狂童之狂也且。②	你这狂童也太狂妄么。
子惠思我，	你惠爱地想我，
褰裳涉洧。③	我提裤同你淌洧河。
子不我思，	你不想我，
岂无他士。	难道没有他人。
狂童之狂也且。	你这狂童也太狂妄么。

①褰（qiān 牵）：揭起。溱（zhēn 真）：水名，出密县境，东北流至新郑县，与洧水合。　②且：语助词。　③洧（wěi 委）：水名，出登封县北阳城山，东流至新郑县，合溱水为双泊河。

这诗的解释有三：一是《毛诗序》："《褰裳》，思见正也。狂童恣行，国人思大国之正己也。"《笺》："狂童恣行，谓突与忽争国，更出更入，而无大国正之。"二是方玉润《诗经原始》："子

(孔子)在陈曰：‘归与！归与！吾党之小子狂简，不知所以裁之。’是狂童者，后生有才而未知所裁之称。以其不知所裁，故思所以裁之，此名师益友之未可以一日无也。”“《褰裳》，思见正于益友也。”三是言“子不我思，岂无他人”，是女方对男方之辞，当为男女间戏谑之辞。

丰

子之丰兮，①	你的容貌丰满啊，
俟我乎巷兮。	等我在里巷啊。
悔予不送兮。②	懊悔我不和你走啊。
子之昌兮，③	你的体魄壮健啊，
俟我乎堂兮。	等我在堂屋啊。
悔予不将兮。④	懊悔我不同你行啊。
衣锦褧衣，⑤	穿着锦衣罩单衣，
裳锦褧裳。	穿着锦袴罩单袴。
叔兮伯兮，⑥	叔啊伯啊，
驾予与行。⑦	驾车和我走同路。
裳锦褧裳，	穿着锦袴罩单袴，
衣锦褧衣。	穿着锦衣罩单衣。
叔兮伯兮，	叔啊伯啊，

驾予与归。[8]　　驾车和我一同归。

①丰：丰满。　②送：致女，即以女授婿。　③昌：壮健。　④将：送。　⑤褧（jiǒng 窘）：穿锦衣的罩单布衣。　⑥叔、伯：古代女子对丈夫或情人的称呼。　⑦行：指出嫁。　⑧归：指出嫁。

这诗的解释有二：一是《毛诗序》："《丰》，刺乱也。昏姻之道缺，阳倡而阴不和，男行而女不随。"二是《诗三家义集疏》："戴震云：'时俗衰薄，婚姻而卒有变志，非男女之情，乃其父母之惑也，故托为女子自怨之词以刺之。'"

东门之墠

东门之墠，[1]　　东门的地真平坦，
茹藘在阪。[2]　　茜草生长在山阪。
其室则迩，　　她的房屋隔得近，
其人甚远。　　她的人儿隔得远。

东门之栗，　　东门栗树真可嘉，
有践家室。[3]　　栗下成列有室家。
岂不尔思，　　岂有我不想你透，
子不我即。[4]　　你不前来把我就。

①墠（shàn 扇）：平坦。　②茹藘（rú lǘ 如驴）：茜草，可染红色。阪（bǎn 板）：土坡。　③践：成行列。　④即：就。

这诗的解释有二：一是《毛诗序》："《东门之墠》，刺乱也。男女有不待礼而相奔者也。"二是《诗三家义集疏》："齐说曰：'东门之墠，茹藘在阪。礼义不行，与我心反。'"则称女方主礼义者，与《毛诗序》称不待礼而相奔者相反。

风　　雨

风雨凄凄，①	风雨寒冷地凄凄，
鸡鸣喈喈。②	鸡在喈喈地叫不已。
既见君子，	既然看见君子人，
云胡不夷？③	说什么不喜？
风雨潇潇，④	风雨猛烈地潇潇，
鸡鸣胶胶。	鸡在胶胶地叫。
既见君子，	既然看见君子人，
云胡不瘳？⑤	说什么病还不好。
风雨如晦，	风雨像黑暗，
鸡鸣不已。	鸡叫还不已。
既见君子，	既然看见君子人，
云胡不喜？	说什么不欢喜。

①凄凄：寒凉。　②喈喈（jiē jiē 皆皆）：指鸡鸣声。　③夷：同"怡"，悦。　④潇潇：猛烈。　⑤瘳（chōu 抽）：病愈。

《毛诗序》:“《风雨》,思君子也。乱世则思君子不改其度焉。”

子 衿

青青子衿,①	青青是你的衣领,
悠悠我心。	长长地挂在我的心。
纵我不往,	纵然我还不能去,
子宁不嗣音?②	你为什么不寄个音?
青青子佩,	青青是你的佩带,
悠悠我思。	长长地在我想念哉。
纵我不往,	纵然我不能去,
子宁不来?	你为什么不来?
挑兮达兮,③	你轻快地往来啊,
在城阙兮。④	登在城楼上啊。
一日不见,	一天不看见你,
如三月兮。	如同隔了三个月啊。

①衿(jīn 今):衣领。 ②嗣:寄。 ③挑达(tà 踏):往来轻快貌。④城阙:指城楼。

《毛诗序》:“《子衿》,刺学校废也。乱世则学校不能修焉。”

又方玉润《诗经原始》："此盖学校久废不修，学者散处四方，或去或留，不能复原如平日之盛，故其师伤之而作是诗。"

扬　之　水

扬之水，	激扬的水，
不流束楚。	一捆荆条流不去。
终鲜兄弟，	终于少个兄和弟，
唯予与女。	只有二人我和你。
无信人之言，	不要听信人家的言语，
人实迋女。①	人家确实在骗你。
扬之水，	激扬的水，
不流束薪。	一捆柴都流不去。
终鲜兄弟，	终于少个兄和弟，
维予二人。	只有二人我和你。
无信人之言，	不要听信人家的言语，
人实不信。	人家实在不说可信语。

①迋（guàng 逛）：诳骗。

这诗的解释有二：一是《毛诗序》："《扬之水》，闵无臣也。君子闵忽之无忠臣良士，终以死亡，而作是诗也。"二是方玉润《诗经原始》："且忽兄弟甚多，不止二人，何以云'唯予与（女）

汝'？……窃意此诗不过兄弟相疑，始因谗间，继乃悔悟，不觉愈加亲爱，遂相劝勉。"

出其东门

出其东门，	走出那东门，
有女如云。	有姑娘多得像云。
虽则如云，	虽则多得像云，
匪我思存。	不是我想念中人。
缟衣綦巾，①	只有那位白衣青巾，
聊乐我员。②	姑且是我喜爱的人。
出其闉阇，③	走出曲城的重门，
有女如荼。④	有姑娘多得像白茅花。
虽则如荼，	虽则多得像白茅花，
匪我思且。⑤	不是我牵挂中人。
缟衣茹藘，⑥	白衣红巾的那位，
聊可与娱。	姑且可以同她相配。

①缟（gǎo 槁）衣：白色衣。綦（qí 脐）巾：青巾。　②员：同"云"，语助词。　③闉阇（yīn dū 因都）：城外曲城的重门。　④荼：白茅花。　⑤且：语助词。　⑥茹藘（lú 驴）：茜草，可染绛色，指绛色围巾。

这诗的解释有三：一是《毛诗序》："《出其东门》，闵乱也。公子五争，兵革不息，男女相弃，民人思保其室家焉。"《笺》：

“公子五争者，谓突再也，忽子亹、子仪各一也。”二是《诗三家义集疏》：“诗乃贤士道所见以刺时，而自明其志也。”三是姚际恒《诗经通论》：“《小序》谓闵乱，诗绝无此意。”余冠英《诗经选》：“东门游女虽则‘如云’‘如荼’，都不是我属意的，我的心里只有那一位‘缟衣綦巾’装饰朴陋的人儿罢了。”

野有蔓草

野有蔓草，	野地里有蔓延的草，
零露漙兮。①	落下的露水密且浓啊。
有美一人，	有美女一人，
清扬婉兮。②	清明委婉啊。
邂逅相遇，③	不约定而相遇，
适我愿兮。	适合我的愿望啊。
野有蔓草，	野地里有蔓延的草，
零露瀼瀼。④	落下的露水多而清。
有美一人，	有美女一人，
婉如清扬。⑤	委婉而清明。
邂逅相遇，	不约定而相遇，
与子偕臧。⑥	我与她相善。

①漙（tuán 团）：露多。 ②婉：柔美。 ③邂逅：不约定而遇。 ④瀼瀼（ráng ráng 瓤瓤）：露多。 ⑤清扬：清明。 ⑥臧：善，好。

这诗的解释有二：一是《毛诗序》："《野有蔓草》，思遇时也。君之泽不下流，民穷于兵革，男女失时，思不期而会焉。"二是余冠英先生《诗经选》："这首诗写的大清早上，草露未干，田野间一对情人相遇，欢喜之情，发于歌唱。"

溱　洧

溱与洧，	溱水和洧水，
方涣涣兮。①	方才满满啊。
士与女，	小伙子和姑娘，
方秉蕑兮。②	方才拿了兰草啊。
女曰："观乎？"	姑娘说："去看看吧？"
士曰："既且，	小伙子说："已经看过，
且往观乎？"	姑且去看看吧？"
洧之外，	洧水的外面，
洵訏且乐。③	确实地大而且快乐。
维士与女，	只有男人和女人，
伊其相谑，	他们互相戏谑，
赠之以勺药。④	赠送的用勺药。

溱与洧，	溱水和洧水，
浏其清矣。⑤	多么清啊。
士与女，	小伙子和姑娘，
殷其盈矣。⑥	多得满满啊。

女曰："观乎？"	姑娘说："去看看吧？"
士曰："既且，	小伙子说："已经看过，
且往观乎？"	姑且去看看吧？"
洧之外，	洧水的外面，
洵訏且乐。	确实地大而且快乐。
维士与女，	只有男人和女人，
伊其将谑，	他们互相戏谑，
赠之以勺药。	赠送的用勺药。

①涣涣：水盛貌。 ②秉：拿着。蕑（jiān 肩）：兰草，与兰花有别。 ③訏（xū 虚）：大。 ④勺药：香草名，蘼芜类，一名耳离，非今之芍药花。 ⑤浏（liú 刘）：水清貌。 ⑥殷：众多。

这诗的解释有二：一是《毛诗序》："《溱洧》，刺乱也。兵革不息，男女相弃，淫风大行，莫之能救焉。"《笺》："救犹止也。乱者，士与女合会溱洧之上。"二是《诗三家义集疏》："韩说曰：'《溱与洧》，说人也。郑国之俗，三月上巳之日于两水上，招魂续魄，拂除不祥，故诗人愿与所说者同往观也。'"

齐　风

“齐，国名。本少昊时爽鸠氏所居之地，在《禹贡》为青州之域。周武王以封太公望，东至于海，西至于河，南至于穆陵，北至于无棣。太公，姜姓，本四岳之后，既封于齐，通工商之业，便鱼盐之利，民多归之，故为大国。今青、齐、淄、潍、德、棣等州是其地也。”（朱熹《诗集传》）今山东益都以西至历城、聊城之间，北至河北景、沧诸县，东至海，南至穆陵（在临朐县南），皆其地。

鸡　鸣

“鸡既鸣矣，	“鸡既然叫了，
朝既盈矣。”①	朝堂上既然人满了。”
“匪鸡则鸣，	“不是鸡叫，
苍蝇之声。”	是苍蝇的声音。”
“东方明矣，	“东方亮了，
朝既昌矣。”②	朝堂上既然人多了。”
“匪东方则明，	“不是东方亮，
月出之光。”	是月亮出来的光。”
“虫飞薨薨，③	“虫子薨薨地飞，

甘与子同梦。”④　　甘心和你一同做梦。”
“会且归矣，　　“朝会并且要回去了，
无庶予子憎。”⑤　　庶几没有因我恨你。”

①朝：朝堂，朝廷。　②昌：盛，人多。　③薨薨（hōng hōng 烘烘）：虫群飞声。　④甘：甘心。　⑤无庶予子憎：庶无予子憎，庶几没有因我恨你。

这诗的解释有二：一是《毛诗序》：“《鸡鸣》，思贤妃也。哀公荒淫怠慢，故陈贤妃贞女，夙夜警戒相成之道焉。”二是方玉润《诗经原始》：“此正士夫之家，鸡鸣待旦，贤妇关心，常恐早朝迟误有累盛德。”

还

子之还矣，①　　你的轻捷啊，
遭我乎猺之间矣。②　　遭逢我在猺山中间。
并驱从两肩兮，③　　并且赶走两只兽啊，
揖我谓我儇兮。④　　向我作揖说我好转圜。

子之茂兮，⑤　　你的秀美啊，
遭我乎猺之道兮。　　遭逢我在猺山的路上啊。
并驱从两牡兮，　　并且赶走两只雄兽啊，
揖我谓我好兮。　　对我作揖说我好猎啊。

子之昌兮，⑥　　你的骠悍啊，
遭我乎猺之阳兮。　　遭逢我在猺山的山南啊。
并驱从两狼兮，　　并且驱赶两只狼啊，
揖我谓我臧矣。⑦　　向我作揖说我善猎啊。

①还（xuán 旋）：轻捷貌。　②猺（náo 挠）山：泰山东临淄县南。　③从：逐。肩：三岁的兽。　④儇（xuān 喧）：灵利。　⑤茂：美满。　⑥昌：盛壮貌。　⑦臧：善，好。

这诗的解释有二：一是《毛诗序》："《还》，刺荒也。哀公好田猎，从禽兽而无厌，国人化之，遂成风俗。习于田猎谓之贤，闲于驰逐谓之好焉。"《笺》："荒谓政事废乱。"二是方玉润《诗经原始》："《序》谓'刺哀公'，然诗无'君''公'字，胡以知其然耶？此不过猎者互相称誉，诗人从旁微哂，因直述其词，不加一语，自成篇章。"

著

俟我于著乎而，①　　他等我在门屏间，
充耳以素乎而，②　　瑱玉用白丝线挂两边，
尚之以琼华乎而。③　　上面以琼华加在帽沿。

俟我于庭乎而，　　他等我在院子间，
充耳以青乎而，　　瑱玉用青丝线挂两边，
尚之以琼莹乎而。　　上面用琼莹加在帽沿。

俟我于堂乎而，	他等我在堂屋间，
充耳以黄乎而，	瑱玉用黄丝线挂两边，
尚之以琼英乎而。④	上面用琼英加在帽沿。

①俟：等待。婿往女家亲迎，等待新人上车。著：门屏间。乎而：语助词。 ②充耳：用瑱玉充耳。用线缝瑱玉，挂在帽子上，下垂两耳旁充耳。 ③尚：通“上”，用玉加在帽上。 ④琼华、琼莹、琼英：皆指美玉。华、莹、英皆指玉的光彩。

这诗的解释有二：一是《毛诗序》：“《著》，刺时也，时不亲迎也。”《笺》：“时不亲迎，故陈亲迎之礼以刺之。”二是余冠英先生《诗经选》：“这是女子记夫婿迎亲之诗”，无刺意。

东方之日

东方之日兮，	东方的太阳啊，
彼姝者子，①	那个美丽的姑娘，
在我室兮。	在我的房啊。
在我室兮，	在我的房啊，
履我即兮。②	踩着我的步子走啊。

东方之月兮，	东方的月亮啊，
彼姝者子，	那个美丽的姑娘，
在我闼兮。③	在我的门旁啊。

在我闼兮， 在我的门旁啊，
履我发兮。④ 踩我出发的脚步走啊。

①姝（shū 书）：美女。 ②履我即：踩我就，踩我行。 ③闼（tà 榻）：门内。 ④履我发：踩我出发，踩我出发的足迹。

这诗的解释有二：一是《毛诗序》：“《东方之日》，刺衰也。君臣失道，男女淫奔，不能以礼化也。”又《诗三家义集疏》：“韩说曰：‘诗人言所说者颜色盛美，如东方之日。’”二是朱熹《诗序辨说》：“此男女淫奔者所自作，非有刺也。”这首诗讲一个美女，早上来相就，晚上主人公出发，她也跟随着。这个美女，大概是主人公的情人。此诗为一首情歌。“自作”、“非有刺”对，“淫奔”，非。

东方未明

东方未明， 东方没有亮，
颠倒衣裳。 颠去倒来穿衣裳。
颠之倒之， 颠它倒它，
自公召之。 从公爷召见他。

东方未晞，① 东方没有光，
颠倒裳衣。 颠倒穿衣裳。
倒之颠之， 倒它颠它，

自公令之。	从公爷命令他。

折柳樊圃，②	攀折柳条作菜园的樊篱，
狂夫瞿瞿。③	狂妄的人睁眼看反。
不能辰夜，④	不能守住日夜，
不夙则莫。	不是太早就太晚。

①晞（xī 希）：破晓。 ②樊：樊篱。圃：菜园。 ③狂夫：狂妄的人。瞿瞿（jù jù 巨巨）：惊顾貌。 ④辰夜：管夜里时刻。

《毛诗序》："《东方未明》，刺无节也。朝廷兴居无节，号令不时，挈壶氏不能掌其职焉。"《笺》："号令，犹召呼也。挈壶氏，掌漏刻者。"

南　山

南山崔崔，①	南山高高的，
雄狐绥绥。②	雄的狐狸找伴罢。
鲁道有荡，③	鲁国道路平坦，
齐子由归。	齐国女子从此出嫁。
既曰归止，	既然说是出嫁，
曷又怀止？④	怎么又想人过夜？

葛屦五两，⑤	葛鞋排列成双，

冠緌双止。⑥	帽带打结成双。
鲁道有荡，	鲁国道路平坦，
齐子庸止。⑦	齐国女子用此出嫁。
既曰庸止，	既然说用此出嫁，
曷又从止？⑧	怎么又从人过夜？
艺麻如之何？	种麻怎么样？
衡从其亩。⑨	或横或纵在田亩。
取妻如之何？	娶妻怎么样？
必告父母。	一定要告诉父母。
既曰告止，	既然说告诉父母，
曷又鞠止？⑩	怎么又对她宽宥？
析薪如之何？	斫柴怎么样？
匪斧不克。	不是斧头不能。
取妻如之何？	娶妻怎么样？
匪媒不得。	没有媒人不行。
既曰得止，	既然说娶了她，
曷又极止？⑪	怎么又极端放行？

①崔崔：高貌。　②绥绥：求偶貌。　③荡：平坦。　④怀：思念。⑤葛屦：用葛制成的鞋。五两：可以排列成双。　⑥緌（ruí 蕤）：帽带。双止：带是成双为止。　⑦庸：用，用此道嫁给鲁侯。　⑧从：从齐侯。　⑨

衡：横，东西为横。从：纵，南北为纵。　⑩鞠(jú 菊)：放任。　⑪极：放纵到极点。

这诗的解释有二：一是《毛诗序》："《南山》，刺襄公也。鸟兽之行，淫乎其妹。大夫遇是恶，作诗而去之。"《笺》："襄公之妹，鲁桓公夫人文姜也。襄公素与淫通。及嫁公，谪之。公与夫人如齐，夫人诉之襄公，襄公使公子彭生乘公而搤杀之，夫人久留于齐，庄公即位后乃来。……齐大夫见襄公行恶如此，作诗以刺之，又非鲁桓公不能禁止夫人而去之。"二是方玉润《诗经原始》："故欲言襄公之淫，则以'雄狐'起兴；欲言文姜成耦，则以冠履之双者为兴；欲言鲁桓被祸，则先以'蓺麻'兴'告父母'以临之，'析薪'兴媒妁以鼓之，而无如鲁桓之懦而无志也。"

甫　田

无田甫田，①	不要耕种那大田，
维莠骄骄。②	只有狗尾草长得高。
无思远人，	不要想念远去的人，
劳心忉忉。③	想念起来心里忧劳。
无田甫田，	不要耕种那大田，
维莠桀桀。④	只有狗尾草长得长。
无思远人，	不要想念远去的人，
劳心怛怛。⑤	想念起来心里悲伤。

婉兮娈兮，　　　　婉转啊漂亮啊，
总角丱兮。[6]　　　小时梳两小辫啊。
未几见兮，　　　　几时没有看见啊，
突而弁兮。[7]　　　突然戴上帽子啊。

①甫田：大田。　②莠：狗尾草。骄骄：高大貌。　③忉忉（dāo dāo 刀刀）：忧劳貌。　④桀桀：高大貌。　⑤怛怛（dá dá 达达）：悲伤。　⑥丱（guàn 贯）：小孩梳两辫上翘，称总角。　⑦弁（biàn 辨）：冠。古时二十岁称成人，戴冠。

这诗的解释有三：一是《毛诗序》："《甫田》，大夫刺襄公也。无礼义而求大功，不修德而求诸侯，志大而心劳，所以求者非其道也。"二是朱熹《诗集传》："此又以明小之可大，迩之可远，能循其序而修之，则可以忽然而至其极。"三是《甫田》，一首怀念远人的诗，似不必再探求深解。

卢　　令

卢令令，[1]　　　　猎狗颈铃响令令，
其人美且仁。　　　那人漂亮并慈仁。

卢重环，[2]　　　　猎狗颈铃是子母环，
其人美且鬈。[3]　　那人漂亮并头发弯。

卢重鋂，[4]　　　　猎狗颈铃两大环，

其人美且偲。[5]　　那人漂亮又多才。

①卢：猎狗。令令：猎狗头颈里铃的响声。 ②重环：子母环。 ③鬈（quán 拳）：头发弯曲。 ④鋂（méi 眉）：一大环贯二小环。 ⑤偲（cāi 猜）：多才。

这诗的解释有二：一是《毛诗序》："《卢令》，刺荒也。襄公好田猎毕弋，而不修民事，百姓苦之，故陈古以风焉。"《笺》："毕，噣也。弋，缴射也。"噣指用箭射。弋指以绳系箭射。二是方玉润《诗经原始》："此诗与公无涉，亦无所谓'陈古以风'意。盖游猎自是齐俗所尚，诗人即所见以咏之，词若欢美，意实讽刺，与《还》略同。"

敝　笱

敝笱在梁，[1]　　坏的鱼篓在鱼梁，
其鱼鲂鳏。[2]　　鲂鱼鳏鱼喜扬扬。
齐子归止，　　齐国的女子回国去，
其从如云。　　她的跟从像云样。

敝笱在梁，　　坏的鱼篓在鱼梁，
其鱼鲂鱮。[3]　　鲂鱼鲢鱼自游荡。
齐子归止，　　齐国的女子回国去，
其从如雨。　　她的跟从像雨样。

敝笱在梁， 坏的鱼篓在鱼梁，
其鱼唯唯。④ 鱼儿顺序自来往。
齐子归止， 齐国的女子回国去，
其从如水。 她的跟从像水样。

①笱（gǒu 狗）：鱼篓，捕鱼具，鱼可入鱼篓而不能出。今坏了，已不能捕鱼。 ②鲂（fáng 防）：鳊鱼。鳏（guān 关）：黄颊鱼。这两种鱼都是大鱼，不能入笱。 ③鱮（xù 序）：鲢鱼。这种鱼成群结队，也不入笱。 ④唯唯：鱼相随行之貌，也不入笱。

这诗的解释有二：一是《毛诗序》："《敝笱》，刺文姜也。齐人恶鲁桓公微弱，不能防闲文姜，使至淫乱，为二国患焉。"二是方玉润《诗经原始》："且桓公时，文姜已归齐，致公薨于齐，诗人不于此时刺桓公，岂待其子而后刺乎？"故曰："《敝笱》，刺鲁桓公不能防闲文姜也。"

载驱

载驱薄薄，① 车马快走拍拍响，
簟茀朱鞹。② 竹席红皮挂车厢。
鲁道有荡， 鲁国道路是平坦，
齐子发夕。③ 齐女黄昏把车上。

四骊济济，④ 四匹黑马多强壮，

垂辔沵沵。⑤	马缰下垂亦舒畅。
鲁道有荡，	鲁国道路是平坦，
齐子岂弟。⑥	齐女乘车天初亮。
汶水汤汤，⑦	汶水流得自洋洋，
行人彭彭。⑧	行路人走得自嚷嚷。
鲁道有荡，	鲁国道路是平坦，
齐子翱翔。⑨	齐国女子自遨翔。
汶水滔滔，⑩	汶水滔滔向前流，
行人儦儦。⑪	行人多得闹不休。
鲁道有荡，	鲁国道路是平坦，
齐子游敖。	齐国女子自遨游。

①薄薄：车快走声。　②簟（diàn 电）：竹席。茀（fú 扶）：车帘。朱鞹（kuò 扩）：染红的去毛兽皮，作为覆蔽。　③发夕：晚上出发。　④骊（lí 离）：黑色马。济济：强壮。　⑤沵沵（nǐ nǐ 你你）：柔貌。指驾驶得好。　⑥岂（kǎi 恺）弟：犹开明，始明。　⑦汤汤（shāng shāng 伤伤）：水大貌。　⑧彭彭：多貌。　⑨翱翔：鸟飞貌，这里形容遨游。　⑩滔滔：水浩荡貌。　⑪儦儦（biāo biāo 标标）：众多貌。

这诗的解释有二：一是《毛诗序》："《载驱》，齐人刺襄公也。无礼义，故盛其车服，疾驱于通道大都，与文姜淫，播其恶于万民焉。"二是方玉润《诗经原始》："案《春秋》，鲁庄公三年，

‘夫人姜氏会齐侯于禚’。四年，‘夫人姜氏享齐侯于祝丘’。五年，‘夫人姜氏如齐师’。七年，‘夫人姜氏会齐侯于防’，又‘会齐侯于穀’。盖至是，而夫人之如齐肆无忌惮矣。诗曰‘发夕’，曰‘岂弟’，曰‘翱翔’，曰‘游敖’，正其时也。”“《载驱》，刺文姜如齐无忌也。”

猗　嗟

猗嗟昌兮，①	阿呀壮盛啊，
颀而长兮。②	个子高而长啊。
抑若扬兮，③	额角丰满而美啊，
美目扬兮。	美的眼睛上扬啊。
巧趋跄兮，④	巧妙的行动有节度啊，
射则臧兮。	箭射得好啊。
猗嗟名兮，⑤	阿呀漂亮啊，
美目清兮。	美的眼睛清亮啊。
仪既成兮。⑥	仪容既经成就啊。
终日射侯，⑦	整天射箭靶，
不出正兮。⑧	不出红心啊。
展我甥兮。⑨	真是我的好外甥啊。
猗嗟娈兮，	阿呀美好啊，
清扬婉兮。	眼睛清秀柔婉啊。

舞则选兮，⑩	舞蹈合节拍啊，
射则贯兮，⑪	射箭便中靶心啊，
四矢反兮，⑫	四支箭都中靶心啊，
以御乱兮。	用来抵御叛乱啊。

①猗(yī 伊)嗟：赞美词。昌：盛。 ②颀(qí 其)：长貌。 ③抑：通“懿”，美貌。扬：额角丰满。 ④趋跄(qiāng 枪)：行走有节奏。 ⑤名：目上为名，指眉眼间。 ⑥仪：容仪。成：成就。 ⑦侯：箭靶。 ⑧正：箭靶中心。 ⑨展：诚。 ⑩选：正其舞位。 ⑪贯：中而穿革。 ⑫反：复也。指箭射中原处。

这诗的解释有二：一是《毛诗序》：“《猗嗟》，刺鲁庄公也。齐人伤鲁庄公有威仪技艺，然而不能以礼防闲其母，失子之道。人以为齐侯之子焉。”二是方玉润《诗经原始》：“愚于是诗不以为刺而以为美，非好立异，原诗人作诗本意盖如是耳。”“《猗嗟》，美鲁庄公材艺之美也。”

魏　风

“魏，国名。本舜禹故都，在《禹贡》冀州雷首之北，析城之西，南枕河曲，北涉汾水。其地狭隘，而民贫俗俭，盖有圣贤之遗风焉。周初以封国姓，后为晋献公所灭，而取其地。今河中府解州即其地也。苏氏曰：‘魏地入晋久矣，其诗皆为晋而作，故列于《唐风》之前，犹《邶》、《鄘》之于《卫》也。’今按篇中‘公行’、‘公路’、‘公族’皆晋官，疑实晋诗。又恐魏亦尝有此官，盖不可考矣。”（朱熹《诗集传》）

“案晋至献公，国已强大，政渐奢侈。而魏诗每刺其君俭勤，与晋气象迥乎不侔，必非晋诗无疑。且《邶》、《鄘》之咏卫事，其诗确有可指，此则不著时君世系，亦不得比《邶》、《鄘》之于《卫》，殆亦《郐》、《陈》例耳。然则何以编之《齐》、《秦》间乎？继齐而霸，先秦而强者，晋也。魏既入晋，则为晋地，故与《唐》同居《齐》、《秦》之间。且其地为舜禹故都，与他国不同，先之所以见圣帝遗风犹未尽泯，霸图盛业于此方新云耳。”（方玉润《诗经原始》）

葛　屦

纠纠葛屦，①	缠绕编制葛鞋良，
可以履霜。	穿了可以去踩霜。
掺掺女手，②	纤细巧妙女人手，
可以缝裳。	可以缝制新衣裳。

要之襋之，③　　先缝腰围再衣领，
好人服之。　　贵人试穿新衣裳。

好人提提，④　　贵人态度有傲状，
宛然左辟，⑤　　回身就避向左方。
佩其象揥。⑥　　发上新插象牙钗，
维是褊心，　　只是褊心没度量，
是以为刺。　　因此作刺成诗章。

①纠纠：缠绕。　②掺掺（xiān xiān 仙仙）：纤巧。　③要：同“腰”。襋（jí 及）：衣领。　④好人：贵人。提提：傲慢。　⑤宛然：回转貌。　⑥揥（tì 替）：古首饰，可插头。

这诗的解释有二：一是《毛诗序》：“《葛屦》，刺褊也。魏地狭隘，其民机巧趋利，其君俭啬褊急，而无德以将之。”二是朱熹《诗集传》：“此诗疑即缝裳之女所作。”是缝衣女刺贵妇人之诗。

汾 沮 洳

彼汾沮洳，①　　那个汾水的润湿地，
言采其莫。②　　我采那个酸模佐食事。
彼其之子，　　他是我自己的人，
美无度。③　　美好得没有节度可云。
美无度，　　美好得没有节度可云，

殊异乎公路。④	超过管公家车的将军。
彼汾一方，	那个汾水的一处地方，
言采其桑。	我采那里的桑。
彼其之子，	他是我自己的人，
美如英。	美得像花英。
美如英，	美得像花英，
殊异乎公行。⑤	超过管公家战车的将军。
彼汾一曲，	那个汾水的弯曲处，
言采其藚。⑥	我采泽泻好积贮。
彼其之子，	他是我自己的人，
美如玉。	美得像玉一样。
美如玉，	美得像玉一样，
殊异乎公族。⑦	超过管公家属车的大将。

①汾：水名。源出山西宁武县管涔山，流入黄河。沮洳（jù rù 具褥）：低湿地。汾水之低湿地，在汾水入河处。　②莫（mù 暮）：指酸模，根叶花似羊蹄，但叶小味酸为异。采酸模佐食，表魏民崇俭。　③美无度：指美不可度量。　④殊异：优异出众。公路：管公家的车子的将军。　⑤公行（háng 杭）：管公家的战车的将军。　⑥藚（xù 续）：泽泻，药用植物。　⑦公族：管公家的属车的将军。

这诗的解释有二：一是《毛诗序》："《汾沮洳》，刺俭也。其君俭以能勤，刺不得礼也。”二是《诗三家义集疏》：“《韩诗外传》二：‘君子有主善之心，而无胜人之色，德足以君天下而无骄肆之容，行足以及后世而不以一言非人之不善。故曰：君子盛德而卑，虚己以受人，旁行不流，应物而不穷。虽在下位，民愿戴之。虽欲无尊，得乎哉！《诗》曰：“彼己之子，美如英。美如英，殊异乎公行。”’”

园　有　桃

园有桃，	园中有桃，
其实之殽。①	它的桃子可做菜肴。
心之忧矣，	心里忧伤了，
我歌且谣。②	我唱歌并且唱谣。
不知我者，	不知道我的，
谓我士也骄。	说我士子太骄傲。
彼人是哉，	那个人说得对吗，
子曰何其？	你说怎么样好？
心之忧矣，	心里忧愁了，
其谁知之？	有什么人知道？
其谁知之，	有什么人知道，
盖亦勿思。③	为什么不想到。
园有棘，	园中有枣，
其实之食。	枣子可以吃好。

心之忧矣，　　心里忧伤了，
聊以行国。　　姑且在国内走各条道。
不知我者，　　不知道我的，
谓我士也罔极。④　　说我士子太偏激。
彼人是哉，　　那个人说得对吗，
子曰何其？　　你说怎么样好？
心之忧矣，　　心里忧伤了，
其谁知之？　　有什么人知道？
其谁知之，　　有什么人知道，
盖亦勿思。　　为什么不想到。

①殽(yáo 姚)：同“肴”。　②谣：徒歌，不用乐器伴奏的歌。　③盖(hé 河)：曷，何。　④罔极：无中正之道。

这诗的解释有二：一是《毛诗序》：“《园有桃》，刺时也。大夫忧其君，国小而迫，而俭以啬，不能用其民，而无德教，日以侵削，故作是诗也。”二是姚际恒《诗经通论》：“此贤者忧时之诗。”

陟　岵

陟彼岵兮，①　　登上那座青山啊，
瞻望父兮。　　看望爸啊。
父曰：“嗟，予子行役，　　爸说：“唉，我儿去服役，

夙夜无已。	早晚不休止。
上慎旃哉,②	还是谨慎些吧,
犹来无止。”③	可以回来不要留滞。”
陟彼屺兮,④	登上那座光山啊,
瞻望母兮。	看望娘啊。
母曰:“嗟!予季行役,	娘说:“唉!我的老四服役,
夙夜无寐。	早晚没有睡觉。
上慎旃哉,	还是谨慎些吧,
犹来无弃。”	可以回来不要弃掉。”
陟彼冈兮,	登上那座山冈啊,
瞻望兄兮。	看望兄啊。
兄曰:“嗟!予弟行役,	兄说:“唉!我弟服役,
夙夜必偕。⑤	早晚必定在一起。
上慎旃哉,	还是谨慎些吧,
犹来无死。”	可以回来不要去死。”

①岵(hù 户):山多草木。 ②上:通“尚”。旃(zhān 毡):之。 ③犹:可。 ④屺(qǐ 起):山无草木。 ⑤必偕:指与同行者一起作息,不得自如。

《毛诗序》:“《陟岵》,孝子之行役,思念父母也。国迫而数侵削，役乎大国，父母兄弟离散，而作是诗也。”《笺》：“役乎大国者，为大国所征发。”

十亩之间

十亩之间兮，　　　　十亩的中间啊，
桑者闲闲兮，①　　　采桑的悠闲啊，
行与子逝兮。②　　　将同你回去啊。

十亩之外兮，　　　　十亩的外啊，
桑者泄泄兮，③　　　采桑的弛缓自在啊，
行与子逝兮。　　　　将同你回去啊。

①闲闲：宽闲貌。　②行：且，将。　③泄泄（yì yì 意意）：弛缓貌。

这诗的解释有三：一是《毛诗序》：“《十亩之间》，刺时也。言其国削小，民无所居焉。”二是方玉润《诗经原始》：“盖隐者必挈眷偕往，不必定招朋类也。贤者既择地偕隐，则当指桑茂密处，妇女之勤于蚕事者相为邻里，然后能妥其室家，以成一代淳风。”“《十亩之间》，夫妇偕隐也。”三是余冠英先生《诗经选》：“这是采桑者劳动将结束时呼伴同归的歌唱。”

伐　檀

坎坎伐檀兮，①　　　坎坎砍檀树啊，

寘之河之干兮。[2]	放它在河的岸啊。
河水清且涟猗。[3]	河水清并且起微波啊。
不稼不穑，[4]	不耕种不收获，
胡取禾三百廛兮？[5]	怎么取禾三百束啊？
不狩不猎，[6]	不上山去打猎，
胡瞻尔庭有县貆兮？[7]	怎么看你庭内挂貆肉啊？
彼君子兮，	那个君子啊，
不素餐兮！[8]	不白吃饭啊！
坎坎伐辐兮，[9]	坎坎砍树做车辐啊，
寘之河之侧兮。	放在河的边侧啊。
河水清且直兮。	河水清并且波平啊。
不稼不穑，	不耕种又不收获，
胡取禾三百亿兮？[10]	怎么取禾三百束啊？
不狩不猎，	不上山去打猎，
胡瞻尔庭有县特兮？[11]	怎么看你庭里有挂兽肉啊？
彼君子兮，	那个君子啊，
不素食兮！	不白吃饭啊！
坎坎伐轮兮，	坎坎砍树做车轮啊，
寘之河之漘兮。[12]	放在河的水滨啊。
河水清且沦猗。[13]	河水清并且起小波啊。

不稼不穑，	不耕种又不收获，
胡取禾三百囷兮？[14]	怎么取禾三百束啊？
不狩不猎，	不上山去打猎，
胡瞻尔庭有县鹑兮？	怎么看你庭中挂鹌鹑肉啊？
彼君子兮，	那个君子啊，
不素飧兮！[15]	不白吃饭啊！

①坎坎：伐木声。 ②干：河岸。 ③涟：风吹水成纹。猗（yī 衣）：语助词。 ④稼：种谷。穑：收谷。 ⑤廛（chán 蝉）：束。 ⑥狩：冬天打猎。 ⑦尔：是小人，贪得无厌，无功受禄，白吃饭。下文的"彼"，是君子，有功才肯受禄，是不白吃饭的。诗人肯定"彼"，否定"尔"。县：同"悬"，挂。貆（huán 还）：幼貉。 ⑧素餐：白吃饭。 ⑨辐（fú 福）：车轮中直木。 ⑩亿：束。 ⑪特：三岁的兽。 ⑫漘（chún 纯）：河岸。 ⑬沦：小波。 ⑭囷（qūn 逡）：束。 ⑮飧（sūn 孙）：晚餐。

《毛诗序》："《伐檀》，刺贪也。在位贪鄙，无功而受禄，君子不得进仕尔。"《笺》云："彼君子者斥伐檀之人，仕有功乃肯受禄。"即《毛诗序》也以君子为不素餐。齐说曰："功德不施于天下而勤劳于百姓，百姓贫陋固穷而家私累万金，此君子所耻而《伐檀》所刺也。"又朱熹《诗集传》："诗人述其事而叹之，以为是真能不空食者。"又方玉润《诗经原始》："《伐檀》，伤君子不见用于时，而又耻受无功禄也。"

硕　鼠

硕鼠硕鼠，①	土耗子呀土耗子，
无食我黍。	不要吃我的黄黍。
三岁贯女，②	三年养活你，
莫我肯顾。	没有肯照顾我。
逝将去女，③	发誓将要离开你，
适彼乐土。	到那乐土。
乐土乐土，	乐土呀乐土，
爰得我所。	于是得到我的处所。
硕鼠硕鼠，	土耗子呀土耗子，
无食我麦。	不要吃我的麦。
三岁贯女，	三年养活你，
莫我肯德。	没有肯对我感德。
逝将去女，	发誓将要离开你，
适彼乐国。	到那乐国。
乐国乐国，	乐国呀乐国，
爰得我直。④	于是得到我的价值。
硕鼠硕鼠，	土耗子呀土耗子，
无食我苗。	不要吃我的苗。

三岁贯女，	三年养活你，
莫我肯劳。	没有肯对我慰劳。
逝将去女，	发誓将要离开你，
适彼乐郊。	到那乐郊。
乐郊乐郊，	乐郊呀乐郊，
谁之永号。⑤	谁会永远把苦叫。

①硕鼠：土耗子，田鼠。　②贯：奉侍，养活。　③逝：同“誓”。④直：同“值”，价值。　⑤永号：永远叫苦。

《毛诗序》：“《硕鼠》，刺重敛也。国人刺其君重敛蚕食于民，不修其政，贪而畏人，若大鼠也。”

唐　风

“唐，国名。本帝尧旧都，在《禹贡》冀州之域，太行、恒山之西，太原、太岳之野。周成王以封叔虞为唐侯。南有晋水，至子燮乃改国号曰晋。后徙曲沃，又徙居绛。其地土瘠民贫，勤俭质朴，忧深思远，有尧之遗风焉。其诗不谓之晋而谓之唐，盖仍其始封之旧号耳。唐叔所都，在今太原府。曲沃及绛，皆在今绛州。”（朱熹《诗集传》）按燮父始徙居晋，为山西太原县；后徙都曲沃，今山西闻喜县；后徙绛，今山西新绛县北；后徙新田，今山西曲沃县南。有今山西临汾、太原以东及河北永年县、大名县地。

刘氏瑾曰：“叔虞封唐，燮侯号晋，十七传至晋侯缗，为曲沃武公所并。然武公能灭晋之宗而不能灭唐之号，能冒晋之号而不能继唐之统。君子欲绝武公于晋而不可，故总名其诗为唐以寓意焉。”“案唐诗多作于曲沃并晋之世，两晋相吞，一兴一亡，其名无所专系，故黜晋号而系之以唐，恶之深故绝之甚也。国有无诗而名存，圣人闵其君之无罪见灭，存之所以寓兴亡继绝之心者，邶鄘是也。亦有有诗而名灭，圣人恶其得国不正，黜之所以见并族灭宗之罪者，晋是也。然则《诗》虽咏事，《春秋》之法寓焉矣。《孟子》云：‘《诗》亡然后《春秋》作。’观此则《春秋》褒贬，岂待《诗》亡而后著哉？”（方玉润《诗经原始》）

蟋　蟀

蟋蟀在堂，　　　　蟋蟀在堂屋里叫，

岁聿其莫。[1]	一年快要完了。
今我不乐，	今天我不快乐，
日月其除。[2]	一年日月快过去了。
无已大康，[3]	不要过度康乐，
职思其居。[4]	想想职分外的事不少。
好乐无荒，	爱好快乐不要把事荒掉，
良士瞿瞿。[5]	善人收敛才算好。
蟋蟀在堂，	蟋蟀在堂屋里叫，
岁聿其逝。[6]	一年快要完了。
今我不乐，	今天我不快乐，
日月其迈。[7]	一年日月快过去了。
无已大康，	不要过度康乐，
职思其外。	想想职分外的事不少。
好乐无荒，	爱好快乐不要把事荒掉，
良士蹶蹶。[8]	善人做事敏捷才好。
蟋蟀在堂，	蟋蟀在堂屋叫，
役车其休。[9]	服役的车子可停息了。
今我不乐，	今天我不快乐，
日月其慆。[10]	一年的日月快过去了。
无已大康，	不要过度康乐，

职思其忧。　　想想职分处的事可忧。
好乐无荒，　　爱好快乐不要把事荒掉，
良士休休。⑪　　善人安闲自得才好。

①聿(yù 域)：语助辞。莫：同“暮”。 ②除：过去。 ③大康：同“泰康”，过分康乐。 ④职：主要职务。居：所处之事。 ⑤瞿瞿(jù jù 巨巨)：收敛。 ⑥逝：过去。 ⑦迈：过去。 ⑧蹶蹶(guì guì 贵贵)：敏捷。 ⑨役车：服役的车子。休：止、息。 ⑩慆(tāo 滔)：通“滔”，过。 ⑪休休：安闲自得。

这诗的解释有二：一是《毛诗序》：“《蟋蟀》，刺晋僖公也。俭不中礼，故作是诗以闵之，欲其及时以礼自虞乐也。此晋也，而谓之唐，本其风俗，忧深思远，俭而用礼，乃有尧之遗风焉。”二是方玉润《诗经原始》：“而《序》以为‘刺晋僖公俭不中礼’，今观诗意，无所谓‘刺’，亦无所谓‘俭不中礼’，安见其必为僖公发哉？”“《蟋蟀》，唐人岁暮述怀也。”

山有枢

山有枢，①　　山上有树叫枢，
隰有榆。　　洼地有树叫榆。
子有衣裳，　　你有上衣和下裤，
弗曳弗娄。②　　不牵着不提着走。
子有车马，　　你有车又有马，
弗驰弗驱。　　不让马跑车疾驱。

宛其死矣，③	枯萎死了，
他人是愉。	让别人来快愉。
山有栲，④	山上有树叫栲，
隰有杻。⑤	洼地有树叫杻。
子有廷内，⑥	你有庭院和内室，
弗洒弗扫。	不浇水不打扫。
子有钟鼓，	你有钟和鼓，
弗鼓弗考。⑦	不打不敲。
宛其死矣，	枯萎死了，
他人是保。⑧	让别人来保。
山有漆，	山上有树叫漆，
隰有栗。	洼地有树叫栗。
子有酒食，	你有酒有菜，
何不日鼓瑟？	为什么不每天弹瑟？
且以喜乐，	姑且用来娱乐，
且以永日。	姑且用来过日。
宛其死矣，	枯萎死了，
他人入室。	让他人入室。

①枢（shū 书）：树名，即刺榆。　②曳（yì 义）：拖。娄：古时裳长拖地，需要拖着或提着，娄指提。　③宛：通“苑”，枯萎。　④栲（kǎo 考）：

树名，即臭椿。　⑤杻（niǔ 纽）：树名，即菩提树。　⑥廷：通“庭”，院子。　⑦考：击。　⑧保：占有。

这诗的解释有二：一是《毛诗序》：“《山有枢》，刺晋昭公也。不能修道以正其国，有财不能用，有钟鼓不能以自乐，有朝廷不能洒埽，政荒民散，将以危亡，四邻谋取其国而不知，国人作诗以刺之也。”二是方玉润《诗经原始》：“时君将亡，必望其急早修政，以收拾人心为主，岂有劝其及时行乐，自速死亡乎？”“《山有枢》，刺唐人俭不中礼也。”“此类庄子委蜕、释氏本空一流人语，原不足以为世训。然以破唐人吝啬不堪之见，则诚对症良药。”

扬　之　水

扬之水，	激扬的河水，
白石凿凿。①	白石鲜明。
素衣朱襮，②	白衣红领，
从子于沃。③	跟你到曲沃。
既见君子，	既然看见君子人，
云何不乐。	说什么不快乐。
扬之水，	激扬的河水，
白石皓皓。④	白石洁白。
素衣朱绣，⑤	白衣红领，

从子于鹄。⑥　　跟你到鹄。
既见君子，　　既然看见君子人，
云何其忧。　　说什么忧伤不乐。

扬之水，　　激扬的河水，
白石粼粼。⑦　　白石清澄。
我闻有命，　　我听说有命令，
不敢以告人。　　不敢用来告诉人。

①凿凿：鲜明貌。 ②襮(bó 博)：绣黼文的衣领。黼文衣，指绣有斧形文的衣，即锦绣衣，用白布衣罩上，但朱领仍露出。 ③沃：曲沃。 ④皓皓：洁白。 ⑤绣：指领绣，即绣领。 ⑥鹄：曲沃邑名。 ⑦粼粼(lín lín 林林)：清澄貌。

这诗的解释有二：一是《毛诗序》："《扬之水》，刺晋昭公也。昭公分国以封沃。沃盛强，昭公微弱，国人将叛而归沃焉。"二是方玉润《诗经原始》："严氏粲云：'时沃有篡宗国之谋，而潘父阴主之，将为内应，而昭公不知。此诗正发潘父之谋，其忠告于昭公者，可谓切至。'""《扬之水》，讽昭公以备曲沃也。"

椒　聊

椒聊之实，①　　花椒一串的子，
蕃衍盈升。　　繁多得超过一升。

彼其之子，	那个人的儿子，
硕大无朋。②	魁梧高大得无比竞。
椒聊且，	像一串串花椒啊，
远条且。③	香味远扬啊。
椒聊之实，	花椒一串的子，
蕃衍盈匊。④	繁多得超过一捧。
彼其之子，	那户人的儿子，
硕大且笃。	魁梧而且笃实隆重。
椒聊且，	像一串串花椒啊，
远条且。	香气远扬啊。

①椒聊：花椒多子成串，古人以喻妇人多子。聊指多子成串。　②无朋：无比。　③远条：远长，指香气远而长。　④匊（jū 居）：掬，两手合捧。

这诗的解释有二：一是《毛诗序》："《椒聊》，刺晋昭公也。君子见沃之盛强，能修其政，知其蕃衍盛大，子孙将有晋国焉。"二是方玉润《诗经原始》："案《春秋》惠二十四年，昭公封成师于曲沃，至庄十六年，曲沃伯始为晋侯，中间几七十年。此诗之作，亦远在三四十年之间。事未至而虑已周，非见微知著之君子不足以为此。其所以忠于昭公者何如乎？""《椒聊》，忧沃盛而晋微也。"案：《毛诗序》以为刺晋昭公，而方玉润以为忠于晋昭公，所以不同。

绸　缪

绸缪束薪,[①]	缠绕着捆柴薪,
三星在天。[②]	三星在天上明。
今夕何夕,	今夜是何夜,
见此良人?[③]	见到这个好人?
子兮子兮,	你啊你啊,
如此良人何?	像这样好人怎么办啊?
绸缪束刍,[④]	缠绕着捆青草,
三星在隅。[⑤]	三星在屋角光皓。
今夕何夕,	今夜是何夜,
见此邂逅?[⑥]	见这个不约人来得巧?
子兮子兮,	你啊你啊,
如此邂逅何?	像这样不约的人怎样办啊?
绸缪束楚,	缠绕着捆荆条,
三星在户。[⑦]	三星在户梢。
今夕何夕,	今夜是何夜,
见此粲者?[⑧]	见到这美同胞?
子兮子兮,	你啊你啊,
如此粲者何?	像这样的美人怎样办啊?

①绸缪(chóu móu 仇谋)：缠绵。 ②三星：指参星。在天：一指十月。当时以仲春为婚期，十月非婚时。 ③良人：指未婚夫。 ④刍(chú 除)：青草。 ⑤三星在隅：一指十一月、十二月，非婚期。 ⑥邂逅：不约而来的爱悦者。 ⑦三星在户：一指一月，亦非婚期。 ⑧粲者：美人。

这诗的解释有二：一是《毛诗序》："《绸缪》，刺晋乱也。国乱则婚姻不得其时也。"《笺》："不得其时，谓不及仲春之月。"二是方玉润《诗经原始》："此贺新昏诗耳。'今夕何夕'等诗，男女初昏之夕，自有此惝恍情形景象，不必添出'国乱民贫，男女失时'之言，始见其为欣庆词也。"

杕　杜

有杕之杜，①	独特生的赤棠，
其叶湑湑。②	它的叶儿正茂盛。
独行踽踽。③	孤零零独自行走。
岂无他人，	难道没有别人，
不如我同父。④	不像我同族的兄弟亲。
嗟行之人，	叹息独行的人，
胡不比焉？⑤	为什么没有帮助呢？
人无兄弟，	人没有兄弟，
胡不佽焉？⑥	怎么能不相济？
有杕之杜，	独特生的赤棠，

其叶菁菁。	它的叶儿正茂盛。
独行睘睘。[7]	孤零零独自行走。
岂无他人，	难道没有别人，
不如我同姓。[8]	不像我同族的兄弟亲。
嗟行之人，	叹息独行的人，
胡不比焉？	为什么没有帮助呢？
人无兄弟，	人没有兄弟，
胡不佽焉？	怎么能不相济？

①杕（dì 第）：特立貌。杜：赤棠。　②湑湑（xǔ xǔ 许许）：盛貌。　③踽踽（jǔ jǔ 举举）：孤独貌。　④同父：同祖父的族弟。凡是同一父的人，只称兄或弟。称同父的人，指同一祖的族兄或族弟。　⑤比：辅助。　⑥佽（cì 刺）：助。　⑦睘睘（qióng qióng 琼琼）：孤独无依。　⑧同姓：同父的兄弟叫兄或弟，同祖的昆弟叫同姓。

这诗的解释有二：一是《毛诗序》："《杕杜》，刺时也。君不能亲其宗族，骨肉离散，独居而无兄弟，将为沃所并尔。"二是方玉润《诗经原始》："姚氏际恒云：'此似不得于兄弟而终望兄弟比助之辞。言我独行无偶，岂无他人可共行乎？然终不如我兄弟也。……以见他人莫如我兄弟也。即《常棣》"凡今之人，莫如兄弟"之意。'解此诗者，义止于此，不可别生枝节。""《杕杜》，自伤兄弟失好而无助也。"

羔 裘

羔裘豹祛，①	羊袍用豹皮做袖子，
自我人居居。	我们讨厌它。
岂无他人，	难道没有别人，
维子之故。	只是因为对你有故旧啊。
羔裘豹褎，②	羊袍用豹皮做袖子，
自我人究究。③	我们讨厌它。
岂无他人，	难道没有别人，
维子之好。	只是因为对你有爱好啊。

①祛（qū 区）：袖子。 ②褎（xiù 袖）：同“袖”，指袖口。 ③居居、究究：恶也。

这诗的解释有二：一是《毛诗序》：“《羔裘》，刺时也。晋人刺其在位不屑其民也。”《笺》：“屑，忧也。”二是方玉润《诗经原始》：“此篇‘羔裘豹祛’，指卿大夫而言也无疑。即下云‘岂无他人，维子之故’，亦其民欲去而不忍去之意也，亦无疑。民欲去其大夫而不忍去，则其大夫之贤否可知，即民情亦大可见。”

鸨 羽

肃肃鸨羽，①	沙沙地发响是鸨鸟展翅，

集于苞栩。[2]	停在丛生的栩树。
王事靡盬，[3]	周王的役事没有完，
不能艺稷黍。	不能种稷黍。
父母何怙。[4]	父母有什么可依恃。
悠悠苍天，	遥远的苍天，
曷其有所？	怎么能有个依恃？
肃肃鸨翼，	沙沙地发响是鸨鸟展翅，
集于苞棘。[5]	停在丛生的酸枣树。
王事靡盬，	周王的役事没有完，
不能艺黍稷。	不能种黍稷。
父母何食？	父母靠什么吃？
悠悠苍天，	遥远的苍天，
曷其有极？	怎么能有个完讫？
肃肃鸨行，	沙沙地发响是鸨鸟飞行，
集于苞桑。	停在丛生的桑树上。
王事靡盬，	周王的役事没有完，
不能艺稻粱。	不能种稻粱。
父母何尝？	父母拿什么来品尝？
悠悠苍天，	遥远的苍天，
曷其有常？	怎么能有个正常？

①肃肃：鸨鸟展翅飞行声。鸨(bǎo 保)：鸟名。似雁而大，无后趾。 ②苞：丛生。栩(xǔ 许)：柞树。 ③盬(gǔ 古)：停息。 ④怙(hù 户)：依靠。 ⑤棘(jí 及)：酸枣树，实较枣小，供药用。

《毛诗序》："《鸨羽》，刺时也。昭公之后，大乱五世，君子下从征役，不得养其父母而作是诗也。"《笺》："大乱五世者，昭公、孝侯、鄂侯、哀侯、小子侯。"

无 衣

岂曰无衣，	难道说我没有衣裳，
七兮。	我的衣裳有七套。
不如子之衣，	不像你的衣裳，
安且吉兮。	安全而且好。
岂曰无衣，	难道说我没有衣裳，
六兮。	我的衣裳有六套。
不如子之衣，	不像你的衣裳，
安且燠兮。①	安全而且暖。

①燠(yù 玉)：温暖。

这诗的解释有二：一是《毛诗序》："《无衣》，美晋武公也。武公始并晋国，其大夫为之请命乎天子之使而作是诗也。"《笺》："天子之使，是时使来者。"二是《诗三家义集疏》："陈奂云：

‘“使”必“吏”之误，天子之吏，谓三公也。’”“此言‘不如子之衣’者，非敢较量章数，但谓子之衣由王所赐，今未得王新命，有衣与无衣同，故谓‘不如其安且吉兮’。”是何以称诗名曰《无衣》之说。又诗为周之三公称晋武公为“子”，亦可通。又陈奂曰：“天子之卿，即侯伯也。天子之卿六命，出封侯伯加一等，则七命。晋为侯伯之国，实七命，其在王朝，则亦就六命之数。诗人以七、六分章，实一意。”

有杕之杜

有杕之杜，	有独立的赤棠，
生于道左。	生在路的左边。
彼君子兮，	那个君子人啊，
噬肯适我。①	哪肯到我这边。
中心好之，	心中爱好他，
曷饮食之？	何不准备酒饮款待他？

有杕之杜，	有独立的赤棠，
生于道周。②	生在路的右边。
彼君子兮，	那个君子人啊，
噬肯来游。	哪肯游逛到面前。
中心好之，	心中爱好他，
曷饮食之？	何不准备酒饮招待他？

①噬(shì 式)：同“曷”，何。 ②周：通作“右”。

这诗的解释有二：一是《毛诗序》：“《有杕之杜》，刺晋武公也。武公寡特，兼其宗族，而不肯求贤以自辅焉。”二是高亨先生《诗经今注》：“欢迎客人的短歌。”

葛 生

葛生蒙楚，	葛的茎缠绕荆条，
蔹蔓于野。①	白蔹蔓生在荒郊。
予美亡此，	我爱的人死在此处，
谁与独处。	谁可以与他独处。
葛生蒙棘，	葛的茎缠绕酸枣树，
蔹蔓于域。②	白蔹蔓生在郊处。
予美亡此，	我爱的人死在此处，
谁与独息。	谁与他独安息在此。
角枕粲兮，③	牛角枕鲜明啊，
锦衾烂兮。④	锦绣被鲜明啊。
予美亡此，	我爱的人死在此处，
谁与独旦。	谁与他独到天亮相处。
夏之日，	夏天的日长，

冬之夜，⑤　　冬天的夜长，
百岁之后，　　百年以后，
归于其居。⑥　　归于他的坟场。

冬之夜，　　冬天的夜长，
夏之日，　　夏天的日长，
百岁之后，　　百年以后，
归于其室。⑦　　归于他的圹场。

①蔹（liǎn 脸）：白蔹，攀援性草本植物，根可入药。 ②域：指坟地。 ③角枕：牛角枕，敛尸的物品。 ④锦衾：锦缎被子。 ⑤夏之日、冬之夜：夏日长，冬夜长。 ⑥居：坟墓。 ⑦室：指冢坑。

《毛诗序》："《葛生》，刺晋献公也。好攻战，则国人多丧矣。"《笺》："丧，弃亡也。夫从征役，弃亡不反，则其妻居家而怨思。"问题在"予美亡此"中的"美"作"美女"，则为夫吊妇之作，倘这个"美"指漂亮的男人，这首诗为妇悼夫之作。看郑玄《笺》，即释为夫死。故此为夫死妻悼。

采　苓

采苓采苓，①　　采苓啊采苓，
首阳之颠。　　在首阳山顶。
人之为言，②　　别人的假话，

苟亦无信。	况且也没有可信。
舍旃舍旃，③	放弃它啊放弃它，
苟亦无然！④	况且也没真全是假！
人之为言，	别人的假话，
胡得焉？⑤	得到什么啊？
采苦采苦，	采苦菜啊采苦菜，
首阳之下。	在首阳山下。
人之为言，	别人的假话，
苟亦无与。⑥	况且也没人赞同他。
舍旃舍旃，	放弃它啊放弃它，
苟亦无然！	况且也没真全是假！
人之为言，	别人的假话，
胡得焉？	得到什么啊？
采葑采葑，⑦	采芜菁啊采芜菁，
首阳之东。	在首阳山东。
人之为言，	别人的假话，
苟亦无从。	根本没人听从。
舍旃舍旃，	放弃它啊放弃它，
苟亦无然！	没真全是假！
人之为言，	别人的假话，

胡得焉？	得到什么啊？

①苓（líng零）：甘草。　②为言：同“伪言”，讹言。　③舍旃（zhān毡）：舍之，放弃它。　④无然：不以为是。　⑤胡得：何所得。　⑥无与：不赞同他。　⑦葑（fēng封）：芜菁，即芥菜。

这诗的解释有二：一是《毛诗序》：“《采苓》，刺晋献公也。献公好听谗焉。”二是方玉润《诗经原始》：“自古人君听谗多矣，其始由于心之多疑而好察，数数访刺外事于左右，故小人得乘机而进谗，势至顺而机又易投也。若夫明哲圣主，未尝不察迩而兼听，但其心虚，故人之为言未敢遽信为然，必审焉而后听。其心公，故人之进言亦必姑舍其然，详察焉而后进。造言者既有所惮而难入，则谗不远而自息矣。”即以此诗为止听谗言也。

秦　　风

“秦，国名。其地在《禹贡》雍州之域，近鸟鼠山。初，伯益佐禹治水有功，赐姓嬴氏。其后中潏居西戎以保西垂。六世孙大骆生成及非子。非子事周孝王，养马于汧、渭之间，马大繁息。孝王封为附庸而邑之秦。至宣王时，犬戎灭成之族。宣王遂命非子曾孙秦仲为大夫，诛西戎，不克，见杀。及幽王为西戎、犬戎所杀，平王东迁，秦仲孙襄公以兵送之。王封襄公为诸侯，曰：‘能逐犬戎即有岐、丰之地。’襄公遂有周西都畿内八百里之地。至玄孙德公又徙于雍。秦即今之秦州。雍，今京兆府兴平县是也。”（朱熹《诗集传》）“毛氏凤岐曰：‘《方舆纪要》云：“秦故雍城在今凤翔府城南七里。秦德公元年，初居雍城大郑宫是也。”是秦之雍城在今凤翔，不得云在兴平。秦庄公常居犬丘。在今兴平，与德公所徙之雍，自系两地。’案秦诗始于秦仲世，其时仅为大夫，比于附庸之国。吴、楚大国尚无诗，秦小国何以有风？盖秦实继齐、晋而霸焉者也。故齐、晋后即继以秦。”（方玉润《诗经原始》）苏秦曰：“秦西有巴蜀汉中之利，北有胡貉代马之用，南有巫山黔中之固，东有崤函之固，沃野千里，地势形便。”（《战国策·秦策》）

车　　邻

有车邻邻，①	有车子走时发声辚辚，
有马白颠。②	有马儿白毛白顶。

未见君子，　　　　　没有看见君子人，
寺人之令。③　　　　只有宦官发命令。

阪有漆，　　　　　　山坂上种树有漆，
隰有栗。　　　　　　洼地上种树有栗。
既见君子，　　　　　既然看见君子人，
并坐鼓瑟。　　　　　和他并坐弹瑟。
“今者不乐，　　　　“今天不图快乐，
逝者其耋。”④　　　过去就变成老疾。”

阪有桑，　　　　　　山坂上种树有桑，
隰有杨。　　　　　　洼地里种树有杨。
既见君子，　　　　　既然看见君子人，
并坐鼓簧。　　　　　和他并坐弹笙簧。
“今者不乐，　　　　“今天不图快乐，
逝者其亡。”　　　　过去就转成死亡。”

①邻邻：同“辚辚”，车行声。　②白颠：白顶。　③寺人：宦官。　④耋（dié 迭）：八十岁。

《毛诗序》：“《车邻》，美秦仲也。秦仲始大，有车马礼乐侍御之好焉。”

驷　驖

驷驖孔阜，①	四马铁黑雄赳赳，
六辔在手。	六根缰绳握在手。
公之媚子，②	公爷宠爱的人，
从公于狩。	跟在公爷打猎后。
奉时辰牡，③	驱赶鹿儿有牝牡，
辰牡孔硕。	牡鹿硕壮到处有。
公曰左之，	公爷说是车向左，
舍拔则获。④	一箭正好中牲口。
游于北园，	游猎游到北园徧，
四马既闲。⑤	四马驾车既熟练。
輶车鸾镳，⑥	轻车鸾铃马衔镳，
载猃歇骄。⑦	二种猎狗车里见。

①驷驖：四马黑如铁。驖(tiě 铁)，赤黑色的马。阜：肥大。　②媚子：宠爱的人。　③奉时：趋奉是，虞人趋奉是，即为公爷赶兽。辰牡：牝鹿和牡鹿。辰通“麎”，指牝鹿。　④舍拔：去箭末，即射箭。　⑤闲：通“娴”，熟练。　⑥輶(yóu 犹)车：轻车。鸾：鸾铃。镳(biāo 标)：马衔外铁。　⑦猃(xiǎn 险)：长嘴猎狗。歇骄：短嘴猎狗。

《毛诗序》：“《驷驖》，美襄公也。始命有田狩之事、园囿之乐焉。"《笺》："始命，命为诸侯也，秦始附庸也。"

小　戎

小戎俴收，①	小的兵车和小的车厢，
五楘梁辀。②	五皮革贯铜环绕住车毂。
游环胁驱，③	活动的环控制骖马入服，
阴靷鋈续。④	暗的革带贯铜环使骖马接续。
文茵畅毂，⑤	老虎皮垫用来舒畅车毂，
驾我骐异。⑥	驾着各色马的家畜。
言念君子，	我想念那君子人，
温其如玉。	温和得真如美玉。
在其板屋，	他住在板木屋，
乱我心曲。	扰乱我的心曲。
四牡孔阜，	四匹雄马很壮实，
六辔在手。	六根缰绳拿在手。
骐駵是中，⑦	中间都是杂色马，
騧骊是骖。⑧	黄黑骖马向前走。
龙盾之合，⑨	画龙盾牌可配合，
鋈以觼軜。⑩	铜环扣住内缰钮。
言念君子，	我想念那君子人，
温其在邑。	温和在邑可为友。

方何为期，	将在何时作归期，
胡然我念之？	为何我又想他久？
俴驷孔群，⑪	四马不甲很合群，
厹矛鋈錞。⑫	三隅矛杆装铜碪。
蒙伐有苑，⑬	盾牌画看有文彩，
虎韔镂膺。⑭	虎皮弓囊镀了金。
交韔二弓，⑮	弓囊交错放二弓，
竹闭绲縢。⑯	绳索捆住竹制檠。
言念君子，	我想念那君子人，
载寝载兴。	睡睡起起不安宁。
厌厌良人，⑰	那个好人又安静，
秩秩德音。⑱	又有智慧又有德行。

①小戎：小的兵车。俴（jiàn 件）：浅。收：收缩。伐收，指小车厢。 ②五楘（mù 墓）：五束历录，用五束来连络。梁辀（zhōu 舟）：弯曲的车辕如船状。即用五束皮带系在车辕上。 ③游环：活动的环。胁驱：驾马具。一车有四马，外两马称骖，中两马称服。用游环于服马背上，再用皮带连车上，使骖马不入内。 ④阴靷（yǐn 隐）：系骖马的革带，不明显。鋈（wù 务）：白铜环。续：接续。在革带上用白铜环相续。 ⑤文茵：虎皮垫。畅毂（gǔ 谷）：长毂。毂，车轮中的圆木，中有圆孔，可以插轴。 ⑥骐：青黑色的马。馵（zhù 注）：后左足白的马。 ⑦駵（liú 留）：赤身黑鬣的马。⑧騧（guā 瓜）：黄毛黑嘴的马。骊：黑色的马。 ⑨龙盾：画龙的盾牌。⑩觼轫（jué nà 决纳）：有舌环穿过骖马的皮带，使内辔固定。軜：骖内

辔。 ⑪俴驷：四马不披甲。孔群：指马群很和谐。 ⑫厹(qiú求)矛：三棱锋刃的矛。鋈錞(wù duì务兑)：以白铜镀矛柄底的金属套。 ⑬蒙：通“庞”，杂乱绘画。伐：盾牌。苑：文彩。 ⑭虎韔(chàng唱)：以虎皮做的弓囊。镂膺：刻纹。 ⑮交韔(chàng唱)：交错的藏弓袋。 ⑯闭：弓檠。绲(gǔn滚)：绳。縢(téng藤)：缠束。 ⑰厌厌：安静。 ⑱秩秩：智慧。

《毛诗序》：“《小戎》，美襄公也。备其兵甲以讨西戎，西戎方强而征伐不休，国人则矜其车甲，妇人能闵其君子焉。”《笺》：“矜，夸大也。国人夸大其车甲之盛，有乐之意也。妇人闵其君子恩义之至也。作者叙内外之志，所以美君政教之功。”

蒹 葭

蒹葭苍苍，①	初生的芦苇色青苍，
白露为霜。	夜来白露凝成霜。
所谓伊人，	所说的那个人，
在水一方。	在水的那一方。
溯洄从之，②	逆流而上去寻他，
道阻且长。	道路受阻而且长。
溯游从之，③	顺着水流去寻他，
宛在水中央。	仿佛在水的中央。
蒹葭凄凄，④	初生的芦苇很茂盛，
白露未晞。⑤	路上白露还没干。

所谓伊人，	所说的那个人，
在水之湄。[6]	在水的草滩。
溯洄从之，	逆流而上去寻他，
道阻且跻。[7]	道路受阻而且攀登难。
溯游从之，	顺着水流去寻他，
宛在水中坻。[8]	仿佛在水中的沙滩。
蒹葭采采，[9]	初生的芦苇很茂盛，
白露未已。	路上的白露没有停止。
所谓伊人，	所说的那个人，
在水之涘。[10]	在水的小渚。
溯洄从之，	逆流而上去寻他，
道阻且右。[11]	道路受阻而且要转沚。
溯游从之，	顺着水流去寻他，
宛在水中沚。[12]	仿佛在水的小沚。

①蒹葭(jiān jiā 兼家)：初生的芦苇。苍苍：青苍。　②溯(sù 素)洄：逆流而上。　③溯游：顺流而下。　④凄凄：同“萋萋”，茂盛貌。　⑤晞(xī 希)：干。　⑥湄(méi 眉)：水草相交地。　⑦跻(jī 几)：登。　⑧坻(chí 迟)：小水中的小高地。　⑨采采：茂盛貌。　⑩涘(sì 四)：水边。⑪右：右边，绕弯处。　⑫沚(zhǐ 止)：水中沙洲。

这诗的解释有二：一是《毛诗序》：“《蒹葭》，刺襄公也。未能用周礼，将无以固其国焉。”又方玉润《诗经原始》：“盖秦处周地，不能用周礼。周之贤臣遗老，隐处水滨，不肯出仕。诗人惜之，托为招隐，作此见志。一为贤惜，一为世望。曰‘伊人’，曰‘从之’，曰‘宛在’，玩其词，虽若可望不可即；味其意，实求之而不远，思之而即至者。特无心以求之，则其人倜乎远矣。”二是朱熹《诗集传》：“言秋水方盛之时，所谓彼人者，乃在水之一方，上下求之皆不得。然不知其何所指也。”

终 南

终南何有？	终南山有什么？
有条有梅。①	有山楸树有红梅。
君子至止，	君子到这里可住，
锦衣狐裘。	穿狐袍和锦衣前来。
颜如渥丹，	脸色红得像渥丹，
其君也哉！	他是尊贵的首魁！
终南何有？	终南山有什么？
有纪有堂。②	有杞树有赤棠。
君子至止，	君子到这里可住，
黻衣绣裳。③	穿着礼服和绣裳。
佩玉将将，	身上佩玉响当当，
寿考不忘。	祝你长寿永不忘。

①条：山楸树。 ②纪：通“杞”，杞树。堂：通“棠”，指赤棠树。

③黻(fú 弗)：绣上黑与青相间的礼服。

《毛诗序》："《终南》，戒襄公也。能取周地，始为诸侯，受显服，大夫美之，故作是诗以戒劝之。"又朱熹《诗集传》："此秦人美其君之词，亦《车邻》、《驷驖》之意也。"

黄　鸟

交交黄鸟，①	飞去飞来是黄鸟，
止于棘。	停在酸枣树杪。
谁从穆公？②	啥人陪葬秦穆公？
子车奄息。③	子车氏名奄息了。
维此奄息，	只有这个奄息，
百夫之特。④	百人杰出才特妙。
临其穴，	临到他的墓穴，
惴惴其慄。⑤	使人战慄哀悼。
彼苍者天，	那个苍天啊，
歼我良人！⑥	灭亡我的好人！
如可赎兮，	如果可以赎啊，
人百其身。⑦	人愿百死他的身。

交交黄鸟，	飞去飞来是黄鸟，
止于桑。	停在桑树杪。
谁从穆公？	啥人陪葬秦穆公？

子车仲行。	子车氏名仲行了。
维此仲行，	只有这个仲行，
百夫之防。⑧	可当百人才特妙。
临其穴，	临到他的墓穴，
惴惴其慄。	使人战慄哀悼。
彼苍者天，	那个苍天啊，
歼我良人！	灭亡我的好人！
如可赎兮，	如果可以赎啊，
人百其身。	人愿百死他的身。

交交黄鸟，	飞去飞来是黄鸟，
止于楚。⑨	停在荆树条。
谁从穆公？	啥人陪葬秦穆公？
子车鍼虎。	子车氏名鍼虎了。
维此鍼虎，	只有这个鍼虎，
百夫之御。	可敌百人才特妙。
临其穴，	临到他的墓穴，
惴惴其慄。	使人战慄哀悼。
彼苍者天，	那个苍天啊，
歼我良人！	灭亡我的好人！
如可赎兮，	如果可以赎啊，
人百其身。	人愿百死他的身。

①交交：飞而往来貌。 ②从：从死，即殉葬。 ③子车奄息：子车，氏名。奄息，下面的仲行、鍼虎，皆人名。 ④特：杰出。 ⑤惴惴(zhuì zhuì 缀缀)：恐惧。慄(lì 栗)：战慄。 ⑥歼(jiān 尖)：灭亡。 ⑦人百其身：《笺》："一身百死犹为之。" ⑧防：抵当。 ⑨楚：荆树条。

《毛诗序》："《黄鸟》，哀三良也。国人刺穆公以人从死而作是诗也。"《笺》："三良，三善臣也，谓奄息、仲行、鍼虎也。从死，自杀以从死。"

晨风

鴥彼晨风，①	疾飞那个晨风鸟，
郁彼北林。②	茂盛的北林可藏了。
未见君子，	没有看见君子人，
忧心钦钦。③	心里忧愁不算少。
如何如何，	为什么啊为什么，
忘我实多。	把我忘掉不得了。
山有苞栎，④	山上有丛生的柞树，
隰有六驳。⑤	洼地上有树叫六驳。
未见君子，	没有看见君子人，
忧心靡乐。	心里忧愁不快乐。
如何如何，	为什么啊为什么，
忘我实多。	把我忘掉恩情薄。

山有苞棣，⑥　　　　山上有丛生的郁李，
隰有树檖。⑦　　　　洼地上有树叫山梨。
未见君子，　　　　没有看见君子人，
忧心如醉。　　　　心里忧愁像喝醉。
如何如何，　　　　为什么啊为什么，
忘我实多。　　　　把我忘掉把我弃。

①鴥（yù 育）：疾飞貌。晨风：鸟名，似鹞。　②郁：茂盛貌。北林：北面的森林。　③钦钦：忧愁。　④栎（lì 力）：柞树，落叶乔木，花黄褐色。　⑤六驳（bó 博）：树名，梓榆树，树皮青白像驳马。六指多。　⑥棣（dì 地）：郁李。　⑦檖（suì 岁）：山梨。

这诗的解释有二：一是《毛诗序》："《晨风》，刺康公也。忘穆公之业，始弃其贤臣焉。"二是朱熹《诗集传》：《晨风》称："妇人以夫不在，而言'鴥彼晨风'，则归于郁然之北林矣，故我'未见君子'，而'忧心钦钦'也。彼君子者，如之何而忘我之多乎？此与扊扅之歌同意，盖秦俗也。"按《扊扅歌》为百里奚妻作："百里奚，五羊皮。忆别时，烹伏雌，炊扊扅。今日富贵忘我为。"百里奚在楚为人牧牛，秦穆公用五羊皮赎之，至秦为相。其妻为相府佣，因作此歌。"伏雌"指雌鸡。"扊扅"指门栓。朱熹以此诗为妇人之歌，与《毛诗序》不同。

无　衣

岂曰无衣，　　　　难道说没有长袍，

与子同袍。[①]	我同你同穿长袍。
王于兴师，[②]	周王发动军队，
修我戈矛，	修理我的戈和矛，
与子同仇。	与你同对一个仇。
岂曰无衣，	难道说没有内衣，
与子同泽。[③]	我同你同穿内衣。
王于兴师，	周王发动军队，
修我矛戟，	修理我的矛和戟，
与子偕作。	同你一起有所作。
岂曰无衣，	难道说没有下裳，
与子同裳。	我同你同穿下裳。
王于兴师，	周王发动军队，
修我甲兵，	修理我的盔甲和刃兵，
与子偕行。	和你一起前行。

①袍：长袍，指装有旧丝绵的长袍。 ②王：指周王。 ③泽：亲肤的内衣。

这诗的解释有二：一是《毛诗序》："《无衣》，刺用兵也。秦人刺其君好攻战，亟用兵，而不与民同欲焉。"二是《诗三家义集疏》："齐'偕'作'皆'。"《汉书·赵充国辛庆忌传赞》："山西天水、安定、北地处势迫近羌胡，民俗修习战备，高尚勇力鞍马骑射，故秦诗曰：‘王于兴师，修我甲兵，与子皆行。’其风声气俗自古而然。今之歌谣慷慨，风流犹存耳。”陈乔枞云：“据班说，知《齐诗》不以《无衣》为刺。”

渭　阳

我送舅氏，	我送舅舅，
曰至渭阳。①	送到渭阳。
何以赠之？	拿什么来送他？
路车乘黄。	大车子和驾车马儿黄。
我送舅氏，	我送舅舅，
悠悠我思。②	长长地想念我娘。
何以赠之？	拿什么来送他？
琼瑰玉佩。③	美玉作佩来献扬。

①渭阳：渭水北面。　②悠悠我思：念母也。　③琼瑰（guī 龟）：美玉。

《毛诗序》：“《渭阳》，康公念母也。康公之母，晋献公之女也。文公遭丽姬之难，未反而秦姬卒，穆公纳文公。康公时为太子，赠送文公于渭之阳，念母之不见也，我见舅氏，如母存焉。及其即位，思而作是诗也。”又《诗三家义集疏》：“案：赠送文公，乃康公为太子时事，似不必即位后方作诗，鲁、韩不言，不从可也。"

权　舆

於，我乎？①	唉，我吗？
夏屋渠渠。②	大碗菜盛得满满的。
今也每食无余。	现在每顿吃光。
於嗟乎！	唉呀！
不承权舆。③	不能继续当初吃得好。
於，我乎？	唉，我吗？
每食四簋。④	每顿四大盆。
今也每食不饱。	现在每顿吃不饱。
於嗟乎！	唉呀！
不承权舆。	不能继续当初吃得好。

①於：叹词。　②夏屋：大食器。渠渠：盛。　③权舆：开始，当初。　④簋(guǐ 鬼)：古食器。

这诗的解释有二：一是《毛诗序》："《权舆》，刺康公也。忘先君之旧臣与贤者，有始而无终也。"二是余冠英先生《诗经选》："这首诗写一个冷落的贵族嗟贫困，想当年。"

陈　风

“陈，国名。大皞伏羲氏之墟，在《禹贡》豫州之东。其地广平，无名山大川。西望外方，东不及孟诸。周武王时，帝舜之后有虞阏父为周陶正，武王赖其利器用，与其神明之后，以元女太姬妻其子满，而封之于宛丘之侧，与黄帝、帝尧之后共为三恪，是谓胡公。大姬，妇人尊贵，好乐巫觋歌舞之事，其民化之。今之陈州即其地也。”（朱熹《诗集传》）按：陈都宛丘，即今河南淮阳县。今河南开封县以东，安徽亳县以北，皆其地，后为楚所灭。“案：陈、桧、曹皆小国，故居诸国之末。而陈为伏羲旧治，又帝舜后裔，故在二国前。”（方玉润《诗经原始》）

宛　丘

子之汤兮，①	你的放荡啊，
宛丘之上兮。②	在宛丘的上啊。
洵有情兮，	确实是多情啊，
而无望兮。③	却没有声望啊。
坎其击鼓，④	冬冬地把鼓敲响，
宛丘之下。	在宛丘的丘下。
无冬无夏，	没有冬也没有夏，
值其鹭羽。⑤	拿着鹭鸶的羽毛啊。

坎其击缶，⑥　　当当地敲瓦盆，
宛丘之道。　　在宛丘的路上。
无冬无夏，　　没有冬来没有夏，
值其鹭翿。⑦　　鹭鸶羽毛拿手上。

①子：指跳舞的巫女。汤：通“荡”，放荡。　②宛丘：四方高、中央低的土山。　③望：声望。　④坎：击鼓声。　⑤值：持。　⑥缶（fǒu 否）：小口大腹的瓦器。　⑦翿（dào 道）：一种舞具，聚鸟羽于柄头而成。

这诗的解释有二：一是《毛诗序》：“《宛丘》，刺幽公也。淫荒昏乱，游荡无度焉。”二是《诗三家义集疏》：《齐诗》引《匡衡传》注引张晏曰：“胡公夫人，武王之女大姬，无子，好祭祀鬼神，鼓舞而祀，故其诗曰：‘坎其击鼓，宛丘之下。无冬无夏，值其鹭羽。’晏生汉魏之间，《齐诗》具存，晏注用《齐诗》。”

东门之枌

东门之枌，①　　东门的白榆树，
宛丘之栩。②　　宛丘的柞树。
子仲之子，　　子仲的姑娘，
婆娑其下。③　　在树下起舞。

榖旦于差，④　　选择那好日子，
南方之原。　　在南方的平原。

不绩其麻，	不纺织她的麻，
市也婆娑。	却舞蹈在市垣。
穀旦于逝，	好日子快过去，
越以鬷迈。⑤	会合男女好共行。
视尔如荍，⑥	看你像荆葵那样美，
贻我握椒。⑦	送我花椒心欢迎。

①枌（fén 坟）：白榆树。　②栩（xǔ 许）：柞树。　③婆娑：舞蹈。　④穀旦：好日子。穀，善，好。差：选择。　⑤越以：于以。语助词。鬷（zōng 宗）：总。总会合。　⑥荍（qiáo 桥）：锦葵。草木植物，夏开紫或白花。　⑦椒：花椒，赠椒表结好。

这诗的解释有二：一是《毛诗序》："《东门之枌》，疾乱也。幽公淫荒，风化之所行，男女弃其旧业，亟会于道路，歌舞于市井尔。"二是余冠英先生《诗经选》："这是男女慕悦的诗"，"写男女在良晨会舞于市井，反映陈国特殊的风俗"。

衡　门

衡门之下，①	横木作门的下面，
可以栖迟。②	可以作为安居。
泌之洋洋，③	泌泉水的荡漾，
可以乐饥。④	可以快乐忘掉腹饥。

岂其食鱼，　　　　难道吃鱼，
必河之鲂？⑤　　　一定要黄河里的鲂？
岂其取妻，　　　　难道娶妻，
必齐之姜？⑥　　　一定要娶齐国的姜姓？

岂其食鱼，　　　　难道吃鱼，
必河之鲤？　　　　一定要黄河的鲤？
岂其取妻，　　　　难道娶妻，
必宋之子？　　　　一定要娶宋国的子姓？

①衡门：横木为门。 ②栖迟：安居。 ③泌（bì 必）：泉水名。洋洋：水流貌。 ④乐饥：乐而忘饥。 ⑤鲂：亦名鳊鱼，鳞细，肉肥，鱼之美者。 ⑥齐姜、宋子：齐女姓姜，宋女姓子，指贵族姑娘。

这诗的解释有二：一是《毛诗序》："《衡门》，诱僖公也。愿而无立志，故作是诗以诱掖其君也。"二是《诗三家义集疏》引《韩诗外传》二："子夏读书已毕……虽居蓬户之中，弹琴以咏先王之风，有人亦乐之，无人亦乐之，亦可发愤忘食矣。《诗》曰：'衡门之下，可以栖迟。泌之洋洋，可以疗饥。'夫子造然变容曰：'嘻！吾子可以言《诗》已矣。'"

东门之池

东门之池，　　　　东门的池塘，

可以沤麻。①　　可以长期浸泡麻。
彼美淑姬，　　她是美丽善良的姬家姑娘，
可与晤歌。②　　可以和她相对唱啊。

东门之池，　　东门的池塘，
可以沤纻。③　　可以长期浸泡纻麻。
彼美淑姬，　　她是美丽善良的姬家姑娘，
可与晤语。　　可以和她相对讲啊。

东门之池，　　东门的池塘，
可以沤菅。④　　可以长期浸泡菅草。
彼美淑姬，　　她是美丽善良的姬家姑娘，
可与晤言。　　可以和她相对说啊。

①沤（òu 怄）：长期浸泡。　②晤歌：对唱。　③纻（zhù 注）：苎麻，麻的一种。　④菅（jiān 肩）：菅草，叶可做绳。

这诗的解释有二：一是《毛诗序》：“《东门之池》，刺时也。疾其君之淫昏，而思贤女以配君子也。”二是朱熹《诗集传》：“此亦男女会遇之词。”

东门之杨

东门之杨，　　东门的杨树，

其叶牂牂。①	它的叶子发出沙沙响。
昏以为期，	昏暗作为相约的时期，
明星煌煌。②	启明星却闪闪发亮。
东门之杨，	东门的杨树，
其叶肺肺。③	它的叶子沙沙发响。
昏以为期，	昏暗作为相约的时期，
明星晢晢。④	启明星却明明发亮。

①牂牂（zāng zāng 脏脏）：风吹树叶声。 ②明星：启明星。 ③肺肺（pèi pèi 配配）：同“牂牂”。 ④晢晢（zhé zhé 哲哲）：明亮。

《毛诗序》：“《东门之杨》，刺时也。昏姻失时，男女多违，亲迎女犹有不至者也。”孔《疏》：“《序》言‘亲迎而女犹有不至者’，则是终竟不至，非夜深乃至也。”又朱熹《诗集传》：“此亦男女期会而有负约不至者，故因其所见以起兴也。”

墓门

墓门有棘，①	墓道门有酸枣树，
斧以斯之。②	用斧头来砍它。
夫也不良，	那人是不善，
国人知之。	国人知道他。
知而不已，	知道他还不改，

谁昔然矣。③	从前就是这样坏。
墓门有梅，	墓道门有酸枣树，
有鸮萃止。④	有猫头鹰停栖着。
夫也不良，	那人是不善，
歌以讯止。⑤	作歌劝谏他。
讯予不顾，	劝谏不理我，
颠倒思予。	颠倒后才想念我。

①墓门：墓道之门。　②斯：析，砍。　③谁昔：畴昔。　④鸮（xiāo 消）：猫头鹰。萃（cuì 翠）：集。　⑤讯：亦作“谇”。谇，谏，劝。

这诗的解释有二：一是《毛诗序》：“《墓门》，刺陈佗也。陈佗无良师傅，以至于不义，恶加于万民焉。”《笺》：“不义者，谓弑君而自立。”二是《诗三家义集疏》引鲁说，《列女传·陈辩女传》：“辩女者，陈国采桑之女也。晋大夫解居甫使于宋，道过陈，遇采桑之女，止而戏之曰：‘女为我歌，我将舍女。’采桑女乃为之歌曰：‘墓门有棘，斧以斯之。夫也不良，国人知之。知而不已，谁昔然矣。’大夫又曰：‘为我歌其二。’女曰：‘墓门有楳（当作棘），有鸮萃止。夫也不良，歌以讯止。讯予不顾，颠倒思予。’大夫曰：‘其楳则有，其鸮安在？’女曰：‘陈，小国也，摄乎大国之间，因之以饥馑，加之以师旅，其人且亡，而况鸮乎！’大夫乃服而释之。”

防有鹊巢

防有鹊巢，①	堤岸上怎么有鹊巢，
邛有旨苕。②	山丘上怎么有水草。
谁侜予美？③	谁欺骗我的爱人？
心焉忉忉。④	心里很苦恼。
中唐有甓，⑤	路上怎么用瓦铺道，
邛有旨鷊。⑥	山丘上怎么有水草。
谁侜予美？	谁欺骗我的爱人？
心焉惕惕。⑦	心里忧惧苦恼。

①防：堤岸。 ②邛（qióng 穷）：山丘。苕（tiáo 条）：水草。 ③侜（zhōu 舟）：欺骗。 ④忉忉（dāo dāo 刀刀）：苦恼。 ⑤唐：朝堂前大路。甓（pì 僻）：砖。 ⑥鷊（yì 抑）：绶草。 ⑦惕惕：忧惧。

这诗的解释有二：一是《毛诗序》：“《防有鹊巢》，忧谗贼也。宣公多信谗，君子忧惧焉。”二是朱熹《诗集传》：“此男女之有私，而忧或间之之辞。故曰防则有鹊巢矣，邛则有旨苕矣，今此何人而侜张予之所美，使我忧之而至于忉忉乎？”

月 出

月出皎兮，①	月儿出来亮啊，

佼人僚兮。②　　美人多俊俏啊。
舒窈纠兮，③　　缓缓地步行啊，
劳心悄兮。④　　劳苦得我心忧啊。

月出皓兮，　　月儿出来亮啊，
佼人懰兮。⑤　　美人多姣好啊。
舒忧受兮，⑥　　慢慢地行走啊，
劳心慅兮。⑦　　劳苦得我心忧啊。

月出照兮，　　月儿出来亮啊，
佼人燎兮。⑧　　美人多鲜妍啊。
舒夭绍兮，⑨　　慢慢地走动啊，
劳心惨兮。⑩　　劳苦得我心忧啊。

①皎（jiǎo 绞）：美好。　②僚（liǎo 了）：好貌。　③窈纠（yǎo jiǎo 咬佼）：行步舒缓。　④悄：忧。　⑤懰（liǔ 柳）：好貌。　⑥忧（yǒu 有）受：舒迟貌。　⑦慅（cǎo 草）：忧愁。　⑧燎：明。　⑨夭绍：柔美。　⑩惨：惨当作"懆（cǎo 草）"，忧愁。

这诗的解释有二：一是《毛诗序》："《月出》，刺好色也。在位不好德，而说（悦）美色焉。"二是朱熹《诗集传》："此亦男女相悦而相念之辞。言月出则皎然矣，佼人则僚然矣，安得见之而舒窈纠之情乎？是以为之劳心而悄然也。"

株　林

胡为乎株林?①	为什么到株林?
从夏南。②	跟夏南。
匪适株林?	不是到株林?
从夏南。	跟夏南。
驾我乘马,③	驾起我骑马,
说于株野。	停在株林。
乘我乘驹,	骑上我的好马,
朝食于株。④	早上到株林行淫。

①株林：夏姬的住处。　②夏南：夏姬之子夏征舒，字夏南。表面上说看夏南，实际是看夏姬。　③我：指陈灵公。　④朝食：吃早饭。古人常以饥、饱喻男女情欲之事。

《毛诗序》:“《株林》,刺灵公也。淫乎夏姬,驱驰而往,朝夕不休息焉。”《笺》:“夏姬,陈大夫妻,夏征舒之母,郑女也。征舒字子南。”又朱熹《诗集传》:“《春秋传》:‘夏姬,郑穆公之女也,嫁于陈大夫夏御叔。灵公与其大夫孔宁、仪行父通焉。洩冶谏,不听而杀之,后卒为其子征舒所弑,而征舒复为楚庄王所诛。’”

泽　陂

彼泽之陂，①	那个池塘的水涯，
有蒲与荷。	有蒲草与荷花。
有美一人，	有美丽的一个人儿，
伤如之何？	忧伤得怎么对待她？
寤寐无为，②	睡醒睡着无所谓，
涕泗滂沱。③	眼泪鼻涕纷纷落下。
彼泽之陂，	那个池塘的水涯，
有蒲与蕑。④	有蒲草与莲花。
有美一人，	有美丽的一个人儿，
硕大且卷。⑤	高大而且卷头发。
寤寐无为，	睡醒睡着无所谓，
中心悁悁。⑥	心中忧郁地想着她。
彼泽之陂，	那个池塘的水涯，
有蒲菡萏。⑦	有蒲草和荷花。
有美一人，	有美丽的一个人儿，
硕大且俨。⑧	高大并且双下巴。
寤寐无为，	睡醒睡着无所谓，
辗转伏枕。	辗转伏枕在想她。

①陂(bēi 杯)：堤岸。　②寤寐：睡醒睡着。　③涕泗：眼泪鼻涕。　④蕑(jiān 肩)：兰草，通莲。　⑤卷(quàn 劝)：通“鬈”，头发卷。　⑥悁悁：忧郁貌。　⑦菡萏(hàn dàn 汗旦)：荷花。　⑧俨：双下巴。

这诗的解释有二：一是《毛诗序》：“《泽陂》，刺时也。言灵公君臣淫于其国，男女相说(悦)，忧思感伤也。”《笺》：“君臣淫于国，谓与孔宁、仪行父也。感伤，谓涕泗滂沱。”二是《诗三家义集疏》：《鲁诗》作“伤”为“阳”，释“阳”为“予”，指女方，是以女思男，与《毛诗序》不同。朱熹《诗集传》：“此诗大旨与《月出》相类。”即男女相悦而相会之辞，无刺意。

桧　风

“桧，国名，高辛氏火正祝融之墟，在《禹贡》豫州外方之北，荥波之南，居溱洧之间。其君妘姓，祝融之后。周衰，为郑桓公所灭，而迁国焉。今之郑州，即其地也。苏氏以为桧诗皆为郑作，如邶、鄘之于卫也，未知是否?”(朱熹《诗集传》)“案：桧实灭于郑武公，非桓公也。然则国亡在东辙之初，何以《诗序》于《春秋》之后？国小而又无事可表耳。严氏粲曰：桧世次莫考，诗不言何君，曰夷、惠之间者，郑《谱》也。平王初，郑武始灭桧。前乎平，何以知其非幽也？当幽之时，仲为桧君，言不刺仲也。前乎幽，又何以知其非宣也？周道复兴之时，不得有《匪风》之思也。非幽非宣，夷、厉当之矣。然愚读桧诗，实仲亡国事，因重订其诗如左。”(方玉润《诗经原始》)

羔　裘

羔裘逍遥，	穿着羔裘显得逍遥，
狐裘以朝。	穿着狐裘来上朝。
岂不尔思？	难道不想您吗？
劳心忉忉。	想得心里忧劳。
羔裘翱翔，	穿着羔裘可以遨游，
狐裘在堂。	穿着狐裘在朝堂。

岂不尔思？	难道不想念您吗？
我心忧伤。	想念得我心忧伤。
羔裘如膏，①	穿着羔裘像脂膏，
日出有曜。	太阳出来有光照。
岂不尔思？	难道不想念您吗？
中心是悼。	想得心中在哀悼。

①如膏：像膏泽。在太阳照耀下，才如膏的，是倒装句。

这诗的解释有三：一是《毛诗序》："《羔裘》，大夫以道去其君也。国小而迫，君不用道，好洁其衣服，逍遥游宴，而不能自强于政治，故作是诗也。"二是方玉润《诗经原始》："夫国君好洁衣服，过之小者也，何必去？即云国小而迫，正臣子相助为理之秋，更不必去。此必国势将危，其君不知，犹以宝货为奇，终日游宴，边幅是修，臣下忧之，谏而不听，夫然后去。去之而又不忍遽绝其君，乃形诸歌咏以见志也。"三是疑一贵妇怀思之作。

素　冠

庶见素冠兮，①	幸能看见戴白帽子啊，
棘人栾栾兮，②	人黑又瘦瘠啊，
劳心慱慱兮。③	心里悲痛啊。

庶见素衣兮，　　　　幸能看见穿白衣啊，
我心伤悲兮，　　　　我心里悲伤啊，
聊与子同归兮。　　　姑且同您一同归去啊。

庶见素韠兮，④　　　幸能看见穿白蔽膝啊，
我心蕴结兮，　　　　我的心里郁闷啊，
聊与子如一兮。　　　姑且和您心同一人啊。

①庶：幸。　②棘：瘠。栾栾（luán luán 鸾鸾）：瘦瘠貌。　③恃恃（tuán tuán 团团）：忧思。　④韠（bì 毕）：蔽膝。用皮革做成。

这诗的解释有二：一是《毛诗序》："《素冠》，刺不能三年也。"《笺》："丧礼，子为父，父卒为母，皆三年。时人恩薄礼废，不能行也。"二是方玉润《诗经原始》："窃以为棘人素服，必其人以非罪而在缧绁之中，适所服者素服耳，而幸而见之，以至于伤悲，愿与同归如一者，非其所亲，即素所爱敬之人，故至'劳心恃恃'而不能自已也。然律以首篇之义，或桧君国破被执，拘于丛棘，其臣见之不胜悲痛，愿与同归就戮，亦未可知。"

隰有苌楚

隰有苌楚，①　　　　洼地里有羊桃，
猗傩其枝。②　　　　美盛的是它的嫩枝。
夭之沃沃，③　　　　又初生又美好，

乐子之无知。④	羡你的无知好。
隰有苌楚，	洼地里有羊桃，
猗傩其华。	美盛的开花极妙。
夭之沃沃，	又初生又美好，
乐子之无家。	羡你的无家好。
隰有苌楚，	洼地里有羊桃，
猗傩其实。	美盛的结实极妙。
夭之沃沃，	又初生又美好，
乐子之无室。	羡你的无室好。

①苌（cháng 长）楚：羊桃，猕猴桃。　②猗傩：美盛貌。　③夭：少也。沃沃：光实。　④子：指苌楚。

这诗的解释有二：一是《毛诗序》："《隰有苌楚》，疾恣也。国人疾其君之淫恣，而思无情欲者也。"《笺》："恣，谓狡狭淫戏，不以礼也。"二是方玉润《诗经原始》："此必桧破民逃，自公族子姓以及小民之有室有家者，莫不扶老携幼，挈妻抱子，相与号泣路歧，故有家不如无家之好，有知不如无知之安也。而公族子姓之为室家累者尤甚。"

匪　风

匪风发兮，	不是风吹动啊，
匪车偈兮。①	不是车子快开啊。
顾瞻周道，	回头看看周家的路，
中心怛矣。②	心中是忧伤啊。
匪风飘兮，	不是风飘动啊，
匪车嘌兮。③	不是车子摇动啊。
顾瞻周道，	回头看看周家的路，
中心吊兮。	心中要凭吊啊。
谁能亨鱼，④	谁人能够烧鱼，
溉之釜鬵。⑤	把锅洗干净。
谁将西归，	谁人要向西进，
怀之好音。	想托他传一个好音信。

①偈（jié 结）：疾驰貌。　②怛（dá 达）：悲伤。　③嘌（piāo 飘）：漂摇不定。　④亨：同“烹”。　⑤溉（gài 盖）：洗。鬵（xún 寻）：釜类，即今俗称锅类。

《毛诗序》：“《匪风》，思周道也。国小政乱，忧及祸难而思周道焉。”

曹　风

“曹，国名。其地在《禹贡》兖州陶丘之北，雷夏、菏泽之野。周武王以封其弟振铎。今之曹州，即其地也。”(朱熹《诗集传》)在今山东定陶县西北，为宋所灭(《春秋》哀公八年)。“……但季札观乐时，《诗》之次序已如此，非定自夫子(孔子)也。且使二诗具有深意，季札当叹美而深长思之，何以云‘《桧》以下无讥焉’？此可见其国小事微，诗亦无足重轻。采风者录之，聊以备一国之俗云尔。”(方玉润《诗经原始》)

蜉　蝣

蜉蝣之羽，①	蜉蝣的羽毛，
衣裳楚楚。②	像鲜明的衣裳。
心之忧矣，	心里的忧伤，
於我归处。	何处是我的归宿。
蜉蝣之翼，	蜉蝣的翅膀，
采采衣服。	像漂亮的衣服。
心之忧矣，	心里的忧愁，
於我归息。	何处是我的归宿。
蜉蝣掘阅，③	蜉蝣掘洞飞出，

麻衣如雪。	麻衣像雪白色。
心之忧矣，	心里的忧伤，
於我归说。④	何处是我的归宿。

①蜉蝣（fú yóu 浮游）：虫名，叫渠略，大如指，长三四寸，有翅能飞。夏月阴雨时从地中出，有朝生暮死的，有生六七日的。羽极薄而有光泽。②楚楚：鲜明貌。　③掘阅：通“掘穴”，即掘地而出。　④说（shuì 税）：通“税”，歇息。

《毛诗序》：“《蜉蝣》，刺奢也。昭公国小而迫，无法以自守，好奢而任小人，将无所依焉。”《笺》：“喻昭公之朝，其群臣皆小人也。徒整饰其衣裳，不知国之将迫胁，君臣死亡无日，如渠略然。”又朱熹《诗集传》：“此诗盖以时人有玩细娱而忘远虑者，故以蜉蝣为比而刺之。言蜉蝣之羽翼，犹衣裳之楚楚可爱也。然其朝生暮死，不能久存，故我心忧之，而欲其于我归处耳。”

候　人

彼候人兮，①	那个修路迎宾的人啊，
何戈与祋。②	还要扛戈与棍。
彼其之子，	那些他们的人啊，
三百赤芾。③	穿红蔽膝有三百人。
维鹈在梁，④	鹈鸟在鱼梁，
不濡其翼。	没有打湿它的翅膀。

彼其之子，	那些他们的人，
不称其服。	不配他们的衣裳。
维鹈在梁，	鹈鸟在鱼梁，
不濡其咮。⑤	没有打湿它的嘴。
彼其之子，	那些他们的人，
不遂其媾。⑥	不能长享他们的奢侈。
荟兮蔚兮，⑦	云雾弥漫啊，
南山朝隮。⑧	南山早上起彩虹。
婉兮娈兮，	柔婉啊美好啊，
季女斯饥。	幼小的女儿受饥饿。

①候人：修路、迎宾的官。 ②何：同“荷”，扛。祋（duì 对）：同“殳”，古兵器。 ③赤芾（fú 扶）：红色的蔽膝，用皮做，为大夫朝服之一部分。 ④鹈（tí 题）：水鸟名。 ⑤咮（zhòu 咒）：鸟嘴。 ⑥不遂其媾：不能成就他的厚禄。媾指厚禄。 ⑦荟蔚（huì wèi 会位）：云雾弥漫貌。⑧朝隮（jī 鸡）：彩虹。

《毛诗序》：“《候人》，刺近小人也。共公远君子而好近小人也。”又方玉润《诗经原始》：“案：僖二十八年春，晋文公伐曹。三月，入曹。数之以其不用僖负羁，而乘轩者三百人，即诗所谓‘三百赤芾’是也。曰‘荟蔚’‘朝隮’，言小人众多而气焰盛也。曰‘婉’‘娈’‘斯饥’，言贤者守贞而反困穷也。”

鸤　鸠

鸤鸠在桑，①	布谷鸟在桑树，
其子七兮。	它的儿子有七个啊。
淑人君子，	善良的君子人，
其仪一兮。②	他的仪容是一样啊。
其仪一兮，	他的仪容是一样啊，
心如结兮。	心像结实的啊。
鸤鸠在桑，	布谷鸟在桑树，
其子在梅。	它的儿子在梅树。
淑人君子，	善良的君子人，
其带伊丝。③	他的带子镶边用白丝。
其带伊丝，	他的带子镶边用白丝，
其弁伊骐。④	他的皮帽镶边用青黑丝。
鸤鸠在桑，	布谷鸟在桑树，
其子在棘。	它的儿子在酸枣树。
淑人君子，	善良的君子人，
其仪不忒。	他的威仪不变色。
其仪不忒，	他的威仪不变色，
正是四国。⑤	可以作为各国的法则。

鸤鸠在桑， 布谷鸟在桑树，
其子在榛。 它的儿子在榛树。
淑人君子， 善良的君子人，
正是国人。 正好是国人的法则。
正是国人， 正好是国人的法则，
胡不万年？ 为什么万年不得？

①鸤（shī 尸）鸠：布谷鸟。 ②仪：仪容。 ③伊丝：是丝。 ④弁（biàn 卞）：皮帽。伊骐：是马的青黑色。 ⑤正：法则。

这诗的解释有二：一是《毛诗序》："《鸤鸠》，刺不壹也。在位无君子，用心之不壹也。"二是方玉润《诗经原始》："非开国贤君，未足当此，故以为'美振铎'之说者，亦庶几焉。……后人因曹君失德而追述其先公之德之纯以刺之，故曰'胡不'者，疑而问之之辞也，以为尔能'正是国人'，胡不福尔子孙于亿万斯年？不然，颂其德矣，何云'胡不'？"

下 泉

洌彼下泉，① 那寒冷的下流泉水，
浸彼苞稂。② 浸那丛生的稂草根。
忾我寤叹，③ 我醒时只有长叹息，
念彼周京。 想念那周朝的京城。

冽彼下泉，	那寒冷的下流泉水，
浸彼苞萧。	浸那丛生的艾蒿根。
忾我寤叹，	我醒时只能长叹息，
念彼京周。	想念那周朝的京城。
冽彼下泉，	那寒冷的下流泉水，
浸彼苞蓍。	浸那丛生的蓍草根。
忾我寤叹，	我醒时只有长叹息，
念彼京师。	想念那周朝的京城。
芃芃黍苗，④	黍苗长得茂盛，
阴雨膏之。	阴雨来灌溉它。
四国有王，⑤	各国有周天子，
郇伯劳之。⑥	郇伯来效劳他。

①冽（liè 列）：寒冷。　②稂（láng 郎）：童粱，对禾苗有害的草。　③忾（xì 戏）：叹息。　④芃芃（péng péng 蓬蓬）：茂盛。　⑤四国：四方诸侯之国。有王：有周天子。　⑥郇（xún 旬）伯：郇国君。

这诗的解释有二：一是《毛诗序》："《下泉》，思治也。曹人疾共公侵刻下民，不得其所，忧而思明王贤伯也。"二是方玉润《诗经原始》："夫天下有道，则礼乐征伐自天子出；天下无道，则礼乐征伐自诸侯出。今晋文入曹，执其君，分其田，以释私憾，宁能使曹人帖然心服乎？此诗之作，所以念周衰，伤晋霸也。使周而不衰，则‘四国有王’，彼晋虽强，敢擅征伐？又况承王命而布王恩者，有九州之伯以制之。昔者，郇国之君尝承是命治诸侯而有功矣，而今不然也。不能不忾然寤叹，以念周京，如苞稂之见浸下泉，日芜没而自伤耳。”按：后两句当作“如稂草之丛生，使黍苗感叹耳”。

豳　风

“豳，国名。在《禹贡》雍州岐山之北，原隰之野。虞、夏之际，弃为后稷而封于邰。及夏之衰，弃稷不务，弃子不窋失其官守，而自窜戎狄之间。不窋生鞠陶，鞠陶生公刘，能复修后稷之业，民以富实。乃相土地之宜，而立国于豳谷焉。十世而太王徙居岐山之阳，十二世而文王始受天命，十三世而武王遂为天子。武王崩，成王立，年幼不能涖阼。周公旦以冢宰摄政，乃述后稷、公刘之化，作诗一篇以戒成王，谓之《豳风》。而后人又取周公所作，及凡为周公而作之诗以附焉。豳，在今邠州三水县。邰，在今京兆府武功县。”（朱熹《诗集传》）“案：《豳》仅《七月》一篇，所言皆农桑稼穑之事，非躬亲陇亩久于其道者，不能言之亲切有味也如是。周公生长世胄，位居冢宰，岂暇为此？且公刘世远，亦难代言。此必古有其诗，自公始陈王前，俾知稼穑艰难，并王业所自始，而后人遂以为公作也。至《鸱鸮》、《东山》二诗，乃为公作。《伐柯》、《破斧》、《九罭》、《狼跋》则又众人为公而作之诗。以其无所系属，故并附《七月》后，而统而名之曰《豳》，凡以为公故也。当季札请观周乐时，篇次本居《齐》后《秦》前，不知何时移殿诸国之末。意者夫子正乐，手所亲订欤？盖夫子一生，志欲行周公之道而不能，故凡典籍之关于公者，恒三致意焉。且诗以风名，有正不能无变，既漓又当返淳。天下淳风，无过农氏，此《七月》之诗所以必居变风之末者也。”（方玉润《诗经原始》）

案：吴公子季札到鲁国去观乐，是在襄公二十九年，季札观乐是按《诗经》的次序观的，当在孔子前，《诗经》已经编定了。它说："为之歌《豳》，曰：'美者荡乎？乐而不淫，其周公之东乎？'为之歌《秦》，曰：'此之谓夏声，夫能夏则大，大之至也，其周之旧乎？'"它是把《豳风》排在《秦风》前的。现在《豳风》排在《风诗》的最后，是经重新安排过的。查《诗经正义》的《豳风》下，有这样一段话："陆(德明)云：'豳者戎狄之地名也。夏道衰，后稷之曾孙公刘自邰而出居焉。其封域在雍州岐山之北，原隰之野，于汉属右扶风郇邑。周公遭流言之难，居东都，思公刘、大王为豳公，忧劳民事，以此叙己事而作《七月》、《鸱鸮》之诗，成王悟而迎之，以致太平。故太师述其诗为豳国之风焉。"陆德明认为《七月》、《鸱鸮》都是周公到东都洛阳后作的，比《周南》、《召南》晚。排在最后，可能是太师安排的。太师为谁，已无可考了。

七　月

七月流火，①	七月里火星流向下，
九月授衣。②	九月里官家发寒衣。
一之日觱发，③	十一月里起寒风，
二之日栗烈。④	十二月里寒气凛冽。
无衣无褐，⑤	没有长袍和短袄，
何以卒岁？⑥	怎么过年呢？
三之日于耜，⑦	正月里修理农具，
四之日举趾。⑧	二月里举起脚把田犁。

同我妇子，[9]	同我的妻子女儿，
馌彼南亩，[10]	送饭送到田地，
田畯至喜。[11]	田官看了心里喜。
七月流火，	七月里火星流向下，
九月授衣。	九月里官家发寒衣。
春日载阳，[12]	春天太阳好，
有鸣仓庚。	黄莺声声啼。
女执懿筐，[13]	姑娘拿深筐，
遵彼微行，[14]	照着小路走，
爰求柔桑。	去求柔嫩的桑。
春日迟迟，[15]	春天日子长，
采蘩祁祁。[16]	采摘白蒿忙。
女心伤悲，	姑娘的心里伤悲，
殆及公子同归。[17]	始与公子一同回归。
七月流火，	七月里火星流向下，
八月萑苇。[18]	八月里芦苇长成罢。
蚕月条桑，[19]	蚕月里剪下枝条桑，
取彼斧斨，[20]	拿着那斧子，
以伐远扬。[21]	斫掉枝条的远扬。
猗彼女桑。[22]	用绳子拉住柔桑。

七月鸣鵙，[23]	七月里听伯劳鸟叫，
八月载绩。	八月里纺织麻布料。
载玄载黄，	染上色黑和色黄，
我朱孔阳，	我染朱红更鲜丽，
为公子裳。	为公子做衣裳。
四月秀葽，[24]	四月里远志结子，
五月鸣蜩。[25]	五月里蝉嘈不止。
八月其获，	八月里早稻收获，
十月陨萚。	十月里叶子掉落。
一之日于貉，	十一月上山打貉，
取彼狐狸，	取那狐狸皮剥掉，
为公子裘。	做公子的皮袄。
二之日其同，[26]	十二月集会共同，
载缵武功。[27]	继续讲打猎的武功。
言私其豵，[28]	说私自占有小猪，
献豜于公。[29]	把三岁大猪献给公。
五月斯螽动股，[30]	五月里斯螽振动双股，
六月莎鸡振羽。[31]	六月里织布娘振动双翅声。
七月在野，	七月里在野地，
八月在宇，	八月里在屋子，

九月在户，	九月里在门内，
十月蟋蟀入我床下。	十月里蟋蟀入我床底。
穹窒熏鼠，㉜	塞住漏洞熏老鼠，
塞向墐户。㉝	泥涂上北窗涂住门户。
嗟我妇子，	叹说我的妻子和孩子，
曰为改岁，㉞	说是旧年快过去了，
入此室处。	进入这间屋里住。
六月食郁及薁，㉟	六月吃李和葡萄，
七月亨葵及菽。㊱	七月煮豆和葵苗。
八月剥枣，㊲	八月打枣，
十月获稻。	十月收稻。
为此春酒，㊳	做这个春酒，
以介眉寿。㊴	来祝贺长寿。
七月食瓜，	七月吃瓜，
八月断壶。㊵	八月割断葫芦，
九月叔苴，㊶	九月拣起麻子啰，
采荼薪樗，㊷	采苦菜打些柴，
食我农夫。	养活我们农夫。
九月筑场圃，	九月修筑打谷场，
十月纳禾稼。	十月把禾稼收藏。

黍稷重穋，[43]	早熟晚熟的黍子高粱，
禾麻菽麦。	禾麻豆麦一起藏。
嗟我农夫，	嗟叹我们农夫，
我稼既同，	我们的庄稼既完工，
上入执宫功。[44]	还进到公爷的宫。
昼尔于茅，	白天去割茅草，
宵尔索綯。[45]	夜里把绳打好。
亟其乘屋，[46]	快些去修屋，
其始播百谷。	到春天忙于种百谷。
二之日凿冰冲冲，	十二月凿冰声冲冲忙，
三之日纳于凌阴。[47]	正月里把冰往冰室藏。
四之日其蚤，[48]	二月里取冰祭祀早，
献羔祭韭。	献上韭菜和羔羊。
九月肃霜，[49]	九月里降下霜，
十月涤场。[50]	十月里清扫打谷场。
朋酒斯飨，[51]	两壶酒可以上飨，
曰杀羔羊。	再杀了羔羊，
跻彼公堂，	登那公爷堂，
称彼兕觥，[52]	举起那兕角觥，
万寿无疆！	说万寿无疆！

①七月流火：一年从秋季七月开始，火星自西而下，谓之流火。 ②九月授衣：九月里分发寒衣。 ③一之日：周历正月，夏历十一月。以下二之日、三之日、四之日，可顺序类推。觱（bì 碧）发：风寒。 ④栗烈：凛烈。寒气。 ⑤褐（hè 鹤）：毛布制的粗衣。 ⑥卒岁：终岁。 ⑦于耜（sì 寺）：修理犁头。 ⑧举趾：举脚而耕。 ⑨妇子：妻子和小孩。 ⑩馌（yè 叶）：送饭到田头。 ⑪田畯（jùn 俊）：田官。 ⑫阳：和暖。 ⑬懿筐：深筐。 ⑭微行：小路。 ⑮迟迟：指春日长。 ⑯蘩：白蒿。 ⑰殆及：始及。同归：指去作妾婢。 ⑱萑（huán 环）苇：即芦苇。 ⑲条桑：剪桑枝。 ⑳斨（qiāng 枪）：方孔的斧。 ㉑远扬：指又长又高的桑枝。 ㉒猗彼女桑：用绳拉着采桑。 ㉓鵙（jú 局）：伯劳鸟。 ㉔秀葽（yāo 腰）：不开花而结实的远志。 ㉕蜩（tiáo 条）：蝉。 ㉖同：会合。 ㉗缵：继续。武功：武事，指打猎。 ㉘豵（zōng 宗）：小野猪。 ㉙豜（jiān 肩）：大野猪。 ㉚斯螽：一种鸣虫，以股鸣。 ㉛莎鸡：纺织娘，一种虫。 ㉜穹（qióng 穷）：尽。窒（zhì 至）：堵塞。 ㉝向：北窗。墐：用泥涂抹。 ㉞曰：语助词。改岁：除夕。 ㉟郁：郁李。薁（yù 郁）：蘡薁。落叶藤本植物。茎的纤维可以做绳索。 ㊱葵：一种蔬菜名。 ㊲剥：打。 ㊳春酒：冬酿春熟的酒。 ㊴介：乞求。眉寿：人老眉长，表寿长。 ㊵壶：通"瓠"。 ㊶叔：拾取。苴（jū 居）：麻子。 ㊷荼（tú 涂）：苦菜。樗（chū 初）：木名，臭椿。 ㊸重穋（lù 录）：后熟曰重，先熟曰穋。 ㊹上：同"尚"。功：事。 ㊺绹（táo 陶）：绳。 ㊻亟：急。 ㊼凌阴：冰室。 ㊽蚤：同"早"。 ㊾肃霜：下霜。 ㊿涤场：涤除场上杂物。 ⑤①朋酒：两壶酒。 ⑤②称：举起。

这诗的解释有二：一是《毛诗序》："《七月》，陈王业也。周公遭变，故陈后稷先公风化之所由，致王业之艰难也。"《笺》："周公遭变者，管、蔡流言，辟（避）居东都。"二是方玉润《诗经原始》："《豳》仅《七月》一篇，所言皆农桑稼穑之事，非躬亲陇亩久于其道者，不能言之亲切有味也如是。周公生长世胄，位居冢宰，岂暇为此？且公刘世远，亦难代言。此必古有其诗，自公始陈王前，俾知稼穑艰难，并王业所自始，而后人遂以为公作也。"

鸱　鸮

鸱鸮鸱鸮，①	鸱鸮啊鸱鸮，
既取我子，	既经抓取我的小鸟，
无毁我室。	不要再毁坏我的巢。
恩斯勤斯，②	辛勤地保护小鸟，
鬻子之闵斯。③	养育它我已病倒。
迨天之未阴雨，	等天没有阴雨，
彻彼桑土，④	撤去那桑根，
绸缪牖户。	修理好窗门。
今女下民，	现在你们树下的人，
或敢侮予。	还有敢欺侮我的人。
予手拮据，⑤	我的手已经疲劳，
予所捋荼，	我还要捋茅草，
予所蓄租，⑥	我还要聚蓄枯草，
予口卒瘏，⑦	我的嘴已经累坏，

曰予未有室家。　　我还没有修好我的巢。
予羽谯谯，⑧　　我的羽毛已经稀少，
予尾翛翛，⑨　　我的尾巴已经枯焦，
予室翘翘，⑩　　我的巢还在晃摇，
风雨所漂摇，　　风吹雨打显得飘摇，
予维音哓哓。⑪　　我只有大声喊叫。

①鸱鸮（chī xiāo 痴消）：猫头鹰一类的鸟。　②恩斯勤斯：斯，语助词。"恩"通"殷"，言殷勤于稚子。　③鬻（yù 育）：通"育"，养育。闵：病。　④彻：通"撤"，撤去。桑土：即桑杜，为桑根。　⑤拮（jié 洁）据：辛劳。　⑥蓄租：积聚。　⑦卒瘏（tú 图）：尽瘁。　⑧谯谯（qiáo qiáo 樵樵）：焦敝。　⑨翛翛（xiāo xiāo 消消）：枯焦。　⑩翘翘（qiáo qiáo 桥桥）：危貌，摇晃。　⑪哓哓（xiāo xiāo 消消）：叫声。

这诗的解释有二：一是《毛诗序》："《鸱鸮》，周公救乱也。成王未知周公之志，公乃为诗以遗王，名之曰《鸱鸮》焉。"《笺》："未知周公之志者，未知其欲摄政之意。"二是方玉润《诗经原始》："夫周公之摄政也，以成王幼未能行政故也。三叔流言，乃以殷畔后事，非未畔之初即有流言也。使未畔而有流言，公岂尚使监殷乎？起而征之，公但知诛畔者耳，非为流言遽诛懿亲也。公之东征，安知非请命而后行耶？……乃知'王未知公志，公乃为诗以遗王'者，皆后人以私意测圣心而为此不经之谈者也。"

东 山

我徂东山,①	我去东山,
慆慆不归。②	长久不能回来。
我来自东,	我从东方来,
零雨其濛。	小雨迷濛落下来。
我东曰归,	我从东方回来,
我心西悲。	我心还向西悲。
制彼裳衣,	缝制那新衣裳,
勿士行枚。③	不用行军衔枚。
蜎蜎者蠋,④	蠕动的是毛虫,
烝在桑野。⑤	是在那桑树上。
敦彼独宿,⑥	团绕着独宿的兵丁,
亦在车下。	也在战车下睡。

我徂东山,	我去东山,
慆慆不归。	长久不能回来。
我来自东,	我从东方来,
零雨其濛。	小雨迷濛落下来。
果臝之实,⑦	瓜蒌结的子儿,
亦施于宇。	也挂在屋檐边。
伊威在室,⑧	地虱虫在室内爬,

蟏蛸在户。[9]	蜘蛛结网挂在门边。
町畽鹿场，[10]	野鹿在场上回旋，
熠燿宵行。[11]	萤火虫儿亮光妍。
不可畏也，	这么荒凉不可怕，
伊可怀也。[12]	它是让人更怀念。
我徂东山，	我去东山，
慆慆不归。	长久不能回来。
我来自东，	我从东方来，
零雨其濛。	小雨迷濛落下来。
鹳鸣于垤，[13]	鹳鸟在蚁堆上叫，
妇叹于室。	妇人在屋里叹了。
洒扫穹窒，	打扫屋子塞鼠洞，
我征聿至。	我走路已将到。
有敦瓜苦，	苦瓜结了一大捧，
烝在栗薪。	砍栗做柴始得用。
自我不见，	自从我不见这变迁，
于今三年。	到了今天已三年。
我徂东山，	我去东山，
慆慆不归。	长久不能回来。
我来自东，	我从东方来，

零雨其濛。	小雨迷濛落下来。
仓庚于飞，[14]	黄鹂到处在飞，
熠燿其羽。	闪耀它的毛羽发光。
之子于归，	这个姑娘要出嫁，
皇驳其马。[15]	马儿有红又有黄。
亲结其缡，[16]	亲结佩巾推阿母，
九十其仪。[17]	多种仪式真堂堂。
其新孔嘉，	新婚幸福好主张，
其旧如之何？[18]	久别重逢又怎样？

①徂（cú 殂）：往。 ②慆慆（tāo tāo 滔滔）：久。 ③勿士行枚：即勿事行枚，勿从事行军衔枚。行军时衔枚，怕发声，今不用衔枚。 ④蜎蜎（yuān yuān 渊渊）：蠕动貌。蠋（zhú 烛）：毛虫。 ⑤烝：乃。 ⑥敦：蜷曲成一团。 ⑦果赢（luǒ 裸）：植物名，一名瓜蒌，蔓生葫芦科。 ⑧伊威：虫名，一名湿生虫。 ⑨蠨蛸（xiāo shāo 消梢）：长脚蜘蛛。 ⑩町畽（tǐng tuǎn 挺疃）：野外。 ⑪熠（yì 意）燿：萤光。宵行：萤火虫。 ⑫伊：是。 ⑬鹳（guàn 贯）：鸟名，似鹤。垤（dié 迭）：土堆。 ⑭仓庚：指黄鹂。 ⑮皇驳：马色黄白曰皇，马色赤白曰驳。 ⑯缡（lí 离）：古妇女的佩巾，嫁时母亲为女结佩巾。 ⑰九十其仪：其仪有九或十，言其仪之多。 ⑱其新孔嘉，其旧如之何：新指新婚。孔嘉，极好。旧指已婚者。

这诗的解释有二：一是《毛诗序》："《东山》，周公东征也。周公东征，三年而归。劳归士，大夫美之，故作是诗也。一章言其完也，二章言其思也，三章言其室家之望女（汝）也，四章乐男女之得及时也。君子之于人，序其情而闵其劳，所以说(悦)也。说(悦)以使民，民忘其死，其唯《东山》乎?”二是方玉润《诗经原始》：“此周公东征凯还以劳归士之诗。《小序》但谓‘东征’，则与诗情不符。《大序》又谓士大夫美周公而作，尤谬。诗中所述，皆归士与其室家互相思念，及归而得遂其生还之词，无所谓美也。盖公与士卒同甘苦者有年，故一旦归来，作此以慰劳之。因代述其归思之切如此，不啻出自征人肺腑，使劳者闻之，莫不泣下，则平日之能得士心而致其死力者，盖可想见。”

破　斧

既破我斧，	既经破坏我的手斧，
又缺我斨。①	又弄缺我的方孔斧。
周公东征，	周公向东征伐，
四国是皇。②	四国得到安匡。
哀我人斯，	可怜我们这些战士，
亦孔之将。③	也得到安康。
既破我斧，	既经破坏我的斧子，
又缺我锜。④	又弄缺我的凿子。
周公东征，	周公向东征伐，
四国是吪。⑤	四国受到了教化。
哀我人斯，	可怜我们的战士，
亦孔之嘉。	也得到好评价。

既破我斧，	既经破坏我的手斧，
又缺我銶。⑥	又弄缺我的独头斧。
周公东征，	周公向东征伐，
四国是遒。⑦	四国得到安定。
哀我人斯，	可怜我们的士兵，
亦孔之休。	也得到休整。

①斨（qiāng 腔）：斧柄方孔者叫斨。 ②四国：管、蔡、商、奄，即管叔、蔡叔、武庚、奄国。奄国在曲阜东。皇：匡正。 ③将：大，美。 ④锜（qí 其）：凿类。 ⑤吪（é 俄）：教化。 ⑥銶（qiú 求）：独头斧。 ⑦遒（qiú 求）：安定。

这诗的解释有二：一是《毛诗序》："《破斧》，美周公也。周大夫以恶四国也。"《笺》："恶四国者，恶其流言毁周公也。"二是方玉润《诗经原始》："此四国之民望救于公，如大旱之望云霓也。盖三叔挟殷以畔，其民陷于叛逆，莫能自拔也久矣。一旦得睹旌旗，拯民水火，非惟四国疆土有所匡固，即我小民亦保全良多。"

伐　柯

伐柯如何，①	砍斧柄怎么样，
匪斧不克。	没有斧子不行。
取妻如何，	娶妻怎么样，
匪媒不得。	没有媒人不行。

伐柯伐柯，	砍斧柄啊砍斧柄，
其则不远。	它的法则在近旁。
我觏之子，	我看见这个姑娘，
笾豆有践。②	把餐具摆成行。

①柯：斧柄。　②笾（biān 边）：古代祭祀和宴会盛果品的竹器。豆：古代木制盛肉器。践：行列。

这诗的解释有三：一是《毛诗序》："《伐柯》，美周公也。周大夫刺朝廷之不知也。"《笺》："成王既得雷雨大风之变，欲迎周公，而朝廷群臣犹惑于管、蔡之言，不知周公之圣德，疑于王迎之礼，是以刺之。"二是《诗三家义集疏》："《礼·中庸》引《诗》云：'伐柯伐柯，其则不远。'执柯以伐柯，睨而视之，犹以为远，故君子以人治人，改而止。此齐说。"三是方玉润《诗经原始》："此诗未详，不敢强解。《序》以为'美周公，周大夫刺朝廷之不知也'。夫周公之德之美，他人不知，姜、召二公岂未之知乎？恐无是理，断不可信。总之，诸儒之说此诗者，悉牵强支离，无一确切通畅之语，故宁阙之，以俟识者。"

九　罭

九罭之鱼，①	捕小鱼的细网，
鳟鲂。②	捉大鱼的鳟鲂。
我觏之子，	我看见的这个人，
衮衣绣裳。③	穿着龙袍绣裳。

鸿飞遵渚。	大雁飞时沿着沙渚。
公归无所，	公爷归去没有所处，
於女信处。④	这里留您住二宿处。
鸿飞遵陆。	大雁飞时沿着大陆。
公归不复，	公爷回去后不再回，
於女信宿。⑤	这里留您住二宿或一宿。
是以有衮衣兮，⑥	这里有龙袍啊，
无以我公归兮，⑦	不要让我公爷归去啊，
无使我心悲兮。	不要使我心悲啊。

①九罭（yù 域）：捕小鱼的细网。 ②鳟（zūn 尊）：赤眼鳟。鲂与鳟，都是大鱼，用捕小鱼网来捕不合适。 ③衮衣：衣上绣着龙的礼服。 ④信：再宿。 ⑤宿：一宿。 ⑥以：已。 ⑦以：与。

这诗的解释有二：一是《毛诗序》："《九罭》，美周公也。周大夫刺朝廷之不知也。"二是方玉润《诗经原始》："此东人欲留周公不得，心悲而作是诗以送之也。其意若曰：九罭之鱼乃有鳟鲂，朝廷之士始见衮裳，今我东邑何幸而睹此衮衣绣裳之人乎？无怪其不能久留于兹也。"

狼　跋

狼跋其胡，①	狼向前踩了颔下肉，
载疐其尾。②	后退又踩了它尾巴。
公孙硕肤，③	公孙心宽体又胖，
赤舄几几。④	金饰鞋头服很嘉。
狼疐其尾，	狼后退踩它的尾巴，
载跋其胡。	前进踩了它颔下肉。
公孙硕肤，	公孙心宽体又胖，
德音不瑕。⑤	他的声誉美好不含垢。

①跋（bá 拔）：踩，踏。胡：颔下垂之肉。　②疐（zhì 至）：踩。　③硕肤：心广体胖。　④赤舄（xì 戏）：锡与金合做的鞋头饰物。几几：盛，以状盛服之貌。　⑤瑕：过。

《毛诗序》："《狼跋》，美周公也。周公摄政，远则四国流言，近则王不知。周大夫美其不失其圣也。"《笺》："不失其圣者，闻流言不惑，王不知不怨，终立其志，成周之王功，致太平，复成王之位，又为之太师，终始无愆，圣德著焉。"

卷　四

小　雅

“雅者，正也，正乐之歌也。其篇本有大小之殊，而先儒说又各有正变之别，以今考之，正小雅，燕飨之乐也；正大雅，会朝之乐，受釐陈戒之辞也。故或欢欣和说(悦)以尽群下之情，或恭敬齐(斋)庄以发先王之德，辞气不同，音节亦异，多周公制作时所定也。及其变也，则事未必同，而各以其声附之。其次序时世，则有不可考者矣。”(朱熹《诗集传》)“太史公曰：‘小雅怨诽而不乱。’若大雅则必无怨诽之音矣。知乎小雅之所以为小雅，则必知乎大雅之所以为大雅，其体固不可或杂也。大略小雅多燕飨赠答、感事述怀之作，大雅多受釐陈戒、天人奥蕴之旨。及其变也，则因事而异，且有非作诗人自知而主者。亦如十二律之本乎天地阴阳、正变相生、循环无间，变乎其所不得不废耳。”(方玉润《诗经原始》)

鹿鸣之什

“雅、颂无诸国别，故以十篇为一卷，而谓之什，犹军法以十人为什也。”(朱熹《诗集传》)

鹿　鸣

呦呦鹿鸣，①	鹿在呦呦地叫，
食野之苹。②	吃野地里的艾蒿。
我有嘉宾，	我有好的宾客，
鼓瑟吹笙。	弹瑟吹笙簧。
吹笙鼓簧，③	吹笙振动簧，
承筐是将。④	送客币帛盛满筐。
人之好我，	人们对我很是好，
示我周行。⑤	指我大道好主张。
呦呦鹿鸣，	鹿在呦呦地叫，
食野之蒿。	吃野地里的蒿草。
我有嘉宾，	我有好的宾客，
德音孔昭。	他的盛名昭昭了。
视民不恌，⑥	为人榜样不轻佻，
君子是则是傚。	君子对好事是仿效。
我有旨酒，	我有好酒，
嘉宾式燕以敖。⑦	邀客欢宴又逍遥。
呦呦鹿鸣，	鹿在呦呦地叫，
食野之芩。⑧	吃野地里的芩草。

我有嘉宾，　　我有好的宾客，
鼓瑟鼓琴。　　弹瑟又弹琴。
鼓瑟鼓琴，　　弹瑟又弹琴，
和乐且湛。⑨　　和乐并且尽兴听音。
我有旨酒，　　我有好酒，
以宴乐嘉宾之心。⑩　　用宴会来欢乐客人的心。

①呦呦（yōu 优）：鹿鸣声，见食相呼。 ②苹：皤蒿，艾蒿。 ③簧：乐器中用以发声的振动器。 ④承筐是将：承，奉也。将，送也。古代奉筐盛币帛以送宾客。 ⑤周行：大路。 ⑥视：示。恌（tiāo 挑）：轻佻。 ⑦式：语辞。燕：同“宴”。敖：游乐。 ⑧芩（qín 琴）：蒿类植物。 ⑨湛（dān 耽）：乐之久。 ⑩宴：安。

《毛诗序》：“《鹿鸣》，宴群臣嘉宾也。既饮食之，又实币帛筐篚，以将其厚意，然后忠臣嘉宾得尽其心矣。”

四　牡

四牡騑騑，①　　四匹马在不停地跑，
周道倭迟。②　　大路又迂回。
岂不怀归？　　难道不想回归？
王事靡盬，③　　周王的事不牢固，
我心伤悲。　　我的心里在伤悲。

四牡騑騑，	四匹马在不停地跑，
啴啴骆马。④	白马跑得光喘气。
岂不怀归？	难道不想回归？
王事靡盬，	周王的事不牢固，
不遑启处。⑤	没有功夫讲安处。
翩翩者鵻，⑥	斑鸠在翩翩飞，
载飞载下，	飞得高来飞得低，
集于苞栩。⑦	停在丛生栎树里。
王事靡盬，	周王的事不牢固，
不遑将父。	没有功夫养我父。
翩翩者鵻，	斑鸠在翩翩飞，
载飞载止，	有时飞有时停，
集于苞杞。	停在丛生杞树里。
王事靡盬，	周王的事不牢固，
不遑将母。	没有功夫养我母。
驾彼四骆，	驾车用那四白马，
载骤骎骎。⑧	赶车赶马跑得急。
岂不怀归？	难道不想回归？
是用作歌，	因此作歌不收敛，

将母来谂。⑨　　　　用那养母作思念。

①騑騑(fēi fēi 非非)：马行不停貌。 ②倭迟：迂远。 ③靡盬(gǔ 古)：不牢固。 ④啴啴(tān tān 摊摊)：喘气。骆(luò 落)：白毛黑鬣的马。 ⑤启处：安居。 ⑥鵻(zhuī 追)：斑鸠。 ⑦苞栩：丛生栎树。 ⑧骎骎(qīn qīn 侵侵)：马速行。 ⑨谂(shěn 审)：念。

这诗的解释有二：一是《毛诗序》："《四牡》，劳使臣之来也。有功而见知，则说(悦)矣。"二是《诗三家义集疏》引齐说，称"念及父母，怀归伤悲"。

皇皇者华

皇皇者华，①　　　　光彩照耀的鲜花，
于彼原隰。②　　　　在那平原洼地聚集。
駪駪征夫，③　　　　众多出使的行人，
每怀靡及。④　　　　每次怀私停留来不及。

我马维驹，⑤　　　　我的马是壮马，
六辔如濡。⑥　　　　六根马缰绳都润湿。
载驰载驱，　　　　又赶马又赶车，
周爰咨诹。⑦　　　　周到地访问和谈事。

我马维骐，⑧　　　　我的马是青黑色的马，

六辔如丝。	六根马缰绳像丝柔。
载驰载驱，	又赶马又赶车，
周爰咨谋。	周到地访问和筹谋。
我马维骆，⑨	我的马是白毛的马，
六辔沃若。	六根马缰绳很润泽。
载驰载驱，	又赶马又赶车，
周爰咨度。	周到地访问和谋策。
我马维骃，⑩	我的马是杂色的马，
六辔既均。	六根马缰绳既匀均。
载驰载驱，	又赶马又赶车，
周爰咨询。	周到地访问和咨询。

①皇皇：同"煌煌"，指光采照耀。　②原隰（xí 席）：平原洼地。　③駪駪（shēn shēn 身身）：众多。征夫：行人。　④每怀：每次怀念私心。靡及：无及于君命。　⑤驹：壮马。　⑥辔：缰绳。　⑦周：周到。咨：问。諏（zōu 邹）：访事。　⑧骐（qí 旗）：青黑色的马。　⑨骆：白毛的马。　⑩骃（yīn 音）：灰色杂毛的马。

这诗的解释有二：一是《毛诗序》："《皇皇者华》，君遣使臣也。送之以礼乐，言远而有光华也。"《笺》："言臣出使能扬君之美，延其誉于四方，则为不辱命也。"二是《诗三家义集疏》引齐说："《乡饮酒礼》郑注：'《皇皇者华》，君遣使臣之乐歌也。更是劳苦，自以为不及，欲谘谋于贤知，而以自光明也。'"《毛诗序》只说"言远而有光华"，齐说指出"自以为不及"，故不同。

常　棣

常棣之华，①	郁李的花，
鄂不韡韡。②	萼足是光明。
凡今之人，	凡是如今的人，
莫如兄弟。	没有像兄弟相亲。
死丧之威，③	死丧的可怕，
兄弟孔怀。	只有兄弟怀念不休。
原隰裒矣，④	平原或洼地聚葬了，
兄弟求矣。	兄弟还是相寻求了。
脊令在原，⑤	鹡鸰水鸟在平原上，
兄弟急难。	兄弟救急难。
每有良朋，	虽有好朋友相慰，
况也永叹。⑥	只有使人长叹。
兄弟阋于墙，⑦	兄弟在家内相争，
外御其务。⑧	对外抗御他们的欺侮。
每有良朋，	虽有好的朋友，
烝也无戎。⑨	总是没有来相助。

丧乱既平，	丧乱既经平定，
既安且宁。	既是平安而且宁静。
虽有兄弟，	虽有兄弟，
不如友生。⑩	不如朋友相亲。
傧尔笾豆，⑪	陈列你设宴的用具，
饮酒之饫。⑫	饮酒得到满足。
兄弟既具，	兄弟既经团聚，
和乐且孺。⑬	和好快乐而且永相亲。
妻子好合，	妻子既爱好相合，
如鼓瑟琴。	像弹奏琴瑟。
兄弟既翕，⑭	兄弟既经聚合，
和乐且湛。⑮	和好快乐而且深情契合。
宜尔室家，	管好你的家庭，
乐尔妻孥。⑯	使你妻子儿女快乐呀。
是究是图，	研究呀谋划呀，
亶其然乎！⑰	确实是这样的理呀！

①常棣：即棠棣，郁李，落叶灌木，高五六尺，春开花五瓣，夏结实为核果。　②鄂不：同“萼柎”，即萼足。韡韡（wěi wěi 伟伟）：光明貌。　③威：畏。　④裒（póu 抔）：聚集。　⑤脊令：同“鹡鸰”，鸟名。头黑额白，

背黑腹白，尾长。是水鸟。今在平原，失其常处，比兄弟有急难。 ⑥况：发语词。 ⑦阋（xì 隙）墙：因恨相争于内。 ⑧务：亦作“侮”。 ⑨烝：通假作“曾”，乃。戎：助。 ⑩友生：友。生，语助词。 ⑪傧（bìn 鬓）：陈设。 ⑫饫（yù 裕）：满足。 ⑬孺：相亲。 ⑭翕（xī 希）：聚合。 ⑮湛（zhàn 栈）：深情。 ⑯孥（nú 奴）：儿女。 ⑰亶（dǎn 胆）：诚然。

《毛诗序》：“《常棣》，宴兄弟也。闵管、蔡之失道，故作《常棣》焉。”《笺》：“周公吊二叔之不咸（和），而使兄弟之恩疏，召公为作此诗，而歌以亲之。”又方玉润《诗经原始》：“此诗《左传》富辰谓召穆公作，《国语》富辰又以为周文公诗。唯韦昭云：‘周公作《常棣》之篇，以闵管、蔡而亲兄弟。其后周室既衰，厉王无道，骨肉恩缺，亲亲礼废，宴兄弟之乐绝。故召穆公思周德之不类，而合其宗族于成周，复作《常棣》之歌以亲之。’是诗为周公作，穆公特重歌之耳。且诗云‘丧乱既平’，则明是诛管、蔡后语，非周公境地则不合，断断不可移于他人兄弟上去。召穆公为周族歌之，尚可曰诵先芬以戒后哲，若他兄弟歌此，岂能切乎？”

伐　木

伐木丁丁，①	砍那树木丁丁声，
鸟鸣嘤嘤。②	鸟儿叫着嘤嘤鸣。
出自幽谷，	鸟从深谷飞出来，
迁于乔木。	迁到高树争光明。
嘤其鸣矣，	嘤嘤地鸣了，
求其友声。	发出求友的叫声。

相彼鸟矣，	看看那个小鸟呀，
犹求友声。	还发出求友的叫声。
矧伊人矣，③	何况还是人呢，
不求友生。	怎能不求友生。
神之听之，④	审慎吧听从吧，
终和且平。	终于是和好而且安平。
伐木许许，⑤	众人砍树许许声，
酾酒有芎。⑥	滤糟的酒更清澄。
既有肥羜，⑦	既有肥美的五月羔，
以速诸父。⑧	用来快请伯叔情。
宁适不来，	难道有事不能来，
微我弗顾?	非我不顾心不诚。
於粲洒扫，⑨	清洁庭院忙打扫，
陈馈八簋。⑩	陈设肴馔和八羹。
既有肥牡，	既有肥羊和清樽，
以速诸舅。	快邀伯叔心极诚。
宁适不来，	难道有事不能来，
微我有咎。	非我有错心不诚。
伐木于阪，	砍树在斜坡上，
酾酒有衍。⑪	滤糟的酒更清澄。

笾豆有践，	碗盘排列皆成行，
兄弟无远。	兄弟相会莫疏远。
民之失德，	人们失去德音情，
乾餱以愆。⑫	干粮待客不真诚。
有酒湑我，⑬	有酒我把它滤清，
无酒酤我。⑭	无酒我买献殷勤。
坎坎鼓我，⑮	我们击鼓坎坎声，
蹲蹲舞我。⑯	我们跳舞更相亲。
迨我暇矣，	等到我们有空了，
饮此湑矣。	饮这清酒显情亲。

①丁丁（zhēng zhēng 争争）：伐木声。　②嘤嘤（yīng yīng 莺莺）：鸟鸣声。　③矧（shěn 审）：况且，何况。　④神之听之：审慎听从。神，慎。　⑤许许（hǔ hǔ 虎虎）：众人共力之声。　⑥釃（shī 师）：滤酒。萸（xù 序）：美好。　⑦羜（zhù 助）：五个月的小羊。　⑧速：催请。　⑨於（wū 乌）：感叹词。粲：鲜洁貌。　⑩馈（kuì 愧）：赠送。簋（guǐ 鬼）：古盛食物用具，圆口，两耳。　⑪衍：美好。　⑫餱（hóu 侯）：干粮。愆：过失。⑬湑（xǔ 许）：滤过的酒。　⑭酤：买酒。　⑮坎坎：鼓声。　⑯蹲蹲（cún cún 存存）：舞貌。

这诗的解释有二：一是《毛诗序》："《伐木》，燕朋友故旧也。自天子至于庶人，未有不须友以成者。亲亲以睦，友贤不弃，不遗故旧，则民德归厚矣。"二是《诗三家义集疏》："《韩诗》曰：'《伐木》废，朋友之道缺。劳者歌其事。诗人伐木，自苦其事，故以为文。'"《韩诗》称《伐木》礼废，与《毛诗序》不同。

天 保

天保定尔，①	上天为了安定你，
亦孔之固。	也把稳固赐给你。
俾尔单厚，②	使你尽厚待百姓，
何福不除？③	哪种福气不给你？
俾尔多益，	使你多得好处，
以莫不庶。④	没有不富庶呢。
天保定尔，	上天为了安定你，
俾尔戬穀。⑤	使你得到福禄。
罄无不宜，⑥	尽你所得没不宜，
受天百禄。	受上天的百禄。
降尔遐福，	降给你的远福，
维日不足。	惟恐日子不满足。
天保定尔，	上天为了安定你，
以莫不兴。	可用的没有不旺兴。
如山如阜，	像山像阜那样，
如冈如陵，	像山冈像山陵，
如川之方至，	像百川的流水，

以莫不增。	因此没有不加增。
吉蠲为饎，[7]	吉日清洁作酒食，
是用孝享。[8]	用来祭献给祖上。
禴祠烝尝，[9]	春夏秋冬都祭祀，
于公先王。[10]	祭祀先公并先王。
君曰卜尔，[11]	先公先王说祝你，
万寿无疆。	祝你万寿是无疆。
神之吊矣，[12]	神的到来了，
诒尔多福。	赐给你多种幸福。
民之质矣，	人民的质朴呀，
日用饮食。	日用饮食也不错。
群黎百姓，	群众黎民和百官，
遍为尔德。	普遍感化你的道德。
如月之恒，[13]	好比天上上弦月，
如日之升。	好比太阳正高升。
如南山之寿，	好比南山那样寿，
不骞不崩。[14]	不会亏蚀不会崩。
如松柏之茂，	好比松柏的茂盛，
无不尔或承。	没有不可你继承。

①保：安也。 ②单厚：尽厚。 ③不除：不予。除、余古通用，余作“予”。 ④庶：富。 ⑤戬（jiǎn 剪）：福。榖：善。 ⑥罄（qìng 庆）：尽。 ⑦蠲（juān 捐）：通“涓”，清洁。饎（chì 斥）：酒食。 ⑧孝享：献祭。 ⑨禴（yuè 跃）：夏祭。祠：春祭。尝：秋祭。烝：冬祭。 ⑩于公先王：于先公先王。 ⑪君：指先公先王。 ⑫吊：至。 ⑬恒（gèng 更）：弦，指月上弦。 ⑭骞（qiān 谦）：亏损。崩：毁坏。

《毛诗序》：“《天保》，下报上也。君能下下以成其政，臣能归美以报其上焉。”《笺》：“‘下下’，谓《鹿鸣》至《伐木》，皆君所以下臣也。臣亦宜归美于王，以崇君之尊而福禄之，以德其歌。”

采　薇

采薇采薇，①	采薇菜呀采薇菜，
薇亦作止。②	薇菜刚刚在生长。
曰归曰归，	说归去呀说归去，
岁亦莫止。	一年快要过了账。
靡室靡家，	没有妻房没有家，
猃狁之故。③	猃狁的缘故要算账。
不遑启居，	没有功夫讲安居，
猃狁之故。	猃狁的缘故就要讲。
采薇采薇，	采薇菜呀采薇菜，
薇亦柔止。④	薇菜变得嫩又柔。

曰归曰归，	说归去呀说归去，
心亦忧止。	不能归去心发愁。
忧心烈烈，⑤	心里忧愁像火烧，
载饥载渴。	又饥又渴怎么了。
我戍未定，	我的驻防没有定，
靡使归聘。⑥	不能使人归问聘。
采薇采薇，	采薇菜呀采薇菜，
薇亦刚止。⑦	薇菜变硬不好采。
曰归曰归，	说归去呀说归去，
岁亦阳止。⑧	年到十月不等待。
王事靡盬，	王事没有稳固啊，
不遑启处。	没有时间可安息。
忧心孔疚，	心里忧愁像病痛，
我行不来。	我想走了不等待。
彼尔维何？⑨	那个花是什么？
维常之华。	是棠棣的花。
彼路斯何？⑩	那个大车是谁坐？
君子之车。	是将军的车。
戎车既驾，	兵车既经驾好了，
四牡业业。	四匹雄马很壮观。

岂敢定居？　　　怎敢说安定居处？
一月三捷。　　　一个月里三胜战。

驾彼四牡，　　　驾车用那四雄马，
四牡骙骙。[11]　　　四匹雄马很强壮。
君子所依，　　　战车是将军的依靠，
小人所腓。[12]　　　士兵的隐蔽。
四牡翼翼，[13]　　　四匹雄马驾车很熟习，
象弭鱼服。[14]　　　带上象弭鱼皮袋。
岂不日戒？　　　岂不每天作戒备？
猃狁孔棘。[15]　　　猃狁的事很是急。

昔我往矣，　　　从前我去参军了，
杨柳依依。[16]　　　杨柳殷殷情不了。
今我来思，　　　现在我归来了，
雨雪霏霏。　　　雨雪纷纷下不了。
行道迟迟，　　　慢慢走路吧，
载渴载饥。　　　又渴又饥怎么了。
我心伤悲，　　　我的心里是悲哀，
莫知我哀。　　　没人知道我哀愁。

①薇：野豌豆。　②作：初生。止：语助词。　③猃狁（xiǎn yǔn 险允）：古民族名，春秋时为戎狄，秦汉时为匈奴，隋唐时为突厥。　④柔：嫩。

⑤烈烈：忧貌。 ⑥聘：问候。 ⑦刚：坚硬。 ⑧阳：阴历十月。 ⑨尔：通“苶”，花盛。 ⑩路：大车。 ⑪骙骙（kuí kuí 癸癸）：马强壮。 ⑫腓（féi 肥）：掩护。 ⑬翼翼：娴熟。 ⑭弭（mǐ 米）：弓末弯曲处。鱼服：鱼皮作箭袋。 ⑮棘：急。 ⑯依依：犹“殷殷”。

《毛诗序》：“《采薇》，遣戍役也。文王之时，西有昆夷之患，北有猃狁之难。以天子之命，命将率遣戍役，以守卫中国。故歌《采薇》以遣之，《出车》以劳还，《杕杜》以勤归也。”《笺》：“文为西伯服事殷之时也。昆夷，西戎也。天子，殷王也。戍，守也。西伯以殷王之命，命其属为将，率将戍役，御西戎及北狄之难，歌《采薇》以遣之。‘《杕杜》勤归’者，以其勤劳之故，于其归，歌《杕杜》以休息之。”

出　　车

我出我车，	我出了我的车，
于彼牧矣。	在那放牧的地方。
自天子所，	从天子处，
谓我来兮。	命我来到这地方。
召彼仆夫，	召集那些车夫，
谓之载矣。	叫他们快装光。
王事多难，	周王的事多外患，
维其棘矣。	事情急迫着忙。
我出我车，	我出了我的车，

于彼郊矣。	在那郊区了。
设此旐矣，①	装饰这面旗子了，
建彼旄矣。	竖立那面旗子了。
彼旟旐斯，②	那各种旗子，
胡不旆旆？③	为什么不让旒下垂？
忧心悄悄，	我暗中担忧，
仆夫况瘁。④	想那车夫劳瘁。
王命南仲，⑤	周王命令南仲，
往城于方。	去筑城北方。
出车彭彭，	出发的兵车浩盛，
旂旐央央。⑥	旗子飘动有光。
天子命我，	天子命令我，
城彼朔方。	筑城在那朔方。
赫赫南仲，⑦	威严的大将南仲，
玁狁于襄。⑧	除去玁狁固国防。
昔我往矣，	从前我去了，
黍稷方华。	黍稷正开花。
今我来思，	现在我来了，
雨雪载涂。	满路雨雪花花。
王事多难，	周王的事多外患，

不遑启居。	没功夫安居。
岂不怀归?	难道不想回去,
畏此简书。⑨	怕这种紧急兵书。
喓喓草虫,	草虫喓喓地叫,
趯趯阜螽。⑩	阜螽追赶地跳。
未见君子,	没有看见君子人,
忧心忡忡。	心里忧愁忡忡地跳。
既见君子,	既经看见那君子人,
我心则降。	我的心平静不动摇。
赫赫南仲,	威严的南仲,
薄伐西戎。	去讨伐那西戎。
春日迟迟,	春天日子慢慢过,
卉木萋萋。	花木生长繁盛时。
仓庚喈喈,	黄莺正在喈喈叫,
采蘩祁祁。⑪	人们从容采蒿芝。
执讯获丑,⑫	捉敌审讯或割耳,
薄言还归。	凯旋班师正得时。
赫赫南仲,	威严大将称南仲,
猃狁于夷。	猃狁得到平定时。

①旐(zhào 兆):古代画龟蛇的旗。　②旟(yú 于):古代画隼鸟的旗。　③

旆旆(pèi pèi 配配)：古代旗末有旒下垂。　④况：通“慌”。　⑤南仲：宣王时人，为将筑城于朔方，以御北敌。　⑥央央：鲜明貌。　⑦赫赫：盛。　⑧襄：除。　⑨简书：写在竹简上的军书。　⑩趯趯(tì tì 惕惕)：跳跃貌。　⑪祁祁：舒迟。　⑫执讯：捉敌讯问。获丑：杀敌割左耳。

《毛诗序》：“《出车》，劳还率也。”《笺》：“遣将率及戍役，同歌同时，欲其同心也。反而劳之，异歌异日，殊尊卑也。《礼记》曰：‘赐君子小人不同日。’此其义也。”又，《诗三家义集疏》：“鲁说曰：‘周宣王命南仲、吉甫攘猃狁，威荆蛮。’”

杕　杜

有杕之杜，　　特生的赤棠，
有睆其实。①　　光泽是它的果实。
王事靡盬，　　王爷的事没止息，
继嗣我日。②　　继续延留我月日。
日月阳止，　　又延留到十月，
女心伤止，　　妇人的心里忧愁，
征夫遑止。③　　征人没功夫得休。

有杕之杜，　　特生的赤棠，
其叶萋萋。　　它的叶儿茂盛。
王事靡盬，　　王爷的事没止息，
我心伤悲。　　我的心里伤悲。

卉木萋止，	花木终是茂盛，
女心悲止，	妇人的心里伤悲，
征夫归止。	征人怎能回归。
陟彼北山，	登上那座北山，
言采其杞。④	采摘那里的枸杞。
王事靡盬，	王爷的事没止息，
忧我父母。	忧我父母没人理。
檀车幝幝，⑤	役车已经敝坏，
四马痯痯，⑥	四匹马儿已疲软，
征夫不远。	征人已经走不远。
匪载匪来，	车不见载人不见来，
忧心孔疚。	忧心成病想不开。
期逝不至，	约期已过人不至，
而多为恤。⑦	多为忧愁伤怀。
卜筮偕止，⑧	又卜又筮都说好，
会言近止，	合说他来期近了，
征夫迩止。⑨	征人回家近了。

①睆（huǎn 缓）：光泽。 ②嗣：继续。 ③遑：空暇。 ④杞：枸杞。 ⑤檀车：檀木做的役车。幝幝（chǎn chǎn 产产）：破敝貌。 ⑥痯痯（guǎn guǎn 管管）：疲乏貌。 ⑦恤（xù 许）：忧。 ⑧偕：通

“嘉”。　⑨迩(ěr 尔)：近。

这诗的解释有二：一是《毛诗序》：“《杕杜》，劳还役也。”《笺》：“役，戍役也。”二是《诗三家义集疏》引《盐铁论·徭役篇》：“‘古者无过年之徭，无逾时之役。今近者数千里，远者过万里，历二期不还，父母愁忧，妻子咏叹。愤懑之恨，发动于心，慕积之思，痛于骨髓，此《杕杜》、《采薇》之诗所为作也。’据《盐铁论》，是《齐诗》之说。”

南　陔

“此笙诗也，有声无辞。旧在《鱼丽》之后。以《仪礼》考之，其篇当在此，今正之。说见《华黍》。

《鹿鸣》之什十篇，一篇无辞。

《白华》之什，毛公以《南陔》以下三篇无辞，故升《鱼丽》以足《鹿鸣》什数，而附笙诗三篇于其后，因以《南有嘉鱼》为次什之首，今悉以《仪礼》正之。”(朱熹《诗集传》)

白华之什

白　华

“笙诗也，说见上下篇。”(朱熹《诗集传》)

华　黍

“亦笙诗也。《乡饮酒礼》：‘取瑟而歌《鹿鸣》、《四牡》、《皇皇者华》。然后笙入堂下，磬南北面立，乐《南陔》、《白华》、《华黍》。燕礼，亦鼓瑟而歌《鹿鸣》、《四牡》、《皇华》。然后笙入，立于县中，奏《南陔》、《白华》、《华黍》。’《南陔》以下，今无以考其名篇之义。然曰笙，曰乐，曰奏，而不言歌，则有声而无辞明矣。所以知其篇第在此者，意古经篇题之下，必有谱焉，如投壶鲁鼓薛鼓之节而亡之耳。”(朱熹《诗集传》)

鱼　丽

鱼丽于罶，①	鱼儿陷入竹篓，
鲿鲨。②	鲿鱼和鲨鱼都有。
君子有酒，	君子有酒，
旨且多。	鱼味美且多酒。
鱼丽于罶，	鱼儿陷入竹篓，

鲂鳢。③	鲂鱼鳢鱼都有。
君子有酒，	君子有酒，
多且旨。	鱼味美且多酒。
鱼丽于罶，	鱼儿陷入竹篓，
鰋鲤。④	鰋鱼鲤鱼都有。
君子有酒，	君子有酒，
旨且有。	鱼味美且多酒。
物其多矣，	食物真是多呀，
维其嘉矣。	只有它是好呀。
物其旨矣，	食物真是美呀，
维其偕矣。⑤	只有它是好呀。
物其有矣，	食物真是丰富呀，
维其时矣。⑥	只有它是适合时令呀。

①丽（lí 离）：通“罹”，陷入。罶（liǔ 柳）：竹篓，用竹编制，鱼进入竹篓即不能出。篓有大小，小篓只能捉小鱼，大篓可以捉大鱼，这里当指大篓。　②鲿（cháng 尝）：黄颊鱼，较大。鲨（shā 沙）：吹沙鱼，较小。③鲂（fáng 房）：鳊鱼，银灰色，腹部隆起，身阔鳞细。鳢（lǐ 礼）：也叫黑鱼。　④鰋（yǎn 偃）：也叫鲇鱼。　⑤偕：通“嘉”。　⑥时：适时。

这诗的解释有二：一是《毛诗序》："《鱼丽》，美外物盛多，能备礼也。文、武以《天保》以上治内，《采薇》以下治外，始于忧勤，终于逸乐，故美万物盛多，可以告于神明矣。"《笺》："内，谓诸夏也。外，谓夷狄也。'告于神明'者，于祭祀而歌之。"二是《诗三家义集疏》："齐说曰：'《采薇》、《出车》，《鱼丽》思初。上下促急，君子怀忧。'……当采薇、出车之时，上下促急，故君子忧时而作是诗。'思初'，犹言'思古'也。"按《毛诗序》称"告于神明"，齐说称"君子怀忧"，二说不同。

《鱼丽》："按《仪礼·乡饮酒》及《燕礼》，前乐既毕，皆间歌《鱼丽》，笙《由庚》；歌《南有嘉鱼》，笙《崇丘》；歌《南山有台》，笙《由仪》。间，代也。言一歌一吹也。然则此六者，盖一时之诗，而皆为燕飨宾客上下通用之乐。毛公分《鱼丽》以足前什，而说不察，遂分《鱼丽》以上为文、武诗，《嘉鱼》以下为成王诗，其失甚矣。"（朱熹《诗集传》）

由　庚

"此亦笙诗，说见《鱼丽》。"（朱熹《诗集传》）

南有嘉鱼

南有嘉鱼，①	南方有美好的鱼，
烝然罩罩。②	用众鱼具捉鱼。
君子有酒，	君子有美酒，
嘉宾式燕以乐。	好宾客快乐地欢宴饮酒。

南有嘉鱼，	南方有美好的鱼，
烝然汕汕。③	用众网捕捉鱼。
君子有酒，	君子有美酒，
嘉宾式燕以衎。④	好宾客舒畅地欢宴饮酒。
南有樛木，⑤	南方有向下弯曲的树，
甘瓠累之。⑥	甜葫芦缠绕这树。
君子有酒，	君子有美酒，
嘉宾式燕绥之。	好宾客安然地欢宴饮酒。
翩翩者鵻，⑦	斑鸠翩翩地飞来，
烝然来思。	众多地飞过来。
君子有酒，	君子有美酒，
嘉宾式燕又思。⑧	好宾客参加宴会又劝酒。

①南：南方。嘉鱼：美好的鱼。　②罩罩：指用多罩来捉鱼，不限于一罩。　③汕汕（shàn shàn 善善）：用众抄网捕鱼。汕即抄网，汕汕即不止一汕。　④衎（kàn 看）：乐。　⑤樛（jiū 纠）木：向下弯曲的树。　⑥瓠：葫芦。　⑦鵻（zhuī 追）：斑鸠。　⑧又：通“右”，劝酒。

《毛诗序》：“《南有嘉鱼》，乐与贤也。太平之君子至诚，乐与贤者共之也。”《笺》：“乐得贤者，与共立于朝，相燕乐也。”

崇 丘

“说见《鱼丽》。”(朱熹《诗集传》)

南山有台

南山有台,[1]	南山有莎草,
北山有莱。[2]	北山有黎草。
乐只君子,	快乐的君子人,
邦家之基。	国家基础的宝。
乐只君子,	快乐的君子人,
万寿无期。	万寿无时可考。
南山有桑,	南山有桑,
北山有杨。	北山有杨。
乐只君子,	快乐的君子人,
邦家之光。	是为国家增光。
乐只君子,	快乐的君子人,
万寿无疆。	万寿无疆。
南山有杞,[3]	南山有枸杞,
北山有李。	北山有李。
乐只君子,	快乐的君子人,
民之父母。	民的父母亲。

乐只君子，　　　　快乐的君子人，
德音不已。　　　　道德的声誉不停。

南山有栲，[4]　　　　南山有山樗树，
北山有杻。[5]　　　　北山有檍树。
乐只君子，　　　　快乐的君子人，
遐不眉寿。　　　　怎么不会长寿。
乐只君子，　　　　快乐的君子人，
德音是茂。　　　　道德的声誉是盛茂。

南山有枸，[6]　　　　南山有枸树，
北山有楰。[7]　　　　北山有楸树。
乐只君子，　　　　快乐的君子人，
遐不黄耇？[8]　　　　怎么不成黄发老人？
乐只君子，　　　　快乐的君子人，
保艾尔后。[9]　　　　安定地长养您的后代人。

①台：莎草，可作蓑衣。　②莱：藜，亦称灰菜，嫩叶可食。　③杞（qǐ 起）：木名，一说枸杞，一说杞柳。　④栲（kǎo 考）：山樗，像漆树。⑤杻（niǔ 纽）：檍木，可作弓材。　⑥枸（jǔ 举）：枳枸。树高大，子大如指，味甘美，亦名木蜜。　⑦楰（yú 于）：虎梓，槚楸。　⑧黄耇（gǒu 苟）：少年发黑，老变白，白久变黄，为老寿。　⑨保艾：安长。

《毛诗序》："《南山有台》，乐得贤也。得贤则能为邦家立太平之基矣。"《笺》:"人君得贤，则其德广大坚固，如南山之有基趾。"

由 仪

"说见《鱼丽》。"(朱熹《诗集传》)

蓼 萧

蓼彼萧斯，①	长大的白蒿啊，
零露湑兮。②	降下的露珠清啊。
既见君子，	既经看见君子人，
我心写兮。③	我的心里舒畅啊。
燕笑语兮，	在宴会上笑着说啊，
是以有誉处兮。④	因此有快乐啊。
蓼彼萧斯，	长大的白蒿啊，
零露瀼瀼。⑤	降下的露水满穰穰。
既见君子，	既经看见君子人，
为龙为光。⑥	又受宠又增光。
其德不爽，	他的德行既不差，
寿考不忘。	愿他长寿永安康。
蓼彼萧斯，	长大的白蒿啊，
零露泥泥。⑦	落下的露水濡穰。

既见君子，	既经看见君子人，
孔燕岂弟。⑧	又欢宴又和畅。
宜兄宜弟，	作为兄弟很相宜，
令德寿岂。⑨	好的德行乐寿长。

蓼彼萧斯，	长大的白蒿啊，
零露浓浓。	落下的露水浓浓。
既见君子，	既经看见君子人，
鞗革冲冲。⑩	马缰绳停下从容。
和鸾雝雝，⑪	鸾铃声锵锵和衷，
万福攸同。⑫	降下的万福会同。

①蓼（lù 录）：长大貌。萧：白蒿。　②零：落下。湑（xǔ 许）：湑指滤过的酒，有清澄意。　③写：舒泄。　④誉：通“豫”，乐。　⑤瀼瀼（ráng ráng 攘攘）：盛貌。　⑥龙：光宠。　⑦泥泥：濡湿。　⑧岂弟：同“恺悌”，和易近人。　⑨岂：同“恺”，乐。　⑩鞗（tiáo 条）革：马缰绳。冲冲：垂饰貌。　⑪和鸾：车上的铃铛。　⑫攸：所。同：聚集。

这诗的解释有二：一是《毛诗序》：“《蓼萧》，泽及四海也。”《笺》：“九夷、八狄、七戎、六蛮谓之四海，国在九州之外，虽有大者，爵不过子。”二是方玉润《诗经原始》：“此盖天子宴诸侯而美之之词耳。然美中寓戒，而因以劝导之。曰德曰寿，有是德乃有是寿，固也。诸侯之易于失德，则尤在兄弟争夺之间与邻国侵伐之际。故又从令德中特言‘宜兄宜弟’。夫必内有以和其亲，然后外有以睦其邻，诸侯睦而万国宁，乃真天子福也。故更曰'万福攸同'，是岂徒为诸侯颂哉？"

湛　露

湛湛露斯，①	浓重的露水啊，
匪阳不晞。②	不是太阳晒不干。
厌厌夜饮，③	安闲的夜间饮酒，
不醉无归。	不醉不归看。
湛湛露斯，	浓重的露水啊，
在彼丰草。	落在丰草上。
厌厌夜饮，	安闲的夜间饮酒，
在宗载考。④	在同族中的宴礼上。
湛湛露斯，	浓重的露水啊，
在彼杞棘。	落在枸杞酸枣上。
显允君子，	光明诚恳的君子人，
莫不令德。	没有不是好德上。
其桐其椅，⑤	那桐树和椅树，
其实离离。⑥	它的果实是下垂。
岂弟君子，	平易的君子人，
莫不令仪。	没有不是好威仪。

①湛湛（zhàn zhàn 占占）：露重貌。　②晞（xī 希）：干。　③厌厌：安然。　④宗：同族。考：成。指宴饮之礼。　⑤椅（yī 医）：类桐树。⑥离离：下垂貌。

《毛诗序》："《湛露》，天子宴诸侯也。"《笺》："燕，谓与之燕饮酒也。诸侯朝觐会同，天子与之宴，所以示慈惠。"

"《白华》之什十篇，五篇无辞。"（朱熹《诗集传》）

彤弓之什

彤　弓

彤弓弨兮，[①]	朱弓弦放松啊，
受言藏之。[②]	接受赏赐藏起它。
我有嘉宾，	我有好宾客，
中心贶之。[③]	心中喜爱他。
钟鼓既设，	钟鼓既经设置，
一朝飨之。[④]	一朝设宴款待他。
彤弓弨兮，	朱弓弦放松啊，
受言载之。[⑤]	接受赏赐载藏它。
我有嘉宾，	我有好宾客，
中心喜之。	心中喜爱他。
钟鼓既设，	钟鼓既经设置，
一朝右之。[⑥]	一朝摆酒款待他。
彤弓弨兮，	朱弓弦放松啊，
受言櫜之。[⑦]	接受赏赐藏好它。
我有嘉宾，	我有好宾客，
中心好之。	心中爱好他。

钟鼓既设，　　　　钟鼓既经设置，
一朝酬之。⑧　　　一朝用酒食款待他。

①彤弓：朱红的弓。周代天子有赐弓礼。弨（chāo 超）：放松。　②言：语助词。　③贶（kuàng 况）：爱戴。　④飨（xiǎng 响）：用酒食款待人。⑤载：装载。　⑥右：通"侑"，劝酒。　⑦櫜（gāo 高）：隐藏。　⑧酬：劝酒。

《毛诗序》："《彤弓》，天子锡有功诸侯也。"《笺》："诸侯敌王所忾而献其功，王飨礼之，于是赐彤弓一，彤矢百，玈（黑）弓矢千。凡诸侯，赐弓矢然后专征伐。"

菁菁者莪

菁菁者莪，①　　　茂盛的莪蒿，
在彼中阿。②　　　在那大山中。
既见君子，　　　　既经看见君子人，
乐且有仪。　　　　有威仪且在快乐中。

菁菁者莪，　　　　茂盛的莪蒿，
在彼中沚。③　　　在那小洲中。
既见君子，　　　　既经看见君子人，
我心则喜。　　　　我的高兴在心中。

菁菁者莪，　　茂盛的莪蒿，
在彼中陵。④　　在那土山中。
既见君子，　　既经看见君子人，
锡我百朋。⑤　　他赐给我在百朋中。

泛泛杨舟，　　杨木船儿水中游，
载沉载浮。⑥　　或是下去或是上浮。
既见君子，　　既经看见君子人，
我心则休。⑦　　我是欢喜在心头。

①菁菁（jīng jīng 精精）：盛貌。莪（é 俄）：莪蒿。多年生草本植物，生在水边。　②阿：大丘陵。　③沚：水中小洲。　④陵：土山。　⑤朋：古货币，五贝为一朋。　⑥载：则。　⑦休：喜。

《毛诗序》："《菁菁者莪》，乐育材也。君子长育人材，则天下喜乐之矣。"《笺》："'乐育材'者，歌乐人君，教学国人，秀士、选士、俊士、造士、进士，养之以渐，至于官之。"

六　月

六月棲棲，①　　六月里惶惶不安，
戎车既饬。②　　兵车整顿上前方。
四牡骙骙，③　　四匹雄马都强壮，
载是常服。④　　插的日月旗风光。

猃狁孔炽，⑤	猃狁兵力很盛旺，
我是用急。⑥	出征因此很急忙。
王于出征，	周王命令我出征，
以匡王国。	来使王国得安匡。
比物四骊，⑦	均齐力气四黑马，
闲之维则。	熟习战斗法度良。
维此六月，	就是在这六月里，
既成我服。⑧	既经成就我军装。
我服既成，	我的军装既成就，
于三十里。⑨	日行卅里兵力强。
王于出征，	周王命令我出征，
以佐天子。	来辅天子固国防。
四牡修广，⑩	四匹雄马大而长，
其大有颙。⑪	头大显得更勇壮。
薄伐猃狁，	同心协力伐猃狁，
以奏肤公。⑫	用来建立那个大功。
有严有翼，⑬	武有威严文敬恭，
共武之服。⑭	用武对敌方共同。
共武之服，	共同用武对敌方，
以定王国。	用来安定王国防。

猃狁匪茹，[15]	猃狁可真不自量，
整居焦获，	整占焦获我地方，
侵镐及方，	侵入镐地又及方，
至于泾阳。[16]	一直进入到泾阳。
织文鸟章，[17]	旗上画着隼鸟章，
白旆央央。[18]	帛做旗子极鲜亮。
元戎十乘，[19]	大的兵车我十辆，
以先启行。	先行开拔到战场。
戎车既安，	大的兵车既安全，
如轾如轩。[20]	忽低忽高冲向前。
四牡既佶，[21]	四匹雄马既强壮，
既佶且闲。	既是强壮又熟娴。
薄伐猃狁，	讨伐猃狁到边疆，
至于大原。	到了大原直向前。
文武吉甫，	文武兼备尹吉甫，
万邦为宪。	万邦取法人所羡。
吉甫燕喜，	吉甫设宴表欢喜，
既多受祉。[22]	既多受福把功酬。
来归自镐，	他从镐地班师回，
我行永久。	我们行军时间久。

饮御诸友，[23]　　设宴饮食待诸友，
炰鳖脍鲤。[24]　　烹煮切鲤样样有。
侯谁在矣，[25]　　谁人在座列席了，
张仲孝友。[26]　　原来张仲是孝友。

①棲棲：通“栖栖”，遑遑不安貌。　②饬：整顿。　③骙骙（kuí kuí 葵葵）：马强壮貌。　④常服：画日月的旗。服：指旗。　⑤炽：盛。　⑥急：紧急。　⑦比物：指力气均齐。骊：黑马。　⑧服：军服。　⑨于三十里：军行三十里。　⑩修：长。广：大。　⑪颙（yóng 喁）：大。　⑫奏：为。肤公：大功。　⑬严：威严。翼：恭敬。　⑭服：事。　⑮匪茹：不自量。　⑯焦获、镐、方、泾阳：皆周之地名。　⑰织：通“帜”，指旗。⑱白旆：帛做的旗。　⑲元戎：大兵车。　⑳如轾（zhì 至）：车子前低后高。如轩（xuān 宣）：车子前高后低。指车子安稳前进。　㉑佶（jí 吉）：壮健貌。　㉒祉（zhǐ 止）：福。　㉓御：进。　㉔炰（páo 袍）：烹煮。脍（kuài 快）：细切。　㉕侯：语助，惟。　㉖张仲：吉甫之友。

这诗的解释有二：一是《毛诗序》：“《六月》，宣王北伐也。”《笺》：“《六月》，言周室微而复兴，美宣王之北伐也。”二是方玉润《诗经原始》：“此诗乃幕宾之颂主将，自当以吉甫作主，宣王则不过追述之而已。”“《六月》，美吉甫佐命北伐有功，归宴私第也。”

采　芑

薄言采芑，[1]　　说是采苦菜啊，

于彼新田，②	在那二年耕的田，
于此菑亩。③	在这一年耕的田。
方叔莅止，④	方叔亲自来到，
其车三千，⑤	他的兵车有三千，
师干之试。⑥	士兵捍卫齐向前。
方叔率止，	方叔领他们来前，
乘其四骐，⑦	他坐车用四匹青黑马，
四骐翼翼。⑧	四匹青黑马顺序相连。
路车有奭，⑨	大车颜色红彤彤，
簟笰鱼服，⑩	竹席蔽窗鱼皮做箭袋，
钩膺鞗革。⑪	钩车缰绳套马胸腹相连。

薄言采芑，	说是采苦菜啊，
于彼新田，	在那二年耕的田，
于此中乡。⑫	在这一年耕的田。
方叔莅止，	方叔亲自来到，
其车三千，	他的兵车有三千，
旂旐央央。	画龙画龟蛇的旗子光鲜。
方叔率止，	方叔率领士兵来前，
约軧错衡，⑬	用皮缠车毂跟横木相连，
八鸾玱玱。⑭	八个鸾铃锵锵响连。
服其命服，	穿上他的军装，

朱芾斯皇，	红的蔽膝是辉煌，
有玱葱珩。[15]	有青玉作佩声煌煌。
鴥彼飞隼，[16]	飞得快的有隼鸟，
其飞戾天，[17]	它的高飞飞到天，
亦集爰止。	飞下停留在树颠。
方叔莅止，	方叔亲自来到，
其车三千，	他的兵车有三千，
师干之试。	士兵捍卫齐向前。
方叔率止，	方叔率领着士兵，
钲人伐鼓，[18]	击钲人击鼓进军，
陈师鞠旅。[19]	整顿军队告诫整编。
显允方叔，[20]	声名赫赫的方叔啊，
伐鼓渊渊，[21]	击鼓声音渊渊，
振旅阗阗。[22]	整顿军队声阗阗。
蠢尔蛮荆，	愚蠢的你们蛮荆，
大邦为仇。	和大国作仇。
方叔元老，	方叔是元老，
克壮其猷。[23]	能够展现他的智谋。
方叔率止，	方叔率领部队到来，
执讯获丑。	捉敌讯问割耳除丑。

戎车啴啴，	兵车众多前来，
啴啴焞焞，㉔	众多啊盛大啊，
如霆如雷。㉕	好像天上在打雷。
显允方叔，	声名赫赫的方叔，
征伐猃狁，	讨伐猃狁显震威，
蛮荆来威。	蛮荆跟着来服威。

①芑（qǐ 起）：苦菜。 ②新田：开垦两年的田。 ③菑（zī 资）：开垦一年的田。 ④方叔：周宣王时大将。 ⑤其车三千：一说三千辆兵车，是夸张军威，非实数。 ⑥师干之试：师，士卒。干，捍敌。试，用。士兵有扞敌之用。 ⑦骐：青黑色的马。 ⑧翼翼：整饬有次序。 ⑨奭（shì 式）：赤貌。 ⑩簟茀（diàn fú 电拂）：簟，竹席，用竹席蔽车窗叫簟茀。鱼服：用鲛鱼皮作箭袋。 ⑪钩膺：用钩子连锁皮带绕住马的胸腹部。鞗（tiáo 条）革：马缰绳所用的皮革。 ⑫中乡：指新田中。 ⑬约軝（qí 其）：用皮带约束车毂上。错衡：再连车上横木。 ⑭八鸾：八个铃。马口旁有两铃，四匹马有八铃。 ⑮玱（qiāng 枪）：玉声。葱珩：青色佩玉。 ⑯鴥（yù 育）：飞捷貌。 ⑰戾：至。 ⑱钲：一种乐器，击钲使士兵进退的。 ⑲陈师：整齐队伍。鞠旅：告诫士众。鞠，告。 ⑳允：语助词。 ㉑渊渊：鼓声。 ㉒振旅：休整军队。阗阗（tián tián 田田）：击鼓声。 ㉓猷：谋。 ㉔啴啴（tān tān 摊摊）：众多。焞焞（tūn tūn 吞吞）：盛貌。 ㉕霆：打雷。

《毛诗序》：“《采芑》，宣王南征也。”又方玉润《诗经原始》：“前三章皆言车马、旂帜、佩服之盛，而进退有节，秋毫无犯，禽鸟不惊，是王者师行气象。然非大帅统率有方，何能如此严肃乎？故每章皆言‘方叔率止’，以见节制之严耳。末乃大声疾呼，如雷震蛰，唤醒荆蛮敢抗王师。再以猃狁之事摄之，故不觉其畏威而来服也。”

车　攻

我车既攻，①	我的车子修整既牢固，
我马既同。②	我的马儿行动既相同。
四牡庞庞，③	四匹雄马真壮实，
驾言徂东。④	驾着车子跑向东。
田车既好，	打猎车子既备好，
四牡孔阜。⑤	四匹雄马很服帖。
东有甫草，⑥	东有甫田好野草，
驾言行狩。	驾车可以去冬猎。
之子于苗，⑦	这个人在夏猎时，
选徒嚣嚣。⑧	选择徒众闹哗嚣。
建旐设旄，	竖起龙旗龟蛇旗，
搏兽于敖。⑨	捉住野兽在郑敖。
驾彼四牡，	驾着那四匹雄马，
四牡奕奕。	四匹雄马既习熟。
赤芾金舄，	红皮蔽膝金头鞋，
会同有绎。⑩	朝见天子相陆续。

决拾既佽,⑪ 扳指护袖既安好,
弓矢既调, 张弓射箭又调正。
射夫既同,⑫ 射箭的人既心同,
助我举柴。⑬ 帮我积兽举得正。

四黄既驾, 四匹黄马既驾车,
两骖不猗。 两匹骖马不偏差。
不失其驰,⑭ 驾车的人不错失,
舍矢如破。⑮ 一箭中的不出差。

萧萧马鸣, 马儿萧萧地叫,
悠悠旆旌。 旗帜悠悠地飘。
徒御不惊,⑯ 士兵驾车不喧哗,
大庖不盈。⑰ 大厨子烧菜不多饶。

之子于征, 这个人去打猎,
有闻无声。 有名望无声音。
允矣君子,⑱ 确实是君子人,
展也大成。⑲ 确是有大的功成。

①攻：坚固。 ②同：一样。 ③庞庞(lóng 隆)：壮大。 ④徂东：往东，往洛阳。 ⑤阜：壮大。 ⑥甫草：甫田之草。郑有甫田。 ⑦苗：夏猎。 ⑧选：通“算”。嚣嚣(áo áo 熬熬)：喧哗。 ⑨敖：郑国地。 ⑩

会同：诸侯朝见天子。绎：连续不断。　⑪决拾既佽：决，钩弦具。拾，护臂具。佽（cì 次），调动好。　⑫同：协同。　⑬柴（zì 字）：积兽。　⑭不失其驰：御者驾车得法。　⑮舍矢如破：发箭皆中。　⑯徒御：兵士和驾车人。不惊：不喧哗。　⑰大庖：大厨子。不盈：不使饭菜过多。　⑱允：信。　⑲展：确实。

《毛诗序》："《车攻》，宣王复古也。宣王能内修政事，外攘夷狄，复文、武之境土，修车马，备器械，复会诸侯于东都，因田猎而选车徒焉。"《笺》："东都，王城也。"当时"文武之境土"已归于秦了。

吉　日

吉日维戊，①	吉祥的日子是初五，
既伯既祷。②	既祭马祖神还祷告。
田车既好，	打猎车子既备好，
四牡孔阜。	四匹雄马很强壮。
升彼大阜，	登上大坡真是好，
从其群丑。③	追赶群兽不算少。
吉日庚午，④	吉祥日子是初七，
既差我马。⑤	既选我马在猎中。
兽之所同，⑥	野兽聚集水泽中，
麀鹿麌麌。⑦	母鹿成群好相从。

漆沮之从，⑧	漆沮流域可追从，
天子之所。	天子打猎处所同。
瞻彼中原，⑨	看望那个平原中，
其祁孔有。⑩	多有大兽类不同。
儦儦俟俟，⑪	有的奔跑有的走，
或群或友。⑫	或三或两是相从。
悉率左右，	尽率左右来打猎，
以燕天子。	以请天子欢宴中。
既张我弓，	既拉开我的弓，
既挟我矢。	既挟起我箭头。
发彼小豝，⑬	射中那小野猪，
殪此大兕。⑭	射死这大野牛。
以御宾客，	用来款待我宾客，
且以酌醴。⑮	并且用来佐甜酒。

①戊：指初五日，为刚日，即十日中一、三、五、七、九为单日，即甲、丙、戊、庚、壬，余为双日。　②既伯既祷：伯，马祖神。祷，向神祷告。　③从：追逐。群丑：成群野兽。　④庚午：指初七日。　⑤差：选择。　⑥同：犹聚。　⑦麀（yōu 优）鹿：母鹿。麌麌（yǔ yǔ 雨雨）：麀群聚貌。　⑧漆沮：漆水、沮水流域。　⑨中原：原中。　⑩祁（qí 其）：指大兽。　⑪儦儦（biāo biāo 标标）：奔跑貌。俟俟（sì sì 四四）：行走貌。　⑫群：兽三为群。友：兽二为友。　⑬豝（bā 巴）：野猪。　⑭殪（yì 意）：射

死。兕（sì 似）：野牛。　⑮醴（lǐ 礼）：甜酒。

这诗的解释有二：一是《毛诗序》："《吉日》，美宣王也。能慎微接下，无不自尽以奉其上焉。"二是姚际恒《诗经通论》："慎微接下云云，似经师迂曲之说，诗中本无此意。"

鸿　雁

鸿雁于飞，	鸿雁在飞，
肃肃其羽。①	翅膀发出肃肃响。
之子于征，	这个人服役，
劬劳于野。②	在野地里劳苦难状。
爰及矜人，③	于是连到可怜人，
哀此鳏寡。④	哀伤这些鳏寡苦状。
鸿雁于飞，	鸿雁在飞，
集于中泽。	停在沼泽中。
之子于垣，	这个人在筑墙，
百堵皆作。⑤	几百丈高墙极高崇。
虽则劬劳，	虽极辛劳，
其究安宅。⑥	终究安民居宅中。
鸿雁于飞，	鸿雁在飞，
哀鸣嗷嗷。	嗷嗷地哀叫。

维此哲人，⑦　　只有这聪明人，
谓我劬劳。　　说我辛劳。
维彼愚人，　　只有那愚蠢人，
谓我宣骄。⑧　　说我宣扬骄傲。

①肃肃：羽声。　②劬（qú 渠）劳：辛苦劳累。　③爰：语助词。矜人：可怜人。　④鳏（guān 官）：老而无妻者。寡：老而无夫者。　⑤堵：墙壁。一丈为板，五板为堵。　⑥究：终究。宅：居。　⑦哲人：聪明人。　⑧宣骄：逞强。

这诗的解释有二：一是《毛诗序》："《鸿雁》，美宣王也。万民离散，不安其居，而能劳来还定安集之，至于矜寡，无不得其所焉。"二是方玉润《诗经原始》："且《诗》言'哀鸣'，而释者乃云'闲歌'，非惟与《诗》不类，事亦并出情理之外矣，其可乎哉？"《诗》中虽无"闲歌"字，但云"哀此鳏寡"，则所哀者非鳏寡可知，所以谓"闲歌"也。

庭　燎

夜如何其？　　夜怎样了？
夜未央。①　　夜没有亮。
庭燎之光。②　　庭院里大烛的光。
君子至止，③　　君子人到来了，
鸾声将将。　　鸾铃锵锵地响。

夜如何其？	夜怎样了？
夜未艾。④	夜没有亮。
庭燎晣晣。⑤	庭院里大烛的一点亮。
君子至止，	君子人到来了，
鸾声哕哕。⑥	銮铃暗暗地响。

夜如何其？	夜怎样了？
夜乡晨。	夜将亮。
庭燎有辉。	庭院里大烛有光。
君子至止，	君子人到来了，
言观其旂。	看见他的旗在飘扬。

①夜未央：夜未尽。　②庭燎：庭中火炬，庭中大烛。　③君子：指诸侯。　④艾：止，尽。　⑤晣晣（zhé zhé 哲哲）：光明。　⑥哕哕（huì huì 会会）：铃声。

《毛诗序》："《庭燎》，美宣王也。因以箴之。"《笺》："诸侯将朝，宣王以夜未央之时问夜早晚。美者，美其能自勤以政事。'因以箴'者，王有鸡人之官，凡国事为期，则告之以时。王不正其官，而问夜早晚。"

沔　水

沔彼流水，①	满满的流水，

朝宗于海。②	流向大海像朝见帝王。
鴥彼飞隼，	疾飞的那隼鸟，
载飞载止。	有时飞有时停藏。
嗟我兄弟，	感叹我的兄弟，
邦人诸友，③	国人诸侯友方，
莫肯念乱，④	不肯止乱复礼，
谁无父母。	谁没有父母可启。
沔彼流水，	满满的流水，
其流汤汤。	它的流声洋洋。
鴥彼飞隼，	疾飞的那隼鸟，
载飞载扬。	有时飞有时高扬。
念彼不迹，⑤	想那不规则的人，
载起载行。	有时起来有时行。
心之忧矣，	我的心是忧了，
不可弭忘。⑥	不可以停止轻忘。
鴥彼飞隼，	疾飞的那隼鸟，
率彼中陵。	飞向那土山中。
民之讹言，	人们的谣言，
宁莫之惩。	怎么可以不惩凶。
我友敬矣，⑦	我的朋友警惕了，

谗言其兴。　　　　谗言怎能兴从。

①沔(miǎn 免)：水流满貌。 ②朝宗：以河水入海，比诸侯朝见天子。 ③兄弟：比同姓诸侯。邦人：比异姓臣。 ④念乱：止乱。 ⑤不迹：不规则的事，不道德的事。 ⑥弭(mǐ 米)：止，息。 ⑦敬：通“警”，警惕。

这诗的解释有二：一是《毛诗序》：“《沔水》，规宣王也。”《笺》：“规者，正圆之器也。规主仁恩也，以恩亲正君曰规。《春秋传》曰：‘近臣尽规。’”二是方玉润《诗经原始》：“案：宣王初政，多乱定归来之诗，后皆美辞，无所谓忧乱也。其朝周、召二公辅政，几复成、康之旧，何谗之有？然《诗》前云‘念乱’，后言‘谗兴’，分明乱世多谗，贤臣遭祸景象，而岂宣王世乎？此诗必有所指，特错简耳。”

鹤　　鸣

鹤鸣于九皋，①　　　　鹤在极远处叫，
声闻于野。　　　　声音传到野处。
鱼潜在渊，　　　　鱼儿潜伏在深渊，
或在于渚。　　　　有时在绕水的小渚。
乐彼之园，　　　　喜欢那个园子，
爰有树檀，　　　　在园里种有檀树，
其下维萚。②　　　　它的下面有落下萚。
它山之石，　　　　别的山里的石，

可以为错。③　　可以做磨刀石。

鹤鸣于九皋，　　鹤在极远处叫，
声闻于天。　　声音传到天际处。
鱼在于渚，　　鱼儿在绕水的小渚，
或潜在渊。　　有时潜伏在深渊。
乐彼之园，　　喜欢那个园子，
爰有树檀，　　在园里种有檀树，
其下维榖。④　　它的下面有榖树。
它山之石，　　别的山里的石，
可以攻玉。　　可以磨玉使它白。

①九皋（gāo 高）：九折泽，泽中水溢出称一折，九折指极远处。 ②萚（tuò 唾）：树脱落的皮。 ③错：可琢玉的石。 ④榖：即楮树，皮可制纸。

《毛诗序》："《鹤鸣》，诲宣王也。"《笺》："诲，教也。教宣王求贤人之未仕者。"

卷　五

小　雅

祈父之什

祈　父

祈父,[1]	司马,
予王之爪牙。[2]	我是王的爪牙。
胡转予于恤,[3]	为什么陷我到忧患呀,
靡所止居。	没有安居呀。
祈父,	司马,
予王之爪士。[4]	我是王的爪牙。
胡转予于恤,	为什么陷我到忧患呀,
靡所厎止。[5]	没有安居呀。
祈父,	司马,
亶不聪。[6]	确实是不聪呀。
胡转予于恤,	为什么陷我到忧患呀,

有母之尸饔。[7]　　有母谁主熟食呀。

①祈父：即圻父，官名，是职掌边处兵甲的司马。 ②爪牙：指将军。 ③转：移，陷。恤（xù 序）：忧。 ④爪士：虎臣。 ⑤底：至。 ⑥亶（dǎn 胆）：诚。 ⑦尸：主。饔（yōng 庸）：熟食。

《毛诗序》："《祈父》，刺宣王也。"《笺》："刺其用祈父，不得其人也。官非其人则职废。祈父之职，掌六军之事，有九伐之法。"又方玉润《诗经原始》："此禁旅责司马征调失常之诗。诸家皆无异言，唯毛、郑以千亩之败实之，而《集传》又谓军士怨于久役，故呼祈父而告之，是主久戍言也。……独是宣王中兴，周室复振，几四十年。至是，始以诸侯勤王不力之故，而致王师败绩，朝纲再坠，则怨而责之者，不亦宜乎？"

白　驹

皎皎白驹，[1]　　洁白有光的白马，
食我场苗。　　吃我场里的豆苗。
絷之维之，[2]　　绊住它来系住它，
以永今朝。　　来留住他过今朝。
所谓伊人，　　所说的那个人，
于焉逍遥。[3]　　在这儿可以逍遥。

皎皎白驹，　　洁白有光的白马，

食我场藿。　　　　吃我场里的豆茎。
絷之维之，　　　　绊住它来系住它，
以永今夕。　　　　留住他过今夜这时辰。
所谓伊人，　　　　所说的那个人，
于焉嘉客。　　　　在这儿是好客人。

皎皎白驹，　　　　洁白有光的白马，
贲然来思。④　　　有光采地到来。
尔公尔侯，　　　　封您公爷或侯爷，
逸豫无期。⑤　　　安乐过活没期限。
慎尔优游，　　　　谨慎您的游乐，
勉尔遁思。⑥　　　望您不要隐遁不来。

皎皎白驹，　　　　洁白有光的白马，
在彼空谷。⑦　　　跑在没有人的山谷。
生刍一束，　　　　有嫩青草一束，
其人如玉。　　　　那个人像白玉。
毋金玉尔音，⑧　　别爱惜您像金玉的声音，
而有遐心。⑨　　　对我有疏远的心。

①皎皎：洁白，光明，指马毛说。　②絷（zhí 执）：绊。维：系住。③焉：此，这儿。　④贲（bì 闭）然：光彩貌。　⑤逸豫：安乐。　⑥勉尔遁思：望他勿遁。勉，抑止。遁，隐遁。　⑦空谷：无人的山谷。　⑧音：

音信。 ⑨遐：远去。

这诗的解释有二：一是《毛诗序》："《白驹》，大夫刺宣王也。"《笺》："刺其不能留贤也。"二是《诗三家义集疏》："鲁说曰：'《白驹》者，失朋友之所作也。其友贤而居任也，衰乱之世，君无道，不可匡辅，依违成风，谏不见受。国士咏而思之，援琴而长歌。'"

黄 鸟

黄鸟黄鸟，	黄鸟呀黄鸟，
无集于榖，①	不要会集在树榖，
无啄我粟。	不要吃我的粟。
此邦之人，	这个侯国的人，
不我肯榖。②	不肯好好地待我活。
言旋言归，	说要转身回去，
复我邦族。③	回到我国的宗族。

黄鸟黄鸟，	黄鸟呀黄鸟，
无集于桑，	不要会集在柔桑，
无啄我粱。	不要吃我的高粱。
此邦之人，	这个侯国的人，
不可与明。④	不可以同他结盟。
言旋言归，	说要转身回去，

复我诸兄。	回去找我众兄。
黄鸟黄鸟，	黄鸟呀黄鸟，
无集于栩，⑤	不要会集在苞栩，
无啄我黍。	不要啄我的黍。
此邦之人，	这个侯国的人，
不可与处。	不可以和他们相处。
言旋言归，	说要转身回去，
复我诸父。	回去找我众伯父叔父。

①榖(gǔ 谷)：树名，即楮树，皮可制纸。　②榖(gǔ 谷)：善。　③复：回返。　④明(méng 盟)：通"盟"。　⑤栩(xǔ 许)：柞树。《唐风·鸨羽》："集于苞栩。"

这诗的解释有二：一是《毛诗序》："《黄鸟》，刺宣王也。"《笺》："刺其以阴礼教亲而不至，联兄弟之不固。"二是朱熹《诗集传》："今按诗文，未见其为宣王之世，下篇亦然。""民适异国，不得其所，故作此诗。"

我行其野

我行其野，	我在野地里走，
蔽芾其樗。①	看到臭椿的幼芽。
昏姻之故，	因为婚姻的缘故，

言就尔居。	我到你住处不差。
尔不我畜，②	你不肯养育我，
复我邦家。	我回到我的邦家。
我行其野，	我在野地里走，
言采其蓫。③	采羊蹄草充腹。
昏姻之故，	因为婚姻的缘故，
言就尔宿。	我就来你处住宿。
尔不我畜，	你不肯养育我，
言归思复。	我回去想归复。
我行其野，	我在野地里走，
言采其葍。④	采那种小旋花。
不思旧姻，	你不念那旧婚姻，
求尔新特。⑤	求那新的匹偶嘉。
成不以富，⑥	虽实不因为贪富，
亦祇以异。	也只因你异心吧。

①蔽芾（fèi 费）：幼小貌。樗（chū 初）：臭椿，叶有臭味。 ②畜：养。③蓫（zhú 逐）：草名，一称羊蹄。 ④葍（fú 福）：多年生蔓草，一名小旋花，地下茎可食。 ⑤特：匹配。 ⑥成：通“诚”。

这诗的解释有二：一是《毛诗序》：“《我行其野》，刺宣王也。”《笺》：“刺其不正嫁娶之数，而有荒政，多淫昏之俗。”二是朱熹《诗集传》：“民适异国，依其婚姻而不见收恤，故作此诗。”“言尔之不思旧姻而求新匹也，虽不以彼之富，而厌我之贫，亦只以其新而异于故耳。此见诗人责人忠厚之意。”

斯　干

秩秩斯干，①	流动的溪涧，
幽幽南山。②	幽深的终南山。
如竹苞矣，③	像竹子的丛生了，
如松茂矣。	像松树的茂盛了。
兄及弟矣，	兄和弟，
式相好矣，	互相友好了，
无相犹矣。④	没有相指责了。
似续妣祖，⑤	继承先妣和先祖，
筑室百堵，	建筑宫室墙百堵，
西南其户。	门户朝着西南向，
爰居爰处，	于是用这里作居处，
爰笑爰语。	于是笑于是语。
约之阁阁，⑥	捆束墙版声阁阁，
椓之橐橐。⑦	敲打泥土声托托。
风雨攸除，	风雨免除不为虐，

鸟鼠攸去，	鸟鼠赶去不作恶，
君子攸芋。[8]	君子以此住新作。
如跂斯翼，[9]	像企望那样站稳，
如矢斯棘，[10]	像发箭那样笔直，
如鸟斯革，[11]	像鸟飞那样变革，
如翚斯飞，[12]	像野鸡那样展翅，
君子攸跻。[13]	君子人登堂进入。
殖殖其庭，[14]	平正的前庭，
有觉其楹。[15]	有高大柱子直陈。
哙哙其正，[16]	白天显得明亮，
哕哕其冥，[17]	夜里显得光明，
君子攸宁。	君子住了安宁。
下莞上簟，[18]	下面蒲席上竹席，
乃安斯寝。	是可以安寝最嘉。
乃寝乃兴，	是寝了是起来，
乃占我梦。	是吉卜我的梦啊。
吉梦维何？	吉梦是什么？
维熊维罴，[19]	是熊是罴，
维虺维蛇。[20]	是小蛇和大蛇。

大人占之，[21]	请太卜占梦，
维熊维罴，	是熊是罴，
男子之祥；	是生男儿的吉祥；
维虺维蛇，	是小蛇是大蛇，
女子之祥。	是生女儿的吉祥。
乃生男子，	是生男儿，
载寝之床，	睡在大床，
载衣之裳，	穿上衣裳，
载弄之璋。[22]	玩弄玉璋。
其泣喤喤，	他的哭泣喤喤，
朱芾斯皇，[23]	穿上蔽膝辉煌，
室家君王。	成立家庭为君王。
乃生女子，	是生女儿，
载寝之地，	睡在大地，
载衣之裼，[24]	穿上抱衣，
载弄之瓦。[25]	玩弄纺线锤。
无非无仪，[26]	没有是没有非，
唯酒食是议，	只有酒食可商议，
无父母诒罹。	不要使父母遭非议。

①秩秩：流行貌。干：溪涧。 ②幽幽：深远貌。南山：终南山，在陕

西西安市南。 ③苞：本。 ④犹：通“尤”，过失。 ⑤似续：通“嗣续”，继承。 ⑥约：束。阁阁：犹历历，言束板之绳历历可数。 ⑦椓（zhuó 酌）：夯打。橐橐（tuó tuó 驼驼）：用杵击土声。 ⑧攸：语助。芋：通“宇”，居。 ⑨跂（qì 汽）：企，颠起脚后跟站着。翼：如鸟张翼。 ⑩棘（jí 吉）：急也，矢行缓则枉，急则直，急有直义。此章用四个比喻来比建筑物的各种形态，线条的整齐挺耸，以及装饰的华彩。 ⑪革：变也，鸟飞则变静止状态。 ⑫翚（huī 辉）：野鸡毛羽五彩称翚。 ⑬跻（jī 基）：登，升上。 ⑭殖殖：平正。 ⑮觉：高大。楹：通“楹”，柱子。 ⑯哙哙（kuài kuài 快快）：宽明貌。正：昼也。 ⑰哕哕（huì huì 会会）：光明貌。冥：夜。 ⑱莞（guān 关）：蒲席。 ⑲罴（pí 皮）：熊的一种，比熊更猛。 ⑳虺（huǐ 毁）：小蛇。 ㉑大人：即太卜，占梦官。 ㉒璋：玉器。 ㉓朱芾（fú 扶）：蔽膝，古代天子、诸侯的一种服饰，用以蔽膝的。 ㉔裼（tì 惕）：婴儿的包被。 ㉕瓦：古代纺线的纺锤。 ㉖仪：善。

这诗的解释有二：一是《毛诗序》：“《斯干》，宣王考室也。”《笺》：“考，成也。德行国富，人民殷众而皆佼好，骨肉和亲。宣王于是筑宫庙，群寝既成而衅之，歌《斯干》之诗以落之，此之谓成室。宗庙成，则又祭先祖。”二是《诗三家义集疏》：“鲁说曰：‘周德既衰而奢侈，宣王贤而中兴，更为俭宫室，小寝庙。诗人美之，《斯干》之诗是也。上章道宫室之如制，下章言子孙之众多也。’”“昔周王德衰而《斯干》作，应运变化，自古有之。”

无　羊

谁谓尔无羊？　　谁说你没有羊群？
三百维群。　　三百头羊成一群。

谁谓尔无牛？	谁说你没有牛？
九十其犉。①	七尺黄牛九十头。
尔羊来思，	你的羊群来了，
其角濈濈。②	它的角集合成群好。
尔牛来思，	你的牛来了，
其耳湿湿。③	反刍时候把耳摇。
或降于阿，	有的牛羊下坡岗，
或饮于池。	有的喝水在池旁。
或寝或讹，④	有的睡觉有的游逛，
尔牧来思，	你的牧人来了，
何蓑何笠，⑤	披着蓑衣戴着笠，
或负其𫗦。	有时背着那干粮。
三十维物，⑥	牛羊毛色三十种，
尔牲则具。	作为牲口都备得。
尔牧来思，	你的牧人来了，
以薪以蒸，⑦	带来粗柴和细草，
以雌以雄。	带来雌兽和雄鸟。
尔羊来思，	你的羊来了，
矜矜兢兢，⑧	都是强壮个个好，
不骞不崩。⑨	没有亏损没病了。

麾之以肱，　　用臂来指挥它，
毕来既升。⑩　　全都进入圈儿好。

牧人乃梦，　　牧人于是做好梦，
众维鱼矣，⑪　　蝗虫变做鱼儿了，
旐维旟矣。⑫　　龟蛇旗变做隼鸟旗了。
大人占之，　　太卜因此占卜它，
众维鱼矣，　　蝗虫变成鱼儿了，
实维丰年。　　这是丰年征兆好。
旐维旟矣，　　龟蛇旗变做隼鸟旗了，
室家溱溱。⑬　　子孙众多室家好。

①犉（rún）：牛七尺为犉。　②濈濈（jí jí 辑辑）：聚集貌。　③湿湿（qì qì 泣泣）：牛反刍时摇动耳朵。　④讹（é 哦）：行动。　⑤何：通"荷"，披戴。　⑥物：色。　⑦蒸：粗曰薪，细曰蒸。　⑧矜矜、兢兢：紧张貌。　⑨骞、崩：亏损，群疾。　⑩升：登入，入牢。　⑪众：通"螽"，蝗虫。　⑫旐、旟：画龟蛇旗为旐，画隼鸟旗为旟。见《诗·鄘风·干旄》。　⑬溱溱（zhēn zhēn 真真）：众多。

《毛诗序》："《无羊》，宣王考牧也。"《笺》："厉王之时，牧人之职废，宣王始兴而复之，至此而成，谓复先王牛羊之数。"

节南山

节彼南山，①　　那高峻的终南山，

维石岩岩。②	只有大石堆积成山峦。
赫赫师尹，③	威风凛凛的尹太师，
民具尔瞻。④	人民都在向您看。
忧心如惔，⑤	心中忧愁像火烧，
不敢戏谈。	不敢戏笑作谈端。
国既卒斩，⑥	国家既经尽灭绝，
何用不监！⑦	为什么不起来察看！
节彼南山，	那高峻的终南山，
有实其猗。⑧	有广大的山坡。
赫赫师尹，	威风凛凛的尹太师，
不平谓何？	做事不平说什么？
天方荐瘥，⑨	天正要降严重的瘟疫，
丧乱弘多。	死丧混乱大而多。
民言无嘉，	人民没有好话说，
憯莫惩嗟！⑩	曾经没有惩戒乎！
尹氏大师，	尹氏您是太师，
维周之氐，⑪	是周朝的根柢，
秉国之均，⑫	掌握国家的政权，
四方是维，⑬	四方靠您来纲维，
天子是毗，⑭	天子是依靠您，

俾民不迷。	使人民不受迷。
不吊昊天，[15]	不善的上天，
不宜空我师。[16]	不该困乏我们大众受饥。
弗躬弗亲，	对事不亲自过问，
庶民弗信。	人民对您不相信。
弗问弗仕，[17]	您不问不察事，
勿罔君子。	不要欺骗君子问讯。
式夷式已，[18]	或被伤害或停职，
无小人殆。	不要受小人斥摈。
琐琐姻亚，[19]	小小的亲眷，
则无膴仕。[20]	不要高官厚禄相允。
昊天不傭，[21]	上天不公匀，
降此鞠讻。[22]	降下这个极凶灾。
昊天不惠，	上天不恩惠，
降此大戾。[23]	降下这个大灾难。
君子如届，[24]	君子如果到来过问，
俾民心阕。[25]	使人民心里不为难。
君子如夷，[26]	君子如果受伤残，
恶怒是违。	恶怒您是违背亲规。

不吊昊天，　不善的上天，
乱靡有定。　乱没有安定。
式月斯生，　乱子月月在发生，
俾民不宁。　使得人民不安宁。
忧心如酲，[27]　忧心像酒醉，
谁秉国成？　谁掌握国政？
不自为政，　不自己管好国政，
卒劳百姓。　终于劳苦百姓。

驾彼四牡，　四匹雄马驾着车，
四牡项领。[28]　四匹雄马粗项领。
我瞻四方，　我看那四方天下，
蹙蹙靡所骋！[29]　局促得没法驰骋。

方茂尔恶，　正在增加您的罪恶，
相尔矛矣！　观察您的矛对谁啊！
既夷既怿，[30]　既然又和平又快乐，
如相酬矣。[31]　像相酬对啊。

昊天不平，　上天不公平，
我王不宁。　我王不安宁。
不惩其心，　您不去惩戒您的心，

覆怨其正。	还怨劝您改正的人。
家父作诵，㉜	家父作了这篇讽，
以究王讻。	用来追究王的凶。
式讹尔心，㉝	快快改变您的心，
以畜万邦。㉞	用来安定万邦中。

①节：高峻貌。 ②岩岩：积石貌。 ③师尹：太师尹氏。太师，周三公之一，掌兵权。尹氏，周大臣尹吉甫的后代。 ④具：俱。 ⑤惔（tán谈）：火烧。 ⑥卒：尽。斩：灭绝。 ⑦监：监察。 ⑧有实其猗：实指广大。猗指山坡。山坡广大。 ⑨荐：重。瘥（cuó 矬）：疫病。 ⑩憯：同“惨”，语助词，犹曾。惩：止。嗟：语末助词。 ⑪氏：柢，根柢。 ⑫秉钧：掌握大权。 ⑬维：维系。 ⑭毗（pí 疲）：辅助。 ⑮吊：善。 ⑯空：空乏。 ⑰仕：察事。“仕”通“事”。 ⑱式夷式已：受伤或停职。夷，伤。已，完结。 ⑲琐琐：小貌。姻亚：婿之父曰姻，两婿相谓曰亚。 ⑳朊（wǔ 舞）仕：厚加任用，即高位厚禄。 ㉑傭：均。 ㉒鞠讻：极凶。 ㉓戾：灾祸。 ㉔届：极，止。 ㉕阕（què 却）：止息。 ㉖夷：伤。 ㉗酲（chéng 成）：病于酒。 ㉘项领：头颈粗大，不能驾车，喻马不能用，比大臣不能用。 ㉙蹙蹙（cù cù 促促）：局促不舒展。 ㉚怿：喜悦。 ㉛酬：应酬，言反复无常。 ㉜作诵：通“作讽”，作诗讽谏。 ㉝讹（é 俄）：化。 ㉞畜：养，休养，安定。

这诗的解释有二：一是《毛诗序》：“《节南山》，家父刺幽王也。”《笺》：“家父，字，周大夫也。”二是《诗三家义集疏》：“齐说曰：‘周室之衰，其卿大夫缓于谊而急于利，亡推让之风而有争田之讼，故诗人疾而刺之曰：“节彼南山，惟石岩岩。赫赫师尹，民具尔瞻。”尔好谊则民向仁而俗善，尔好利则民好邪而俗败。’”

正　月

正月繁霜，①	四月里下了许多霜，
我心忧伤。	使我的心里很忧伤。
民之讹言，	民间的谣言，
亦孔之将。②	也是很猖狂。
念我独兮，	念我孤独啊，
忧心京京。③	心里惊恐忧难忘。
哀我小心，	悲哀我的小心，
癙忧以痒。④	极忧得发病那样。
父母生我，	父母生养我，
胡俾我瘉？⑤	为什么使我受痛苦？
不自我先，	不在我以前，
不自我后。	不在我以后。
好言自口，	好话出自口，
莠言自口。⑥	恶话出自口。
忧心愈愈，⑦	心里越来越忧愁，
是以有侮。	越是有人来欺侮。

忧心惸惸，⑧	心里非常忧愁，
念我无禄。	想我没有福禄。
民之无辜，	人们本来没有罪，
并其臣仆。⑨	牵连到他的奴仆。
哀我人斯，	悲哀我这个人啊，
于何从禄？	从什么地方得到福禄？
瞻乌爰止，⑩	看到乌鸦所停处，
于谁之屋？	在谁家的房屋？
瞻彼中林，	看看那树林里，
侯薪侯蒸。⑪	只可樵柴和割草。
民今方殆，	人们如今正苦难，
视天梦梦。⑫	看天昏昏也不晓。
既克有定，⑬	既然能够使乱定，
靡人弗胜。⑭	没有人不能取胜。
有皇上帝，⑮	高高在上的君王，
伊谁云憎？⑯	是谁敢对他憎恨？
谓山盖卑？	说山为何说它低？
为冈为陵，	可它都是大冈陵，
民之讹言，	民间的谣言，
宁莫之惩。	难道没法加以戒惩。

召彼故老，	召集那些旧的老人，
讯之占梦。	问他占卜梦兆。
具曰予圣，	都说自己圣明，
谁知乌之雌雄？	谁知道乌鸦的雌雄？
谓天盖高？[17]	说天何以这样高？
不敢不局。[18]	却不敢不弯腰。
谓地盖厚？	说地何以这样厚？
不敢不蹐。[19]	却不敢不小心走路。
维号斯言，	说这样呼号的话，
有伦有脊。[20]	有道理有根据。
哀今之人，	悲哀现在的人，
胡为虺蜴？[21]	为什么把上者看做虺蜴？
瞻彼阪田，[22]	看那坡上田，
有菀其特。[23]	有茂盛的苗。
天之扤我，[24]	天要来动摇我，
如不我克，	如果不能制胜我，
彼求我则，[25]	他便求我，
如不我得，	惟恐求不到我，
执我仇仇，[26]	求到我又傲慢我，
亦不我力。[27]	也不用我。

心之忧矣，	心里忧愁啊，
如或结之。	像有什么结扎它。
今兹之正，[28]	今天这样政治，
胡然厉矣？	为什么这样暴虐？
燎之方扬，	火烧得正旺，
宁或灭之。	难道有人灭它。
赫赫宗周，[29]	威严的西周，
褒姒灭之！[30]	褒姒来灭亡它！

终其永怀，	既经永久伤怀，
又窘阴雨。	又碰上天的阴霾。
其车既载，	车既把东西装载，
乃弃尔辅。[31]	抛弃了你的车箱板。
载输尔载，[32]	堕下你的运载，
将伯助予。[33]	呼叫大哥帮运材。

无弃尔辅，	不要抛弃你的车箱板，
员于尔辐。[34]	加固你的车子辐。
屡顾尔仆，	屡次顾看你的奴仆，
不输尔载。	不要使你的运载有失落。
终逾绝险，	终于越过危险地，
曾是不意。[35]	可是你却不以为意。

鱼在于沼，	鱼在池沼，
亦匪克乐。	不能快乐。
潜虽伏矣，	潜水虽然伏了，
亦孔之炤。㊱	但仍清楚见到了。
忧心惨惨，㊲	忧心惨惨，
念国之为虐。	想国家的政事浑浊。
彼有旨酒，	他有美酒，
又有嘉肴。	又有好的菜肴。
洽比其邻，㊳	和好了他的邻居，
昏姻孔云。㊴	跟亲眷非常好。
念我独兮，	念我孤独啊，
忧心慇慇。㊵	心里忧愁怎么了。
佌佌彼有屋，㊶	小小的人他有屋，
蔌蔌方有榖。㊷	鄙陋的人他有禄。
民今之无禄，	人们今天没有福禄，
天夭是椓。㊸	天摧残他是虐。
哿矣富人，㊹	好过的是富人，
哀此惸独！	哀怜我这孤独！

①正月：夏历四月。繁：多。 ②将：大。 ③京京：忧愁不止。 ④癙（shǔ 鼠）忧：极忧。痒（yǎng 氧）：病。 ⑤瘉（yù 育）：病，转为痛苦。

⑥莠：恶。 ⑦愈愈：忧惧貌。 ⑧惸惸(qióng qióng 琼琼)：忧念貌。 ⑨并：使。臣仆：奴仆。 ⑩瞻乌爰止：相传乌落在谁家，即谁家富。 ⑪侯薪侯蒸：维薪维蒸，维集薪处维集草，维集贤处维集小人。 ⑫梦梦：昏愦。 ⑬定：定乱。 ⑭弗胜：不胜过王为乱。 ⑮皇上帝：指君王。 ⑯伊：是。憎：恨。 ⑰盖：同"盍"。 ⑱局：同"跼"。 ⑲蹐：小步累足。 ⑳伦：道也。脊：同"迹"。 ㉑胡为虺蜴：言人畏惧官吏何以如虺蜴。 ㉒阪田：山坂上的田。 ㉓菀(wǎn 碗)：茂盛貌。特：特出的苗。 ㉔扤(wù 误)：动摇。 ㉕则：语助词。 ㉖仇仇：傲慢貌。 ㉗不我力：即不我用。 ㉘正：指执政者。 ㉙宗周：指西周。 ㉚褒姒：褒国之女，周幽王后。 ㉛辅：车箱板。 ㉜输：堕也。 ㉝伯：长者。 ㉞员：益也。 ㉟曾是不意：乃不以是为意。 ㊱炤：一作"昭"，明也。 ㊲惨惨：忧郁貌。 ㊳洽：和协。邻：亲近的人。 ㊴云：周旋。 ㊵慇慇：同"殷殷"，指悲痛。 ㊶佌佌(cǐ cǐ 此此)：低微。 ㊷蔌蔌(sù sù 素素)：鄙陋。穀：俸禄。 ㊸夭：摧残。椓：以斧劈柴，喻打击。 ㊹哿(gě 舸)：表称许。

这诗的解释有二：一是《毛诗序》："《正月》，大夫刺幽王也。"二是方玉润《诗经原始》："此必天下大乱，镐京亦亡在旦夕，其君若臣，尚纵饮宣淫，不知忧惧，所谓燕雀处堂自以为乐，一朝突(烟囱)决栋焚，而怡然不知祸之将及也。故诗人愤极而为是诗，亦欲救之无可救药时矣。"

十月之交

十月之交，① 十月开头，
朔日辛卯，② 初一是辛卯，
日有食之， 又是次日蚀，

亦孔之丑。[3]	也是很不好。
彼月而微，	那月光不亮，
此日而微。[4]	这天太阳也不亮。
今此下民，	现在这儿老百姓，
亦孔之哀。	也很哀痛怎么了。
日月告凶，[5]	日蚀月蚀告凶象，
不用其行。[6]	不用走在轨道上。
四国无政，	四方国家无善政，
不用其良。	不用他们的贤良。
彼月而食，	那个月儿现月蚀，
则维其常，	则是走路还从常。
此日而食，	这天出现了日蚀，
于何不臧。	有什么事情是不良。
烨烨震电，[7]	光采照耀像雷电，
不宁不令，	政事不善不安宁。
百川沸腾，	有像百川要沸腾，
山冢崒崩；[8]	有像山顶石碎崩；
高岸为谷，	高岸降下变深谷，
深谷为陵。	深谷上升变山陵。
哀今之人，	悲哀现在的人民，

胡憯莫惩？[9]	什么惨事不戒惩？
皇父卿士，	国家大臣是皇父，
番维司徒，	番氏做了司徒。
家伯维宰，	家伯做了冢宰，
仲允膳夫，	仲允做了膳夫。
棸子内史，	棸子做了内史，
蹶维趣马，	蹶氏做了养马夫，
楀维师氏，[10]	楀氏做了师氏，
艳妻煽方处。[11]	与美艳的皇后煽惑在一处。
抑此皇父，	叹息这皇父，
岂曰不时？	难道肯说自己不是？
胡为我作，	为什么让我服劳役，
不即我谋？	不和我谈事？
彻我墙屋，	拆毁我的墙屋，
田卒污莱。[12]	田里水不流草不治。
曰予不戕，	反说我没伤害你，
礼则然矣。	礼治便是如此。
皇父孔圣，[13]	皇父以为很明圣，
作都于向。	在向邑筑了都城。

择三有事，⑭	有事用人选三卿，
亶侯多藏。	专权敛财多宝珍。
不慭遗一老，⑮	不愿遗留一元老，
俾守我王。	使他守卫我王作大臣。
择有车马，	选择富有车马人，
以居徂向。	用来迁居到向城。
黾勉从事，	我勉力做事，
不敢告劳。	不敢说辛劳。
无罪无辜，	没有罪没有辜，
谗口嚣嚣。	谗人的嘴却诶诶。
下民之孽，⑯	百姓受了灾祸，
匪降自天。	不是天上降一遭。
噂沓背憎，⑰	议论纷杂背后憎，
职竞由人。⑱	专力争逐由人搞。
悠悠我里，⑲	忧思在我心里，
亦孔之痗。⑳	过于忧愁转成疾。
四方有羡，㉑	四方的人有富裕，
我独居忧。	我独处忧不敢息。
民莫不逸，	人们没有不安逸，
我独不敢休。	我独不敢自休息。

天命不彻，㉒　　天命不遵道理行，
我不敢傚我友自逸。　我不敢效我友自安逸。

①十月：当时称谓纯阴之月，阴盛阳衰，所以发生日蚀。经今人研究，是周幽王六年十月朔日，即公元前776年9月6日的日蚀，是世界上最早的有明确记录的日蚀。交：交替。　②朔日辛卯：初一辛卯日。当时用天干地支记日期，故称这天为辛卯。朔指初一。　③丑：恶。当时认为日蚀是不好的，所以称丑。　④微：月无光，指月蚀。日无光，指日蚀。　⑤告凶：告天下凶兆。当时人迷信日蚀是天告凶。　⑥行：道。　⑦烨烨（yè yè 叶叶）：声光之盛。震电：如打雷闪电。　⑧冢：山顶。崒（zú 足）：碎。　⑨憯（cǎn 惨）：乃。　⑩皇父、家伯、仲允：人名，皆称字。番、聚（zōu 邹）、蹶（guì 贵）、楀（jǔ 举）：皆氏。师氏：掌司朝得失之事。　⑪艳：美色。煽：炽。方：正时。　⑫汙：水不通。莱：草丛生。　⑬圣：聪明。⑭择三：选择人任三公。　⑮慭（yìn 印）：愿。　⑯孽：灾难。　⑰噂（zǔn 樽）沓：议论纷杂。　⑱职：主。竞：强。　⑲悠悠：忧思。里：病。　⑳痗（mèi 妹）：病。　㉑羡：宽裕。　㉒天命不彻：天命不合正道。

这诗的解释有二：一是《毛诗序》：“《十月之交》，大夫刺幽王也。”二是郑《笺》：“当为刺厉王，作《诂训传》时移其篇第，因改之耳。《节》刺师尹不平，乱靡有定。此篇讥皇父擅恣，日月告凶。《正月》恶褒姒灭周，此篇疾艳妻煽方处。又幽王时司徒乃郑桓公友，非此篇所云番也，是以知然。”又《诗三家义集疏》：“阮元云：‘《大衍术·日食议》曰：“《小雅·十月之交》，梁虞门以术推之，在幽王六年。《开元术》定交分四万三千四百二十九入食限。”《授时术议》曰：“幽王六年十月辛卯朔，泛交十四日五千七百九分入食限。"盖自来推步家未有不与纬说异者。'"

雨无正

浩浩昊天，	大大的上天，
不骏其德。①	不能长赐恩德。
降丧饥馑，②	降下这饥荒，
斩伐四国。	残害我四方的邦国。
旻天疾威，③	上天暴虐，
弗虑弗图。	不考虑不谋图。
舍彼有罪，	舍弃那有罪，
既伏其辜。④	尽隐藏他的罪过。
若此无罪，	像这些无罪，
沦胥以铺。⑤	都沦没牵连把罪坐。
周宗既灭，	周朝的宗亲既已灭绝，
靡所止戾。⑥	没有地方住定当。
正大夫离居，⑦	正大夫离开所居住，
莫知我勚。⑧	没有人知道我辛苦备尝。
三事大夫，⑨	三公大夫，
莫肯夙夜。	莫肯早夜为国忙。
邦君诸侯，	各国诸侯，
莫肯朝夕。	莫肯早夜为国忙。

庶曰式臧，⑩	王做事近乎有改善，
覆出为恶。	但又出来作恶那能忘。
如何昊天，	怎样的上天，
辟言不信？⑪	法度的话不相信？
如彼行迈，	像那走远路，
则靡所臻。⑫	就没有知道止境。
凡百君子，	凡是众多的君子，
各敬尔身。	各自戒慎你的身。
胡不相畏？	为什么不互相畏惧？
不畏于天！	不怕天的雷震！
戎成不退，⑬	战争不停，
饥成不遂。⑭	饥荒不退。
曾我暬御，⑮	曾经是我这小侍御，
憯憯日瘁。⑯	忧愁得日以憔瘁。
凡百君子，	凡是众多的君子，
莫肯用讯。	没有用心箴规。
听言则答，⑰	中听的就答对，
谮言则退。⑱	谏诤的就斥退。
哀哉不能言！	悲哀我不能说话！

匪舌是出,[19]	不是舌头拙于应对,
维躬是瘁。	只是身子怕憔瘁。
哿矣能言,[20]	称许的话能够说,
巧言如流,	巧言像水流,
俾躬处休。	使自身处于安乐休。
维曰于仕,[21]	只说可以出仕,
孔棘且殆。[22]	国事很急难任事。
云不可使,	如说坏事不可使,
得罪于天子。	得罪于天子。
亦云可使,	如说坏事可以使,
怨及朋友。	怨到朋友怎么使。
谓尔迁于王都,	叫你迁到王的首都,
曰予未有室家。	说我那里还没有家室。
鼠思泣血,[23]	忧思到哭泣出血,
无言不疾![24]	没有我的话不嫉。
昔尔出居,	从前你迁出居处时,
谁从作尔室?	谁肯作好你家室?

①骏:长。　②饥馑:谷不熟曰饥,菜不熟曰馑。　③疾威:暴虐。　④伏其辜:隐其罪。　⑤沦胥以铺:无罪的人皆因牵连而无辜受害。沦,陷。胥,相。铺,遍。　⑥戾:至。　⑦正大夫:大夫中的正,指大官。　⑧勚(yì 义):

劳。⑨三事：三公。⑩庶：庶几，近乎。⑪辟言：法度之言。⑫臻(zhēn 贞)：至。⑬戎成不退：即战争不息。⑭遂：安也。⑮暬(xiè 泄)御：侍御，王亲近之臣。⑯憯憯(cǎn cǎn 惨惨)：忧貌。瘁(cuì 翠)：病。⑰听言：顺从的话。⑱谮(zèn)言：谏诤的话。⑲出：通“拙”，拙劣。⑳哿(kě 可)：嘉许。㉑于：往。㉒棘：急。殆：危。㉓鼠：同“癙(shǔ 鼠)”，忧思。㉔疾：通“嫉”，嫉恨。

这诗的解释有三：一是《毛诗序》：“《雨无正》，大夫刺幽王也。雨自上下者也，众多如雨，而非所以为政也。”二是《笺》：“亦当为刺厉王。王之所下教令甚多而无正也。”三是方玉润《诗经原始》：“首章天既降灾，又多不平，是善恶不分，天心难测时也。其所以然者，则以上失其道故耳。上之失道，又以左右无贤匡正其恶故耳。左右莫过宗亲，今之宗亲则灭迹而远蹈矣。其次正大夫，今之正大夫则分封而离居矣。又其次三事大夫，而今之三事大夫虽近在朝廷，‘莫肯夙夜’，靖共亦属无益。至邦君诸侯，则更各适己国，畴肯朝夕焉尽忠耶？是天灾若彼其盛，人心又若此其离，王庶几其一悟乎？乃更‘复出为恶’，则无救矣。天乎天乎！夫何忠言不信，如此其极，譬彼行迈而无所止乎！然而百尔君子，虽各洁其身，不相畏祸，则独不畏于天乎！寇至无人退，民饥无人遂。惟吾暬御忧心日瘁，而尔诸臣谁是以忠告进于王前者？居平既多唯诺，临危又巧于避谗，举世一辙，莫知其非。哀哉，吾王孰与为治？……此诗不惟非东迁后诗，且西京未破之作，故望诸臣迁归王都。……曰‘周宗既灭’者，周之宗室远去绝迹，不来相依耳，非宗周王国为人所灭也。”

小旻之什

小　旻[1]

旻天疾威，	上天大发威风，
敷于下土。[2]	暴虐遍布下面土地中。
谋犹回遹，[3]	谋划邪僻，
何日斯沮？[4]	那一天才不用？
谋臧不从，	谋划善的不从，
不臧覆用。	不善的反而用。
我视谋犹，	我看这些谋划，
亦孔之邛！[5]	也是弊病多又重！
潝潝訿訿，[6]	相和相诋无是非，
亦孔之哀。	也很可悲哀伤恸。
谋之其臧，	谋划是善的，
则具是违；[7]	便都是违反不用；
谋之不臧，	谋划不善的，
则具是依。	便都是依从。
我视谋犹，	我看这些谋划，
伊于胡底！[8]	到什么时候才不用。

我龟既厌，	我的龟甲既已厌倦，
不我告犹。[9]	不告诉我什么是吉凶。
谋夫孔多，	谋臣太多，
是用不集。[10]	因此不能成功。
发言盈庭，	发言的充满朝廷，
谁敢执其咎？	谁敢承担那个凶？
如匪行迈谋，[11]	像远行不进问路人，
是用不得于道。	因此谋事不能成功。
哀哉为犹，	可哀的是谋划，
匪先民是程，[12]	不以先人的为标准，
匪大犹是经；[13]	不以大谋划为定论；
维迩言是听，	只有浅近的话听，
维迩言是争！	只有浅近的话争！
如彼筑室于道谋，	像那造屋问路人，
是用不溃于成。[14]	因此谋事不能完成。
国虽靡止，[15]	国虽狭小无居处，
或圣或否。[16]	有圣人和不智人，
民虽靡朊，[17]	人虽说没太多，
或哲或谋，[18]	有哲人有谋人，
或肃或艾。[19]	有谨慎人有聪敏人。

如彼泉流，	像那泉水的流快，
无沦胥以败。	不要都沦没失败。
不敢暴虎，[20]	不敢徒手搏虎，
不敢冯河。[21]	不敢徒步过河。
人知其一，[22]	人们知道这危险，
莫知其他。	不知还有其他危险。
战战兢兢，	战战兢兢要小心，
如临深渊，	像临近深渊难过，
如履薄冰。	像踏上薄冰求过。

①小旻（mín 民）：小天。旻指天，因诗称天不向人民施恩德，故称小天。　②敷：布施。　③犹：通“猷”，指谋策。回遹（yù 域）：邪僻。　④沮（jǔ 举）：阻止。　⑤邛（qióng 穷）：病。　⑥潝潝（xì xì 细细）：相互附和。訿訿（zǐ zǐ 紫紫）：同“呰呰”，相互诋毁。　⑦具：通“俱”。　⑧于：往。底：止。　⑨犹：道。　⑩集：成就。　⑪匪行迈谋：即不进而谋。　⑫程：法。　⑬经：行。　⑭溃：遂，达到。　⑮靡止：狭小无所居。　⑯否：相对于“圣”者，当指不智者。　⑰朊（hū 呼）：大，多。　⑱谋：聪。　⑲肃：恭谨严肃。艾（yì 义）：治，治事。　⑳暴虎：徒手搏虎。　㉑冯（píng 凭）河：涉水过河。　㉒其一：指暴虎、冯河这一类危险。

这诗的解释有二：一是《毛诗序》：“《小旻》，大夫刺幽王也。”又方玉润《诗经原始》：“《小旻》，刺幽王惑邪谋也。”“夫天下不患无谋，患在有谋而弗用；不患在有谋弗用，而患在非其谋。谋非所用，则好谋实足以误事。又况以邪辟之人议之于前，而以多欲之言听而断之于后也哉！”二是《笺》：“所刺列于《十月之交》、《雨无正》为小，故曰《小旻》，亦当为刺厉王。”

小　宛[1]

宛彼鸣鸠，	小而秃尾的鸠鸟叫，
翰飞戾天。[2]	高飞想上到天。
我心忧伤，	我的心里忧愁伤痛，
念昔先人。	想念先人从前。
明发不寐，[3]	从夜到天亮没有睡着，
有怀二人。[4]	想念父母二人都贤。
人之齐圣，[5]	人的正直和聪明，
饮酒温克。[6]	饮酒蕴藉能克制。
彼昏不知，	那昏庸的人不知道，
壹醉日富。[7]	一醉便夸有财资。
各敬尔仪，	各人戒慎你威仪，
天命不又。	天命一去没来时。
中原有菽，	原野里有野生的豆，
庶民采之。	百姓都可去采它。
螟蛉有子，[8]	螟蛾有儿子，
蜾蠃负之。[9]	细腰蜂背起它。

教诲尔子，	教诲那个儿子，
式穀似之。⑩	用善教它像它。
题彼脊令，	看那鹡鸰鸟，
载飞载鸣。	一边飞一边鸣。
我日斯迈，	我每天在远行，
(而)尔月斯征。	你是每月在前行。
夙兴夜寐，	早起夜睡，
无忝尔所生。⑪	不要辱没你父母亲。
交交桑扈，⑫	青雀交交地叫没吃肉，
率场啄粟。	顺着农场吃我粟。
哀我填寡，⑬	哀伤我穷苦寡财，
宜岸宜狱，⑭	应该入牢应该入狱。
握粟出卜，	拿着小米去问卜，
自何能穀？	自己何从能得吉卦？
温温恭人，	温和恭谨的人，
如集于木。	好像鸟栖息在树木。
惴惴小心，	我是惴惴小心，
如临于谷。	像临到那山谷。
战战兢兢，	我是战战兢兢，

如履薄冰。　　　　好像踏上那冰又薄。

①小宛：小而短尾，宛通"屈"，指鸠短尾。这诗指民有识见短的，以鸠相比，故称小而短尾。鸠：一说斑鸠，指短尾鸠。 ②翰飞：高飞。戾：至。 ③明发：天亮。 ④二人：指父母。 ⑤齐圣：正直聪明。 ⑥温克：蕴藉自持。 ⑦壹醉日富：一喝醉，自以为日富。 ⑧螟蛉：螟蛾的幼虫。 ⑨蜾蠃（guǒ luǒ 果裸）：细腰蜂。细腰蜂捉螟蛾的幼虫作为它自己幼虫的食品。古人不察，错认为细腰蜂领养螟蛉为己子。 ⑩式穀似之：用善似它。古人误认细腰蜂用善使螟蛉像它。 ⑪忝：辱没。尔所生：你所生，指父母。 ⑫桑扈：鸟名，一名青雀，相传食肉。今无肉可食，惟啄粟而已。 ⑬填寡：填通"殄"，穷苦而寡财。 ⑭岸：通"犴"，牢房。

这诗的解释有三：一是《毛诗序》："《小宛》，大夫刺幽王也。"二是《笺》："亦当为刺厉王。"三是方玉润《诗经原始》："《小宛》，贤者自箴也。""今细玩诗词，首章欲承先志，次章慨世多嗜酒失仪，三教子，四勗弟，五、六则卜善自警，无非座右铭。……'岸狱'、'薄冰'等字，不过君子怀刑，不能不常作是想。虽处盛世，此心亦终不能无也。"

小　弁①

弁彼譽斯，①　　　　快乐的乌鸦，
归飞提提。②　　　　成群地飞回来呀。
民莫不穀，　　　　人们生活没有不好，
我独于罹。　　　　我独自陷在网罗。

何辜于天?	我对天犯了什么罪呀?
我罪伊何?	我的罪是什么?
心之忧矣,	心里无限忧愁呀,
云如之何?	叫我到底怎么办呀?
踧踧周道,③	平坦的大路,
鞫为茂草。④	全是茂盛的草。
我心忧伤,	我的心里忧伤,
惄焉如捣。⑤	想起来像心在捣。
假寐永叹,⑥	穿衣裳睡只长叹,
维忧用老。	只有忧使人老。
心之忧矣,	心里无限忧愁呀,
疢如疾首。⑦	烦热头痛怎了。
维桑与梓,	故乡的桑树和梓树,
必恭敬止。⑧	一定要恭敬它。
靡瞻匪父,	没有瞻仰不是父,
靡依匪母。	没有依靠不是母。
不属于毛,	我既不属于父,
不罹于里。⑨	我也不属于母。
天之生我,	上天生育我,
我辰安在?	我的时运在何处?

菀彼柳斯，⑩	茂密那柳枝啊，
鸣蜩嘒嘒。⑪	蝉儿在鸣叫不休。
有漼者渊，⑫	深沉的渊泉边，
萑苇淠淠。⑬	芦苇长得密而稠。
譬彼舟流，	好比船儿顺水流，
不知所届。⑭	不知到何处才休。
心之忧矣，	心里无限忧愁呀，
不遑假寐。	和衣躺着只缘愁。
鹿斯之奔，	鹿儿狂跑呀，
维足伎伎。⑮	只是四脚像飞时。
雉之朝雊，⑯	野鸡清晨叫呀，
尚求其雌。	还是找个雌。
譬彼坏木，	好像那被浸坏的树，
疾用无枝。	因病不能长枝。
心之忧矣，	心里无限忧愁呀，
宁莫之知。	难道没有人知。
相彼投兔，⑰	观察那捕兔网捉兔，
尚或先之。	尚且有人放了它。
行有死人，	路上有死人，
尚或墐之。⑱	尚且有人埋葬他。

君子秉心，	君子居着何心，
维其忍之。[19]	这狠心怎忍受它。
心之忧矣，	心里无限忧愁呀，
涕既陨之。	涕泪不断落下它。
君子信谗，	君子听信谗言，
如或酶之。	像有人呈酒酬答他。
君子不惠，	君子不讲惠爱，
不舒究之。	不是从容究察它。
伐木掎矣，[20]	斫树用绳掎倒它，
析薪扡矣。[21]	劈薪顺理分开它。
舍彼有罪，	舍弃那有罪人，
予之佗矣。[22]	却把罪状加给我啊。
莫高匪山，	没有高的不是山，
莫浚匪泉。	没有深的不是渊。
君子无易由言，	君子不要轻易出言，
耳属于垣。	人有耳朵靠近墙垣。
无逝我梁，	不要弄断我的鱼梁。
无发我笱！	不要弄动我的鱼篓！
我躬不阅，[23]	我的身子不被容，
遑恤我后！[24]	不考虑我的身后！

①小弁(pán 盘)：小乐。这首诗的开头讲鸒(yù 誉)，即乌鸦。又说乌鸦群飞，但它的为乐是小的，所以称小弁。斯：语助词。 ②提提：群飞。 ③踧踧(dí dí 敌敌)：指平坦。 ④鞫(jú 鞠)：尽。 ⑤惄(nì 溺)：思。捣(dǎo 捣)：捣碎。 ⑥假寐：不脱衣裳睡。 ⑦疢(chèn 趁)：热病。 ⑧维桑与梓，必恭敬止：桑树与梓树，是父母所栽种，所以一定要恭敬。 ⑨不属于毛，不罹于里：毛在外属阳，指父。里在内属阴，指母。 ⑩菀(yù 郁)：茂盛。 ⑪蜩(tiáo 条)：蝉。嘒嘒(huì huì 惠惠)：蝉鸣声。 ⑫漼(cuǐ 璀)：深。 ⑬淠淠(pèi pèi 配配)：茂盛。 ⑭届：至。 ⑮伎伎(qí qí 其其)：宽舒。 ⑯雊(gòu 够)：野鸡叫。 ⑰投：掩，关闭。 ⑱墐(jìn 晋)：通“殣”，埋葬。 ⑲忍：残忍。 ⑳掎(jǐ 几)：先挖树根，再用粗绳把树扳倒。 ㉑扡(chǐ 齿)：纹理。 ㉒佗(tuó 驼)：加。 ㉓阅：容。 ㉔遑：暇。恤：忧。

这诗的解释有二：一是《毛诗序》：“《小弁》，刺幽王也。太子之傅作焉。”二是《诗三家义集疏》：“鲁说曰：‘《小弁》，《小雅》之篇，伯奇之诗也。伯奇仁人，而父虐之，故作《小弁》之诗。’”又曰：“《履霜操》者，尹吉甫之子伯奇之所作也。吉甫娶后妻，生子曰伯邦，乃谮伯奇于吉甫，放之于野。伯奇清朝履霜，自伤无罪见逐，乃援琴而鼓之。宣王出游，吉甫从之。伯奇乃作歌以言，感之于宣王，王闻之曰：‘此孝子之辞也。’吉甫乃求伯奇于野而感悟，遂射杀后妻。”

巧　言

悠悠昊天，①	遥远的上天，
曰父母且。②	说像父和母。

无罪无辜，	没有罪孽受罚，
乱如此幠。③	乱这样大。
昊天已威，	上天已经发威，
予慎无罪。④	我谨慎地没有犯罪。
昊天泰幠，	上天降祸太广大，
予慎无辜。	我谨慎地没有犯罪。
乱之初生，	暴乱开始发生，
僭始既涵。⑤	谗言开始既经容许。
乱之又生，	暴乱再发生，
君子信谗。	君子相信谗言相与。
君子如怒，	君子如果发怒，
乱庶遄沮；⑥	暴乱近乎快阻止；
君子如祉，⑦	君子如果用贤人，
乱庶遄已。	暴乱近乎快停止。
君子屡盟，	君子屡次和暴乱结盟，
乱是用长。	暴乱因此增添。
君子信盗，	君子相信盗贼，
乱是用暴。	暴乱因此更坚。
盗言孔甘，	盗贼的话很甜，
乱是用餤。⑧	暴乱因此更前。

匪其止共，	盗贼谗佞不职恭，
维王之邛。⑨	只是为王造罪愆。
奕奕寝庙，⑩	大的宗庙，
君子作之。	君子造它。
秩秩大猷，	明智的大计划，
圣人莫之。⑪	圣人谋划它。
他人有心，	他人有什么心，
予忖度之。	我能猜测它。
跃跃毚兔，⑫	活跃的狡兔，
遇犬获之。	碰上狗捉住它。
荏染柔木，⑬	柔软的树，
君子树之。	君子种它。
往来行言，⑭	来往的流言，
心焉数之。	心中有数对付它。
蛇蛇硕言，⑮	浮夸的大话，
出自口矣。	从嘴里说出了。
巧言如簧，	巧妙的话像奏笙簧，
颜之厚矣。	脸皮太厚了。
彼何人斯？	他是什么人呀？

居河之麋。[16]　　住在河的边堤。
无拳无勇，　　没有拳力没有勇气，
职为乱阶。[17]　　专门成为乱的阶梯。
既微且尰，[18]　　腿有溃疡脚且肿，
尔勇伊何？　　你的勇气是什么？
为犹将多，　　施行诡计真太多，
尔居徒几何？　　你的徒侣有几多？

①悠悠：指长远。　②且：语助词。　③幠（hū 呼）：大。　④慎：诚。　⑤僭（jiàn 荐）：谗言。涵：包容。　⑥遄沮（chuán jū 船居）：很快制止。　⑦祉：福，指贤人。　⑧馋（tán 谈）：进。　⑨匪其止共，维王之邛：止，职。共，恭。职恭，尽责。邛（qióng 穷），病。　⑩奕奕：大貌。　⑪莫：谋。　⑫毚（chán 蝉）兔：狡兔。　⑬荏（rěn 忍）染：柔弱。　⑭行言：流言。　⑮蛇蛇（yí yí 夷夷）：轻率。　⑯麋：水边。　⑰职：主。　⑱微：足病。尰：通“肿”，指足肿。

这诗的解释有二：一是《毛诗序》：“《巧言》，刺幽王也。大夫伤于谗，故作是诗也。”二是方玉润《诗经原始》：“《巧言》，嫉谗致乱也。”“此必有所指，惜史无征，《序》不足信，徒存空言以为世戒，俾知信谗之足以召乱也。如此，旨亦微哉！”

何人斯

彼何人斯？　　那人是什么人啊？
其心孔艰。①　　他的心很阴沉。

胡逝我梁，②	为什么走过我鱼梁，
不入我门？	不进入我家大门？
伊谁云从？	是听从什么人的话？
维暴之云。	只听从暴公的言论。
二人从行，	二人跟着走路，
谁为此祸？	啥人造出这个祸？
胡逝我梁，	为什么走过我鱼梁，
不入唁我？	不进来安慰我？
始者不如今，	开始时不像如今，
云不我可。③	说不赞成我。
彼何人斯？	那人是什么人啊？
胡逝我陈？④	为什么走过我堂路滨？
我闻其声，	我听到他的声音，
不见其身。	不看见他的人身。
不愧于人，	他既对人没有惭愧，
不畏于天。	也不怕天神。
彼何人斯？	那人是什么人啊？
其为飘风。⑤	他是暴风入侵。
胡不自北？	为什么不从北边来？

胡不自南？	为什么不从南入侵？
胡逝我梁？	为什么只走我鱼梁？
只搅我心。	只搅乱我的心。
尔之安行，[6]	你的缓缓走，
亦不遑舍；	不休息也成；
尔之亟行，[7]	你的快快走，
遑脂尔车。[8]	没功夫使你车子停。
壹者之来，[9]	上次你的到来，
云何其盱？[10]	说什么我把眼睁？
尔还而入，	你回来时就进门，
我心易也；[11]	我心变得高兴；
还而不入，	你回来不进门，
否难知也。	使我难知情。
壹者之来，	上次你的到来，
俾我祇也。[12]	使我气得病不轻。
伯氏吹埙，[13]	你如阿哥吹埙，
仲氏吹篪。[14]	我如阿弟吹篪。
及尔如贯，[15]	我和你像一绳串，
谅不我知。	你竟对我不深知。

出此三物，[16]	摆出豕犬鸡，
以诅尔斯。[17]	对神发个誓。
为鬼为蜮，[18]	你如作鬼作蜮，
则不可得。	那对我就不可见得。
有靦面目，[19]	你有狡猾的面目，
视人罔极。[20]	让人终究靠不得。
作此好歌，	我作这首好歌，
以极反侧。[21]	用来探究你的不正直。

①艰：险也，指心险而难测，心狠。 ②胡逝我梁：指为什么过我的鱼梁。 ③不我可：即不可我，不同意我。 ④陈：堂前的路。 ⑤飘风：暴风。 ⑥安行：缓行。 ⑦亟行：急行。 ⑧脂：通“支”，即支车使不行。 ⑨壹者：犹云乃者。 ⑩盱（xū 虚）：张目。 ⑪易：改变，指转愁为喜。 ⑫祇：通“疷”，病也。 ⑬埙（xūn 勋）：古代用陶土制的乐器，吹奏用。 ⑭篪（chí 池）：古代竹制乐器，吹奏用。 ⑮贯：用绳串物。 ⑯三物：指犬、豕、鸡。 ⑰诅（zǔ 祖）：誓词。 ⑱蜮（yù 域）：古代以为短狐一类害人的动物。 ⑲靦（tiǎn 舔）：狡狯貌。 ⑳视：通“示”。罔极：不可靠。 ㉑反侧：反覆无常，指不正直。

《毛诗序》：“《何人斯》，苏公刺暴公也。暴公为卿士，而谮苏公焉，故苏公作是诗而绝之。”《笺》：“暴也，苏也，皆畿内国名。”又方玉润《诗经原始》：“《何人斯》，刺反侧也。”“夫君子小人同秉国政，互相水火。君不能正之于上，臣必乱之于下。朋党势成而君心孤立，其国焉得不亡？”

巷伯

萋兮斐兮，①	文彩错杂啊，
成是贝锦。②	成功这贝壳样的织锦。
彼谮人者，	那个进谗言的人，
亦已大甚！	也已经太过份！
哆兮侈兮，③	口张大啊口张大啊，
成是南箕。④	成功这南箕的星宿。
彼谮人者，	那个进谗言的人，
谁适与谋？	谁好同他联谋？
缉缉翩翩，⑤	往来窃窃私语声，
谋欲谮人。	谋用谗言来害人。
慎尔言也，	劝你说话要谨慎，
谓尔不信。	说你的话不可信。
捷捷幡幡，⑥	往来窃窃私语声，
谋欲谮言。	谋用谗言来害人。
岂不尔受，	岂能不接受你的话？
既其女迁。	既而迁怒到你的身。

骄人好好，	骄人得意很高兴，
劳人草草。⑦	劳人辛苦常艰辛。
苍天苍天，	苍天啊苍天，
视彼骄人，	瞧瞧那骄横的人，
矜此劳人！	哀怜那辛劳的人！

彼谮人者，	那个进谗言的人，
谁适与谋？	谁好同他联谋？
取彼谮人，	把那个进谗言的人，
投畀豺虎；⑧	投给豺虎；
豺虎不食，	豺虎不吃，
投畀有北；⑨	投给有北去受苦；
有北不受，	有北不受。
投畀有昊。	投给上天去受侮。

杨园之道，	到杨园去的路，
猗于亩丘。⑩	先从亩丘过。
寺人孟子，	我是寺人孟子，
作为此诗。	作这首诗。
凡百君子，	凡是众君子，
敬而听之。⑪	警戒地来听这首诗。

①萋斐（qī fěi 妻匪）：文采错杂貌。　②贝锦：像贝壳的织锦。　③哆

(chǐ 齿)：大。　④南箕：即二十八宿中的箕宿，四星连成梯形，像簸箕。古人认为南箕星主口舌，故比谗人。　⑤缉缉：口舌声。翩翩：本指鸟的飞翔，这里比人的往来。　⑥捷捷：指口舌声。幡幡(fān fān 翻翻)：指往来。　⑦草草：劳心。　⑧畀(bì 毕)：给。　⑨有北：极北寒冷处。　⑩猗(yǐ 倚)：加。　⑪敬：通"警"，警惕，警戒。

《毛诗序》："《巷伯》，刺幽王也。寺人伤于谗，故作是诗也。"《笺》："巷伯，奄官。寺人，内小臣也。奄官上士四人，掌王后之命，于宫中为近，故谓之'巷伯'，与寺人之官相近。谗人谮寺人，寺人又伤其将及巷伯，故以名篇。"

谷　风

习习谷风，①	和暖的东风吹着，
维风及雨。	只有风和雨。
将恐将惧，②	且恐且惧的时候，
维予与女。	只有我与你。
将安将乐，	且安且乐的时候，
女转弃予。	你转而把我抛弃。
习习谷风，	和暖的东风吹着，
维风及颓。③	只有暖风和狂风在一起。
将恐将惧，	且恐且惧的时候，
寘予于怀。	抱我在你怀里。

将安将乐，　　且安且乐的时候，
弃予如遗。　　抛弃我像丢东西。

习习谷风，　　和暖的东风吹着，
维山崔嵬。④　　只有狂风吹上山顶。
无草不死，　　在狂风中没有草不死，
无木不萎。　　没有树不枯陨。
忘我大德，　　忘记我的大恩德，
思我小怨。　　想我的小怨恨。

①习习：指微风和煦。谷风：山谷中风，东风。　②将：且。　③颓(tuí)：龙卷风。　④崔嵬(wéi 维)：山巅。

《毛诗序》："《谷风》，刺幽王也。天下俗薄，朋友道绝焉。"又方玉润《诗经原始》："《谷风》，伤友道绝也。""凡人处世，当患难恐惧时，则思朋友；遇安乐无事日，则谢交游。受人大德，转瞬不记，遭人小怨，终身难忘者，比比皆是，而诗固云尔也。亦身受其怨，而不能自已焉耳。然诗体绝类乎风，而乃列之于雅，姚氏(姚际恒)以为'不可解'，愚亦以为不可解，岂其间固不能无所误欤？"

蓼　莪

蓼蓼者莪，①　　长大的莪菜，

匪莪伊蒿。	那不是莪是蒿。
哀哀父母，	悲哀的父母，
生我劬劳。	生育我辛劳。

蓼蓼者莪，	长大的莪菜，
匪莪伊蔚。②	那不是莪是蔚。
哀哀父母，	悲哀的父母，
生我劳瘁。	生育我太劳瘁。

缾之罄矣，	盛酒的小瓶空了，
维罍之耻。③	是盛酒大罍的耻了。
鲜民之生，	少福无靠的人活着，
不如死之久矣！	不如死去的久了。
无父何怙？④	没有父亲何所依？
无母何恃？	没有母亲何所靠？
出则衔恤，	出门含着忧愁，
入则靡至。	入门像没有到。

父兮生我，	父亲啊生我，
母兮鞠我。	母亲啊养我。
拊我畜我，	抚爱我来培育我，
长我育我，	拉大我来教育我，

顾我复我，	照顾我来照顾我，
出入腹我。	出进抱我。
欲报之德，	要报他们的恩德，
昊天罔极！⑤	像上天那样广大怎么报得！
南山烈烈，⑥	终南山攀登难，
飘风发发。⑦	狂风吹得利害。
民莫不穀，⑧	人没有不养父母，
我独何害！	我独为什么受这害！
南山律律，⑨	终南山攀登难，
飘风弗弗。⑩	狂风吹得利害。
民莫不穀，	人没有不养父母，
我独不卒！⑪	我独为什么终养难。

①蓼蓼(lù lù 路路)：长大貌。莪(é 俄)：一名萝，三月中茎可生食，又可蒸煮而食，香美。至秋老为蒿，则不可食。　②蔚(wèi 卫)：牡蒿，花如胡麻花，紫赤。实象角，无子，故称牡蒿。　③缾罄罍耻：缾同“瓶”，瓶小罍大，罍中物分装瓶中，瓶空无物即固罍空所致，故罍以为耻。喻己小如瓶，瓶空不得养父母。瓶空由于罍空，比上之人征役不息，不能养父母。　④怙(hù 户)：依靠。　⑤昊天罔极：言父母之恩如天，广大无边，不知所以为报也。　⑥烈烈：艰阻貌，难于攀登。　⑦发发：疾貌。　⑧穀：善，指养。　⑨律律：同“烈烈”。　⑩弗弗：犹“发发”。　⑪卒：终，指终养父母。

这诗的解释有二：一是《毛诗序》：“《蓼莪》，刺幽王也。民人劳苦，孝子不得终养尔。”《笺》：“‘不得终养’者，二亲病亡之时，时在役所，不得见也。”二是方玉润《诗经原始》：“此诗为千古孝思绝作，尽人能识。唯《序》必牵及‘人民劳苦’，以‘刺幽王’，不惟意涉牵强，即情亦不真。……又况诗言‘民莫不榖，我独何害’，‘我独不卒’者，明明一己所遭不偶，与人民无关也。”

大　东

有饛簋飧，① 装满古器是晚餐，
有捄棘匕。② 再有长柄进食匙。
周道如砥，③ 大路好像磨石平，
其直如矢。 它的笔直像箭矢。
君子所履， 君子可在路上走，
小人所视。 小民只能用眼看。
睠言顾之，④ 眷恋地看着它，
潸焉出涕。⑤ 涕泣交流为着它。

小东大东，⑥ 东方侯国有大小，
杼柚其空。⑦ 用杼柚织布都成空。
纠纠葛屦， 仔细织成的葛布鞋，
可以履霜。 可以踏霜还成功。
佻佻公子，⑧ 轻佻的公子，
行彼周行。 走那大路是从容。

既往既来，	既是前去又回来，
使我心疚。	使我看了心发痛。
有冽氿泉，⑨	有寒冷的侧出泉，
无浸获薪。	不要浸所获柴薪。
契契寤叹，⑩	忧苦地叹息，
哀我惮人。⑪	悲哀我们辛苦人，
薪是获薪，	砍伐获得的柴薪，
尚可载也。	还可载运回来。
哀我惮人，	悲哀我们辛苦人，
亦可息也。	也该休息安身。
东人之子，	东方侯国的子弟，
职劳不来。	职务劳苦无人理。
西人之子，⑫	西方人的子弟，
粲粲衣服。	衣服鲜明是华丽。
舟人之子，⑬	富人的子弟，
熊罴是裘。	熊皮做裘暖身体。
私人之子，⑭	小人的子弟，
百僚是试。	他们也来试做吏。
或以其酒，	有人醉于美酒，

不以其浆。[15]	有人不得浆汤。
鞙鞙佩璲，[16]	有人身上挂的是宝玉，
不以其长。	有人不得碎玉长。
维天有汉，[17]	天上有银河，
监亦有光。	看上去也有光。
跂彼织女，[18]	分歧的看那织女星，
终日七襄。[19]	整天搬迁了七场。
虽则七襄，	虽则搬迁了七场，
不成报章。[20]	不成织锦的纹章。
睆彼牵牛，[21]	看那牵牛星，
不以服箱。[22]	不能用来背车箱。
东有启明，	东方有启明星，
西有长庚。	长庚星亮在西方。
有捄天毕，[23]	有弯曲的天毕星，
载施之行。	排成行列没用场。
维南有箕，	南方有箕星，
不可以簸扬。	不可以用来簸米糠。
维北有斗，[24]	北方有北斗星，
不可以挹酒浆。	不可用来舀酒浆。
维南有箕，	南方有箕星，

载翕其舌。㉕	它的舌头能吸北方。
维北有斗，	北方有北斗星，
西柄之揭。	它的柄儿举向西方。

①饛(méng 蒙)：满簋貌。簋(guǐ 鬼)：古代盛食物器，圆口，青铜或陶制。 ②捄(qiú 求)：长貌。匕(bǐ 比)：勺，匙类。 ③砥(dǐ 底)：磨刀石。 ④睠：同"眷"。 ⑤潸(shān 衫)：泪流貌。 ⑥小东大东：东方大小侯国。 ⑦杼：织布机上持纬线的。柚：受经线的。 ⑧佻佻：轻薄的。 ⑨氿(guǐ 鬼)泉：侧出的泉。 ⑩契契：忧苦貌。 ⑪惮(dàn 但)：劳。 ⑫西人：西周来人。 ⑬舟人：有舟的人，指西人中的富人。 ⑭私人之子：指家庭奴隶。 ⑮浆：薄酒。 ⑯鞙鞙(juān juān 捐捐)：通"琄琄"，玉貌。璲(suì 遂)：玉佩。长：余，剩余。 ⑰汉：银河。 ⑱跂：通"歧"，分歧。织女三星，故称歧。 ⑲七襄：七次移动位置。 ⑳报章：指织布。 ㉑睆(huǎn 缓)：明星貌。 ㉒服：牛负。箱：车箱。 ㉓毕：星名，共八星，似网。 ㉔斗：北斗星。 ㉕翕(xì 细)：引。

《毛诗序》："《大东》，刺乱也。东国困于役而伤于财，谭大夫作是诗以告病焉。"《笺》："谭国在东，故其大夫尤苦征役之事也。鲁庄公十年，齐师灭谭。"又方玉润《诗经原始》："愚谓谭亦东国，诗虽无据，安知其不为谭所作耶？此等考据，可以不必。诗本咏政赋烦重，人民劳苦。入后忽历数天星，豪纵无羁，几不可解。不知此正诗人之情，所谓'光焰万丈长'也。试思此诗若无后半文字，则东国困蔽，纵极写得十分沉痛，亦不过平常歌咏而已，安能如许惊心动魄文字？所以诗贵有声有色，尤贵有兴有致，此兴会之极为欻举者也。"

四 月

四月维夏，	四月是夏天，
六月徂暑。①	六月到暑天。
先祖匪人，	先祖不是他人，
胡宁忍予？	为何宁可忍我受熬煎？
秋日凄凄，	秋天凄凉，
百卉俱腓。②	百草都枯萎。
乱离瘼矣，③	乱离苦了，
爰其适归。	在何处适宜可以回归。
冬日烈烈，	冬天凛冽，
飘风发发。	北风不歇。
民莫不穀，	人们没有不好过，
我独何害？	我独自为何受逼？
山有嘉卉，	山上有好的草木，
侯栗侯梅。	有栗树直和梅树稠。
废为残贼，④	有谁做残害树的贼，
莫知其尤。	不知道谁是树的仇。
相彼泉水，	观察那泉水，

载清载浊。	有时清有时浊。
我日构祸，	我是天天遭祸，
曷云能穀？	怎么说能有好生活？
滔滔江汉，	滔滔的长江汉水，
南国之纪。⑤	南国水流的纲纪。
尽瘁以仕，	尽瘁去做官，
宁莫我有？⑥	难道对我没点情谊？
匪鹑匪鸢，⑦	不是老雕不是鸢，
翰飞戾天。	高飞可以飞上天。
匪鳣匪鲔，	不是鳣鱼不是鲔鱼，
潜逃于渊。	潜逃可以到深渊。
山有蕨薇，	山里有蕨薇菜，
隰有杞桋。⑧	洼地有杞桋材。
君子作歌，	君子作这首歌，
维以告哀。	只是用来诉悲哀。

①徂：往。 ②腓（féi 肥）：枯萎。 ③瘼（mò 莫）：病。 ④废：大。 ⑤纪：作为众川的纲纪。 ⑥有：通“友”，相亲。 ⑦鹑：指雕。 ⑧桋（yí 夷）：树名。

这诗的解释有二：一是《毛诗序》："《四月》，大夫刺幽王也。在位贪残，下国构祸，怨乱并兴焉。"二是方玉润《诗经原始》："《四月》，逐臣南迁也。""愚谓当时大夫，必有功臣后裔，遭害被逐，远谪江滨者，故于去国之日作诗以志哀云。冒暑远征，人情所难，今遭放废，适当其厄，岂得已哉！然予虽获罪，而先人恒有功，论贵论功之典行，亦当宽宥而矜全之，何朝廷不齿我祖于人，而独忍加罪于予耶？故自夏徂秋，由秋而冬，历时三序，始抵南国。则见江汉交流，滔滔不断，包络大地而经带乎荆、扬，何其有条而有理也！……独予尽瘁王室，而王终不我知。……予之放废，残贼之所为也。"

北山之什

北　　山

陟彼北山，	登上那北山，
言采其杞。[①]	我采那枸杞。
偕偕士子，[②]	壮健的士子，
朝夕从事。	早晚做事。
王事靡盬，	王事没尽头，
忧我父母。	忧我没供养的父母。
溥天之下，[③]	广大的天下，
莫非王土。	没有不是王的疆土。
率土之滨，[④]	沿着土地到海滨，
莫非王臣。	没有不是王的臣。
大夫不均，	大夫派劳逸不均匀，
我从事独贤。[⑤]	我做的事独自艰辛。
四牡彭彭，[⑥]	四匹雄马不安宁，
王事傍傍。[⑦]	王事紧急不得停。
嘉我未老，[⑧]	赞我年未老，
鲜我方将。[⑨]	夸我强壮正是好。

旅力方刚，⑩	我的体力正刚强，
经营四方。	可以经管走四方。
或燕燕居息，⑪	有人安逸地居住休息，
或尽瘁事国；	有人为国事用尽全力；
或息偃在床，⑫	有人休息躺着在床，
或不已于行。	有人不停地干他行当。
或不知叫号，	有人不知道征召，
或惨惨劬劳；⑬	有人忧郁地辛劳；
或栖迟偃仰，⑭	有人为游息而仰躺，
或王事鞅掌。⑮	有人为王事着忙。
或湛乐饮酒，⑯	有人狂欢饮酒，
或惨惨畏咎；	有人愁苦引咎；
或出入风议，⑰	有人出进放言，
或靡事不为。	有人事事都作。

①言：我。　②偕偕：强壮貌。　③溥：大。　④率土之滨：循着土地的水涯，即海内的国土，即四海之内，即中国。　⑤贤：贤劳，艰苦。　⑥彭彭：不得息。　⑦傍傍：不得止。　⑧嘉：夸奖。　⑨鲜：珍视，重视。将：强壮。　⑩旅力：体力。　⑪燕燕：安息。　⑫偃：仰卧。　⑬惨惨：忧愁。　⑭栖迟：游息。　⑮鞅掌：指公事忙碌。　⑯湛（dān 丹）乐：过度

欢乐。 ⑰风议：放言，指空发议论不做事。

这诗的解释有二：一是《毛诗序》："《北山》，大夫刺幽王也。役使不均，已劳于从事，而不得养其父母焉。"二是方玉润《诗经原始》："《北山》，刺大夫役使不均也。""然此诗则实士者之作无疑。前三章皆言一己独劳之故，尚属臣子分所应为，故不敢怨。末乃劳逸对举，两两相形，一直到底，不言怨而怨自深矣。此诗人善于立言处，固不徒以无数或字见局阵之奇也。"

无将大车

无将大车，① 不要推大车，
祇自尘兮。 只是自己吃灰尘。
无思百忧， 不要想各种忧愁，
祇自疷兮。② 只是自己病上身。

无将大车， 不要推大车，
维尘冥冥。 只是尘土暗暗。
无思百忧， 不要想各种忧愁，
不出于颎。③ 不出于光明是憾。

无将大车， 不要推大车，
维尘雝兮。④ 只是尘土遮蔽。
无思百忧， 不要想各种忧愁，

祇自重兮。⑤	只是自己加重此弊。

①无将大车：将，率领，指推。大车本用牛拉，改用人推，力微车重，无济于事。　②疷(qí 其)：忧病。　③颎(jiǒng 炯)：同“炯”，火光明亮。④雝：同“壅”，蔽。　⑤重：加重。

这诗的解释有二：一是《毛诗序》：“《无将大车》，大夫悔将小人也。”《笺》：“周大夫悔将小人。幽王之时，小人众多，贤者与之从事，反见谮，自悔与小人并。”二是方玉润《诗经原始》：“《无将大车》，自遣也。”“此诗人感时伤乱，搔首茫茫，百忧并集，既又知其徒忧无益，祇以自病，故作此旷达，聊以自遣之词，亦极无聊时也。”

小　明

明明上天，	明明的上天，
照临下土。	光芒照着下土。
我征徂西，	我出征到西方，
至于艽野。①	到荒远的野处。
二月初吉，②	二月开始的吉日，
载离寒暑。	经历了寒和暑。
心之忧矣，	心里的忧愁啊，
其毒大苦。	它的毒害太苦。
念彼共人，③	想那恭谨的人，

涕零如雨。	涕泪落下像雨。
岂不怀归？	难道不想回来？
畏此罪罟。④	怕这罪像网罟。
昔我往矣，	从前我出征时，
日月方除。⑤	日月正在布新除故。
曷云其还，	怎么说那回来，
岁聿云莫？	一年又到岁暮。
念我独兮，	念我孤独啊，
我事孔庶。⑥	我事很多难数。
心之忧矣，	心的忧愁啊，
惮我不暇。⑦	怕我没空难顾。
念彼共人，	想那恭谨的人，
睠睠怀顾。	眷眷多情来回顾。
岂不怀归，	难道不想回来，
畏此谴怒。	怕这里责备发怒。
昔我往矣，	从前我出征时，
日月方奥。⑧	日月正在暖气恢复。
曷云其还，	怎么说那回来，
政事愈蹙？	政事越来越迫蹙？
岁聿云莫，	一年又到岁暮，

采萧获菽。	采蒿草又得豆熟。
心之忧矣，	心里的忧愁啊，
自诒伊戚。⑨	自己造成忧独。
念彼共人，	想那恭谨的人，
兴言出宿。⑩	起身出外去住宿。
岂不怀归？	难道不想回去，
畏此反覆。⑪	怕这里反反覆覆。
嗟尔君子，	叹息你君子啊，
无恒安处，	不要长期安处。
靖共尔位，⑫	安定地恭谨你的位置，
正直是与。	和正直的人相处。
神之听之，⑬	审慎吧听从吧，
式穀以女（汝）。	用善道来赐你安处。
嗟尔君子，	叹息你君子啊，
无恒安息。	不要长期安居休息。
靖共尔位，	安定地恭谨你的位置，
好是正直。	爱好亲近人的正直。
神之听之，	审慎吧听从吧，
介尔景福。⑭	赐给你大的幸福。

①艽（qiú 求）野：荒远之野。　②初吉：初次来的吉日，指阴历初一、

二、三月亮初生时称为吉日。 ③共人：恭谨的人，指同僚。 ④罪罟（gǔ古）：罪网。 ⑤除：除旧生新。 ⑥庶：众多。 ⑦惮：劳。 ⑧奥：通“燠”，和暖。 ⑨戚：忧。 ⑩兴：起来。 ⑪反覆：反反覆覆，乱加罪名。 ⑫靖：安定。 ⑬神之听之：见《小雅·伐木》注释。 ⑭介：给与。景：大。

这诗的解释有二：一是《毛诗序》：“《小明》，大夫悔仕于乱世也。”《笺》：“名篇曰《小明》者，言幽王日小其明，损其政事，以致于乱。”二是方玉润《诗经原始》：“《小明》，大夫自伤久役，书怀以寄友也。”“此诗与《北山》相似而实不同。彼刺大夫役使不均，此因己之久役而念友之安居。题既各别，诗亦迥异。故此不独羡人之逸，且勉其不可怀安也。”

鼓　钟

鼓钟将将，①	敲钟的声音锵锵，
淮水汤汤。	淮水的声音泱泱。
忧心且伤。	忧心又痛伤，
淑人君子，	善人君子人，
怀允不忘。②	怀念确实不能忘。
鼓钟喈喈，③	敲钟的声音皆皆，
淮水湝湝。④	淮水的声音皆皆。
忧心且悲。	忧心又悲咤。
淑人君子，	善人君子人，

其德不回。⑤　　　他的道德不枉邪。

鼓钟伐鼛，⑥　　　敲钟又敲大鼓，
淮有三洲。　　　声响遍及淮地三洲。
忧心且妯。⑦　　　心中忧伤又发愁。
淑人君子，　　　善人君子人，
其德不犹。⑧　　　他的道德一点诈没有。

鼓钟钦钦，　　　敲钟声音钦钦，
鼓瑟鼓琴。　　　弹瑟又弹琴。
笙磬同音。　　　吹笙击磬发同音。
以《雅》以《南》，⑨　　　奏二《雅》和二《南》音，
以籥不僭。⑩　　　吹籥节舞不乱阵。

①将将：同“锵锵”，钟声。　②允：诚实。　③喈喈（jiē jiē 皆皆）：钟声。　④湝湝（jiē jiē 皆皆）：水流声。　⑤回：邪僻。　⑥鼛（gāo 高）：大鼓。　⑦妯（chōu 抽）：哀悼。　⑧犹：奸邪。　⑨以：为。《雅》：《诗经》中有《雅》。《南》：《诗经》中有《周南》、《召南》。　⑩籥（yuè 跃）：古乐器，似笛，吹以节舞。僭（jiàn 荐）：乱。

这诗的解释有二：一是《毛诗序》：“《鼓钟》，刺幽王也。”方玉润《诗经原始》：“欧阳氏（修）云：‘旁考《诗》、《书》、《史记》，皆无幽王东巡之事……然则不得作乐于淮上矣。’”二是《诗三家义集疏》：“马瑞辰云：‘郑君（玄）先通《韩诗》，以《鼓钟》为

昭王诗，盖《韩诗》之说。'"是郑玄以昭王奏雅乐于淮水之上，故贤者为之忧伤。

楚 茨

楚楚者茨，①	植物丛生是蒺藜，
言抽其棘。②	那时除刺靠用犁。
自昔何为？	自古以来做什么？
我蓺黍稷。	我自种下黍和稷。
我黍与与，③	我的黍子很茂盛，
我稷翼翼。④	我的稷子很茂密。
我仓既盈，	我的仓库既装满，
我庾维亿。⑤	我的露仓数有亿。
以为酒食，	用来做酒和吃食，
以享以祀，	用来供神和祭祀，
以妥以侑，⑥	用来安坐饮酒足嗜，
以介景福。	用来助我得大福祉。
济济跄跄，⑦	众人奔走有节度，
絜尔牛羊，⑧	祭神洁净你牛羊，
以往烝尝。⑨	用作秋祭及冬祭。
或剥或亨，⑩	有的剥皮有煮汤，
或肆或将。⑪	有的陈设有的供场。

祝祭于祊，[12]	司仪先祭庙门旁，
祀事孔明。[13]	祭祀的事很洁净。
先祖是皇，	先祖神灵已降临，
神保是飨。[14]	作尸的人得安享。
孝孙有庆，	孝孙得会有赐赏，
报以介福，[15]	报祭用来赐大福，
万寿无疆！	赐的是万寿无疆！
执爨踖踖，[16]	庖人烧火很恭谨，
为俎孔硕，[17]	作为器具用大好，
或燔或炙，	有的烧烤有的炒，
君妇莫莫。[18]	主妇安静态度好。
为豆孔庶，	食器陈列得很多，
为宾为客，	作宾作客真不少，
献酬交错。	献酒酬酒相交错。
礼仪卒度，	礼节合法极周到，
笑语卒获。	笑着说话都恰好。
神保是格，[19]	作尸的人是来了，
报以介福，	报祭用来赐大福，
万寿攸酢！[20]	用万寿来做答报。
我孔熯矣，[21]	我是很恭敬了，

式礼莫衍。	用礼没有过错好。
工祝致告，㉒	司仪向神来报告，
徂赉孝孙。㉓	神往赐福孝孙好。
苾芬孝祀，㉔	馨香祭祀用得到，
神嗜饮食。	神爱酒食吃得了。
卜尔百福，	赐你百种幸福好，
如几如式。㉕	福来有期又有程。
既齐既稷，㉖	既是整齐又快好，
既匡既敕。㉗	既是正规又坚妙。
永锡尔极，㉘	永远赐你福气好，
时万时亿！	是万是亿都得到！

礼仪既备，	礼仪既经完备，
钟鼓既戒，㉙	钟鼓既经备好。
孝孙徂位，	孝孙既已到位，
工祝致告。	司仪向神祷告。
“神具醉止”，	“神都吃醉了”，
皇尸载起。	做尸的人起来了。
鼓钟送尸，	打鼓敲钟送尸了，
神保聿归。	做尸的人回去了。
诸宰君妇，	诸个宰夫和主妇，
废彻不迟。㉚	撤掉祭神酒席不迟了。

诸父兄弟，	诸父兄弟另设席，
备言燕私。	完备地饮宴私自好。
乐具入奏，	乐器具备入奏好，
以绥后禄。	用来安享祭后肴。
尔肴既将，㉛	你的肴既已摆好，
莫怨具庆。	没有怨言全说好。
既醉既饱，	既喝醉又吃饱，
小大稽首。	小子大人叩头祝好。
神嗜饮食，	神爱好饮酒吃肉，
使君寿考。	使你能够得寿考。
孔惠孔时，	很顺礼很及时，
维其尽之。	你尽礼又尽孝。
子子孙孙，	你的子子孙孙，
勿替引之！㉜	不要改变长存好。

①楚楚：丛生貌。茨：蒺藜。　②抽：除。棘：植物的刺。　③与与：茂盛貌。　④翼翼：繁盛貌。　⑤庾（yǔ 羽）：露天积谷物处。　⑥侑（yòu 幼）：劝饮食。　⑦济济：众多。跄跄（qiāng qiāng 腔腔）：走路有节拍。　⑧絜：同“洁”。　⑨烝：冬祭。尝：秋祭。　⑩亨：同“烹”。　⑪肆：陈设。将：捧持。　⑫祊（bēng 崩）：宗庙门内设祭处。　⑬明：指祭礼洁净。　⑭神保：祭时用人作尸的美称。　⑮报：报祭，国祭。　⑯爨（cuàn 窜）：烧饭。踖踖（jí jí 及及）：敏捷。　⑰俎（zǔ 阻）：古祭器。　⑱莫莫：安静。　⑲格：至。　⑳酢（zuò 祚）：回敬

酒。 ㉑熯(nǎn赧)：敬惧。 ㉒工祝：主祭司仪的人。 ㉓赉(lài赖)：赏赐。 ㉔苾(bì必)芬：芬芳。 ㉕几：期。式：法。 ㉖稷：通“亟”，急。 ㉗匡：端正。敕：严正。 ㉘极：穷极。 ㉙戒：戒备。 ㉚彻：通“撤”，除。 ㉛将：美好。 ㉜引：引长。

这诗的解释有二：一是《毛诗序》：“《楚茨》，刺幽王也。政烦赋重，田莱多荒，饥馑降丧，民卒流亡，祭祀不飨，故君子思古焉。”二是方玉润《诗经原始》：“《楚茨》，王者尝烝以祭宗庙也。”“自此篇至《大田》四诗，辞气典重，礼仪明备，非盛世明王不足以语此。故《序》无辞以说之，不得不创为伤今思古之论。然诗实无一语伤今，顾安得谓之思古耶？”

信南山

信彼南山，①	申展那终南山，
维禹甸之。②	只有禹来治理它。
畇畇原隰，③	平整那高原和洼地，
曾孙田之。	曾孙曾经种过它。
我疆我理，④	我划疆界和治理，
南东其亩。	田亩从南从东我治它。
上天同云，	上天有阴云，
雨雪雰雰。	下雪又纷纷。
益之以霡霂。⑤	加上又小雨。

既优既渥，[6]	既是水足又润渥，
既霑既足，	既经霑湿又满足，
生我百谷。	可以生长我百谷。
疆埸翼翼，[7]	田地疆界很整饬，
黍稷彧彧。[8]	黍稷种得很密植。
曾孙之穑，	曾孙把它来收获，
以为酒食。	用作我们的酒食。
畀我尸宾，	给我作尸和宾客，
寿考万年！	神赐寿考万年值。
中田有庐，[9]	田中种得有萝卜，
疆埸有瓜。	田边种得有杂瓜。
是剥是菹，[10]	是剥萝卜是腌瓜，
献之皇祖。	献给皇祖不为差。
曾孙寿考，	曾孙因此得长寿，
受天之祜。	受天赐福得称嘉。
祭以清酒，	祭祀用的是清酒，
从以骍牡，[11]	跟着一头红牡牛，
享于祖考。	拿去献给先祖考。
执其鸾刀，[12]	拿着他的鸾刀头，

以启其毛，　　用来开脱它皮毛，
取其血膋。⑬　　取出它的血和油。

是烝是享，　　冬祭请神来受享，
苾苾芬芬。⑭　　芬芬芳芳是馨香。
祀事孔明，⑮　　祭祀的事很洁净，
先祖是皇。⑯　　先祖受祭得安享。
报以介福，　　报祭用来赐大福，
万寿无疆！　　赐给万寿称无疆！

①信：通“申”，长貌。　②甸（diàn 佃）：治理。　③畇畇（yún yún 云云）：平整。　④疆理：分界治理。　⑤霢霂（mài mù 脉沐）：小雨。　⑥优：雨水足。渥：沾润。　⑦埸（yì 亦）：田畔。翼翼：整饬。　⑧彧彧（yù yù 玉玉）：茂盛。　⑨庐：通“芦”，萝卜。　⑩菹（zū 租）：腌菜。　⑪骍（xīn 辛）：赤色。　⑫鸾刀：有鸾铃的刀。　⑬膋（liáo 辽）：脂肪。　⑭苾苾（bì bì 必必）：芳香。　⑮明：犹“洁”。　⑯皇：归，归来享受。

这诗的解释有二：一是《毛诗序》：“《信南山》，刺幽王也。不能修成王之业，疆理天下，以奉禹功，故君子思古焉。”二是方玉润《诗经原始》：“《信南山》，王者烝祭也。”“而何氏楷亦云：‘《楚茨》、《信南山》同为一时之作。《楚茨》详于后而略于前，自祭祊以前，但以“祀事孔明”一语该之。《信南山》详于前而略于后，自荐熟以后，但以“祀事孔明”一语该之。’是二诗同出一时，则二曾孙均指成王也，讵得谓凡为祭者皆得而称之哉？”

甫　田

倬彼甫田，①	广大的那大田，
岁取十千。	每年收粮取十千。
我取其陈，	我取其中陈旧粱，
食我农人，	养活农夫不可怜，
自古有年。②	从古以来尽丰年。
今适南亩，	今到南亩去种田，
或耘或耔，③	或是除草或培土，
黍稷薿薿。④	黍稷茂盛结实坚。
攸介攸止，⑤	青苗长大结实止，
烝我髦士。⑥	献我俊士称崇贤。
以我齐明，⑦	用我器物讲洁净，
与我牺羊，⑧	祭神用我牛和羊，
以社以方。⑨	祭祀社神和四方。
我田既臧，	我田既是收获昌，
农夫之庆。	农夫庆贺面有光。
琴瑟击鼓，	琴瑟击鼓声高扬，
以御田祖，⑩	用来迎接那田祖，
以祈甘雨，	用求甘雨来帮忙，
以介我稷黍，	用来长大我稷黍，

以穀我士女。[11]　　用来养好我男女。

曾孙来止，　　曾孙亲自来到，
以其妇子，　　同他的妻和子，
馌彼南亩，[12]　　送酒饭到南亩，
田畯至喜。[13]　　田官到了用酒饭。
攘其左右，[14]　　让开他的左右，
尝其旨否。　　尝尝味道好否。
禾易长亩，[15]　　稻禾容易长田亩，
终善且有。　　终于长好年成有。
曾孙不怒，　　曾孙看了不发怒，
农夫克敏。[16]　　农夫能快种田亩。

曾孙之稼，　　曾孙所有的庄稼，
如茨如梁。[17]　　多如屋盖高如梁。
曾孙之庾，　　曾孙的露天仓，
如坻如京。[18]　　多如沙堆高如冈。
乃求千斯仓，　　于是求千个仓，
乃求万斯箱。　　于是求万个箱。
黍稷稻粱，　　有黍稷有稻粱，
农夫之庆。　　农夫庆贺面有光。
报以介福，　　报祭用来赐大福，

万寿无疆。　　　　赐给他万寿无疆。

①倬(zhuō 卓)：大。甫田：大田。　②有年：丰年。　③耘：锄草。耔(zǐ 子)：培土。　④薿薿(nǐ nǐ 你你)：茂盛。　⑤攸介攸止：攸，语助词。介，长之。止，停止，指结实。　⑥烝：进。髦(máo 毛)士：英俊的男人。　⑦齐(zī 咨)明：在古器中所盛食品皆洁净。明指洁净。齐通"盝(zī 咨)"，盛谷物的祭器。　⑧牺：牺牲用牛。　⑨社：土地神。方：四方神。　⑩御(yà 亚)：迎。田祖：田神。　⑪穀：养。　⑫馌(yè 叶)：送饭给耕者。　⑬喜：通"饎"，吃酒食。　⑭攘：通"让"。　⑮易：禾盛貌。　⑯敏：敏捷。　⑰茨：积。　⑱坻(chí 池)：水中高地。京：高丘。

这诗的解释有二：一是《毛诗序》："《甫田》，刺幽王也。君子伤今而思古焉。"《笺》："刺者刺其仓廪空虚，政烦赋重，农人失职。"二是方玉润《诗经原始》："《甫田》，王者祈年因以省耕也。""祭方社，祀田祖，皆所以祈甘雨，非报成也。观其'或耘或耔'，曾孙来省，以至尝其馌食，非春夏耕耨时乎？至末章极言稼穑之盛，乃后日成效，因'农夫克敏'，一言推而言之耳。文章有前路，自有后路。宾主须分，乃得其妙。不然，方祈甘雨，何以便报成耶？"

大　田

大田多稼，　　　　大田里边多庄稼，
既种既戒，①　　　既选种子又备戒，
既备乃事。　　　　既完备了这些事。

以我覃耜，[2]	用我锋利的耜器，
俶载南亩，[3]	开始南亩种了田，
播厥百谷，	播种各种谷子事，
既庭且硕，[4]	既挺直又肥大，
曾孙是若。[5]	曾孙看了是顺事。
既方既皁，[6]	稻既抽穗又结实，
既坚既好，	结实既坚硬又好，
不稂不莠。[7]	没有空壳与害草。
去其螟螣，[8]	除去螟虫和螣虫，
及其蟊贼。[9]	蟊虫贼虫也除掉。
无害我田稚！[10]	不要害我的幼苗！
田祖有神，	田祖有神通，
秉畀炎火。[11]	拿了害虫给我烧。
有渰萋萋，[12]	乌云密布萋萋行，
兴雨祁祁。[13]	兴起下雨田有利。
雨我公田，	雨落我的公家田，
遂及我私。	遂即到我私田里。
彼有不获稚，	有没收嫩谷在那里，
此有不敛穧。[14]	有没收谷类在这里。
彼有遗秉，[15]	有遗漏禾把在那里，

此有滞穗，⑯　　有漏落禾穗在这里，
伊寡妇之利！　　这都是寡妇得的利！

曾孙来止，　　曾孙到来了，
以其妇子，　　同他的妻和子，
馌彼南亩，　　送酒饭到南亩田里，
田畯至喜。　　田官来到用饮食。
来方禋祀，　　曾孙来祭四方神，
以其骍黑。⑰　　用他的牛和豕，
与其黍稷，　　与他的稷和黍，
以享以祀，　　用来献神行祭祀，
以介景福。　　求神赐给大福祉。

①种：选种。戒：准备，包括修农具，事耦耕。　②覃（yǎn 眼）：锋利。　③俶载：开始从事。　④庭：直。　⑤若：顺。　⑥方：谷穗空壳。皁（zào 造）：谷结实未坚。　⑦稂：空谷。　⑧螟（míng 冥）：蛀稻心的害虫。螣（tè 特）：食苗叶的害虫。　⑨蟊（máo 毛）：食稻根的害虫。贼：食稻茎的害虫。　⑩稚（zhì 至）：幼禾。　⑪秉畀：执与。　⑫渰（yǎn 掩）：云起。萋萋：云行貌。　⑬祁祁：众多貌。　⑭穧（jì 计）：已割而未收的农作物。　⑮秉：谷把。　⑯滞穗：遗弃的谷穗。　⑰骍黑：赤色牛、黑色豕。

这诗的解释有二：一是《毛诗序》：“《大田》，刺幽王也。言矜寡不能自存焉。”《笺》：“幽王之时，政烦赋重，而不务农事，虫灾害谷，风雨不时，万民饥馑，矜寡无所取活，故时臣思古以刺之。”二是方玉润《诗经原始》：“《大田》，王者西成省敛也。”“此篇重在播种收成，故从农人一面极力摹写春耕秋敛，害必务去尽，利必使有余，所以竭在下者之力也。……诗只从遗穗说起，而正穗之多自见。其穗之遗也，有低小之穗，为刈获之所不及者；有刈而遗忘，为束缚之所不备者；亦有束缚虽备，而为辇载之所不尽者；且更有辇载虽尽，而折乱在垅，为刈获所不削，而束缚之难拾者，凡此皆寡妇之利也。事极琐碎，情极闲淡，诗偏尽情曲绘，刻摹无遗，娓娓不倦。无非为多稼穑一语设色生光，所谓愈淡愈奇，愈闲愈妙，善于烘托法耳。”

瞻彼洛矣

瞻彼洛矣，①	看那洛水呀，
维水泱泱。②	只有水声洋洋。
君子至止，	君子到了这里，
福禄如茨。③	福禄多比屋盖强。
韎韐有奭，④	披着蔽膝红灿灿，
以作六师。	总领六军练兵忙。
瞻彼洛矣，	看那洛水呀，
维水泱泱。	只有水声洋洋。
君子至止，	君子到了这里，
鞞琫有珌。⑤	刀鞘上下饰物都有光。

君子万年，	君子长寿活万年，
保其家室。	永保家室有荣光。
瞻彼洛矣，	看那洛水呀，
维水泱泱。	只有水声洋洋。
君子至止，	君子到了这里，
福禄既同。	福禄聚拢合一样。
君子万年，	君子长寿活万年，
保其家邦。	保护家邦永无恙。

①洛：洛水。　②泱泱：水深广貌。　③茨：屋盖，指广而大。　④韎韐（mèi gé 妹格）：蔽膝，用熟皮制，遮住膝部，用茜草染绛色。奭（shì 士）：赤色。　⑤鞞琫（bǐ běng 比绷）：刀鞘上的饰物。珌（bì 必）：刀鞘下的饰物。

这诗的解释有二：一是《毛诗序》："《瞻彼洛矣》，刺幽王也。思古明王能爵命诸侯，赏善罚恶焉。"二是朱熹《诗集传》："此天子会诸侯于东都以讲武事，而诸侯美天子之诗。言天子至此洛水之上，御戎服而起六师也。"

裳裳者华

裳裳者华，①	堂堂的鲜花，
其叶湑兮。②	它的叶儿茂盛啊。

我觏之子，	我看见这个人，
我心写兮。③	我心忧愁泻尽啊。
我心写兮，	我心忧愁泻尽啊，
是以有誉处兮。	因此有安乐可处啊。
裳裳者华，	堂堂的鲜花，
芸其黄矣。④	它的花儿黄啊。
我觏之子，	我看见这个人，
维其有章矣。⑤	只是他有文章了。
维其有章矣，	只是他有文章了，
是以有庆矣。	因此该有庆贺了。
裳裳者华，	堂堂的鲜花，
或黄或白。	有的黄有的白。
我觏之子，	我看见这个人，
乘其四骆。	驾着四匹黑鬃白毛的马。
乘其四骆，	驾着四匹黑鬃白毛的马，
六辔沃若。	六根辔绳很柔滑。
左之左之，⑥	左就左，
君子宜之。	君子适宜它。
右之右之，	右就右，

君子有之。⑦	君子适宜它。
维其有之，	只是因为适宜它，
是以似之。⑧	因此继承祖业可靠他。

①裳裳：犹堂堂。　②湑（xǔ 许）：茂盛。　③写：通“泻”，泻去。　④芸：黄盛。　⑤章：文章，指文采、礼乐。　⑥左之、右之：或左或右，指左右辅弼，无不相宜。　⑦有：有此宜。　⑧似：通“嗣”。

这诗的解释有二：一是《毛诗序》：“《裳裳者华》，刺幽王也。古之仕者世禄，小人在位，则谗谄并进，弃贤者之类，绝功臣之世焉。”《笺》：“古者，古昔明王时也。小人，斥今幽王也。”二是朱熹《诗集传》：“此天子美诸侯之辞，盖以答《瞻彼洛矣》也。言‘裳裳者华’，则其叶湑然而美盛矣。我觏之子，则其心倾泻而悦乐之矣。夫能使见者悦乐之如此，则其有誉处宜矣。此章与《蓼萧》首章文势全相似。言其才全德备，以左之则无所不宜，以右之则无所不有。维其有之于内，是以形之于外者，无不似其所有也。”

卷　六

小　雅

桑扈之什

桑　扈

交交桑扈，①	交交是桑扈鸟叫，
有莺其羽。②	有文采的是羽毛。
君子乐胥，③	君子是快乐啊，
受天之祜。	接受上天的福好。
交交桑扈，	交交是桑扈鸟叫，
有莺其领。④	有文彩是它颈毛。
君子乐胥，	君子是快乐啊，
万邦之屏。	是万国的屏障了。
之屏之翰，⑤	作屏障作藩翰，
百辟为宪。⑥	诸侯把它作为法。
不戢不难，⑦	又和平又恭敬，

受福不那。⑧	受天降福岂不多啊。
兕觥其觩，⑨	牛角杯呀曲角口，
旨酒思柔。⑩	美酒味道真和柔。
彼交匪敖，⑪	不侮慢不骄傲，
万福来求。	万种福气自来求。

①交交：鸟叫声。桑扈：鸟名，亦叫小桑鹰。　②莺：指文彩。　③乐胥：指乐兮。胥，语助词。　④领：头颈。　⑤翰：指屏障。　⑥辟：君主。　⑦不戢不难：不，语助词，戢指和，难指敬。　⑧那：多。　⑨觩（qiú 求）：角上曲。　⑩思：语助词。　⑪彼交匪敖：当作"匪交匪敖"，交通"儌"，侮慢。

这诗的解释有二：一是《毛诗序》："《桑扈》，刺幽王也。君臣上下，动无礼文焉。"《笺》："'动无礼文'，举事而不用先王礼法威仪也。"二是朱熹《诗集传》："此亦天子燕诸侯之诗。言'交交桑扈'，则'有莺其羽'矣，'君子乐胥'，则'受天之祜'矣，颂祷之辞也。""言其所统之诸侯，皆以之为法也。""盖曰岂不敛乎？岂不慎乎？其受福岂不多乎？古语声急而然也。"

鸳　鸯

鸳鸯于飞，	鸳鸯在飞，
毕之罗之。①	用小网大网来捉它。
君子万年，	君子活万年，
福禄宜之。	福禄适宜他。

鸳鸯在梁，②　　　　鸳鸯在鱼梁上，
戢其左翼。　　　　收敛它的左翅膀。
君子万年，　　　　君子活万年，
宜其遐福。　　　　适宜他永远的福望。

乘马在厩，　　　　骑的马在马棚里，
摧之秣之。③　　　　铡草来喂它。
君子万年，　　　　君子活万年，
福禄艾之。④　　　　用福禄来养他。

乘马在厩，　　　　骑的马在马棚里，
秣之摧之。　　　　用铡草来喂它。
君子万年，　　　　君子活万年，
福禄绥之。　　　　用福禄来安抚他。

①毕：小网，用小网来捕。罗：大网，用大网来捕。　②梁：鱼梁，拦鱼的水坝。　③摧（cuò 错）：铡草。秣（mò 末）：以草喂马。　④艾（ài 爱）：养护。

这诗的解释有三：一是《毛诗序》："《鸳鸯》，刺幽王也。思古明王交于万物有道，自奉养有节焉。"《笺》："'交于万物有道'，谓顺其性，取之以时，不暴夭也。"二是朱熹《诗集传》："此诸侯所以答《桑扈》也。'鸳鸯于飞'，则'毕之罗之'矣；'君子万年’，则‘福禄宜之’矣，亦颂祷之辞也。”三是朱熹认为此诗是“颂祷之辞”是对的，但说“此诸侯所以答《桑扈》也”不确，疑是一首贵族婚礼上的祝颂诗。

頍 弁

有頍者弁，①	戴着前倾的皮帽，
实维伊何？②	这是为什么？
尔酒既旨，	你的酒既是美好，
尔肴既嘉。	你的菜肴又是好。
岂伊异人，	岂是接待外姓人，
兄弟匪他。	兄弟不是他人了。
茑与女萝，③	桑寄生和菟丝子，
施于松柏。④	攀着松柏相连络。
未见君子，	没有看见君子人，
忧心奕奕。	忧心时时发作。
既见君子，	既然看见君子人，
庶几说怿。	心情近乎有喜乐。

有頍者弁，	戴上前倾的皮帽，
实维何期？⑤	这是为什么？
尔酒既旨，	你的酒既是美好，
尔肴既时。	你的菜肴既是新作。
岂伊异人，	岂是接待外姓人，

兄弟具来。	兄弟全来非是外族。
茑与女萝，	桑寄生和菟丝子，
施于松上。	攀在松上做连络。
未见君子，	没有看见君子人，
忧心怲怲。⑥	忧心时时发作。
既见君子，	既然看见君子人，
庶几有臧。	心情近乎有快乐。
有頍者弁，	戴上前倾的皮帽，
实维在首。	这正合适戴在头。
尔酒既旨，	你的酒既是美好，
尔肴既阜。⑦	你的菜肴又丰厚。
岂伊异人，	岂是接待外姓人，
兄弟甥舅。	是兄弟和甥舅。
如彼雨雪，	像那天上落雪，
先集维霰。⑧	先聚集雪珠岂能后。
死丧无日，	死去丧亡没日期，
无几相见。⑨	我们相见不会久。
乐酒今夕，	快乐饮酒在今夕，
君子维宴。	君子只在宴会情投。

①頍（kuǐ 傀）：戴皮帽倾向前。弁（biàn 便）：皮帽。 ②实：当作“寔”，这。伊何：为何。 ③茑（niǎo 鸟）、女萝：两种寄生植物，比兄弟

亲戚相依附。　④施（yì 异）：蔓延。　⑤期：语助词。　⑥怲怲（bǐng bǐng 丙丙）：很忧。　⑦阜：丰富。　⑧霰（xiàn 线）：雪珠。　⑨无几：没有多少。

这诗的解释有二：一是《毛诗序》："《頍弁》，诸公刺幽王也。暴戾无亲，不能宴乐同姓，亲睦九族，孤危将亡，故作是诗也。"《笺》："戾，虐也。暴虐，谓其政教如雨雪也。"二是朱熹《诗集传》："此亦燕兄弟亲戚之诗，故言'有頍者弁，实维伊何'乎？'尔酒既旨，尔肴既嘉'，则'岂伊异人'乎？乃兄弟而非他也。又言茑萝施于木上，以比兄弟亲戚缠绵依附之意，是以未见而忧，既见而喜也。"

车　舝

间关车之舝兮，①	车的铁轴头发声啊，
思娈季女逝兮。②	这美好少女要出嫁啊。
匪饥匪渴，	不再饿不再渴，
德音来括。③	有德音来会合。
虽无好友，④	虽则没有好的朋友，
式燕且喜。⑤	在宴会上且喜乐相合。
依彼平林，⑥	茂盛的那平地树林，
有集维鷮。⑦	会集的有雉群。
辰彼硕女，	适时而嫁的那大姑娘，
令德来教。	用好德行来教誉。

式燕且誉，	且开宴且赞誉，
好尔无射。⑧	喜爱你没有厌弃。
虽无旨酒，	我虽然没有美酒，
式饮庶几。	你饮一点也算数。
虽无嘉肴，	我虽没有好菜肴，
式食庶几。	你吃一点也算数。
虽无德与女，	我虽没有美德给你，
式歌且舞。	你还唱歌并且跳舞。
陟彼高冈，	登那高的山冈，
析其柞薪。	斫它麻栎作柴薪。
析其柞薪，⑨	斫它麻栎作柴薪，
其叶湑兮。⑩	它的叶儿很茂盛。
鲜我觏尔，⑪	我欢喜能看见你啊，
我心写兮。	我心里的愁苦泻尽啊。
高山仰止，	高山仰望就停止，
景行行止。⑫	大路前行行又止。
四牡騑騑，⑬	四匹雄马不停进，
六辔如琴。	使那六根缰绳像弹琴。
觏尔新昏，	看见你的新婚，

以慰我心。　　　　用来安慰我的心。

①间关：车轴铁头的转动声。舝（xiá 辖）：车轴铁头。　②娈（luán 峦）：美好。季女：少女。逝：去，指出嫁。　③德音：美誉。括：会合。　④友：指女方。　⑤式：语助词。　⑥依：通“殷”，茂盛。平林：平地的树林。　⑦鷮（jiāo 骄）：雉。　⑧射（yì 亦）：厌烦。　⑨柞（zuò 作）：麻栎。　⑩湑（xǔ 许）：盛。　⑪鲜：善。觏（gòu 够）：见。　⑫仰止：仰望。止：语助词。景行：大路。　⑬騑騑（fēi fēi 非非）：马行不止貌。

这诗的解释有二：一是《毛诗序》：“《车舝》，大夫刺幽王也。褒姒嫉妒，无道并进，谗巧败国，德泽不加于民。周人思得贤女以配君子，故作是诗也。”二是朱熹《诗集传》：“此燕乐其新昏之诗，故言间关。然设此车舝者，盖思彼娈然之季女，故乘此车往而迎之也。匪饥也，匪渴也，望其‘德音来括’，而心如饥渴耳。虽无他人，亦当燕饮以相喜乐也。”

青　蝇

营营青蝇，①　　　　飞来飞去的苍蝇，
止于樊。②　　　　停在篱笆上。
岂弟君子，③　　　　和乐平易的君子人，
无信谗言。　　　　不要听信谗言乱放。

营营青蝇，　　　　飞来飞去的苍蝇，

止于棘。④	停在荆棘上。
谗人罔极，⑤	谗人没有中正话，
交乱四国。	只把四方国家说冤枉。

营营青蝇，	飞来飞去的苍蝇，
止于榛。	停在榛树上。
谗人罔极，	谗人没有中正话，
构我二人。	挑拨你我二人相乱攘。

①营营：往来貌。 ②樊：篱笆。 ③岂弟：同“恺悌”，和乐平易。 ④棘：荆棘。 ⑤罔极：不中正。

这诗的解释有二：一是《毛诗序》：“《青蝇》，大夫刺幽王也。”二是朱熹《诗集传》：“诗人以王好听谗言，故以青蝇比之，而戒王勿听也。”朱熹不信王为幽王，但不言何王，故谓二义。

宾之初筵

宾之初筵，	宾客初到就筵席，
左右秩秩。①	左右严肃有礼节。
笾豆有楚，②	笾豆摆设有秩序，
肴核维旅。③	肉食果品都陈列。
酒既和旨，	酒既醇和又美好，
饮酒孔偕。④	饮酒合礼无不悦。

钟鼓既设，	钟鼓奏乐既陈设，
举酬逸逸。⑤	举杯敬客有序列。
大侯既抗，⑥	箭靶既然已举起，
弓矢斯张。	张弓射箭心头热。
射夫既同，	射箭的人既然齐，
献尔发功。	献你发功效果切。
发彼有的，	发箭射靶能中的，
以祈尔爵。	来求你杯酒不绝。
籥舞笙鼓，⑦	用籥节舞笙鼓奏，
乐既和奏。	音乐既和奏调新。
烝衎烈祖，⑧	进献有功的先祖，
以洽百礼。⑨	用来配礼皆得申。
百礼既至，	众礼既然到了庭，
有壬有林。⑩	又盛大又隆重。
锡尔纯嘏，⑪	神赐给你大福气，
子孙其湛。⑫	子子孙孙喜无伦。
其湛曰乐，	他们喜悦称快乐，
各奏尔能。⑬	各献你能把酒斟。
宾载手仇，⑭	宾客比箭找对手，
室人入又。⑮	主人入射又陪客。
酌彼康爵，⑯	酌那空杯的客人，

以奏尔时。[17]	来敬你这位能人。
宾之初筵，	宾客的初到酒筵，
温温其恭。	态度温和又恭虔。
其未醉止，	他没有吃醉时，
威仪反反。[18]	他的仪容自相连。
曰既醉止，	说是既醉了，
威仪幡幡。[19]	他的仪容不相连。
舍其坐迁，[20]	放弃坐礼有改变，
屡舞僊僊。[21]	屡次舞蹈像成仙。
其未醉止，	他没有吃醉时，
威仪抑抑。[22]	仪容自相连。
曰既醉止，	既经吃醉了，
威仪怭怭。[23]	仪容不相连。
是曰既醉，	说既经醉了，
不知其秩。	不知礼仪应相连。
宾既醉止，	宾客既经吃醉了，
载号载呶。[24]	有的号叫有的嚷。
乱我笾豆，	弄乱我放的笾豆，
屡舞僛僛。[25]	屡次跳舞像发狂。
是曰既醉，	说是既经醉了，

不知其邮。[26]　　不知失礼真荒唐。
侧弁之俄，[27]　　侧着皮帽的时候，
屡舞傞傞。[28]　　屡次跳舞又发狂。
既醉而出，　　既醉出门回家睡，
并受其福。　　宾主都受福分强。
醉而不出，　　既醉不肯出门去，
是谓伐德。[29]　　这叫败德不可忘。
饮酒孔嘉，　　饮酒本是很好事，
维其令仪。　　只要好的礼节不相妨。

凡此饮酒，　　凡是饮这酒，
或醉或否。　　有的喝醉有的否。
既立之监，　　既经确立了酒监，
或佐之史。　　再设酒史为他友。
彼醉不臧，　　那吃醉的不知不善，
不醉反耻。　　不醉的反而负咎。
式勿从谓，[30]　　不要从醉者作为，
无俾大怠。　　不要使他见大丑。
匪言勿言，　　不该说的不要说，
匪由勿语。　　不该从的不要受。
由醉之言，　　从了醉汉话，
俾出童羖。[31]　　使你拿出童羖又。

三爵不识，	三杯吃了不认识，
矧敢多又。㉜	怎敢再多劝饮酒。

①秩秩：肃敬。②楚：成列。③肴：肉食。核：果品。旅：陈设。④偕：通“嘉”。⑤酵：同“酬”，主人劝酒。逸逸：往来有次序。⑥大侯：箭靶。抗：举起。⑦籥（yuè 月）：古乐器，竹制，称舞籥，比笛长而六孔，吹籥以节舞。⑧烝（zhēng 蒸）：进。衎（kàn 看）：乐。烈祖：有功的先祖。⑨洽：合。⑩壬：状礼大。林：状礼多。⑪纯嘏（gǔ 古）：大福。⑫湛（dān 丹）：喜悦。⑬奏：献。能：技能。⑭手仇：对手，仇指相对。⑮室人：指主人。⑯康爵：空杯。⑰尔时：你这时所尊者。⑱反反：慎重。⑲幡幡（fān fān 翻翻）：旗帜翻动。⑳坐迁：迁动当坐之礼。㉑僊僊（xiān xiān 仙仙）：轻举貌。㉒抑：慎密，指庄重。㉓怭怭（bì bì 必必）：不庄重，轻佻。㉔呶（náo 挠）：叫喊。㉕僛僛（qī qī 欺欺）：不自正。㉖邮：通“尤”，过错。㉗侧：倾侧。㉘傞傞（suō suō 蓑蓑）：醉舞不止。㉙伐德：败坏道德。㉚勿从谓：不要从而为之。㉛童羖（gǔ 古）：没有生角的黑色公羊，指酒后妄言。㉜又：通“侑”，劝酒。

这诗的解释有二：一是《毛诗序》：“《宾之初筵》，卫武公刺时也。幽王荒废，媟近小人，饮酒无度，天下化之。君臣上下沉湎淫液，武公既入而作是诗也。”《笺》：“淫液者，饮食时情态也。武公入者，入为王卿士。”二是朱熹《诗集传》：“韩氏序曰：‘卫武公饮酒悔过也。’今按此诗意与《大雅·抑》戒相类，必武公自悔之作，当从韩义。”又《诗三家义集疏》：“案：武公入相在平王世，幽王已往。《抑》诗已云‘追刺’，不应又作此篇。齐、韩以为‘悔过’，当从之。”

鱼　　藻

鱼在在藻，	鱼儿游在水藻中，
有颁其首。①	摆动它的大头。
王在在镐，②	武王住在镐京里，
岂乐饮酒。③	欢乐地饮酒。
鱼在在藻，	鱼儿游在水藻中，
有莘其尾。④	有长的尾巴。
王在在镐，	武王住在镐京里，
饮酒乐岂。	饮着酒又欢乐。
鱼在在藻，	鱼儿游在水藻中，
依于其蒲。⑤	依靠在它的蒲草。
王在在镐，	武王住在镐京，
有那其居。⑥	有他安闲居处了。

①颁(fén 坟)：大头。　②镐：镐京。　③岂(同“恺”)乐：欢乐。　④莘(shēn 身)：长。　⑤蒲：多年生水草。　⑥那：安闲。

这诗的解释有二：一是《毛诗序》：“《鱼藻》，刺幽王也。言万物失其性，王居镐京，将不能以自乐，故君子思古之武王焉。”《笺》：“‘万物失其性’者，王政教衰，阴阳不和，群生不得其所也。‘将不能以自乐’，言必自是有危亡之祸。”二是朱熹《诗集传》：“此天子燕诸侯，而诸侯美天子之诗也。言鱼何在乎？在乎藻也，则‘有颁其首’矣。王何在乎？在乎镐京也，则‘岂乐饮酒’矣。”

采　菽

采菽采菽，①	采大豆呀采大豆，
筐之筥之。②	用筐用筥来盛它。
君子来朝，	诸侯远路来朝见，
何锡予之？	什么东西赐给他？
虽无予之，	虽然没有赐给他，
路车乘马。③	送他车子和驾马。
又何予之？	又有什么赐给他？
玄衮及黼。④	龙衣绣裳赐给他。
觱沸槛泉，⑤	沸腾正流泉水边，
言采其芹。	我去采摘那香芹。
君子来朝，	诸侯远路来朝见，
言观其旂。	我去看他车和旂。
其旂淠淠，⑥	他的旂旗在飘动，
鸾声嘒嘒。⑦	车上鸾铃节奏匀。
载骖载驷，	驾车三马或四马，
君子所届。	诸侯已经是亲临。

赤芾在股，[8]	红色蔽膝披在股，
邪幅在下。[9]	绑腿裹在膝盖下。
彼交匪纾，[10]	不傲慢也不怠慢，
天子所予。	车马天子赐给他。
乐只君子，	音乐是使诸侯乐，
天子命之。	天子策命赏赐他。
乐只君子，	音乐是使诸侯乐，
福禄申之。[11]	再用福禄重赏他。

维柞之枝，	只有柞木的枝条，
其叶蓬蓬。	它的叶儿密而庞。
乐只君子，	音乐是使诸侯乐，
殿天子之邦。[12]	他能镇定天子的侯邦。
乐只君子，	音乐是使诸侯乐，
万福攸同。[13]	万福齐聚拢。
平平左右，[14]	左右闲雅的人，
亦是率从。	也是相率顺从。

汎汎杨舟，	杨木船在河里泛，
绋纚维之。[15]	用大绳来拴住它。
乐只君子，	音乐是使诸侯乐，

天子葵之。⑯	天子度量赏赐他。
乐只君子，	音乐是使诸侯乐，
福禄膍之。⑰	福禄加重他。
优哉游哉，	优游自在呀！
亦是戾矣。⑱	也美好至极轮到他。

①菽（shū 叔）：豆。 ②筥（jǔ 举）：圆竹筐。 ③路：车。 ④玄衮（gǔn 滚）：浅黑色画卷龙袍。黼（fǔ 甫）：绣在裳上斧形用黑白色。 ⑤觱（bì 必）：沸。槛泉：正出泉水。 ⑥淠淠（pèi pèi 佩佩）：飘动。 ⑦嘒嘒（huì huì 彗彗）：有节奏。 ⑧芾（fú 芙）：通“韨”，古代官服上的蔽膝。 ⑨邪幅：像绑腿。 ⑩彼交匪纾：彼，疑匪字之误。交，通“绞”，傲。纾，缓。 ⑪申：重。 ⑫殿：镇定。 ⑬攸：所。同：聚。 ⑭平平：闲雅。 ⑮绋（fú 弗）：大索。缡（lí 厘）：拴。 ⑯葵：通“揆”，量才使用。 ⑰膍（pí 皮）：厚赐。 ⑱戾：至，至极。

这诗的解释有二：一是《毛诗序》：“《采菽》，刺幽王也。侮慢诸侯，诸侯来朝，不能锡命。以礼数征会之，而无信义。君子见微而思古焉。”《笺》：“幽王征会诸侯，为合义兵征讨有罪，既往而无之，是于义事不信也。君子见其如此，知其后必见攻伐，将无救也。”二是朱熹《诗集传》：“此天子所以答《鱼藻》也。‘采菽采菽’，则必以筐筥盛之，‘君子来朝’，则必有以锡予之，又言今虽无以予之，然已有‘路车乘马’、‘玄衮及黼’之赐矣。其言如此者，好之无已，意犹以为薄也。”

角　弓

骍骍角弓,①	调理好牛角饰的弓,
翩其反矣。②	去弦自然反弹了。
兄弟昏姻,	兄弟是亲骨肉,
无胥远矣。③	不要互相疏远了。
尔之远矣,	你疏远兄弟了,
民胥然矣。④	百姓都是这样了。
尔之教矣,	你是这样教导了,
民胥傚矣。	百姓互相效法了。
此令兄弟,⑤	这样善良的兄弟,
绰绰有裕。⑥	彼此宽容得有裕。
不令兄弟,	不善良的兄弟,
交相为瘉。⑦	互相作恶害自己。
民之无良,	百姓的不善良,
相怨一方。	互相怨恨那一方,
受爵不让,	受到爵位不相让,
至于已斯亡。	直到自己的死亡。
老马反为驹,⑧	老马反而当作为壮马,

不顾其后。	不顾自己后来老。
如食宜饫，⑨	好像吃饭应吃饱，
如酌孔取。	好像饮酒酌量好。
毋教猱升木，⑩	不要教猴子爬树，
如涂涂附。⑪	不要像用泥来涂附。
君子有徽猷，⑫	君子有美德，
小人与属。⑬	小人要来依附。
雨雪瀌瀌，⑭	下雪纷纷，
见晛曰消。⑮	看见日光就消。
莫肯下遗，	不肯谦下，
式居娄骄。⑯	用自律收敛骄傲。
雨雪浮浮，⑰	下雪纷纷，
见晛曰流。	看见日光变水流。
如蛮如髦，⑱	像南蛮像髦族，
我是用忧。	我因此而心忧。

①骍骍（xīn xīn 辛辛）：弓调理貌。角弓：以牛角饰的弓。　②翩其：自然地。反矣：弹弓弦，弓弦自然回弹了。　③胥：相。　④胥：皆。　⑤令：善。　⑥绰绰：宽裕。　⑦瘉（yù 育）：病。　⑧老马反为驹：老马反而视为壮马。　⑨饫（yù 裕）：饱。　⑩猱（náo 挠）：猿类。　⑪涂：同

“塗”。如涂涂附，在污泥上面涂一层污泥。　⑫徽：美。猷：道。　⑬与属：附属。　⑭瀌瀌(biāo biāo 标标)：雪盛。　⑮晛(xiàn 现)：日气。⑯式居娄骄：陈奂《传疏》：“小人不肯卑下加礼于人，唯数数骄慢自用。”式，用。居，通“倨”，傲慢。娄，收敛。　⑰浮浮：雪盛。　⑱髦：西南少数民族名。

这诗的解释有二：一是《毛诗序》：“《角弓》，父兄刺幽王也。不亲九族而好谗佞，骨肉相怨，故作是诗也。”二是方玉润《诗经原始》：“诗中无刺谗语，唯疏远兄弟而亲近小人，是此诗大旨。”

菀　柳

有菀者柳，①	茂盛的柳树，
不尚息焉。②	岂不希望在它下休息。
上帝甚蹈，③	上帝很会变化，
无自暱焉。④	不要自己向他亲热。
俾予靖之，⑤	用我去安定他，
后予极焉。⑥	后来对我用刑罚。
有菀者柳，	茂盛的柳树，
不尚愒焉。⑦	岂不希望在它下休息。
上帝甚蹈，	上帝很会变化，
无自瘵焉。⑧	不要自己去亲接。
俾予靖之，	用我去安定他，

后予迈焉。⑨	后来对我放逐不息。
有鸟高飞,	有鸟高飞,
亦傅于天。⑩	直到高天。
彼人之心,	那人的心,
于何其臻?	在什么地方相连?
曷予靖之?	为何用我安定他?
居以凶矜。⑪	他必置我于凶险。

①菀(yù 欲):树茂盛。 ②尚:庶几,希望。 ③上帝:指君王。蹈:变动。 ④暱(nì 溺):亲近。 ⑤靖:安定。 ⑥极:诛杀。 ⑦愒(qì 气):休息。 ⑧瘵(zhài 债):接近。 ⑨迈:行,放逐。 ⑩傅:至。 ⑪居:语助词。凶矜:凶危。

《毛诗序》:"《菀柳》,刺幽王也。暴虐无亲而刑罚不中,诸侯皆不欲朝,言王者之不可朝事也。"又朱熹《诗集传》:"王者暴虐,诸侯不朝而作此诗。"未言王者为谁。《毛诗序》说"刺幽王",不知何据。

都人士之什

都人士

彼都人士，	那个都市的士人，
狐裘黄黄。	黄黄的狐皮袍穿上。
其容不改，	他的容貌不改变，
出言有章。	说的话有文采。
行归于周，①	行为归结到忠信，
万民所望。	成为万民所瞻仰。
彼都人士，	那个都市的士人，
台笠缁撮。②	戴着草笠或缁布冠。
彼君子女，	那个贵族的女儿，
绸直如发。③	细密直直头发不乱。
我不见兮，	我不看见她啊，
我心不说。	我的心里不喜欢。
彼都人士，	那个都市的士人，
充耳琇实。④	用宝石作充耳饰。
彼君子女，	那个贵族的女儿，
谓之尹吉。⑤	称作尹氏和吉氏。

我不见兮，	我不看见她啊，
我心菀结。⑥	我心里郁结不止。
彼都人士，	那个都市的士人，
垂带而厉。⑦	带子垂下飘左右。
彼君子女，	那个贵族的女儿，
卷发如虿。⑧	发像蝎尾翘在首。
我不见兮，	我不看见她啊，
言从之迈。	我想跟她一起走。
匪伊垂之，	不是他把带垂下，
带则有余。	带是有多余啊。
匪伊卷之，	不是她有意把发卷起，
发则有旟。⑨	发有的是上扬啊。
我不见兮，	我看不见她啊，
云何盱矣！⑩	说什么盼望啊。

①章：文采。周：忠信。 ②台：草名，可以作笠。缁撮：缁布冠。③绸：细密。 ④琇（xiù 秀）：美石。 ⑤尹吉：尹氏吉氏，两个大姓氏。 ⑥菀结：郁结。 ⑦厉：带之垂者。 ⑧虿（chài 瘥）：蝎子类有毒的虫。 ⑨旟（yú 余）：扬上。 ⑩盱（xū 吁）：盼望。

这诗的解释有二：一是《毛诗序》："《都人士》，周人刺衣服无常也。古者长民，衣服不贰，从容有常，以齐其民，则民德归壹。伤今不复见古人也。"《笺》："服，谓冠弁衣裳也。古者，明王时也。长民，谓在民上倡率者也。变易无常谓之贰。从容，谓休燕也。休燕犹有常，则朝夕明矣。壹者，专也，同也。"二是朱熹《诗集传》："乱离之后，人不复见昔日都邑之盛，人物仪容之美，而作此诗以叹惜之也。"

采　绿

终朝采绿，①	整个早晨采绿草，
不盈一匊。②	采的不满两手掬。
予发曲局，③	我的头发曲而卷，
薄言归沐。	我要回去把头沐。
终朝采蓝，④	整个早晨采蓝草，
不盈一襜。⑤	采的不满一围裙。
五日为期，	约定五天为一期，
六日不詹。⑥	六天不回怎么云。
之子于狩，	这个人去打猎，
言韔其弓。⑦	我用弓袋藏他弓。
之子于钓，	这个人去钓鱼，
言纶之绳。	我用钓绳供他用。

其钓维何？　　　　他钓的是什么鱼？
维鲂及鲊。⑧　　　有鲂鱼和鲢鱼。
维鲂及鲊，　　　　有鲂鱼和鲢鱼，
薄言观者。⑨　　　我看他钓得真多鱼。

①绿：王刍，花深绿，古时作绿色用。 ②匊（jū 掬）：同“掬”，两手合捧。 ③局：卷。 ④蓝：草名，汁可染蓝色。 ⑤襜（chān 搀）：围裙。 ⑥詹：到。 ⑦韔（chàng 唱）：弓袋。 ⑧鲊（xù 叙）：大头鲢。 ⑨观：多。

这诗的解释有二：一是《毛诗序》：“《采绿》，刺怨旷也。幽王之时，多怨旷者也。”《笺》：“怨旷者，君子行役过时之所由也。而刺之者，讥其不但忧思而已，欲从君子于外，非礼也。”二是朱熹《诗集传》：“妇人思其君子，而言‘终朝采绿’而‘不盈一匊’者，思念之深，不专于事也。又念其发之‘曲局’，于是舍之而‘归沐’，以待其君子之还也。”

黍　苗

芃芃黍苗，①　　　长大的黍苗，
阴雨膏之。　　　　阴雨润泽它。
悠悠南行，②　　　远远地向南走，
召伯劳之。　　　　召伯慰劳他。

我任我辇，③　　　我任管车又拉车，

我车我牛。④	我扶牛车我牵牛。
我行既集，⑤	我的南走既经成功，
盖云归哉！⑥	何不说归去休！
我徒我御，⑦	我步行我驾驶，
我师我旅。	我属师我属旅。
我行既集，	我南走既经完成，
盖云归处！	何不说归去安处！
肃肃谢功，⑧	严正的谢邑工程，
召伯营之。	召伯经营它。
烈烈征师，⑨	威武前进的军队，
召伯成之。	召伯成就它。
原隰既平，	原野洼地既治平，
泉流既清。	泉流既经澄清。
召伯有成，	召伯有了成功，
王心则宁。	周王心里就安宁。

①芃芃（péng péng 彭彭）：长大貌。　②悠悠：远行。　③任：担任。辇：拉车。　④车：手扶车。牛：牵牛。　⑤集：成。　⑥盖：通“盍”，何不。　⑦徒：步行。御：驾驶。　⑧谢：指谢邑，在河南省。肃肃：严正。　⑨烈烈：威武。

这诗的解释有三：一是《毛诗序》："《黍苗》，刺幽王也。不能膏润天下，卿士不能行召伯之职焉。"《笺》："陈宣王之德、召伯之功，以刺幽王及其群臣废此恩泽事业也。"二是《诗三家义集疏》："三家说曰：'召伯述职，劳来诸侯也。'"三是朱熹《诗集传》："宣王封申伯于谢，命召穆公往营城邑，故将徒役南行，而行者作此，言'芃芃黍苗'，则唯阴雨能膏之；'悠悠南行'，则唯召伯能劳之也。"

隰　桑

隰桑有阿，①	洼地桑树长得好，
其叶有难。②	它的叶儿茂盛了。
既见君子，	既然看见君子人，
其乐如何？	她的快乐怎么了？
隰桑有阿，	洼地桑树长得好，
其叶有沃。③	它的叶儿柔软了。
既见君子，	既然看见君子人，
云何不乐？	说什么不快乐了？
隰桑有阿，	洼地桑树长得好，
其叶有幽。④	它的叶儿色深妙。
既见君子，	既然看见君子人，
德音孔胶。⑤	情思确实很牢靠。

心乎爱矣，	心里真是爱了，
遐不谓矣？⑥	怎么不说了？
中心藏之，	内心深处藏着他，
何日忘之？	什么时候忘记掉他？

①阿：美貌。 ②难（nuó 挪）：盛貌。 ③沃：柔。 ④幽：黑。 ⑤胶：固定。 ⑥遐不：何不。

这诗的解释有三：一是《毛诗序》："《隰桑》，刺幽王也。小人在位，君子在野，思见君子，尽心以事之。"《笺》："隰中之桑，枝条阿阿然长美，其叶又茂盛，可以庇荫人。兴者，喻时贤人君子不用而野处，有覆养之德也。正以隰桑兴者，反求此义，则原上之桑枝叶不能然，以刺小人在位，无德于民。思在野之君子，而得见其在位喜乐无度。"二是朱熹《诗集传》："此喜见君子之诗。""《楚辞》所谓思公子兮未敢言，意盖如此。"认为非刺诗。"词意大概与《菁莪》相类。然所谓君子，则不知其何所指矣。"三是余冠英先生《诗经选》："这首诗是一个女子的爱情自白。"

白　华

白华菅兮，①	白花认为菅草啊，
白茅束兮。	用白茅草来捆它。
之子之远，	这个人疏远我，
俾我独兮。	使我孤独啊。

英英白云，[2]	朵朵的白云，
露彼菅茅。[3]	下露水润泽那菅草。
天步艰难，[4]	天神走路艰难，
之子不犹。[5]	这个人不可我了。
滮池北流，[6]	滮池水向北流，
浸彼稻田。	浸润那稻田。
啸歌伤怀，	长啸唱歌伤胸怀，
念彼硕人。	想那大人总相连。
樵彼桑薪，	砍那桑枝做柴薪，
卬烘于煁。[7]	我烧柴在那灶。
维彼硕人，	只有那个大人，
实劳我心。	确实使我心劳。
鼓钟于宫，[8]	在宫内敲钟，
声闻于外。	声音听见在宫外。
念子懆懆，[9]	想念你使我忧愁，
视我迈迈。[10]	你看我讨厌心烦。
有鹙在梁，[11]	有鹙鸟在鱼梁，
有鹤在林。	有白鹤在树林。

维彼硕人，	只有那个大人，
实劳我心。	确实忧劳我的心。
鸳鸯在梁，	鸳鸯在鱼梁，
戢其左翼。	收敛它的左翅膀。
之子无良，	这个人真无良心，
二三其德。	三心两意不一样。
有扁斯石，⑫	有块扁的石头，
履之卑兮。	踏上去低下啊。
之子之远，	这个人疏远我，
俾我疷兮。⑬	使我生病啊。

①白华：白花。菅(jiān 肩)：茅草，茎可作绳织履。白花认为菅草，一说比幽王把申后看作坏女人。　②英英：云起貌。　③露彼菅茅：露滋润菅草。　④天步：天行，一说比幽王行动。　⑤犹：可。　⑥滮(biāo 标)池：在陕西长安县西。　⑦卬：同“昂”，指我。煁(shén 神)：灶火。　⑧宫：古代房子的通称，秦后始为帝王专用。　⑨懆懆(cǎo cǎo 草草)：忧愁不安。　⑩迈迈：不悦。　⑪鹙(qiū 秋)：水鸟名，似鹤，头颈上无毛。　⑫扁：卑下。　⑬疷(qí 齐)：病。

《毛诗序》：“《白华》，周人刺幽后也。幽王取申女以为后，又得褒姒而黜申后，故下国化之，以妾为妻，以孽代宗，而王弗能治。周人为之作是诗也。”《笺》：“申，姜姓之国也。褒姒，褒人所入之女，姒，其字也，是谓幽后。孽，支庶也。宗，适子也。王不能治，己不正故也。”

绵　　蛮

绵蛮黄鸟，①	小小的黄鸟，
止于丘阿。②	停在山坳。
道之云远，	路是很远，
我劳如何？	我是怎样疲劳？
饮之食之，	命他饮酒，命他吃饭，
教之诲之。	教导他还告诫他。
命彼后车，③	命他趁副车，
谓之载之。	让用车载他。

绵蛮黄鸟，	小小的黄鸟，
止于丘隅。	停在山腰。
岂敢惮行，④	难道怕走路，
畏不能趋。⑤	怕不能快跑。
饮之食之，	命他饮酒，命他吃饭，
教之诲之。	教导他还告诫他。
命彼后车，	命他趁副车，
谓之载之。	让用车载他。

绵蛮黄鸟，	小小的黄鸟，
止于丘侧。	停在丘边了。
岂敢惮行，	难道怕走路，
畏不能极。⑥	怕不能到。
饮之食之，	命他饮酒，命他吃饭，
教之诲之。	教导他还告诫他。
命彼后车，	命他趁副车，
谓之载之。	让用车载他。

①绵蛮：小鸟貌。　②阿：山坳。　③后车：正车后面的副车。　④惮：怕。　⑤趋：快走。　⑥极：至。

这诗的解释有二：一是《毛诗序》："《绵蛮》，微臣刺乱也。大臣不用仁心，遗忘微贱，不肯饮食教载之，故作是诗也。"《笺》："微臣，谓士也。古者卿大夫出行，士为末介。士之禄薄，或困乏于资财，则当赒赡之。幽王之时国乱，礼废恩薄，大不念小，尊不恤贱，故本其乱而刺之。"二是朱熹《诗集传》："此微贱劳苦而思有所托者。"

瓠　叶

幡幡瓠叶，①	飘动的葫芦叶，
采之亨之。②	采它来煮它。
君子有酒，	君子人有酒，

酌言尝之。	酌酒品尝它。
有兔斯首，③	有小兔头是白的，
炮之燔之。④	用泥涂了烧它煮它。
君子有酒，	君子人有酒，
酌言献之。	酌酒与客敬献它。
有兔斯首，	有小兔子头是白的，
燔之炙之。⑤	用泥涂了烧它烤它。
君子有酒，	君子人有酒，
酌言酢之。⑥	宾客酌酒回敬他。
有兔斯首，	有小兔头是白的，
燔之炮之。	用泥涂了烧它烤它。
君子有酒，	君子人有酒，
酌言酬之。	酌酒再劝宾客品尝它。

①幡幡（fān fān 翻翻）：翻动。瓠：葫芦。　②亨：同“烹”，煮。　③斯首：白头。　④炮（páo 庖）：烧，将兔裹泥在火上烧。燔（fán 凡）：烧。　⑤炙：将肉在火上烤。　⑥酢（zuò 坐）：回敬酒。

这诗的解释有二：一是《毛诗序》：“《瓠叶》，大夫刺幽王也。上弃礼而不能行，虽有牲牢饔饩，不肯用也。故思古之人，不以微薄废礼焉。”《笺》：“牛羊豕为牲，系养者曰牢，熟曰饔，腥曰饩，生曰牵。‘不肯用’者，自养厚而薄于宾客。”二是朱熹《诗集传》：“此亦燕饮之诗。”不同意《诗序》刺幽王说。

渐渐之石

渐渐之石，①	高峻的山石，
维其高矣。	真是那样的高了。
山川悠远，	山河长远，
维其劳矣。②	真是那样的广阔了。
武人东征，	武人出兵向东征，
不皇朝矣。③	无闲暇的日子了。
渐渐之石，	高峻的山石，
维其卒矣。④	真是那样的高险了。
山川悠远，	山河长远，
曷其没矣。⑤	何处是它的尽头了。
武人东征，	武人向东出征，
不皇出矣。⑥	无暇出离险地了。
有豕白蹢，⑦	有豕白蹄，
烝涉波矣。⑧	众豕都渡过水了。
月离于毕，⑨	月接近毕星，
俾滂沱矣。⑩	大雨落下了。

武人东征，	武人向东出征，
不皇他矣。	无暇顾及其他了。

①渐渐：通“巉巉（chán chán 谗谗）”，山石高峻。 ②劳：通“辽”，指广阔。 ③不皇：不暇。不皇朝，犹无暇日。 ④卒：通“崒（zú 族）”，高峻危险。 ⑤曷：何。没：尽。 ⑥出：脱险。 ⑦蹢（dí 敌）：蹄。 ⑧烝：多。 ⑨离：通“丽”，接近。毕：毕星。月接近毕星，有雨。 ⑩滂沱：大雨貌。

这诗的解释有二：一是《毛诗序》：“《渐渐之石》，下国刺幽王也。戎狄叛之，荆舒不至，乃命将率东征。役久病于外，故作是诗也。”《笺》：“荆，谓楚也。舒，舒鸠、舒鄝、舒庸之属。役，谓士卒也。”二是方玉润《诗经原始》：“此将士东征，劳苦自叹之诗。”“唯《大序》云：‘戎狄叛之，荆舒不至，乃命将军东征久病于外，故作是诗。’则徒成为附会而无据。”

苕之华

苕之华，①	凌霄花，
芸其黄矣。②	花落时黄了。
心之忧矣，	心中忧愁了，
维其伤矣。	是伤透心了。
苕之华，	凌霄花，
其叶青青。	它的叶儿青青茂盛。

知我如此，　　　　知我活得像这样，
不如无生！　　　　不如不要生！

牂羊坟首，③　　　母羊大头，
三星在罶。④　　　三颗星照在鱼篓。
人可以食，　　　　人可得饭吃，
鲜可以饱！　　　　少有人可吃饱相求！

①苕（tiáo 条）：凌霄花，藤本，蔓生，花将落则黄。　②芸黄：指花将落色黄，黄指蔫黄。　③牂（zāng 脏）羊：母羊。坟：大。母羊瘦则头大。　④罶（liǔ 柳）：竹篓，鱼可以进不可以出。

《毛诗序》："《苕之华》，大夫闵时也。幽王之时，西戎、东夷交侵中国，师旅并起，因之以饥馑。君子闵周室之将亡，伤己逢之，故作是诗也。"《笺》："'师旅并起'者，诸侯或出师，或出旅，以助王距戎与夷也。大夫将师出，见戎、夷之侵周而闵之，今当其难，自伤近危亡。"又朱熹《诗集传》："诗人自以身逢周室之衰，如苕附物而生，虽荣不久，故以为比，而自言其心之忧伤也。"

何草不黄

何草不黄？　　　　哪种草不枯黄？
何日不行？　　　　哪一天人不行？

何人不将？[①]	哪个人不出行？
经营四方。	去经营那四方。
何草不玄？[②]	哪种草不死不黑？
何人不矜？[③]	哪个人不独身？
哀我征夫，	悲哀我的士兵，
独为匪民！	独独不算人！
匪兕匪虎，[④]	不是野牛不是老虎，
率彼旷野。[⑤]	沿着旷野日夜奔走。
哀我征夫，	悲哀我的战士，
朝夕不暇。	早晚不得休。
有芃者狐，[⑥]	尾毛蓬松的狐狸，
率彼幽草。[⑦]	沿着旷野深藏在草里。
有栈之车，[⑧]	有役事的车子，
行彼周道。	跑在那大道里。

①将：行。 ②玄：黑色。 ③矜：通“鳏”，老而无妻的人。 ④兕（sì 似）：野牛。 ⑤率：循，沿着。 ⑥芃（péng 蓬）：毛蓬松。 ⑦幽：深暗。 ⑧栈车：役车。

这诗的解释有二：一是《毛诗序》：“《何草不黄》，下国刺幽王也。四夷交侵，中国背叛，用兵不息，视民如禽兽。君子忧之，故作是诗也。”二是朱熹《诗集传》：“周室将亡，征役不息，行者苦之，故作此诗。”朱说“行者苦之”而作此诗，与《诗序》说的“君子忧之”作此诗不同，朱说较合。

卷 七

大 雅

方玉润《诗经原始》云："盖大、小雅之分，亦以体异焉耳。读者试即《嵩高》、《黍苗》二诗诵之，而其体自见。又如《宾之初筵》与《抑》诗合而咏之，而其体愈见。数诗皆前人之所谓人同、事同者也，而何以诗之词气与音节迥然不同？此可以知大、小雅之分矣。"

文王之什

文 王

文王在上，[1]	文王的神在上，
於昭于天。[2]	光明显现在天上。
周虽旧邦，	周虽然是旧邦，
其命维新。	承受天命是新上。
有周不显，[3]	周朝是光明显耀，
帝命不时。[4]	上帝任命适时新上。
文王陟降，[5]	文王神的升降，

在帝左右。⑥　　　在上帝左右两旁。

亹亹文王，⑦　　　勤勉的文王，
令闻不已。⑧　　　好的声望不止。
陈锡哉周，⑨　　　厚赐啊周朝，
侯文王孙子。⑩　　只有文王孙孙子子。
文王孙子，　　　　文王的孙孙子子，
本支百世。⑪　　　本宗支子相传百世。
凡周之士，　　　　凡是周朝的士子，
不显亦世。⑫　　　光明也能照世。

世之不显，　　　　照世的光明，
厥犹翼翼。⑬　　　他的谋划谨慎。
思皇多士，⑭　　　赞美众多士子，
生此王国。　　　　在这个王国里诞生。
王国克生，　　　　王国里能够诞生，
维周之桢。⑮　　　都是周朝的干桢。
济济多士，⑯　　　靠众多的臣子，
文王以宁。　　　　使文王得到安宁。

穆穆文王，⑰　　　美好的文王，
於缉熙敬止。⑱　　啊，光明诚敬为是。

假哉天命，[19]	伟大啊天命，
有商孙子。	商朝的孙孙子子。
商之孙子，	商朝的孙孙子子，
其丽不亿。[20]	它的数目上亿计。
上帝既命，	上帝既然命令，
侯于周服。[21]	只服从周朝做臣子。
侯服于周，	殷人臣服于周朝，
天命靡常。	天命无常没一定。
殷士肤敏，[22]	殷朝的士人美好敏疾，
祼将于京。[23]	在周京用酒祭祖相称。
厥作祼将，	他们用酒祭祖时，
常服黼冔。[24]	经常穿殷朝礼服相应。
王之荩臣，[25]	作周王的忠臣，
无念尔祖。[26]	想念你祖先相称。
无念尔祖，	想念你的祖先，
聿修厥德。	修明你的德行。
永言配命，	永久配合天命，
自求多福。	自己求多福分。
殷之未丧师，[27]	殷的未失掉众心，
克配上帝。	能够配合上帝天命。

宜鉴于殷，	应该以殷为鉴戒，
骏命不易。㉘	不容易保持大命。
命之不易，	不容易保持大命，
无遏尔躬。㉙	不要断送大命在你身。
宣昭义问，	宣扬昭示好的声誉，
有虞殷自天。	殷的喜悲从天命。
上天之载，㉚	上天的事，
无声无臭。	没有味儿也没有声。
仪刑文王，㉛	效法文王，
万邦作孚。㉜	万邦才会对你信任。

①文王在上：周文王既死，他的神在民上。　②於（wū 乌）：赞叹。昭：明著。　③有周：周朝。不显：显，光明。　④不时：时，是。　⑤陟降：升降。　⑥帝：上帝。　⑦亹亹（wěi wěi 伟伟）：勉力。　⑧令闻：好的声闻。　⑨陈锡：重赐，厚赐。　⑩侯：于。　⑪本支百世：本宗，即文王子孙。支，支子，即文王庶出子孙，均传百代。　⑫不显亦世：显世，光显于世。　⑬厥犹翼翼：其谋恭敬。　⑭皇：美。　⑮桢：支柱。　⑯济济：众多貌。　⑰穆穆：美好。　⑱於：叹美。辑熙：光明。敬：诚敬。止：语助词。　⑲假：大。　⑳其丽不亿：其数亿。　㉑侯于周服：维服从周。　㉒殷士肤敏：殷臣美好敏疾。　㉓祼（guàn 贯）：用酒祭祖。将：行。　㉔黼（fǔ 甫）：绣白黑色斧形的礼服。冔（xǔ 许）：礼帽。称殷臣穿戴殷的礼服礼帽，说明文王以德不以强。　㉕荩（jìn 尽）臣：忠臣。　㉖无念：念。　㉗丧师：丧失众人心。师：众。　㉘骏命不易：保大命不容易。　㉙遏：

止。 ⑳载：事。 ㉛刑：法。 ㉜孚：相信。

《毛诗序》："《文王》，文王受命作周也。"《笺》："受天命而王天下，制立周邦。"

大　明

明明在下，①	明显的恩德在下面，
赫赫在上。	喧赫的神灵在天上。
天难忱斯，②	天意很难相信，
不易维王。	不易做的是治天下王。
天位殷适，③	天位本属殷嫡子，
使不挟四方。④	使命不能达四方。
挚仲氏任，⑤	挚国中女名太任，
自彼殷商，	从那个商朝挚城，
来嫁于周，	来嫁到那周家，
曰嫔于京。⑥	说做新妇到周京。
乃及王季，⑦	是认王季做丈夫，
维德之行。	只有道德才施行。
大任有身，⑧	太任嫁后有了孕，
生此文王。	生下文王这个人。
维此文王，	只有这个文王，

小心翼翼。	既是小心又谨慎。
昭事上帝,	勤勉地奉事上帝,
聿怀多福。	获取众多的福分。
厥德不回,	他对道德不违背,
以受方国。⑨	而受四方侯国的信任。
天监在下,	上天监视在下面,
有命既集。⑩	天命既然成就他。
文王初载,	文王即位的初年,
天作之合。	天作配合成了家。
在洽之阳,⑪	在那洽水的北面,
在渭之涘。⑫	在那渭水的水涯。
文王嘉止,⑬	文王嘉礼已经详,
大邦有子。	大邦有个好姑娘。
大邦有子,	大邦有个好姑娘,
伣天之妹。⑭	好比天帝妹子样。
文定厥祥,⑮	定婚卜卦都吉祥,
亲迎于渭。	亲迎就在渭水旁。
造舟为梁,⑯	造船作为浮桥样,
不显其光。	显耀亲迎的辉光。

有命自天，	有那天命从天降，
命此文王，	天命这个周文王，
于周于京，⑰	定国为周城为京，
缵女维莘，⑱	继娶女儿国号莘，
长子维行，⑲	长子亡故讲德行，
笃生武王。⑳	生个武王好继承。
保右命尔，	上天命令保佑他，
燮伐大商。㉑	和协诸国伐殷商。
殷商之旅，㉒	殷商的军队很是强，
其会如林。㉓	旗子插得像林样。
矢于牧野，㉔	陈兵牧野是我军，
维于侯兴。	只有周侯可以兴。
上帝临女，	上帝亲自来照临，
无贰尔心。	你们不要有二心。
牧野洋洋，㉕	牧野这里很宽广，
檀车煌煌。㉖	檀木作车很辉煌。
驷騵彭彭，㉗	四匹騵马很威武，
维师尚父，㉘	太师吕望称尚父，
时维鹰扬。	这时就像鹰飞扬。
凉彼武王，㉙	辅佐武王战疆场，

肆伐大商，㉚	疾驰前去伐大商，
会朝清明。㉛	会合朝见天下亮。

①明明在下：明显的恩德施给下面人民。　②忱（chén 沉）：信。　③适：通“嫡”，嫡子。　④挚：达到。　⑤挚仲氏任：挚国的中女姓任，叫太任。　⑥嫔（pín 贫）：为妇。　⑦王季：太任的丈夫。　⑧有身：有孕。　⑨方国：四方诸侯之国。　⑩集：就。　⑪洽（hé 合）：水名，源出陕西郃阳县北。阳：水北。　⑫渭：水名，渭水亦经此入河。涘（sì 四）：水边。　⑬嘉：嘉礼，订婚礼。　⑭伣（qiàn 欠）：好比。　⑮文定：订婚礼。祥：吉。　⑯梁：浮桥。　⑰于周于京：改号为周，易邑为京。　⑱缵（zuǎn 纂）：继娶。莘：国名。娶莘国女，即太姒。　⑲长子：指周文王长子伯邑考，先死。行：德行。　⑳笃：语助词。　㉑燮（xiè 谢）：和协。　㉒旅：众，指军队。　㉓会：通“旝”，旗。　㉔矢：陈列。　㉕洋洋：广大。　㉖煌煌：明显。　㉗骠（yuán 元）：赤毛白腹的马。　㉘师尚父：太师吕望。　㉙凉：假为亮，辅佐。　㉚肆：疾。　㉛会：合。

《毛诗序》：“《大明》，文王有明德，故天复命武王也。”《笺》：“二圣相承，其明德日以广大，故曰大明。”“明明者，文王、武王施明德于天下，其征应炤晢见于天。谓三辰效验。天之意难信矣，不可改易者天子也。今纣居天位，而又殷之正适，以其为恶，乃弃绝之，使教令不行于四方，四方共叛之。是天命无常，维德是予耳。言此者，厚美周也。”

绵

绵绵瓜瓞，①	长长不断的小瓜大瓜，

民之初生，②	周人最初的生涯，
自土沮漆。③	从杜水、沮水到漆水。
古公亶父，④	古公亶父就留下，
陶复陶穴，⑤	挖地上洞到地下洞，
未有室家。	他还没有居室的家。
古公亶父，	古公亶父不停下，
来朝走马，	从早上骑马走着，
率西水浒，	顺着西面的水边，
至于岐下。	直到岐山山脚下。
爰及姜女，⑥	于是跟了姜姓女，
聿来胥宇。⑦	来相居处做观察。
周原膴膴，⑧	岐周原野是肥美，
堇荼如饴。⑨	苦菜也是像糖类。
爰始爰谋，⑩	于是始谋又再谋，
爰契我龟。⑪	于是龟卜定祥瑞。
曰止曰时，⑫	停在这里作居处，
筑室于兹。	筑室在此真是美。
迺慰迺止，⑬	于是慰劳定居正，
迺左迺右，	分出左右定彼此，

迺疆迺理，	划定疆界便治理，
迺宣迺亩。[14]	疏通田亩好整治。
自西徂东，[15]	从西到东有田地，
周爰执事。	周遍事情有管理。
乃召司空，	是召司空来管地，
乃召司徒，[16]	是召司徒来管人，
俾立室家。	使立室家是他们。
其绳则直，	丈量绳子直又正，
缩版以载，[17]	用绳捆版得上升，
作庙翼翼。	筑庙墙版严又整。
捄之陾陾，[18]	用筐运土人纷纷，
度之薨薨，[19]	填土版内人群群，
筑之登登，[20]	筑土为墙声登登，
削屡冯冯。[21]	削平墙土声平平。
百堵皆兴，[22]	百堵高墙都起来，
鼛鼓弗胜。[23]	大鼓声音不能胜。
迺立皋门，	于是建立起郭门，
皋门有伉。[24]	郭门建立高相应。
迺立应门，	于是建立起正门，

应门将将。㉕　　正门建立真严整。
迺立冢土，㉖　　于是建立大社坛，
戎丑攸行。㉗　　西戎丑类望风行。

肆不殄厥愠，㉘　　遂不灭掉他怨愤，
亦不陨厥问。㉙　　也不废掉他聘问。
柞棫拔矣，　　柞树棫树都拔了，
行道兑矣，㉚　　道路通畅了，
混夷駾矣，㉛　　混夷逃遁了，
维其喙矣。㉜　　喘息困顿了。

虞芮质厥成，㉝　　虞芮求正得和平，
文王蹶厥生。㉞　　文王感动他善性。
予曰有疏附，　　我们讲疏附有贤臣，
予曰有先后，　　我们讲先后有良臣，
予曰有奔奏，㉟　　我们讲奔走有文臣，
予曰有御侮。　　我们讲抗敌有武臣。

①绵绵：长而不断绝。瓜瓞（dié 迭）：大瓜叫瓜，小瓜叫瓞。从小瓜长到大瓜，它的蔓长而不断绝。　②民：周人。　③土：通“杜”，水名。沮、漆：皆水名。杜水，在陕西麟游县杜山下，南流折东入武水。漆水在陕西邠县西，西南流与沮水相会，注于渭水。　④古公亶父：古代的公，名亶父，是周代太王名。　⑤陶复陶穴：挖土为室，旁穿为复，直穿为穴。旁穿指在

地上挖洞，直穿指在地下挖洞。陶指挖洞。　⑥爰及：于是与。　⑦胥宇：察看居处。　⑧朊朊（wǔ wǔ 午午）：美好。　⑨堇（jǐn 仅）：堇葵。荼（tú 图）：苦菜。饴（yí 姨）：用淀粉制成的糖。　⑩始：始谋。　⑪契龟：求龟壳裂纹，古人用龟壳卜吉凶，用火烧龟壳求裂纹。　⑫时：居住。　⑬迺慰迺止：迺，同“乃”。慰，慰劳。止，定居。　⑭左右：分左分右。疆理：分疆界和治理。宣亩：导沟洫和治田亩。　⑮自西徂东：从西往东，指分阡陌道路。　⑯司空：管土地的官。司徒：管徒役的官。　⑰缩版：用绳捆木板，为两层，中实土为墙。载：指版上去。　⑱捄（jiū 鸠）：用器盛土。陾陾（réng réng 仍仍）：众多。　⑲度：通“塿”，填土。薨薨（hōng hōng 烘烘）：指人众多。　⑳登登：指用力声。　㉑削屡（lóu 楼）：削去墙上隆高的泥土。屡，同“偻”，土墙隆起处。冯冯（píng píng 平平）：削土声。　㉒堵（dǔ 睹）：墙，五版为堵。兴：起。　㉓鼛（gāo 高）：大鼓。　㉔皋门：王的郭门。伉（kàng 抗）：高貌。　㉕应门：王宫的正门。将将：严正。　㉖冢土：大社神坛。有大事，必先祭大社神。　㉗戎丑：戎狄丑类。行：去，逋去。　㉘肆：遂。殄（tiǎn 舔）：断绝。愠（yùn 运）：怨愤。　㉙陨：废弃。问：聘问。　㉚兑：通行。　㉛混夷：西戎名。駾（tuì 退）：逃窜。　㉜喙（huì 惠）：困。　㉝虞芮：相传二国争田。质厥成：成其和平。二国到周求正，看见周人相让，以致自动相让，趋于和平。　㉞蹶（guì 贵）：感动。生：通“性”，善良的本性。　㉟予：周人自称。疏附：使疏远的人归附。先后：前后辅佐相导。奔奏：同“奔走”，奔走宣传美誉。

《毛诗序》：“《绵》，文王之兴，本由太王也。”方玉润《诗经原始》：“《绵》，追述周德之兴始自迁岐，民附也。”“此诗以地理言，故曰‘自土沮漆’，曰‘至于岐下’，曰‘筑室于兹’，凡属宗庙社稷，莫不制画昭然。使非去邠逾梁，何以臣服戎狄？……然诗虽重地利，仍以威德为主。故后二章，一服混夷，一感虞、芮，王道大行，天下归心。夫岂无因而致此哉?”

棫　朴

芃芃棫朴，①	柞树丛生多茂盛，
薪之槱之。②	砍它做柴积起来。
济济辟王，③	肃然起敬周文王，
左右趣之。	左右奔去积柴来。
济济辟王，	肃然起敬周文王，
左右奉璋。④	左右助祭捧玉璋。
奉璋峨峨，⑤	捧璋群臣威仪盛，
髦士攸宜。	俊美贤士宜称强。
淠彼泾舟，⑥	譬如那只泾水船，
烝徒楫之。⑦	众人拿楫划着它。
周王于迈，⑧	文王兴师去征伐，
六师及之。	六军及时跟着他。
倬彼云汉，⑨	广阔的那天河，
为章于天。	作为文彩在上天。
周王寿考，	周文王长寿，
遐不作人。⑩	何不作培养人才年。

追琢其章，⑪	雕琢他的文章，
金玉其相。⑫	金玉是它的质量。
勉勉我王，	我勤勉的周文王，
纲纪四方。⑬	忙于整顿四方。

①芃芃（péng péng 蓬蓬）：树木茂盛。棫（yù 育）：柞树。朴：丛生。　②槱（yóu 犹）：积。　③辟：君。　④璋：古祭祀用的酒器，用玉制。　⑤峨峨：庄严。　⑥淠（pì 譬）：舟行。泾：水名，源出甘肃，东南流入陕西，注于渭水，有泾清渭浊之称。　⑦烝徒：众人。楫：用楫划船。　⑧于迈：往行。　⑨倬（zhuō 卓）：大。云汉：天河。　⑩遐不：何不。　⑪追：雕。章：文章，文采。　⑫相：本质。　⑬纲纪：张网为纲，理网为纪。

这诗的解释有二：一是《毛诗序》：“《棫朴》，文王能官人也。”官人指用贤做官。二是方玉润《诗经原始》：“《棫朴》，文王能作士也。”“其作人之盛也，既美其质，复琢其章，故能焕发成采，如‘彼云汉’之‘为章于天’矣，岂不倬然也哉？及其归心也，莫大乎承祭与征伐。文王承祭，‘奉璋峨峨’，无非‘髦士攸宜’，则其作文德之士也可知。文王征伐，六师扈从，有似‘烝徒楫舟’，则其作武勇之士也又可见。盖非徒能官人而已，又有以作之，使其振兴鼓舞而变化焉。此周之人材所以独盛于唐虞三代上也。然岂一朝一夕之故哉？‘周王寿考’，始见成功。故虽有圣人在上，亦必久于其道，而后天下化成。‘才难’之叹，不益信欤？”

旱　　麓

瞻彼旱麓,①	遥望那旱山脚,
榛楛济济。②	榛树楛树真多哩。
岂弟君子,③	快乐平易的君子,
干禄岂弟。④	求禄得禄真乐易。
瑟彼玉瓒,⑤	鲜洁的玉杓,
黄流在中。	黄酒流在杓中。
岂弟君子,	快乐平易的君子,
福禄攸降。	福禄来得丰隆。
鸢飞戾天,	鸢鸟高飞到上天,
鱼跃于渊。	鱼儿跳跃在深渊。
岂弟君子,	快乐平易的君子,
遐不作人?⑥	怎能不作培养人?
清酒既载,	清酒既经陈设了,
骍牡既备,⑦	纯色的牺牲既经备了,
以享以祀,	用来献神用来祭,
以介景福。	用来求得大福气。
瑟彼柞棫,⑧	茂密的柞棫枝,

民所燎矣。	人民祭天所烧了。
岂弟君子，	快乐平易的君子，
神所劳矣。⑨	神所保佑了。
莫莫葛藟，⑩	茂盛的野葛，
施于条枚。⑪	蔓延到树干枝条上。
岂弟君子，	快乐平易的君子，
求福不回。⑫	求福不用在邪法上。

①旱：山名。旱山在陕西南郑县西南。麓：山脚。　②榛（zhēn 真）：树名，乔木。实为坚果，果仁可吃，可榨油。楛（hù 户）：树名，似荆而赤。济济：众多。　③岂弟：同“恺悌”，快乐平易。　④干：求。　⑤瑟：鲜洁。玉瓒（zàn 赞）：古代以玉为柄的酒勺，可以斟酒祭神。　⑥遐不：何不。　⑦骍牡：红色公牛。　⑧瑟：众密。柞（zuò 作）、棫（yù 玉）：均树木名。　⑨劳：劳来，保佑。　⑩莫莫：茂盛。葛藟（lěi 磊）：野葛。　⑪施（yì 异）：蔓延。　⑫回：违背正道。

这诗的解释有二：一是《毛诗序》：“《旱麓》，受祖也。周之先祖世修后稷、公刘之业，大王、王季申以百福干禄焉。”二是方玉润《诗经原始》：“若曰文王盛德，上有以得天，下有以得人，幽有以格神，夫固与天人神鬼无毫发之间，禄何待干而后获，福何待求而始至。而自人视之，则若文王之有意干而求之也。不然，何以无禄不臻，无福不备？不求福则已，一求福而神劳之以福；不干禄则已，一干禄而天降之以禄，一若事之操券而得者。

夫非有术以致之哉？此盖以常情拟圣德，从不能摹拟中极意以摹拟之，非真谓禄可干而福可求也。”

思　齐

思齐大任，①	肃敬的太任，
文王之母。	是文王的母亲。
思媚周姜，②	这敬爱的周姜，
京室之妇。	王室主妇在周京。
大姒嗣徽音，③	太姒继承了德音，
则百斯男。④	她生了很多男人。
惠于宗公，⑤	文王顺从先公，
神罔时怨，	先公神没有怨痛，
神罔时恫。⑥	先公神没有悲痛。
刑于寡妻，⑦	立法先施于嫡妻，
至于兄弟，	连及到兄弟，
以御于家邦。⑧	再用到治理国中。
雝雝在宫，	和气的人在王宫，
肃肃在庙。⑨	恭敬的人在宗庙。
不显亦临，	不显赫的人也让他照耀，
无射亦保。⑩	无射才的人也加爱保。

肆戎疾不殄，⑪	因此大病不灭，
烈假不瑕。⑫	光大不过头不息。
不闻亦式，	听见好话就采纳，
不谏亦入。⑬	听见谏劝也采纳。
肆成人有德，	成年人有德业，
小子有造。	年轻人有造就事业。
古之人无斁，⑭	古人对教育人不厌，
誉髦斯士。⑮	赞誉有俊才的事业。

①思：语助词。齐（zhāi 斋）：肃敬。大任：太任，王季的妃子。　②媚：爱慕。周姜：周太王妻。　③大姒：太姒，文王妻。嗣：继承。徽：美。　④百斯男：文王妻太姒生十男，文王众妾合太姒宜生百子。　⑤惠于宗公：顺于先公。　⑥时恫（tōng 通）：是痛。　⑦刑：通“型”，法。寡妻：嫡妻。　⑧御：治。　⑨雝雝（yōng yōng 庸庸）：和气。肃肃：恭敬。　⑩不显亦临，无射亦保：不显的人也观察，无射才的人也保用，重在贤，不在显与射。　⑪肆戎疾不殄：故大病不灭。大病自灭，故不灭。　⑫烈假不瑕：烈，光。假，大。瑕，过。　⑬不闻亦式，不谏亦入：即闻式谏入。不，语助词。　⑭无斁（yì 亦）：无厌。　⑮髦（máo 毛）：俊。

《毛诗序》：“《思齐》，文王所以圣也。”《笺》：“言非但天性，德有所由成。”又方玉润《诗经原始》：“故此诗当以刑于数语为主。首章大任，逆溯其源。末二章戎疾、造士，顺征其效。三章宫庙，则虚写其刑于气象。所谓德修于内而化成乎天下者，非文王而能若是乎?”

皇　矣

皇矣上帝,	伟大啊上帝,
临下有赫。	亲自观察下面严明。
监视四方,	监视四方形势,
求民之莫。①	寻求人民的安定。
维此二国,②	夏和殷二国,
其政不获。	它们的政治不行。
维彼四国,③	四方侯国谁可受天命,
爰究爰度。	于是研究量评。
上帝耆之,④	上帝恨殷纣他们,
憎其式廓。⑤	恨他们的廓争。
乃眷西顾,	于是眷念向西看顾,
此维与宅。	只此可与它经营。
作之屏之,⑥	除掉它和摒弃它,
其菑其翳。⑦	立死和枯死的树。
修之平之,	修剪它和平整它,
其灌其栵。⑧	从生和再生的树。
启之辟之,	开发它和开辟它,
其柽其椐。⑨	是河柳和灵寿树。

攘之剔之，[10]　　除掉它和剔掉它，
其檿其柘。[11]　　是山桑和柘树。
帝迁明德，　　上帝迁就明白德行人，
串夷载路。[12]　　混夷贫瘠而自猝。
天立厥配，　　上天立了太王配偶，
受命既固。　　他接受天命既得巩固。

帝省其山，[13]　　上帝察看岐山，
柞棫斯拔，　　柞树棫树都拔光，
松柏斯兑。[14]　　松树柏树往上长。
帝作邦作对，[15]　　上帝立国又立君，
自大伯、王季。　　从太伯到王季。
维此王季，　　只有这个王季，
因心则友。　　因他心里有友爱。
则友其兄，　　友爱他兄长，
则笃其庆，[16]　　厚待他亲人，
载锡之光。　　赐给他们荣光。
受禄无丧，　　接受福禄没有丧失，
奄有四方。[17]　　广博地拥有四方。

维此王季，　　只有这个王季，
帝度其心，　　上帝度量他的心，

貊其德音。[18]	静修他道德行为。
其德克明，	他的美德是非明，
克明克类，[19]	能分是非分善恶，
克长克君。	能做族长能做君。
王此大邦，	做这个大国的国王，
克顺克比。[20]	能顺势能顺民情。
比于文王，	影响一直到文王，
其德靡悔。	他在道德上没有悔恨。
既受帝祉，	既然受了上帝赐福，
施于孙子。	就要传给他的子孙。
帝谓文王：	上帝对文王说：
“无然畔援，[21]	“不要跋扈，
无然歆羡，	不要羡慕贪婪，
诞先登于岸。”[22]	先登上高岸罢。”
密人不恭，	密国人不恭顺，
敢距大邦，	敢拒绝大国教化，
侵阮徂共。	侵犯阮进到共啦。
王赫斯怒，	文王赫然发怒，
爰整其旅，	于是整顿他的军队，
以按徂旅，[23]	用来阻止敌往莒，
以笃于周祜，	用来加厚周家的福分，

以对于天下。[24]	用来安民心于天下。
依其在京，	依靠他在周京的力量，
侵自阮疆。	息兵归自阮国边疆。
陟我高冈：	登上我的高冈：
“无矢我陵，[25]	“不要陈兵在我山陵，
我陵我阿，	我的山陵我的山冈，
无饮我泉，	不要饮我的泉水，
我泉我池。”	我的泉水我的池塘。”
度其鲜原，	量度那广阔的平原，
居岐之阳，	在岐山的南方，
在渭之将。[26]	在渭水的侧旁。
万邦之方，[27]	作为万邦所效法，
下民之王。	是天下人民的王。
帝谓文王：	上帝对文王说：
“予怀明德，	“我眷念你显明的美德，
不大声以色，[28]	不用声威和怒色，
不长夏以革。[29]	不用罚打和鞭革。
不识不知，	好像不知不识，
顺帝之则。”	顺从上帝的法则。”
帝谓文王：	上帝对文王说：

“询尔仇方，[30]	“事要征询你邻国，
同尔兄弟。	协同好你的兄弟国。
以尔钩援，[31]	用你钩梯等物，
与尔临冲，[32]	同你的临车冲车，
以伐崇墉。”	用攻崇城来破贼。”

临冲闲闲，[33]	临车冲车整齐好，
崇墉言言，[34]	崇国城墙高高耸，
执讯连连，	捉住俘虏连连问，
攸馘安安。[35]	杀敌割耳也从容。
是类是祃，[36]	祭祀神灵求福佑，
是致是附，[37]	送还民物抚民众，
四方以无侮。	四方不敢来欺攻。
临冲茀茀，[38]	临车冲车称强雄，
崇墉仡仡，[39]	崇国城墙高高耸，
是伐是肆，[40]	是攻破是杀戮，
是绝是忽，[41]	是斩绝是消灭，
四方以无拂。[42]	四方没有违抗都服从。

①莫：安定。 ②二国：指夏和殷。古人常以夏商兴衰为戒。 ③四国：四方的侯国。 ④耆（qí 其）：恶。 ⑤憎：恨。廓：大。 ⑥作：通“斫”，砍。 ⑦菑（zì 自）：树立着枯死。翳（yì 亦）：树倒地枯死。 ⑧灌：丛生。栵（lì 例）：再生枝条。 ⑨柽（chēng 称）：三春柳。椐（jū 居）：灵寿

树。　⑩攘（rǎng 让）：排除。　⑪檿（yǎn 掩）：山桑。柘（zhè 这）：树名，野桑。　⑫串夷：即混夷，西戎的一种。路：贫瘠。　⑬省：察看。　⑭兑：易伸直。　⑮作对：作配，即为君。　⑯笃其庆：厚其亲。　⑰奄有：广有。　⑱貊（mò 陌）：静。　⑲克类：能分善恶。　⑳克比：能顺比。　㉑畔援：跋扈。　㉒诞：语助词。登于岸：升岸。　㉓按：止。徂旅：往莒。旅当作莒。　㉔对：遂。　㉕矢：陈列。　㉖将：侧。　㉗方：效法。　㉘声以色：声与色。　㉙夏以革：夏楚与鞭革。夏楚，木棍；鞭革，皮鞭，都是刑具。　㉚仇方：与国。指邻国。　㉛钩援：攻城工具。　㉜临冲：两种战车，上临下，冲击。　㉝闲闲：整齐貌。　㉞言言：高大貌。　㉟攸馘（guó 国）：从敌首级上割左耳。安安：从容貌。　㊱类：出征前祭神。祃（mà 骂）：至所征地祭神。　㊲致：送还。附：抚慰。　㊳茀茀（fú fú 福福）：强盛貌。　㊴仡仡（yì yì 义义）：高耸貌。　㊵肆：杀。　㊶忽：灭。　㊷拂：违抗。

《毛诗序》："《皇矣》，美周也。天监代殷，莫若周，周世世修德，莫若文王。"《笺》："监，视也。天视四方可以代殷王天下者，维有周耳。世世修行道德，唯有文王盛耳。"又朱熹《诗集传》："此诗叙太王、太伯、王季之德，以及文王伐密伐崇之事也。"

灵　台

经始灵台，①	开始设计造灵台，
经之营之，②	设计它规划它，
庶民攻之，③	人们都来建筑它，
不日成之。	不到几天造成它。

经始勿亟，④	开始设计并不急，
庶民子来。	人们像儿子般来完成它。
王在灵囿，	文王在灵囿，
麀鹿攸伏；⑤	母鹿很贴伏；
麀鹿濯濯，⑥	母鹿优游，
白鸟翯翯。⑦	白鸟肥泽自降落。
王在灵沼，	文王在灵沼，
於牣鱼跃。⑧	赞美满池鱼在跳。
虡业维枞，⑨	木柱横板上崇牙耸，
贲鼓维镛。⑩	挂上大鼓与大钟。
於论鼓钟，⑪	赞美敲击鼓钟，
於乐辟廱。⑫	赞美同乐在辟廱。
於论鼓钟，	赞美敲击鼓钟，
於乐辟廱。	赞美同乐在辟廱。
鼍鼓逢逢，⑬	鼍鼓声音蓬蓬，
矇瞍奏公。⑭	音乐师奏乐祝成功。

①灵台：台名，在陕西西安市西北。下章灵囿、灵沼同。 ②经营：规划。 ③攻：制作。 ④亟：同“急”。 ⑤麀（yōu 优）：雌鹿。 ⑥濯濯（zhuó zhuó 浊浊）：娱游。 ⑦翯翯（hè hè 贺贺）：肥泽。 ⑧牣（rèn 认）：

满。　⑨虡业维枞：挂钟磬的直柱横梁上的木板，上刻着牙形。虡(jù 巨)：直柱。业：木板。枞(cōng 匆)：牙形。　⑩贲鼓：大鼓。镛：大钟。　⑪论：通“抡”，敲击。　⑫辟(bì 壁)雍：水环丘如璧曰辟雍。古代大学，大射行礼处，在水环绕处。　⑬鼍(tuó 驼)鼓：鳄鱼皮的鼓。　⑭矇瞍(méng sǒu 蒙叟)：瞎子，古以瞎子作音乐师。公：通“功”。

这诗的解释有二：一是《毛诗序》：“《灵台》，民始附也。文王受命，而民乐其有灵德，以及鸟兽昆虫焉。”《笺》：“民者，冥也，其见仁道迟，故于是乃附也。天子有灵台者，所以观祲象，察气之妖祥也。文王受命而作邑于丰，立灵台。《春秋传》曰：‘公既视朔，遂登观台以望，而书云物，为备故也。’”二是《孟子·梁惠王篇》：“文王以民力为台为沼，而民欢乐之，谓其台曰灵台，谓其沼曰灵沼，乐其有麋鹿鱼鳖。古之人与民偕乐，故能乐也。”

下　　武

下武维周，①	后人继承的只有周家，
世有哲王。	世世有明圣的国君。
三后在天，②	三王已经在天上，
王配于京。③	武王作配在周京。
王配于京，	武王作配在周京，
世德作求。④	当世道德作配允。
永言配命，⑤	永远秉承着天命，

成王之孚。⑥　　成为周王得信任。

成王之孚，　　成为周王得信任，
下土之式。　　天下人民的法式。
永言孝思，⑦　　永远继承着孝思，
孝思维则。　　继承孝思是法则。

媚兹一人，　　爱慕武王这一人，
应侯顺德。⑧　　当是顺从祖先德。
永言孝思，　　永远留下了孝思，
昭哉嗣服。⑨　　诏示后人要继承。

昭兹来许，⑩　　诏示那后进，
绳其祖武。⑪　　继承祖先的德行。
于万斯年，　　在一万多年分，
受天之祜。　　享受天赐的福分。

受天之祜，　　享受天赐的福分，
四方来贺。　　四方前来祝贺。
于万斯年，　　在一万多年分，
不遐有佐。⑫　　怎能没有辅佐。

①下武：后继。维周：只有周家。后人能继先祖的，只有周家。　②三

后：指太王、王季、文王。　③王配于京：武王配行其道于周京。配，配天，秉承天命。　④作求：作逑，作配。　⑤永言配命：永远配合天命。　⑥孚：信。　⑦孝思：孝心。一说“孝”指美德总称。　⑧应侯顺德：当乃顺从祖德。　⑨嗣服：继承祖业。　⑩来许：后进。　⑪祖武：祖迹，祖业。　⑫不遐：胡不。

《毛诗序》：“《下武》，继文也。武王有圣德，复受天命，能昭先人之功焉。”《笺》：“继文者，继文王之王业而成之。昭，明也。”

文王有声

文王有声，	文王有声誉，
遹骏有声，①	有大的声誉，
遹求厥宁，	谋求人民安宁，
遹观厥成。②	展现功业完成。
文王烝哉！③	文王的君道得完成啊！
文王受命，	文王接受天命，
有此武功；	才有这样的武功；
既伐于崇，	既经讨伐崇国，
作邑于丰。	建立都邑在丰。
文王烝哉！	文王的君道得畅通啊！

筑城伊淢，④	筑城要挖护城河，
作丰伊匹。⑤	建立丰邑要配牢。
匪棘其欲，⑥	不是急求满他欲，
遹追来孝。	只是追念先代的孝。
王后烝哉！	文王的君道能得道啊！
王公伊濯，⑦	文王的功劳大，
维丰之垣。	有丰邑的城墙。
四方攸同，	四方同归向，
王后维翰。⑧	称文王作骨干宣扬。
王后烝哉！	文王的君道强啊！
丰水东注，	丰水向东流去，
维禹之绩。	是禹的功劳。
四方攸同，	四方同归向，
皇王维辟。⑨	文王行得是君道。
皇王烝哉！	文王的君道劳啊！
镐京辟廱，	镐京里建立辟廱，
自西自东，	从西到东，
自南自北，	从南到北，
无思不服。	没有哪国不服从。

皇王烝哉！　　文王的君道雄啊！

考卜维王，　　考查占卜只推王，
宅是镐京。　　定居在镐京。
维龟正之，　　龟卜能决断它，
武王成之。　　武王能建成它，
武王烝哉！　　武王的君道成就它啊！

丰水有芑，　　丰水边上有芑草，
武王岂不仕！　　武王岂有不建业啊！
诒厥孙谋，⑩　　传授给子孙的谋划，
以燕翼子。⑪　　用来安定警戒儿子，
武王烝哉！　　武王的君道真是好啊！

①遹(yù 愈)：语助词。骏(jùn 俊)：大。 ②观：示人。厥：其。 ③烝：君道。 ④伊：语助词。淢(xù 序)：护城河。 ⑤匹：配对。 ⑥棘：同“急”。 ⑦公：通“功”。濯(zhuó 浊)：大。 ⑧翰：骨干。 ⑨辟：君。 ⑩诒：传。孙谋：顺天下之谋。 ⑪燕翼：安乐警戒。

《毛诗序》：“《文王有声》，继伐也。武王能广文王之声，卒其伐功也。”《笺》：“继伐者，文王伐崇而武王伐纣。”又朱熹《诗集传》“此诗言文王迁丰、武王迁镐之事。”

生民之什

生　民

厥初生民，	开始生育周人，
时维姜嫄，①	是由姜嫄女子，
生民如何？	生育周人是怎样？
克禋克祀，②	能祭天能祭祀，
以弗无子。③	怎能没有儿子。
履帝武敏歆，④	踏上帝脚印很欢欣，
攸介攸止，⑤	肚子大了怀孕了，
载震载夙，⑥	胎儿震动又震动，
载生载育，	生下了好培植，
时维后稷。	这就是后稷。
诞弥厥月，⑦	生时满足月份，
先生如达。⑧	头生顺利像羊胎。
不坼不副，⑨	胎衣破裂胎盘分离，
无菑无害。⑩	无灾无害。
以赫厥灵，⑪	上帝显示神威灵，
上帝不宁。⑫	上帝还是不安宁。
不康禋祀，	不安还是来祭祀，

居然生子。	居然生下了儿子。
诞寘之隘巷，⑬	把他放在窄巷里，
牛羊腓字之。⑭	牛羊包庇爱护它。
诞寘之平林，	把他放在树林里，
会伐平林。	碰上砍林救了他。
诞寘之寒冰，	把他放在寒冰上，
鸟复翼之。	鸟儿展翅暖着他。
鸟乃去矣，	鸟儿飞去了，
后稷呱矣。	后稷呱呱哭了。
实覃实讦，⑮	哭声又长又是大，
厥声载路。⑯	他的声音满路了。
诞实匍匐，⑰	他已经会爬行了，
克岐克嶷，⑱	能够有知又有识，
以就口食。	能够就去找口食。
蓺之荏菽，⑲	他种那大豆，
荏菽旆旆，⑳	大豆长得好。
禾役穟穟，㉑	禾穗排列好，
麻麦幪幪，㉒	麻麦长得好，
瓜瓞唪唪。㉓	小瓜大瓜多又好。

诞后稷之穑，	后稷种庄稼，
有相之道。	有助长的门道。
茀厥丰草，㉔	除去茂盛的草，
种之黄茂。	种的植物黄又好。
实方实苞，㉕	发荣又含苞，
实种实褎，㉖	粗壮又长好，
实发实秀，㉗	发茎又扬花，
实坚实好，	坚挺结实好，
实颖实栗。㉘	垂头又结实。
即有邰家室。㉙	封到邰地立家妙。
诞降嘉种，	好种子天降下，
维秬维秠，㉚	是黑黍是麦子，
维穈维芑。㉛	是赤米是白米。
恒之秬秠，㉜	遍种黑黍和麦子，
是获是亩；	于是收获于是用亩计；
恒之穈芑，	遍种赤米和白米，
是任是负。㉝	于是抱起于是背起。
以归肇祀。	用来回去开始祭。
诞我祀如何？	我的祭祀怎么样？
或舂或揄，㉞	或是舂米或舀米，

或簸或蹂；㉟　　或是簸糠或搓米；
释之叟叟，㊱　　淘起米来声叟叟，
烝之浮浮；㊲　　蒸起米来气浮浮；
载谋载惟，　　出主意来出计谋，
取萧祭脂，　　取蒿和油来祭神，
取羝以軷；㊳　　取公羊来祭路神；
载燔载烈，　　就烧熟来再用烤，
以兴嗣岁。㊴　　且来求得明年好。

卬盛于豆，㊵　　我把食物装木豆，
于豆于登。㊶　　装了木豆装瓦登。
其香始升，　　它的香气开始升，
上帝居歆。㊷　　上帝降临来受歆。
胡臭亶时。㊸　　香味大好又好闻。
后稷肇祀，　　后稷开始来祭祀，
庶无罪悔，　　几乎没有罪和悔，
以迄于今。　　自从那时直到今。

①姜嫄（yuán 原）：姜姓部落的女酋长。　②禋（yīn 因）：祭天的典礼。　③以弗无子：用来除去无子。弗，指除灾去邪。　④履帝武敏歆：践踏上帝脚迹忻然。履，踏。帝武，上帝脚步。敏，借为拇，脚拇趾。歆，忻然。　⑤攸介攸止：腹大得孕。介，大。止，得到。这是踏脚印会得孕，是神话，实际是姜嫄同人野合而得孕。　⑥载震载夙：指胎动。震，指震动。

夙也指动。⑦诞弥厥月：生育满足它月份。弥，满。月，月份。⑧达：羊胎。⑨不拆不副：不，语助词。坼，指胞衣分裂；副，指胎盘分离。⑩菑：同“灾”。⑪赫：显耀。⑫姜嫄恐“履帝武”孕受罚，故有“帝不宁”之忧，而居然生后稷，故以不祥而弃之。⑬寘：置，放在。⑭腓（féi 肥）：庇护。字：慈爱。⑮覃（tán 谈）：长。訏（xū 须）：大。⑯载路：满路。⑰匍匐（pú fú 婆伏）：爬行。⑱岐：知意。嶷（yí 宜）：识。⑲蓺：同“艺”。荏（rěn 忍）：大。⑳旆旆（pèi pèi 沛沛）：长大。㉑禾役：禾之行列。穟穟（suì suì 遂遂）：美好。㉒幪幪（měng měng 猛猛）：茂盛。㉓唪唪（běng běng 绷绷）：甚多貌。㉔茀（fú 伏）：除去。㉕实：语助词。方：发芽。苞：含苞。㉖褎（yòu 右）：长。㉗发：发展。秀：扬花。㉘颖：垂头。栗：结实。㉙邰（tái 台）：姜嫄的国名，在陕西武功县西南。㉚秬（jù 巨）：黑黍。秠（pī 披）：麦子。㉛穈（mén 门）：赤苗，红米。芑（qǐ 起）：白苗，白米。㉜恒：遍种。㉝任：犹抱。㉞揄（yóu 由）：舀取。㉟蹂：通“揉”，搓米。㊱释：淘米。叟叟：淘米声。㊲浮浮：蒸米热气。㊳羝（dī 低）：公羊。軷（bá 拔）：祭路神。㊴以兴嗣岁：用来兴起新年，祝新年丰收。㊵卬：通“昂”，我。㊶豆：木制盛熟物器。登：瓦制的器。㊷居：语助词。歆：飨。㊸胡臭：大芳香。亶时：诚善。

《毛诗序》：“《生民》，尊祖也。后稷生于姜嫄，文武之功起于后稷，故推以配天焉。”

行　苇

敦彼行苇，①　　聚生路边的芦苇，
牛羊弗践履。　　牛羊不要乱踩紊。

方苞方体，[2]	它正含苞正成形，
维叶泥泥。[3]	它的叶儿正茂盛。
戚戚兄弟，[4]	相亲的兄弟，
莫远具尔。[5]	不要疏远要亲近。
或肆之筵，[6]	或摆好了筵席，
或授之几。[7]	或给与几表尊敬。

肆筵设席，	陈列筵席请客坐，
授几有缉御。[8]	授与几子有侍候。
或献或酢，	有人献酒有回敬，
洗爵奠斝。[9]	洗杯献杯实敬酒。
醓醢以荐，[10]	肉酱肉汁用来献，
或燔或炙。	或烧或烤正火候。
嘉殽脾臄，[11]	好菜牛胃兼牛舌，
或歌或咢。[12]	有唱有咢来助欢。

敦弓既坚，[13]	雕弓既是很坚劲，
四鍭既钧，[14]	四箭既是极钧衡，
舍矢既均，[15]	发箭既是均中的，
序宾以贤。	序列都是好客人。
敦弓既句，	雕弓既是都引满，
既挟四鍭。	既挟四箭中的均。

四鍭如树，	四箭中的如树立，
序宾以不侮。	不去侮慢好客人。
曾孙维主，	周王真是好主人，
酒醴维醹，⑯	甜酒真是味道醇，
酌以大斗，	酌用大杯来敬客，
以祈黄耇。	来求寿考祝客人。
黄耇台背，⑰	寿考都像鲐鱼背，
以引以翼。⑱	有行有扶有人敬。
寿考维祺，	祝他寿考是祥瑞，
以介景福。	用求大福受人敬。

①敦（tuán 团）：聚集。行（háng 杭）苇：路边的芦苇。　②苞：含苞。体：成形。　③泥泥：茂盛。　④戚戚：亲善。　⑤尔：同"迩"，近。　⑥筵（yán 延）：竹席，作为坐具。　⑦几：似矮桌。坐时可凭倚。　⑧缉御：续侍。　⑨奠斝（jiǎ 甲）：献酒器，即敬酒。　⑩醓（tǎn 坦）：多汁肉酱。醢（hǎi 海）：肉酱。　⑪膍（pí 琵）：牛胃。臄（jué 觉）：牛舌。　⑫咢（è 厄）：只击鼓，不唱歌。　⑬敦（diāo 雕）：画弓。　⑭鍭（hóu 侯）：箭。钧：同"均"。　⑮均：均射中。　⑯醹（rú 儒）：酒质醇厚。　⑰黄耇（gǒu 苟）：长寿老人。台背：同"鲐背"，指老人背有黑纹如鲐鱼背也。　⑱以引以翼：对老人在前牵引在旁扶持。

《毛诗序》："《行苇》，忠厚也。周家忠厚，仁及草木，故能内睦九族，外尊事黄耇，养老乞言，以成其福禄焉。"《笺》："九族，自己上至高祖，下至玄孙之亲也。黄，黄发也。耇，冻梨也。乞言，从求善言可以为政者，敦史受之。”

既　醉

既醉以酒，	既已饮用了醉酒，
既饱以德。	既已饱受了恩德。
君子万年，	君子人活一万年，
介尔景福。	上天赐你大福泽。
既醉以酒，	既已饮用了醉酒，
尔肴既将。①	你的菜肴美而精。
君子万年，	君子人活一万年，
介尔昭明。	天赐给你是光明。
昭明有融，②	光明又盛又久长，
高朗令终。	高明用善求始终。
令终有俶，③	善终有个好开始，
公尸嘉告。④	代公的人好作颂。
其告维何？	他的作颂是什么？
笾豆静嘉。	笾豆洁美又得宜。
朋友攸摄，⑤	群臣宾客来辅助，
摄以威仪。	辅助讲究是威仪。

威仪孔时，　　　　威仪用得很适时，
君子有孝子。　　　君子又都是孝子。
孝子不匮，　　　　孝子永远不穷乏，
永锡尔类。⑥　　　天赐给他大法子。

其类维何？　　　　他的法子是什么？
室家之壸。⑦　　　治家推广到治国。
君子万年，　　　　君子活到一万年，
永锡祚胤。⑧　　　永赐子孙多福泽。

其胤维何？　　　　天赐子孙是什么？
天被尔禄。　　　　天给你的是禄福。
君子万年，　　　　君子活到一万年，
景命有仆。⑨　　　天赐大命有着附。

其仆维何？　　　　天附大命是什么？
釐尔女士。⑩　　　赐你生女像士子。
釐尔女士，　　　　赐你生女像士子，
从以孙子。⑪　　　从而给你好孙子。

①将：精美。　②有融：又明。　③俶(chù 触)：始。　④公尸：代公作尸的人。　⑤摄：辅佐，指助祭。　⑥类：法程。　⑦壸(kǔn 捆)：古时宫中巷，引申为广。　⑧祚(zuò 做)：福。胤(yìn 印)：后代。　⑨仆：附。

《笺》："天之大命又附着于女。"女：汝，你。　⑩釐尔女士：予汝女子有士行。釐(lí 离)：给予。　⑪从以孙子：相从以好孙子。

这诗的解释有二：一是《毛诗序》："《既醉》，太平也。醉酒饱德，人有士君子之行焉。"《笺》："成王祭宗庙，旅酬下遍群臣，至于无筭爵，故云醉焉。乃见十伦之义，志意充满，是谓之'饱德'。""十伦"，孔颖达疏说："《祭统》云：'夫祭有十伦焉，见事鬼神之道焉，见君臣之义焉，见父子之伦焉，见贵贱之等焉，见亲疏之杀焉，见爵赏之施焉，见夫妇之别焉，见政事之均焉，见长幼之序焉，见上下之际焉。此之谓十伦也。'"按五伦只指"父子有亲，君臣有义，夫妇有别，长幼有序，朋友有信"。二是魏源《诗序集义》："《既醉》，绎嘏公尸也。"嘏，祝(工祝)为尸致福于主人之辞。即认为是一首祝福的诗。

凫　鹥

凫鹥在泾，①	野鸭鸥鸟聚泾水，
公尸来燕来宁。	代公人宴来安宁。
尔酒既清，	你的美酒既澄清，
尔肴既馨。	你的菜肴既香馨。
公尸燕饮，	代公的人来宴饮，
福禄来成。②	天赐福禄成就你。
凫鹥在沙，③	野鸭鸥鸟在沙滩，

公尸来燕来宜。	代公人宴会相宜。
尔酒既多，	你的美酒既然多，
尔肴既嘉。	你的菜肴又新奇。
公尸燕饮，	代公的人来宴饮，
福禄来为。④	天赐福禄相助你。

凫鹥在渚，	野鸭鸥鸟在水渚，
公尸来燕来处。	代公人宴来安处。
尔酒既湑，	你酒既滤得澄清，
尔肴既脯。⑤	你的菜肴干肉煮。
公尸燕饮，	代公的人来宴饮，
福禄来下。	天把福禄降你处。

凫鹥在潨，⑥	野鸭鸥鸟在水涯，
公尸来燕来宗。⑦	代公人宴会极好。
既燕于宗，⑧	既经宴会在宗庙，
福禄攸降。	天把福禄降下来。
公尸燕饮，	代公的人来宴饮，
福禄来崇。⑨	福禄重重来得好。

凫鹥在亹，⑩	野鸭鸥鸟在峡门，
公尸来止熏熏。	代公人来到欣欣。

旨酒欣欣，[11]	好酒香气可以闻，
燔炙芬芬。	烧的烤的味芬芬。
公尸燕饮，	代公的人来宴饮，
无有后艰。	没有后难可以云。

①凫(fú扶)：野鸭。鹥(yī医)：鸥鸟。泾(jīng京)：水名。　②成：成就，指以福禄成全之。　③沙：沙滩。　④为：助。　⑤脯(fǔ府)：干肉。　⑥潨(zhōng中)：水涯。　⑦宗：尊敬。　⑧于宗：在宗庙。　⑨崇：申，重，增加。　⑩亹(mén门)：峡中两岸对峙如门处。　⑪"来止熏熏"与"旨酒欣欣"，俞樾《古书疑义举例》认为当作"来止欣欣"，"旨酒熏熏"。"熏"同"醺"，指酒味。

这诗的解释有二：一是《毛诗序》："《凫鹥》，守成也。太平之君子，能持盈守成，神祇祖考安乐之也。"《笺》："'君子'，斥成王也。言君子者，太平之时则皆然，非独成王也。"二是方玉润《诗经原始》："姚氏曰：'《序》谓'守成'，泛混。郑氏于上章下曰：'祭祀既毕，明日又设醴而与尸燕。'此说可为诗旨。"说这是一首宴饮公尸的诗，即为"绎祭"。按周礼，祭神灵后还要宴享扮演神灵的尸，称"绎祭"。

假　乐

假乐君子，[1]	美好的成王，
显显令德。	明显德行有善良。
宜民宜人，	适宜安民和用人，

受禄于天。	受到天赐福禄长。
保右命之，②	天命保佑他，
自天申之。	天神告诫他。
干禄百福，③	求得福禄有多样，
子孙千亿。	子孙多到千亿强。
穆穆皇皇，	做人美好又堂皇，
宜君宜王，	宜做国君又做王，
不愆不忘，④	没有过错没遗忘，
率由旧章。	一切都照旧规章。
威仪抑抑，⑤	所有仪容都美好，
德音秩秩。⑥	所有德音都守常。
无怨无恶，	没有怨恨没有恶，
率由群匹。⑦	都从群臣好主张。
受福无疆，	接受福禄多无限，
四方之纲。	作为四方的纪纲。
之纲之纪，	作为四方的纪纲，
燕及朋友。	欢宴朋友真是好。
百辟卿士，⑧	诸侯卿士都说好，
媚于天子。	面对天子都亲好。

不解于位，	不懈怠他的职位，
民之攸塈。⑨	人民安心都守道。

①假：同“嘉”，美好。君子：指成王。　②右：同“佑”，佑助。　③干：求。　④愆（qiān 千）：过失。　⑤抑抑：美好。　⑥秩秩：有秩序。　⑦群匹：群臣。　⑧百辟（bì 必）：百君，指诸侯。卿士：指诸侯的大臣。　⑨塈（jì 既）：安息。

这诗的解释有二：一是《毛诗序》：“《假乐》，嘉成王也。”二是《诗三家义集疏》：“《论衡·艺增篇》：‘《诗》言“子孙千亿”，美周宣王之德能慎天地，天地祚之，子孙众多，至于千亿。’”是《鲁诗》与《毛序》“嘉成王”不同。

公　刘

笃公刘，①	诚厚的公刘，
匪居匪康，	不敢安居图安康，
迺埸迺疆，②	于是划田界划地界，
迺积迺仓；③	于是露囤是装仓；
迺裹餱粮，④	于是裹了干粮，
于橐于囊，⑤	放进小袋和大囊，
思辑用光。⑥	人民和睦国有光芒。
弓矢斯张，	对敌弓箭就开张，
干戈戚扬，⑦	还用干戈和斧扬，

爰方启行。⑧　　于是方才开始出行。

笃公刘，　　诚厚的公刘，
于胥斯原。⑨　　于是察看这田原。
既庶既繁，　　既是人多又繁荣，
既顺迺宣，⑩　　既顺民情人心宽，
而无永叹。　　没有人怨发长叹。
陟则在巘，⑪　　登上小山望田原，
复降在原。　　往下又走在平原。
何以舟之？⑫　　用什么来佩带呢？
维玉及瑶，　　用美玉和琼瑶，
鞞琫容刀。⑬　　还有刀鞘饰物和佩刀。

笃公刘，　　诚厚的公刘，
逝彼百泉，　　往看那百泉流，
瞻彼溥原；　　望那广阔的平原；
迺陟南冈，　　登山上南面山丘，
乃觏于京。　　于是看见那京丘。
京师之野，　　那是京师的野地头，
于时处处，　　于是处处可居，
于时庐旅，⑭　　于是可以建新居，
于时言言，　　于是话他当说那个话，

于时语语。	于是语他当讲那个语。
笃公刘，	诚厚的公刘，
于京斯依，	在京地依居后，
跄跄济济，⑮	趋走有节的众多臣，
俾筵俾几，	使设筵席使几留，
既登乃依。⑯	有登筵席有依几留。
乃造其曹，⑰	于是祭猪神把神求，
执豕于牢，	捉猪在猪牢，
酌之用匏。⑱	酌酒用葫芦瓢。
食之饮之，	给他们吃和饮，
君之宗之。	做国君、族长尊敬他。
笃公刘，	诚厚的公刘，
既溥既长，	土地既广又是长，
既景迺冈，⑲	既是测影在山冈，
相其阴阳，⑳	观察它的阴和阳，
观其流泉，	观察流泉定方向，
其君三单；㉑	轮流当兵来驻防；
度其隰原，	洼地平原好测量，
彻田为粮，㉒	治理田亩好种粮，
度其夕阳，㉓	测量西山的夕阳，

豳居允荒。	豳地居住确是广。
笃公刘,	诚厚的公刘,
于豳斯馆。	在豳地作公馆。
涉渭为乱,㉔	横渡渭河把工施,
取厉取锻。㉕	取砺石又取细锻。
止基乃理,㉖	立定基址治田亩,
爰众爰有。㉗	人口众多物富有。
夹其皇涧,㉘	夹着皇涧是住处,
遡其过涧。㉙	逆遡过涧是田亩。
止旅迺密,㉚	众人居住是密集,
芮鞫之即。㉛	水边河曲住处有。

①笃(dǔ 赌):忠厚。 ②迺:同“乃”。埸(yì 亦):田界。疆:边界。 ③积:露积。 ④餱(hóu 侯)粮:干粮。 ⑤橐(tuó 托):小袋。 ⑥辑:和睦。 ⑦戚扬:斧钺。戚,小斧;扬,大斧。 ⑧爰:语助词。方:始。 ⑨胥:相,察看。 ⑩宣:宣畅,通畅。 ⑪巘(yǎn 演):小山。 ⑫舟:带。 ⑬鞞琫(bǐng běng 丙绷):刀鞘上的饰物。容刀:佩刀。 ⑭庐旅:房舍。 ⑮跄跄:步趋有节。济济:庄严。 ⑯既登:指登席。乃依:指依几。几,坐时凭倚的矮桌。 ⑰造:通“祰”,指告祭。曹:通“褿”,指祭豕神。 ⑱匏(páo 袍):葫芦。 ⑲景:同“影”。冈:山冈。 ⑳阴阳:山北山南。 ㉑三单:轮流驻兵。 ㉒彻:开发。 ㉓夕阳:山的西边。 ㉔乱:横渡。 ㉕厉:通“砺”,磨刀石。锻:石。 ㉖止:居。乃理:理田野。 ㉗众:指人口增多。有:指物丰。 ㉘皇:涧

名。　㉙过：涧名。　㉚旅：众。密：安。　㉛芮（ruì 锐）：水涯。鞫（jū 居）：水曲。

这诗的解释有二：一是《毛诗序》："《公刘》，召康公戒成王也。成王将涖政，戒以民事。美公刘之厚于民，而献是诗也。"《笺》："公刘者，后稷之曾孙也。夏之始衰，见迫逐，迁于豳而有居民之道。成王始幼少，周公居摄政，反归之。成王将涖政，召公与周公相成王，为左右。召公惧成王尚幼稚，不留意于治民之事，故作诗美公刘以深戒之也。"二是《诗三家义集疏》："据鲁说，诗专美公刘，不关戒成王，亦不言召公作。《齐》、《韩》当同。"与《毛诗序》不同。

泂　酌

泂酌彼行潦，①	远远舀那路积水，
挹彼注兹，②	舀水倒在这里后，
可以餴饎。③	可以蒸饭可热酒，
岂弟君子，	平易的君子人，
民之父母。	是人民的父母。
泂酌彼行潦，	远远舀那路积水，
挹彼注兹，	舀水倒在这里后，
可以濯罍。④	可以洗净瓦杯向客酬。
岂弟君子，	平易的君子人，

民之攸归。　　人民归顺的好友。

泂酌彼行潦，　　远远舀那路积水，
挹彼注兹，　　舀水倒在这里后，
可以濯溉。⑤　　可以洗净漆杯向客酬。
岂弟君子，　　平易的君子人，
民之攸塈。⑥　　可使人民休息久。

①泂（jiǒng 窘）：远。行潦（lǎo 老）：路上积水。　②挹：舀。注：倒下。　③餴（fēn 分）：蒸饭。饎（chì 翅）：酒食。　④罍（léi 雷）：古瓦器名，可以盛酒。　⑤濯（zhuó 浊）：洗涤。溉（gài 盖）：通“概”，漆尊，酒器。　⑥塈（xì 戏）：休息。

这诗的解释有二：一是《毛诗序》：“《泂酌》，召康公戒成王也。言皇天亲有德、飨有道也。”二是《诗三家义集疏》：“愚案：三家以诗为公刘作。盖以戎狄浊乱之区而公刘居之，譬如行潦可谓浊矣，公刘挹而注之，则浊者不浊，清者自清。由公刘居豳之后，别田而养，立学以教，法度简易，人民相安，故亲之如父母。及太王居豳，而从如归市，亦公刘之遗泽有以致之也。其详则不可得而闻矣。据杨箴‘官操其业，士习其经’之语，是周之学制权舆于公刘，故并有《行苇》习射养老之典。”

卷　阿

有卷者阿，①　　有卷曲的大土山，

飘风自南。	疾风从南方吹来。
岂弟君子，	快乐平易的君子，
来游来歌，	游玩来又唱歌来，
以矢其音。②	陈述他的德音来。
伴奂尔游矣，③	优游闲暇你游了，
优游尔休矣。	逍遥自得你休息了。
岂弟君子，	快乐平易的君子，
俾尔弥尔性，④	使你终养你性命，
似先公酋矣。⑤	继承先公大业久了。
尔土宇昄章，⑥	你的领土版图，
亦孔之厚矣。	也是得天独厚了。
岂弟君子，	快乐平易的君子，
俾尔弥尔性，	使你终养你性命，
百神尔主矣。	百神做你的主了。
尔受命长矣，	你受天命长久了，
茀禄尔康矣。⑦	福禄使你安康了。
岂弟君子，	快乐平易的君子，
俾尔弥尔性，	使你终养你性命，
纯嘏尔常矣。⑧	天赐大福是经常了。

有冯有翼，[9]	有依靠有辅助，
有孝有德。	有孝行有美德。
以引以翼。	导引辅助在亲侧。
岂弟君子，	快乐平易的君子，
四方为则。	四方用你做法则。
颙颙卬卬，[10]	人民仰望志高昂，
如圭如璋，	有像玉圭像玉璋，
令闻令望。	有美名和好声望。
岂弟君子，	快乐平易的君子，
四方为纲。	四方用你做纪纲。
凤凰于飞，	凤凰在飞，
翙翙其羽，[11]	众多鸟儿展两翅，
亦集爰止。	聚集树上才息止。
蔼蔼王多吉士，[12]	王朝有众多善士，
维君子使，	只听君子驱使，
媚于天子。	他们敬爱天子。
凤凰于飞，	凤凰在飞，
翙翙其羽，	众多鸟儿展两翅，
亦傅于天。	高飞飞到了上天。

蔼蔼王多吉人，	王朝有众多善士，
维君子命，	只听君子命令，
媚于庶人。	亲爱众人和善士。
凤凰鸣矣，	凤凰叫了，
于彼高岗。	在那高岗。
梧桐生矣，	梧桐生长了，
于彼朝阳。	在那朝阳照的地方。
菶菶萋萋，⑬	梧桐长得茂盛，
雝雝喈喈。	凤凰叫得和顺。
君子之车，	君子的车，
既庶且多。	既是众来又是多。
君子之马，	君子的马，
既闲且驰。	训练有素善奔波。
矢诗不多，⑭	我献诗多，
维以遂歌。	只是用它成为歌。

①卷（quán 权）：曲。阿：大土山。 ②矢：陈述。 ③伴奂：优游闲暇。 ④俾尔弥尔性：使你终其寿命。弥，终。性，寿命。 ⑤似先公酋：继承祖宗功业长久。“似”通“嗣”。酋，久。 ⑥土宇：土地屋宅，代指领土封地。昄（bǎn 板）章：犹版图。 ⑦茀（fú 福）：小福。康：安康。 ⑧纯嘏（gǔ 古）：大福。纯，大。 ⑨冯（píng 凭）：依托。翼：庇护。 ⑩颙

颙(yóng yóng 喁喁)：仰慕。卬卬(áng áng 昂昂)：繁盛。　⑪翙翙(huì huì 汇汇)：众多。　⑫蔼蔼(ǎi ǎi 矮矮)：众多而有容仪。　⑬菶菶(běng běng 绷绷)：茂盛。　⑭矢诗不多：献诗多。矢，献。不，语助词。

这诗的解释有二：一是《毛诗序》："《卷阿》，召康公戒成王也。言求贤用吉士也。"《笺》："吉，犹善也。"二是《诗三家义集疏》："此诗据《易林》齐说，为召公避暑曲阿，凤凰来集，因而作诗。盖当时奉命巡方，偶然游息，推原瑞应之至，归美于王能用贤，故其诗得列于《大雅》耳。周公垂戒毋佚，成王必不般游。毛说殆近于诬矣。"

民　劳

民亦劳止，	人民也劳苦够了，
汔可小康。①	求得可以稍稍安康。
惠此中国，②	惠爱这些京师人，
以绥四方。	用来安定四方。
无纵诡随，③	不要放纵谲诈的人，
以谨无良。	用来谨防不善良。
式遏寇虐，④	用来遏止暴虐抢掠，
憯不畏明。⑤	不要怕高明人强梁。
柔远能迩，⑥	怀柔远人能及近，
以定我王。	用来安定我周王。

民亦劳止，	人民也劳苦够了，
汔可小休。	求得可以稍休处。
惠此中国，	惠爱这些京师人，
以为民逑。⑦	用作人民的相聚。
无纵诡随，	不要放纵谲诈的人，
以谨惽怓。⑧	用来谨防喧吵咒诅。
式遏寇虐，	用来遏止暴虐抢掠，
无俾民忧。	无使人民多忧虑。
无弃尔劳，	不要抛弃你的功劳，
以为王休。	用来作为王的美誉。

民亦劳止，	人民也劳苦够了，
汔可小息。	求得可以稍稍休息。
惠此京师，	惠爱这些京师人，
以绥四国。	用来安定四方侯国。
无纵诡随，	不要放纵谲诈的人，
以谨罔极。	用来谨防没有准则。
式遏寇虐，	用来遏止暴虐和掠夺，
无俾作慝。⑨	无使有人作恶。
敬慎威仪，	敬慎在人民的仪容，
以近有德。	用来接近美德。

民亦劳止，	人民也劳苦够了，
汔可小愒。⑩	求得可以小休一会。
惠此中国，	惠爱这些京师人，
俾民忧泄。⑪	使人民忧愁疏散。
无纵诡随，	不要放纵谲诈的人，
以谨丑厉。⑫	用来谨防众恶为害。
式遏寇虐，	用来遏制暴虐和掠夺，
无俾正败。⑬	不要使正道失败。
戎虽小子，⑭	你虽是年轻人，
而式弘大。	可是作用广大。

民亦劳止，	人民也劳苦够了，
汔可小安。	求得可以稍稍安闲。
惠此中国，	惠爱这些京师人，
国无有残。	国内没有残患。
无纵诡随，	不要纵容谲诈的人，
以谨缱绻。⑮	用来谨防奉迎成患。
式遏寇虐，	用来遏制暴虐掠夺，
无俾正反。	不要使政治变幻。
王欲玉女，⑯	王啊！我想成就你，
是用大谏。⑰	特此用力劝谏。

①汔(qì 气)：求。 ②中国：指京师。 ③诡随：谲诈谩欺之人。 ④式遏：用以制止。 ⑤憯(cǎn 惨)：乃。明：高明。 ⑥柔远：怀柔远方人。能迩：能从近处人。 ⑦逑：聚。 ⑧惛怓(hūn náo 昏挠)：喧哗。 ⑨慝(tè 特)：罪恶。 ⑩愒(qì 迄)：休息。 ⑪泄(xiè 屑)：通"渫"，除去。 ⑫丑厉：众恶。 ⑬无俾正败：无使正道败坏。 ⑭戎：你。 ⑮缱绻(qiǎn quǎn 浅犬)：紧紧缠绕。比喻小人固结其君。 ⑯玉女：玉汝，成就你。 ⑰大谏：力谏。

《毛诗序》："《民劳》，召穆公刺厉王也。"《笺》："厉王，成王七世孙也。时赋敛重数，徭役繁多，人民劳苦，轻为奸宄，强凌弱，众暴寡，作寇害，故穆公以刺之。"

板

上帝板板，[①]	上帝行为反常，
下民卒瘅。[②]	下面人民尽遭难。
出话不然，[③]	说的好话不算数，
为犹不远。[④]	做的谋划没远算。
靡圣管管，[⑤]	没有圣人只有乱，
不实于亶。[⑥]	没有诚信不忠善。
犹之未远，	作的谋划没远算，
是用大谏。	因此用了大谏劝。
天之方难，	上天正要降灾难，

无然宪宪。[7]	不要高兴弄戏玩。
天之方蹶，[8]	上天正要降动乱，
无然泄泄。[9]	不要多话来论断。
辞之辑矣，[10]	如果政教协和了，
民之洽矣。	人民就安定了。
辞之怿矣，[11]	如果政教败坏了，
民之莫矣。[12]	人民就受苦了。
我虽异事，[13]	我们虽然管不同的事，
及尔同僚。	我和你是同僚。
我即尔谋，	我就同你商量，
听我嚣嚣。[14]	听我说话你骄傲。
我言维服，[15]	我的说话是实事，
勿以为笑。	不要认为开玩笑。
先民有言，	古人曾经有句话，
询于刍荛。[16]	有事问到割草和老樵。
天之方虐，	上天正在暴虐，
无然谑谑。[17]	不要这样来戏谑。
老夫灌灌，[18]	老夫谆谆和你讲，
小子蹻蹻。[19]	小子骄傲是轻薄。
匪我言耄，	不是我话是老昏，

尔用忧谑。[20]	是你用了多戏谑。
多将熇熇，[21]	多把气盛对待人，
不可救药。	真是不可以救药。

天之方懠，[22]	上天正在发怒，
无为夸毗。[23]	不要卑身顺着干。
威仪卒迷，[24]	人的威仪尽迷乱，
善人载尸。[25]	善人好比死尸般。
民之方殿屎，[26]	人民正在苦呻吟，
则莫我敢葵。[27]	对我猜疑都不敢。
丧乱蔑资，[28]	人民经乱财资空，
曾莫惠我师。[29]	怎不施恩于民众。

天之牖民，[30]	上天的引导人民，
如埙如篪，[31]	像埙和篪的和洽，
如璋如圭，[32]	像圭和璋的合璧，
如取如携。[33]	像取和携的合一。
携无曰益，[34]	不要说携有阻塞，
牖民孔易。	引导人民很容易。
民之多辟，[35]	人多邪狭，
无自立辟。[36]	不要自己多立法。

价人维藩，[37]	武人是国的藩篱，
大师维垣。[38]	太师是国的城墙。
大邦维屏，	大邦是国的屏障，
大宗维翰。[39]	大宗是国的栋梁。
怀德维宁，	怀有美德使国安宁，
宗子维城。	大宗的儿子是国的城。
无俾城坏，	不要使城坏，
无独斯畏。[40]	不要害怕孤独众人。
敬天之怒，	敬畏上天的发怒，
无敢戏豫。	不敢当儿戏。
敬天之渝，[41]	敬畏上天的变化，
无敢驰驱。[42]	不敢放纵自己奔马。
昊天曰明，	上天那么明朗，
及尔出王。[43]	连你可以出去游荡。
昊天曰旦，[44]	上天那么光明，
及尔游衍。	连你可以游逛外出。

①板板：反常。　②瘅（dān 丹）：病。　③出话不然：发出好话，不以为对。　④犹：指谋划。　⑤靡圣管管：眼中没有圣人，无所依靠。管管，指无所依靠。　⑥亶（dǎn 胆）：诚。《笺》："不能用实于诚信之言，言行相违。"　⑦宪宪：犹欣欣。　⑧蹶（guì 贵）：动。　⑨泄泄：多言。　⑩辞：指政教。辑：指和睦。　⑪怿（yì 译）：通"殬"，败坏。　⑫莫：通"瘼"，

病。⑬异事：职务有异。⑭嚣嚣（áo áo 敖敖）：通“敖敖”，不听善言。⑮服：事。⑯刍荛（ráo 饶）：割草打柴的人。⑰谑谑（xuè xuè 血血）：戏笑。⑱灌灌：诚恳。⑲蹻蹻（jué jué 决决）：骄傲。⑳忧：当作“优”，调戏。㉑熇熇（hè hè 贺贺）：火盛。㉒懠（qí 齐）：怒。㉓夸毗（pí 皮）：柔顺貌，指屈己卑身。㉔卒迷：尽迷乱。㉕载尸：如尸，不语。㉖殿屎（xī 希）：呻吟。㉗葵：通“揆”，猜度。㉘蔑资：无财。㉙师：众民。㉚牖：通“诱”，诱导。㉛如埙如篪：埙（xūn 勋），土制乐器，有六孔，吹奏用。篪（chí 池），竹制器，像笛，有八孔。两乐器吹奏可相和。㉜如璋如圭：半圭叫璋，合璋为圭，指相配合。㉝如取如携：取携极易。㉞益：通“隘”，塞。㉟多辟：多邪行为。㊱立辟：立法。㊲价（jiè 介）人：披甲人，武人。㊳大师：太师，三公之一。维垣：作为城墙。㊴大宗：大的宗族。㊵畏：通“威”，指威严。㊶渝：变。㊷驰驱：指放纵。㊸王：往。㊹旦：明。

《毛诗序》：“《板》，凡伯刺厉王也。”《笺》：“凡伯，周同姓，周公之胤也，入为王卿士。”

荡之什

荡

荡荡上帝，①	法度败坏的上帝，
下民之辟。②	像下面人民的暴君。
疾威上帝，③	暴戾的上帝，
其命多辟。④	他的命令多邪淫。
天生烝民，	上天生下众民，
其命匪谌。⑤	他的命令不真诚。
靡不有初，	不是没有好开头，
鲜克有终。	却很少能够有所成。
文王曰咨，	文王说：唉，
咨女殷商。	唉叹你们殷商。
曾是强御，⑥	曾是强横，
曾是掊克，⑦	曾是聚敛，
曾是在位，	曾是在位称王，
曾是在服。⑧	曾是各在职事。
天降滔德，⑨	上天降下不好的行藏，
女兴是力。⑩	你们是出力帮忙。

文王曰咨，	文王说：唉，
咨女殷商。	唉叹你们殷商。
而秉义类，[11]	你们执持强族，
强御多怼，[12]	强横多得怨恨，
流言以对，[13]	流言可以得逞，
寇攘式内。[14]	强抢强取得猖狂。
侯作侯祝，[15]	于是怨谤于是诅咒，
靡届靡究。[16]	没穷没尽没收场。

文王曰咨，	文王说：唉，
咨女殷商。	唉叹你们殷商。
女炰烋于中国，[17]	你们在国中咆哮，
敛怨以为德。	招集怨恨以为德。
不明尔德，	不明是你们的德，
时无背无侧。[18]	不知反叛不知反侧。
尔德不明，	你们对德是不明，
以无陪无卿。	因此无陪臣无卿相。

文王曰咨，	文王说：唉，
咨女殷商。	唉叹你们殷商。
天不湎尔以酒，[19]	天不沉醉你们用酒，
不义从式。[20]	不宜放纵你们发狂。

既愆尔止，[21]	既经行止失当，
靡明靡晦。	无论晴明或阴凉。
式号式呼，	你们大号又大呼，
俾昼作夜。	把那白天作夜场。
文王曰咨，	文王说：唉，
咨女殷商。	唉叹你们殷商。
如蜩如螗，[22]	像蝉那样噪，
如沸如羹。	像沸的羹汤。
小大近丧，	小事大事都近丧亡，
人尚乎由行。	人们还在学样。
内奰于中国，[23]	国中怒着那怨恨，
覃及鬼方。[24]	沿及到远方。
文王曰咨，	文王说：唉，
咨女殷商。	唉叹你们殷商。
匪上帝不时，	不是上帝不善良，
殷不用旧。	是殷商不用旧规章。
虽无老成人，	虽然没有老成人，
尚有典刑。	但还是有典刑。
曾是莫听，	怎么就是不去听，
大命以倾。	国家的大命只好倾。

文王曰咨，	文王说：唉，
咨女殷商。	唉叹你们殷商。
人亦有言，	人有这样的话，
颠沛之揭，㉕	颠倒的树根露出土壤，
枝叶未有害，	枝叶没有害，
本实先拨。㉖	本根先受伤。
殷鉴不远，	殷商的鉴不远，
在夏后之世。	就在夏王的世上。

①荡荡：指法度败坏。　②辟（bì 壁）：君王。　③疾威：暴戾。　④辟（pì 僻）：邪僻。　⑤谌（chén 臣）：诚。　⑥曾：乃。强御：强暴。　⑦掊（póu 抔）克：聚敛。　⑧在服：在职。　⑨滔德：慢德，不好的行为。　⑩女兴是力：汝兴起是用力。　⑪而秉义类：尔执持强族。义类，指强族。　⑫怼（duì 队）：怨。　⑬对：遂，成就。　⑭攘（rǎng 嚷）：夺取。　⑮侯作侯祝：侯，是。作，诅。祝，咒。　⑯靡届靡究：无穷无尽。　⑰炰烋（páo xiāo 袍肖）：即咆哮，怒吼。　⑱无背无侧：不知反叛不知反侧。背，背逆。侧，倾仄，邪僻。　⑲湎（miǎn 免）：沉迷。　⑳不义从式：不宜纵试。　㉑尔止：你行止。　㉒蜩（tiáo 条）：蝉。螗（táng 唐）：蝉的一种。　㉓奰（bì 必）：怒。　㉔覃：延。鬼方：远方。　㉕颠沛之揭：颠倒拔起的根露。揭，指见根。　㉖拨：败坏。

《毛诗序》：“《荡》，召穆公伤周室大坏也。厉王无道，天下荡荡，无纲纪文章，故作是诗也。”

抑

抑抑威仪，①	缜密威严的仪容，
维德之隅。②	只是表示品德的方正。
人亦有言，	人有这样的话，
靡哲不愚。	没有哲人不愚蠢。
庶人之愚，	众人的愚蠢，
亦职维疾。	也是本身造成的毛病。
哲人之愚，	哲人的愚蠢，
亦维斯戾。③	也是只怕罪刑。

无竞维人，④	要想争强靠贤人，
四方其训之。	四方国家有教训。
有觉德行，⑤	有了真正的德行，
四国顺之。	四方国家都归顺。
讦谟定命，⑥	大谋决定好发令，
远犹辰告。⑦	远的谋划报国人。
敬慎威仪，	敬慎威严的仪容，
维民之则。	这是人民的模型。

其在于今，	事情到当今，
兴迷乱于政；⑧	迷乱在国政；

颠覆厥德，	颠倒了德行，
荒湛于酒。	沉湎在于酒。
女虽湛乐，	你喜欢纵情嗜酒，
弗念厥绍。⑨	不顾祖业的继承。
罔敷求先王，⑩	不广求先王的遗训，
克共明刑。	怎能执掌用明刑。
肆皇天弗尚，⑪	于是遭皇天厌弃，
如彼泉流，	像那泉水流一样，
无沦胥以亡。	不要沉沦都败亡。
夙兴夜寐，	早早起来深夜睡，
洒扫廷内，⑫	洒扫室内地方，
维民之章。	这是人民的规章。
修尔车马，	修好你的马车，
弓矢戎兵，	弓箭兵器各样，
用戒戎作，⑬	用来戒备西戎打仗，
用逷蛮方。⑭	用来治理蛮方。
质尔人民，⑮	告戒你的人民，
谨尔侯度，	谨慎你诸侯的法度，
用戒不虞。	用来防备突发的事件。
慎尔出话，	谨慎你发出的话语，

敬尔威仪，	慎重你威严的行举，
无不柔嘉。⑯	没有安善不赞许。
白圭之玷，	白圭上的污点，
尚可磨也；	还可以磨去；
斯言之玷，	这话的缺点，
不可为也。	不可除去。
无易由言，	不要轻易发言，
无曰苟矣。⑰	不要说苟且的话了。
莫扪朕舌，	没人扪住我舌头，
言不可逝矣。⑱	话不可追回了。
无言不雠，⑲	无话没有回应，
无德不报。	无德行没有报答。
惠于朋友，	施恩惠给朋友，
庶民小子。	以及庶民年轻人。
子孙绳绳，⑳	子孙相戒慎，
万民靡不承。	万民没有不相顺。
视尔友君子，	对你结交的君子人，
辑柔尔颜，㉑	容颜柔和又有神，
不遐有愆。	没有一点小过错。
相在尔室，	看你在室有精神，

尚不愧于屋漏。[22]	还不愧在暗处。
无曰不显，	不要说暗室不显明，
莫予云觏，	不要说不能看见我，
神之格思，[23]	神的亲临，
不可度思，	不可猜测，
矧可射思！[24]	何况可以厌倦神！

辟尔为德，[25]	修明你的美德，
俾臧俾嘉。	做善做美。
淑慎尔止，	好好谨慎你容止，
不愆于仪。	不错失于威仪。
不僭不贼，	没过失不害人，
鲜不为则。	很少不为当法则。
投我以桃，	投给我用桃子，
报之以李。	报答他用李子。
彼童而角，[26]	那童羊装上角，
实虹小子。[27]	实际上败坏了你小子。

荏染柔木，[28]	柔软的木料，
言缗之丝。[29]	安上丝线可发音。
温温恭人，	温和恭敬的人，
维德之基。	有美德可任。

其维哲人，	他是哲人，
告之话言，	告诉他好话，
顺德之行。	顺着美德去行。
其维愚人，	他是愚人，
覆谓我僭，[30]	反说我不可信，
民各有心。	人各自有心。
於呼小子，	唉，小子，
未知臧否。	还不知道坏和好。
匪手携之，	不但亲手提携你，
言示之事。	话里示你事相告。
匪面命之，	不但当面告诫你，
言提其耳。	说话提你耳朵相教。
借曰未知，[31]	假使说你不知道，
亦既抱子。	也已经把儿子抱。
民之靡盈，	人若没有自满，
谁夙知而莫成？[32]	谁说早知晚成好？
昊天孔昭，	上天很明白，
我生靡乐。	我的生活没有快乐。
视尔梦梦，[33]	看你懵懂，
我心惨惨。[34]	我心作痛。

诲尔谆谆，	教你谆谆，
听我藐藐。㉟	听我藐藐。
匪用为教，	不是作教，
覆用为虐。㊱	反当戏谑。
借曰未知，	假使说你无知，
亦聿既耄。㊲	也难说既老。
於乎小子，	唉，小子，
告尔旧止。	告你旧的章程。
听用我谋，	听用我的谋划，
庶无大悔。	近乎没有大悔恨。
天方艰难，	天正在降灾难，
曰丧厥国。	要亡掉你的国和京。
取譬不远，	打比方不远，
昊天不忒。㊳	上天岂能不明。
回遹其德，㊴	你邪僻你德行，
俾民大棘。㊵	使人民危急难行。

①抑抑：静密。　②隅：屋角，比方正。　③戾（lì 吏）：罪。　④无竞维人：无强于得贤人。无竞，竞也。　⑤觉：指正直。　⑥讦（xū）谟：大谋。　⑦辰：时。告：宣告。　⑧兴：语辞。　⑨绍：继承。指继承先人传统。　⑩傅：铺。　⑪肆：于是。尚：佑。　⑫廷内：朝堂内。　⑬戎作：伐戎事。　⑭逷（tì 替）：治理。　⑮质：诚。　⑯柔嘉：安善。　⑰苟：苟

且。 ⑱逝：往。 ⑲雠（chóu 仇）：应验。 ⑳绳绳（mǐn mǐn 敏敏）：戒慎。 ㉑辑柔：和安。 ㉒屋漏：居之西北隅，即暗处，为藏神之处，代指神。 ㉓格：至。 ㉔矧（shěn 沈）：况。射：厌。 ㉕辟：法。 ㉖童：童羊。 ㉗虹（hóng 宏）：同“讧”，指溃乱。 ㉘荏染：柔弱。 ㉙缗（mín 民）：安上弦。 ㉚僭（jiàn 建）：不信。 ㉛借：假如。 ㉜莫：同“暮”。 ㉝梦梦：昏乱。 ㉞惨惨：悲伤。 ㉟藐藐：忽略貌。 ㊱覆：反。 ㊲耄（mào 冒）：老。 ㊳忒（tè 特）：差。 ㊴遹（yù 育）：邪僻。 ㊵棘：通“急”，危难。

《毛诗序》：“《抑》，卫武公刺厉王，亦以自警也。”《笺》：“自警者，‘如彼泉流，无沦胥以亡’。”《诗三家义集疏》：“韩说曰：‘卫武公刺王室，亦以自戒。计年九十有五，犹使人日诵是诗而不离于其侧。’”

桑 柔

菀彼桑柔，①	茂盛的桑树叶子嫩，
其下侯旬，②	它的下面绿荫匀，
捋采其刘。③	采了叶子没绿荫。
瘼此下民，④	晒苦树下的人民，
不殄心忧。⑤	人民不断心忧愁。
仓兄填兮，⑥	类似丧亡来已久啊，
倬彼昊天，⑦	广大明察的上天，
宁不我矜？	难道不哀怜我人民？

四牡骙骙，[8]	四匹雄马不停跑，
旟旐有翩。	鸟旗龟旗车上飘。
乱生不夷，	祸乱产生不平静，
靡国不泯。[9]	没有一国不纷扰。
民靡有黎，[10]	国的中间没黎民，
具祸以烬。[11]	都遭灾祸成灰烬。
於乎有哀，	叹息之中有悲哀，
国步斯频。[12]	国运危急心不平。
国步蔑资，[13]	国运穷困没资财，
天不我将。[14]	天不助我实难办。
靡所止疑，[15]	没有居处终疑难，
云徂何往？	说走不知何处去？
君子实维，[16]	君子实干也是难，
秉心无竞。[17]	存心只是好争竞。
谁生厉阶，	谁人生出这祸根，
至今为梗？[18]	直到今天还作梗？
忧心慇慇，[19]	忧心隐隐还痛苦，
念我土宇。	常常想念我国土。
我生不辰，	我生不逢好时辰，
逢天僤怒。[20]	碰上上天发重怒。

自西徂东，	自从西方到东方，
靡所定处。	没有一所定居处。
多我觏痻，㉑	我是遭逢很多苦，
孔棘我圉。㉒	十分紧急我疆土。

为谋为毖，㉓	为国出谋要谨慎，
乱况斯削。	乱情可能得减削。
告尔忧恤，	告你怎样忧国家，
诲尔序爵。	教你怎样封官爵。
谁能执热，	谁遇到了苦热，
逝不以濯？	能不在水洗濯？
其何能淑，	可这怎能做得好，
载胥及溺。	只能相互水中溺。

如彼遡风，	像面向那个暴风，
亦孔之僾。㉔	也很像气喘哮。
民有肃心，㉕	人民本有进取心，
荓云不逮。㉖	却使他们做不到。
好是稼穑，	喜好聚敛又吝啬，
力民代食。㉗	使民出力代替吃。
稼穑维宝，	聚敛吝啬算是宝，
代食维好。	代替吃食算做好。

天降丧乱，	上天降下丧乱，
灭我立王。	灭掉我拥立的王。
降此蟊贼，㉘	降下这些吃苗虫，
稼穑卒痒。	田里庄稼都吃光。
哀恫中国，	哀痛国中的人民，
具赘卒荒。㉙	都像赘疣田都荒。
靡有旅力，	没有众力怎救灾，
以念穹苍。㉚	用来感动穹苍。
维此惠君，	只有这样好仁君，
民人所瞻。	人民认同好瞻仰。
秉心宣犹，㉛	执心遍求好谋划，
考慎其相。	考虑谨用他的相。
维彼不顺，	只有那个不顺君，
自独俾臧。	用人独行以为良。
自有肺肠，	独自有那肺与肠，
俾民卒狂。	使那人民都发狂。
瞻彼中林，	看那个树林中，
甡甡其鹿。㉜	许多野鹿步从容。
朋友已谮，㉝	朋友已经不相信，
不胥以穀。㉞	不相友好记心中。

人亦有言，	人也有过这样说，
进退维谷。	进退维谷走不通。
维此圣人，	只有这样的圣人，
瞻言百里。	眼睛远看有百里。
维彼愚人，	只有那些愚蠢人，
复狂以喜。	又像发狂又自喜。
匪言不能，	不是有话不能说，
胡斯畏忌。㉟	话说一下怕猜忌。
维此良人，	只有这个是好人，
弗求弗迪。㊱	不去贪求不钻营。
维彼忍心，	只有那个忍心人，
是顾是复。	是顾望来是反复。
民之贪乱，㊲	人民作乱有原因，
宁为荼毒？㊳	谁愿为此受荼毒？
大风有隧，㊴	大风吹得很迅猛，
有空大谷。	有从空洞大山谷。
维此良人，	只有这个善良人，
作为式穀。	所作善事无过错。
维彼不顺，	只有那个不顺眼，

征以中垢。	做事不正又混浊。
大风有隧，	大风吹得很迅猛，
贪人败类。[40]	贪人败坏那宗族。
听言则对，	听到顺话便对答，
诵言如醉。	听到谏言像醉客。
匪用其良，	不是用人好的话，
复俾我悖。[41]	反而使我遭逆悖。
嗟尔朋友，	叹息你的朋友，
予岂不知而作。[42]	我岂不知你所作。
如彼飞虫，[43]	像那飞鸟，
时亦弋获。	有时也被捉。
既之阴女，[44]	既然我在庇护你，
反予来赫。[45]	反而对我来威赫。
民之罔极，	人民的不中正，
职凉善背。[46]	主要相信善背人。
为民不利，	这样做事民不利，
如云不克。	还说恐怕不能胜。
民之回遹，	人民的邪僻，
职竞用力。	主要你崇尚暴力争。

民之未戾，㊼	人民生活不安定，
职盗为寇。㊽	主要朝廷有盗行。
凉曰不可，㊾	说你不可这样做，
复背善詈。㊿	又是背后大骂人。
虽曰匪予，	虽说以我话为非，
既作尔歌。	还是作歌求你正。

①菀（wǎn 碗）：茂盛。 ②旬：树荫蔽遮均匀。 ③刘：剥落而稀，叶子稀少。 ④瘼（mò 莫）：病。 ⑤殄（tiǎn 舔）：断绝。 ⑥仓兄填兮：《笺》："丧亡之道滋久长。"仓，丧；兄，滋；填，久。桑树叶采完了，等于丧亡。 ⑦倬（zhuō 捉）：明察。 ⑧骙骙（kuí kuí 癸癸）：不息。 ⑨泯（mǐn 敏）：乱。 ⑩民靡有黎：黎民没有。黎，黑首。 ⑪具：通"俱"。烬：灰烬。 ⑫国步斯频：国运危急。频，急。 ⑬蔑资：无资财。 ⑭将：助。 ⑮疑：定。 ⑯实维：是作。 ⑰秉心无竞：执心好争。无，语辞。 ⑱梗（gěng 耿）：指害人。 ⑲慇慇（yīn yīn 因因）：忧伤。 ⑳倬（dàn 旦）怒：重怒。 ㉑痻（mín 民）：病。 ㉒圉（yǔ 宇）：边疆。 ㉓毖：慎重。 ㉔僾（ài 爱）：窒息。 ㉕肃：进取。 ㉖荓云不逮：前进的使不及门。荓（pīng 乒），使。 ㉗好是稼穑，力民代食：爱好居家吝啬的人，令人民力作代食。稼穑，通"家啬"，指家居吝啬聚敛。 ㉘蟊贼：虫食苗根曰蟊，食节曰贼。 ㉙具赘卒荒：具备像赘疣的人，则田荒。 ㉚念：感动。 ㉛宣犹：遍谋。 ㉜甡甡（shēn shēn 申申）：众多。 ㉝谮（zèn）：诬陷，中伤。 ㉞穀：善。 ㉟胡斯畏忌：何此畏惧。 ㊱求：贪求。迪：钻营。 ㊲贪乱：贪欲作乱。 ㊳荼毒：毒害。 ㊴隧：状迅疾。 ㊵败类：败坏宗族。 ㊶复俾我悖：反使我悖逆。复：反。 ㊷而：你。 ㊸飞虫：飞鸟。 ㊹阴：同"荫"，庇护。 ㊺反予来赫：反而迁怒于我。 ㊻职凉

善背：主信小人，善于背正道。凉：信，通“谅”。　㊼戾：安定。　㊽职盗为寇：主作盗，为寇害。　㊾凉：语助。　㊿善：大。詈(lì利)：骂。

《毛诗序》：“《桑柔》，芮伯刺厉王也。”又《诗三家义集疏》：“鲁说曰：‘昔周厉王好专利，芮良夫谏而王不入，退赋《桑柔》之诗以讽。言是大风也，必将有遂；是贪人也，必将败其类。王又不悟，故遂流于彘。’”今山西霍县东北有彘城，即周厉王所奔。

云　汉

倬彼云汉，①	那个广大的天河，
昭回于天。②	光芒在天上转运。
王曰於呼，	王说：唉，
何辜今之人？	今天的人有何罪？
天降丧乱，	上天降下这丧乱，
饥馑荐臻。③	饥荒相接都发生。
靡神不举，	没有神道不祭祀，
靡爱斯牲。	没有吝惜那牺牲。
圭璧既卒，④	玉圭玉璧已用完，
宁莫我听？	难道我诉不听闻？

旱既大甚，	旱得既然太厉害，
蕴隆虫虫。⑤	暑天打雷热得很。

不殄禋祀，	没有断绝那祭祀，
自郊徂宫。⑥	从祭天到宫祭神。
上下奠瘗，⑦	祭上祭下或埋压，
靡神不宗。	没有神道不敬。
后稷不克，⑧	祖宗后稷不能救，
上帝不临。	昊天上帝不亲临。
耗斁下土，⑨	破坏天下的土地，
宁丁我躬？	难道正当我的身？
旱既大甚，	旱得既然太厉害，
则不可推。	灾情就是不可推。
兢兢业业，⑩	害怕危险没有用，
如霆如雷。	好像霹雳像打雷。
周余黎民，	周朝馀下的百姓，
靡有孑遗。⑪	好像没有留下来。
昊天上帝，	昊天上帝降大旱，
则不我遗。⑫	也不对我来问慰。
胡不相畏，	为什么不怕旱灾，
先祖于摧？⑬	祖宗的神不怕毁？
旱既大甚，	旱得既然太厉害，
则不可沮。	就是不可以阻拦。

赫赫炎炎，⑭	旱气迫人热气来，
云我无所。⑮	使我无处逃这灾。
大命近止，⑯	大命接近停止了，
靡瞻靡顾。	没有看前看后来。
群公先正，⑰	诸侯卿士众位神，
则不我助。	不能助我除灾情。
父母先祖，	父母先祖的神灵，
胡宁忍予？	怎么忍心我受灾情？

旱既大甚，	旱得既然太厉害，
涤涤山川。⑱	山川干涸无水神。
旱魃为虐，	旱鬼对人作虐待，
如惔如焚。	到处像烧又像焚。
我心惮暑，	我的心里怕暑热，
忧心如熏。	心里忧愁像火熏。
群公先正，	诸侯卿士众位神，
则不我闻。	对我祷告不恤问。
昊天上帝，	昊天上帝降灾情，
宁俾我遯？⑲	难道使我长受困。

旱既太甚，	旱得既然太厉害，
黾勉畏去。⑳	怕旱勉力除痛苦。

胡宁瘨我以旱,[21]	为什么用旱来害我,
憯不知其故。[22]	还不知道它缘故。
祈年孔夙,	求年成好祭祀办得早,
方社不莫。	祭四方祭社神不迟暮。
昊天上帝,	昊天上帝降旱灾,
则不我虞。	就不把我来忖度。
敬恭明神,	我恭敬神明,
宜无悔怒。	应该没有触犯众神怒。
旱既大甚,	旱得既然太厉害,
散无友纪。[23]	散乱无纪使人愁。
鞫哉庶正,[24]	穷困小人成庶正,
疚哉冢宰,[25]	怀着疚心冢宰愁,
趣马师氏,[26]	管马的做教育官,
膳夫左右。	膳夫做王的左右。
靡人不周,[27]	没有一人不用赒,
无不能止。	没有不能而停止不救。
瞻卬昊天,	仰头看看那上天,
云如何里?	说什么呢使我忧?
瞻卬昊天,	仰头看看那上天,
有嘒其星。[28]	有光闪闪它的星。

大夫君子，	大夫和君子们，
昭假无赢。㉙	祭祀无不用真诚。
大命近止，	大命接近停止了，
无弃尔成。	不要放弃你功勋。
何求为我，	何必为我有要求，
以戾庶正。	用来安定众官心。
瞻卬昊天，	仰头看看那上天，
曷惠其宁？	何时安惠民安宁？

①倬（zhuō 桌）：大。云汉：天河。　②昭：光。回：运转。　③荐臻（zhēn 贞）：接连来。　④卒：尽。　⑤蕴隆虫虫：暑雷而热。蕴，指暑。隆，指雷。虫虫，指热。　⑥宫：指宗庙。　⑦奠：祭天。礼神之物，置之于地。瘗：祭地。礼神之物，埋之于土。　⑧克：能。　⑨斁（dù 妒）：败坏。　⑩兢兢：恐。业业：危。　⑪孑遗：遗留。　⑫遗：赠物。　⑬于摧：将毁。　⑭赫赫：旱。炎炎：热。　⑮云：遮蔽。　⑯大命：国命。⑰群公：指先世诸侯。先正：指先世卿士。　⑱涤涤：除尽。　⑲遯：通"困"。　⑳黾（mǐn 敏）勉：勉力。去：除去。　㉑瘨（diān 颠）：病害。㉒憯（cǎn 惨）：曾，竟。　㉓友：通"有"。纪：纲纪。　㉔鞫哉庶正：鞫（jū 居），穷困。庶正，众官之长。相当于后世宰相。　㉕冢宰：众长之长。相当于后世宰相。　㉖趣马师氏：管马的做教育官。　㉗周：周济。　㉘嘒（huì 彗）：微光。　㉙昭假无赢：祭祀无差。

《毛诗序》："《云汉》，仍叔美宣王也。宣王承厉王之烈，内有拨乱之志，遇灾而惧，侧身修行，欲销去之。天下喜于王化复行，百姓见忧，故作是诗也。"《笺》："仍叔，周大夫也。《春秋》

鲁桓公五年：‘夏，天王使仍叔之子来聘。’烈，馀也。”“烈”指馀业。

崧　高

崧高维岳，①	山极高的是名山，
骏极于天。②	高到极点高到天。
维岳降神，	只有名山降生神，
生甫及申。③	降生甫侯和申伯相连。
维申及甫，	只有申伯及甫侯，
维周之翰，	使周朝的屏障保全，
四国于蕃，④	四方侯国的藩篱，
四方于宣。⑤	四方侯国的城垣。
亹亹申伯，⑥	勤勉的申伯，
王缵之事，	王使申伯治南国，
于邑于谢，	使他建邑在谢地，
南国是式。⑦	南方侯国作统治。
王命召伯：	王命令召伯：
“定申伯之宅。	“决定申伯住宅事。
登是南邦，⑧	成为南方的侯国，
世执其功。”	执掌他功传后世。”

王命申伯：	王命令申伯：
“式是南邦。	“作为南方侯国的法程。
因是谢人，	依靠谢邑的人，
以作尔庸。”⑨	建好你的城。”
王命召伯：	王命令召伯：
“彻申伯土田。”	“申伯田地你治成。”
王命傅御，⑩	王命令申伯家臣，
“迁其私人”。	“迁申伯的家人”。
申伯之功，⑪	申伯的功业，
召伯是营。	召伯来经营。
有俶其城，⑫	修缮他的城，
寝庙既成，	寝宫宗庙既建成，
既成藐藐。⑬	建成宫庙很壮美。
王锡申伯，	王赐申伯有功臣，
四牡蹻蹻，⑭	四匹雄马很雄壮，
钩膺濯濯。⑮	金钩胸缨都光明。
王遣申伯，	王派申伯回国，
路车乘马。	赐他大车乘马好。
“我图尔居，	“我算计你的住处，
莫如南土。	没有像南方好。

锡尔介圭，[16]	赐你大玉圭，
以作尔宝。	用作你的宝。
往近王舅，[17]	去吧王的舅，
南土是保。”	南方土地是安保。”
申伯信迈，[18]	申伯过宿回国去，
王饯于郿。	王饯申伯在郿地。
申伯还南，	申伯回到南方去，
谢于诚归。[19]	诚心回到谢邑去。
王命召伯，	王又命令给召伯，
彻申伯土疆。	治理申伯的疆地。
以峙其粻，[20]	用来备好你的粮，
式遄其行。[21]	加快申伯回国去。
申伯番番，[22]	申伯威武回了国，
既入于谢，	既到谢邑就进入。
徒御啴啴。[23]	徒步坐车都欣欣，
周邦咸喜，	全国臣民都喜悦。
戎有良翰。[24]	你们今天有好君，
不显申伯，	光荣显耀的申伯，
王之元舅，	王的大娘舅，
文武是宪。[25]	文德武功是法则。

申伯之德，	申伯的美德，
柔惠且直。	柔和惠爱并正直。
揉此万邦，㉖	用来安顺那万国，
闻于四国。	声誉闻达四方侯国。
吉甫作诵，	吉甫作了这篇颂，
其诗孔硕，	他的诗意有特色，
其风肆好，㉗	他的风格非常好，
以赠申伯。㉘	用来增美贤申伯。

①崧（sōng 松）：山高。岳：指四岳，东岳泰山，西岳华山，南岳衡山，北岳恒山。那个中岳嵩山是后起的，所以先说四岳。　②骏（jùn 俊）：通“峻”。　③生甫及申：甫侯和申伯，皆周宣王时大臣。一说甫即仲山甫，一说甫即甫侯，即穆王时作《吕刑》之甫侯之子孙。今即释为甫侯。　④四国：四方诸侯国。于蕃：为藩篱。　⑤于宣：为垣，做墙。宣，指墙。　⑥亹亹（wěi wěi 委委）：勤勉。　⑦南国：南方国家。式：法，取法。　⑧登：成为。　⑨庸：通“墉”，城墙。　⑩傅御：家臣之长。　⑪功：指建筑谢城的功业。　⑫俶（chù 绌）：修缮。　⑬藐藐（miáo miáo 秒秒）：美好。⑭蹻蹻（jué jué 决决）：强壮。　⑮濯濯（zhuó zhuó 浊浊）：光明。　⑯介：通“玠”，大圭。　⑰近（jì 记）：犹了。　⑱信：再宿。迈：走。　⑲谢于诚归：诚心要回到谢邑去。　⑳峙（zhì 至）：储备。粻（zhāng 章）：粮食。　㉑遄（chuán 传）：速。　㉒番番：勇武。　㉓徒御：徒步乘车两种人。啴啴（tān tān 摊摊）：和乐。　㉔戎：你们。　㉕宪：法则。　㉖揉（róu 柔）：使服从。　㉗风：清风。肆好：极好。　㉘赠：增。

这诗的解释有二：一是《毛诗序》：“《崧高》，尹吉甫美宣王也。天下复平，能建国亲诸侯，褒赏申伯焉。”《笺》：“尹吉甫、申伯，皆周之卿士也。尹，官氏。申，国名。”二是方玉润《诗经原始》：“此诗与下篇《烝民》，同为尹吉甫赠送之作。一送申伯，一送仲山甫，以二臣位相亚，名相符，才德又相配，故于二臣之行也，特赠诗以美之。于申伯则曰‘岳降’，于山甫则曰‘天生’，二诗发端皆极意经营，工力亦相敌。是二诗者，尹吉甫有意匹配之作也。有意匹配二臣，为宣王中兴生色。则篇中所谓‘生甫及申’之甫，非仲山甫而何？乃诸儒忽曰：‘甫，甫侯也，即穆王时作《吕刑》者。’《集传》疑二人不同时，难以并举。又云：‘或曰此是宣王时人，而作《吕刑》者之子孙也。’吕氏祖谦亦曰：‘甫、申，意者皆宣王时贤诸侯，同有功于王室者。甫虽不见于经，以文意考之，盖当如此也。’舍现在同见于诗之人不言，而乃为此猜疑无定之辞，真是可怪！盖泥申、甫皆国名耳。唯严氏粲曰：‘旧说谓姜氏之先主四岳之祀。岳神福兴其子孙。’则执着于‘岳降’之文，以辞害意矣。此诗言‘岳降’，犹《烝民》言‘天生仲山甫’耳。当时仲山甫为相，申伯亚于山甫，借山甫以大申伯也。且申伯光辅中兴，而远取周道始衰之甫侯以匹之，非所以褒扬申伯也。或者疑甫为字，申为国，则名称不类，故以申、甫皆为国。不知古人文辞难以例拘。《舜典》称‘契、稷’，稷以官，契以名。汉称‘绛、灌’，绛以封邑，灌以姓，皆不类也。此何玄子为之核实曰：‘或谓吉甫既为作诗之人，二甫字同，必无自赞之理。’然《烝民》之诗美仲山甫，篇中亦明著为吉甫所作，则此诗以申甫并言，乃似统为二诗发端，亦可以见甫之为仲山甫，又断断无疑也。”

烝　民

天生烝民，①	上天生了众民，
有物有则。②	有事物就有法则。
民之秉彝，③	人民执持常规，
好是懿德。	爱好的是美德。
天监有周，	上天察视周朝，
昭假于下。④	明显地到达下面侯国。
保兹天子，	保佑这个天子，
生仲山甫。⑤	生仲山甫这英哲。

仲山甫之德，	仲山甫的美德，
柔嘉维则。	柔和美好是准则。
令仪令色，	好仪容加好脸色，
小心翼翼。	小心谨慎真难得。
古训是式，	古来教训是法式，
威仪是力。	威望仪表他用力。
天子是若，⑥	天子这就选择他，
明命使赋。⑦	政令使他布侯国。

王命仲山甫，	周王命令仲山甫，

式是百辟。	作为诸侯的法式。
缵戎祖考，	继承祖先的事业，
王躬是保。	保佑王身的业绩。
出纳王命，	接受传达王命令，
王之喉舌。	作为周王的喉舌。
赋政于外，	传布政令在朝外，
四方爰发。[8]	四方诸侯于是发。
肃肃王命，[9]	尊严周王的命令，
仲山甫将之。[10]	仲山甫执行它。
邦国若否，[11]	朝廷上的善恶，
仲山甫明之。	仲山甫辨明它。
既明且哲，	既辨明又聪哲，
以保其身。	用来保全他身子。
夙夜匪懈，	早晚不懈怠难得，
以事一人。	用来侍奉一人责。
人亦有言，	人有这样的话，
柔则茹之，[12]	柔软的吃掉它，
刚则吐之。	刚强的吐出它。
维仲山甫，	只有仲山甫，
柔亦不茹，	柔软的也不吃它，

刚亦不吐。	刚强的也不吐它。
不侮矜寡,	不欺侮孤寡的人,
不畏强御。	不害怕强横的人。
人亦有言,	人有这样的话,
德輶如毛,⑬	道德虽轻像根毛,
民鲜克举之。	人少能够举起它。
我仪图之,⑭	我曾度量它,
维仲山甫举之,	只有仲山甫举起它,
爱莫助之。⑮	可惜没人帮助他。
衮职有缺,⑯	天子的职务有缺点,
维仲山甫补之。	只有仲山甫补救他。
仲山甫出祖,⑰	仲山甫出去祭路神,
四牡业业,⑱	四匹雄马壮又强,
征夫捷捷,⑲	跟随的人喜洋洋,
每怀靡及。⑳	每有怀私顾不上。
四牡彭彭,㉑	四匹雄马声彭彭,
八鸾锵锵。	八个鸾铃响当当。
王命仲山甫,	周王命令仲山甫,
城彼东方。	筑城在那个东方。

四牡骙骙，[22]	四匹雄马真强壮，
八鸾喈喈。[23]	八个鸾铃响当当。
仲山甫徂齐，	仲山甫到齐国去，
式遄其归。[24]	催他速回添荣光。
吉甫作诵，	吉甫作了这篇颂，
穆如清风。	柔和如像清风扬。
仲山甫永怀，	永远怀念仲山甫，
以慰其心。	用来安慰他衷肠。

①烝（zhēng 蒸）：众。 ②物：事物，行事。则：法则。 ③彝（yí 移）：常规，常道。 ④昭假：明致，精神明显地到达神。 ⑤仲山甫：周的诸侯之一，封于樊，今河南济源县西南阳城。 ⑥若：顺从。 ⑦明命使赋：王的明命使他传布。赋，传布。 ⑧发：行。 ⑨肃肃：庄严。 ⑩将：奉行。 ⑪若否：善恶。 ⑫茹：吃。 ⑬輶（yóu 由）：轻。 ⑭仪图：度量谋画。仪：度。 ⑮爱：惜。 ⑯衮：天子的龙衣。衮职：指天子职。 ⑰祖：路祭。 ⑱业业：指高大。 ⑲捷捷（qiè qiè 切切）：指喜乐。 ⑳每怀靡及：每人怀其私，无及于事。 ㉑彭彭：蹄声。 ㉒骙骙（kuí kuí 葵葵）：强壮。 ㉓喈喈（jiē jiē 杰杰）：车铃声。 ㉔遄（chuán 船）：速。

这诗的解释有二：一是《毛诗序》："《烝民》，尹吉甫美宣王也，任贤使能，周室中兴焉。"二是方玉润《诗经原始》："《烝民》，送仲山甫筑城于齐，怀柔东诸侯也。""诗本美仲山甫，故备举其德性、学行、事业，以及世系、官守，无不极意推美，而总

归之于德，且准以则焉而不过，几于《中庸》，至善学，故能使宣圣三复其言而叹美之。”

韩　奕

奕奕梁山，①	高大的梁山，
维禹甸之。②	禹来治理它。
有倬其道，③	宽广的路，
韩侯受命。	韩侯接受王命用它。
王亲命之：	周王亲自命令他：
“缵戎祖考，④	“继承你的先祖好，
无废朕命！	不要把我命令废掉。
夙夜匪解，	早晚不要懈怠，
虔共尔位！	虔诚恭敬你职位好！
朕命不易。	我的命令不改变。
榦不庭方，⑤	匡正不朝国的路遥，
以佐戎辟。”⑥	用来辅佐你君的正道。”
四牡奕奕，	四匹雄马气昂昂，
孔修且张。⑦	马身很长又强壮。
韩侯入觐，	韩侯进京来朝见，
以其介圭，	用他大圭来献上，
入觐于王。	进京朝拜见周王。

王锡韩侯，	王赐韩侯有多样，
淑旂绥章，⑧	善旂妥贴显文章，
簟茀错衡。	车帘文彩交错光。
玄衮赤舄，	黑袍红鞋都堂皇，
钩膺镂钖，⑨	金钩胸饰兼辔饰，
鞹鞃浅幭，⑩	皮裹车板虎皮张，
鞗革金厄。⑪	皮缰金木饰金黄。
韩侯出祖，	韩侯出门作路祭，
出宿于屠。	路远出宿在屠地。
显父饯之，	显父设席来饯他，
清酒百壶。	清酒百壶在席里。
其肴维何？	他的菜肴是什么？
炰鳖鲜鱼。	烹鳖鲜鱼都在里。
其蔌维何？	他的蔬菜是什么？
维笋及蒲。	有笋和嫩蒲在里。
其赠维何？	他的受赠是什么？
乘马路车。	乘马大车都在里。
笾豆有且，⑫	食器笾豆花样多，
侯氏燕胥。⑬	诸侯参加都在里。
韩侯取妻，	韩侯娶妻要行礼，

汾王之甥，[14]	妻是汾王的甥女，
蹶父之子。[15]	又是蹶父的女子。
韩侯迎止，	韩侯自作迎亲礼，
于蹶之里。	迎亲自到蹶父里。
百两彭彭，	百辆彩车声彭彭，
八鸾锵锵，	八个鸾铃声锵锵，
不显其光。	大显荣耀的光芒。
诸娣从之，	众陪嫁女跟从她，
祁祁如云。	多得像云能飞扬。
韩侯顾之，[16]	韩侯看了心欢喜，
烂其盈门。	光彩满门喜气扬。

蹶父孔武，	蹶父为人很勇武，
靡国不到，	没有侯国不曾去。
为韩姞相攸，	为女儿韩姞相女婿，
莫如韩乐。	没有像韩土快乐可与。
孔乐韩土，	最快乐是韩地可据，
川泽讦讦，	那河川可羡慕，
鲂鱮甫甫，[17]	鲂鱼鱮鱼大而著，
麀鹿噳噳，[18]	麀鹿众多在林下，
有熊有罴，	有熊有罴都可据，
有猫有虎。[19]	有猫有虎胜别处。

庆既令居，	既以为善好居处，
韩姞燕誉。[20]	韩姞安居有好誉。
溥彼韩城，	广大的那韩城，
燕师所完。	燕国人所经营。
以先祖受命，	因为祖先曾受命，
因时百蛮。	统有百蛮的能人。
王锡韩侯，	周王赐地给韩侯，
其追其貊，[21]	那是西戎北狄人。
奄受北国，	统有北方诸侯国，
因以其伯。	以他为霸而称伯。
实墉实壑，[22]	增城墙深城池，
实亩实籍。[23]	清田亩征户籍。
献其貔皮，[24]	献他的白狐皮，
赤豹黄罴。[25]	再献赤豹和黄罴。

①奕奕(yì yì 亦亦)：高大。梁山：在陕西韩城县西北。　②甸：治理。　③倬(zhuō 卓)：宽大。道：路。　④缵(zuǎn 纂)：继承。戎：你。　⑤榦(gàn 干)：匡正。不庭方：不朝见朝廷之国。方，指国。　⑥戎辟：你君。　⑦修张：长大。　⑧淑旂：美丽的画，交龙的旗。绥章：安全挂起。　⑨钖(yáng 阳)：马头上饰物。　⑩鞹鞃(kuò hòng 扩宏)：用皮裹的车中供人凭的皮包横木。浅幭(miè 蔑)：用浅毛皮裹的车上覆盖物。　⑪鞗(tiáo 条)革：皮的马缰绳。金厄：金属环，缠辔头。　⑫笾(biān 边)：盛果脯的竹器。豆：木制食器，高足。且(jū 居)：多。　⑬侯氏：诸侯。

燕胥：皆宴。胥，皆。　⑭汾王：周厉王逃到山西汾水附近，人们称他为汾王。　⑮蹶（jué 决）父：周朝的卿大夫。　⑯顾：当时嫁娶的礼。　⑰甫甫：大。　⑱噳噳（yǔ yǔ 雨雨）：众多。　⑲猫：指山猫。　⑳燕誉：安乐。　㉑追：西戎。貊（mò 末）：北狄。　㉒壑：深沟。　㉓籍：税。　㉔貔（pí 皮）：白狐。　㉕罴（pí 皮）：棕熊。

这诗的解释有二：一是《毛诗序》："《韩奕》，尹吉甫美宣王也。能锡命诸侯。"《笺》："梁山于韩国之山最高大，为国之镇，所望祀焉，故美大其貌奕奕然，谓之《韩奕》也。梁山今左冯翊夏阳西北。韩，姬姓之国也，后为晋所灭，故大夫韩氏以为邑名焉。幽王九年，王室始骚，郑桓公问于史伯曰：'周衰，其孰兴乎？'对曰：'武实昭文之功，文之祚尽，武其嗣乎？武王之子，应韩，不在，其晋乎！'"二是朱熹《诗集传》："韩侯初立来朝，始受王命而归，诗人作此以送之。《序》亦以为尹吉甫作，今未据。"

江　汉

江汉浮浮，①	长江汉水滚滚流，
武夫滔滔。②	武人气势雄赳赳。
匪安匪游，	不是求安不是出游，
淮夷来求。③	而是把淮夷来挽救。
既出我车，	既然发出我的车，
既设我旟。	既把鸟旗挡车头。

匪安匪舒，④	不是求安不是求舒服，
淮夷来铺。⑤	淮夷来归好怀柔。
江汉汤汤，⑥	长江汉水流洋洋，
武夫洸洸。⑦	武人威风凛凛强。
经营四方，	平定四方叛变国，
告成于王。	报告成功给宣王。
四方既平，	四方叛变既平定，
王国庶定。⑧	王国安定国势张。
时靡有争，⑨	这就没有战争事，
王心载宁。	宣王心里就安康。
江汉之浒，	长江汉水的水边，
王命召虎：	宣王命令召伯虎：
“式辟四方，	“用法开辟四方国，
彻我疆土。⑩	发展我朝的疆土。
匪疚匪棘，⑪	不是有病不求急，
王国来极。”⑫	王国从来用法辅。”
于疆于理，	治好国疆治田地，
至于南海。	一直到达南海土。
王命召虎：	宣王命令召伯虎：

“来旬来宣。[13] “要巡视要安抚。
文武受命， 文王武王受天命，
召公维翰。[14] 召康公是国的柱。
无曰予小子， 不要自说我是小子，
召公是似。[15] 召康公事业要继嗣。
肇敏戎公，[16] 勉力建立功业成，
用锡尔祉。” 就把福泽赐给你。”

“釐尔圭瓒，[17] “赐你圭柄好玉勺，
秬鬯一卣。[18] 黑黍香酒一杯焉。
告于文人， 祭告文德人，
锡山土田。 赐你山川和土田。
于周受命， 你在周朝受王命，
自召祖命。” 封同召祖受命焉。”
虎拜稽首，[19] 召虎下拜来叩头，
“天子万年！” “天子寿命有万年！”

虎拜稽首， 召虎拜谢来叩头，
“对扬王休，[20] “颂扬周王有美德，
作召公考，[21] 制作召公考上辞，
天子万寿！” 天子万寿多福泽！”
明明天子，[22] 勤奋不已好天子，

令闻不已。	美好声望不能息。
矢其文德，㉓	施行他的美好德，
洽此四国。㉔	协和这个四方国。

①浮浮：强盛貌。 ②滔滔：水广大。当作"江汉滔滔，武夫浮浮"。 ③求：征伐。 ④舒：缓慢。 ⑤铺：通"抚"，安抚。 ⑥汤汤（shāng shāng 商商）：水势广。 ⑦洸洸（guāng guāng 光光）：威武。 ⑧庶：幸。 ⑨时：是。 ⑩彻：开发。 ⑪疚：病。棘：急。 ⑫极：准则。 ⑬来旬来宣：来，语助词。旬，巡视。宣，宣抚。 ⑭召公：召虎的先祖，指助武王灭商的召公奭，谥康公。维翰：是桢干。 ⑮似：通"嗣"，继承。 ⑯肇敏：勉力。戎公：汝功，你的功业。 ⑰釐：赐。圭瓒（zàn 赞）：玉柄酒勺。 ⑱秬鬯（jù chàng 具畅）：黑黍酒。卣（yoǔ 友）：古酒器。 ⑲稽（jī 鸡）首：叩头礼。 ⑳对扬：颂扬。王休：王的美德。 ㉑作召公考：作召穆公辞，这辞刻在庙器上。 ㉒明明：勤勉。 ㉓矢：施行。 ㉔洽：协和。

这诗的解释有二：一是《毛诗序》："《江汉》，尹吉甫美宣王也。能兴衰拨乱，命召公平淮夷。"《笺》："召公，召穆公也，名虎。"二是方玉润《诗经原始》："盖自铭其器耳。夫淮夷平自是宣王中兴事，然诗非为宣王作，特编《诗》者录之，以见宣王之功也。此中界限不可不明。讵得因其平淮夷，遂漫然以为'美宣王'而无所区别哉？"

常　武

赫赫明明，①	声威喧赫又明智，
王命卿士，	宣王命令封卿士，
南仲大祖，②	托名太祖封南仲，
大师皇父。③	命令皇父做太师。
“整我六师，	“整顿我国的六军，
以修我戎，	用来训练我兵士，
既敬既戒，④	既已警惕又戒备，
惠此南国！”	加爱这个南国是！”

王谓尹氏：⑤	宣王告诉尹吉甫：
“命程伯休父，⑥	“命封程伯大司马，
左右陈行。	左右排列好战阵。
戒我师旅，	勤戒我们的队伍，
率彼淮浦，⑦	率领他们到淮浦，
省此徐土。”⑧	视察这个徐国土。”
不留不处，⑨	诛其君来吊其民，
三事就绪。⑩	三卿建立就安抚。

赫赫业业，⑪	军威喧赫向前进，
有严天子。	威严天子不急行。

王舒保作，[12]	宣王舒缓保安是，
匪绍匪游。[13]	军不怠缓不游行。
徐方绎骚，[14]	徐国内部正扰乱，
震惊徐方。	徐国君臣都震惊。
如雷如霆，	像打霹雳像打雷，
徐方震惊。	徐国君臣都震惊。
王奋厥武，	宣王奋起他威武，
如震如怒。	有像打雷像发怒。
进厥虎臣，	进用虎臣领大军，
阚如虓虎。[15]	咆哮有像那猛虎。
铺敦淮濆，[16]	大设阵势淮水边，
仍执丑虏。[17]	就捉那些众俘虏。
截彼淮浦，[18]	截断敌方在淮浦，
王师之所。	送俘直到王师所。
王旅啴啴，[19]	王师盛大有威力，
如飞如翰，[20]	好像鸷鸟飞得疾，
如江如汉，	好像长江像汉水，
如山之苞，[21]	像山本根能确立，
如川之流，	像河水流永不灭，
緜緜翼翼。[22]	继续接连不断绝。

不测不克，	不可测度不可胜，
濯征徐国。㉓	大军讨徐一定入。
王犹允塞。㉔	宣王谋划确信诚。
徐方既来，㉕	徐国既经来称臣，
徐方既同，	徐国既经来归同，
天子之功。	这是天子立了功。
四方既平，	四方既然已太平，
徐方来庭。㉖	徐国既然来朝廷。
徐方不回，㉗	徐国不敢违王命，
徐方还归。	王说回朝不必停。

①赫赫：威严貌。明明：明智貌。　②南仲大祖：在太祖庙里立南仲为卿，表示这是太祖的意思。　③大师皇父：命令皇父做太师。　④既敬既戒：既是警惕，又是戒备。敬同“警”。　⑤尹氏：指尹吉甫。　⑥命程伯休父：命令程伯，字休父，任大司马。　⑦淮浦：淮水水边。　⑧省：察看。徐土：徐国国土。　⑨不留不处：不，语助词。留同“刘”，杀，即杀其君。处，吊，即吊其民。　⑩三事：指立三个卿。　⑪业业：指军队前进。　⑫王舒保作：王行军舒缓安全。即军队不舒缓，王舒缓。　⑬匪绍：不是舒缓，指军队不舒缓。游：遨游，游逛。　⑭绎（yì 亦）骚：乱动，乱扰。　⑮阚（hǎn 罕）：虎怒。虓（xiāo 消）：虎叫。　⑯铺敦：大陈列。渍（fén 坟）：大堤。　⑰仍：就。　⑱截：截断。　⑲啴啴（tān tān 坍坍）：盛大。　⑳翰（hàn 汉）：高飞鸟。　㉑苞：根本。　㉒緜緜：绵绵，连续不断。翼翼：壮盛。　㉓濯（zhuó 浊）：大。　㉔王犹允塞：王谋信实。　㉕

来：归顺。　㉖来庭：来朝见。　㉗不回：不违反。

这诗的解释有二：一是《毛诗序》："《常武》，召穆公美宣王也。有常德以立武事，因以为戒然。"《笺》："戒者，王舒保作，匪绍匪游，徐方绎骚。"二是朱熹《诗集传》："宣王自将以伐淮北之夷，而命卿士之谓南仲为大祖兼大师而字皇父者，整治其从行之六军，修其戎事，以除淮夷之乱，而惠此南方之国，诗人作此以美之。"

瞻　印

瞻印昊天，①	抬头望着那上天，
则我不惠。	对我就是不施恩。
孔填不宁，②	很久不能来安宁，
降此大厉。③	降下这个是大恶。
邦靡有定，	国家没有能安定，
士民其瘵。	士民都是害了病。
蟊贼蟊疾，	禾苗受到害虫病，
靡有夷届。④	没有到头没有尽。
罪罟不收，⑤	罪人入网网不收，
靡有夷瘳。⑥	病人没有见病瘳。
人有土田，	人家有田地，

女反有之。	你却反去占有它。
人有民人，	人家有家奴，
女复夺之。	你却又是去夺他。
此宜无罪，	这人应该没有罪，
女反收之。	你却反去逮捕他。
彼宜有罪，	那人应该有罪，
女复说之。⑦	你却再去解脱他。
哲夫成城，	智慧的男子能建筑城墙，
哲妇倾城。	智慧的妇人却能毁城墙。
懿厥哲妇，⑧	唉，那个智慧的妇人，
为枭为鸱。	是枭是鸱都一样。
妇有长舌，	妇人有长舌，
维厉之阶。	是败坏的祸殃。
乱匪降自天，	乱不是从天上降，
生自妇人！	生在妇人的身上！
匪教匪诲，	没人教她做坏事，
时维妇寺。⑨	她和阉人是一样。
鞫人忮忒，⑩	奸人巧弄害人术，
谮始竟背。	谗言开始终背逆。
岂曰不极，	难道说是不极坏，

伊胡为慝？　　　　她为什么作恶迹？
如贾三倍，　　　　好像经商利三倍，
君子是识。　　　　君子对此有见识。
妇无公事，　　　　妇人没有做女功，
休其蚕织。　　　　放弃她们的蚕织。

天何以刺？　　　　上天为何来责问？
何神不富？[11]　　　　神道为何不施恩？
舍尔介狄，[12]　　　　放纵你的大坏人，
维予胥忌。　　　　只是对我相怨恨。
不吊不祥，[13]　　　　你是不善又不祥，
威仪不类。[14]　　　　威仪不修怎样论。
人之云亡，　　　　好人都说已散去，
邦国殄瘁！　　　　国家失人更贫困！

天之降罔，[15]　　　　上天降下那罗网，
维其优矣。　　　　只是那样宽大了。
人之云亡，　　　　好人都说已散去，
心之忧矣。　　　　心里真是忧伤了。
天之降罔，　　　　上天降下那罗网，
维其几矣。[16]　　　　只是那样危险了。
人之云亡，　　　　好人都说已散去，

心之悲矣。	心里很是悲伤了。
觱沸槛泉，[17]	沸腾上涌的槛泉，
维其深矣。	是那样的深了。
心之忧矣，	心里有忧伤了，
宁自今矣！	难道从今天生了！
不自我先，	不先从我生，
不自我后。	不后从我生。
藐藐昊天，	广大的上天，
无不克巩。	没有不能固自身。
无忝皇祖，	不要有辱你祖宗，
式救尔后。	要救你后代子孙。

①瞻印：同“瞻仰”。　②填（chén尘）：通“陈”，久。　③厉：恶。　④夷：语助词。　⑤收：逮捕。　⑥瘳（chōu抽）：病愈。　⑦说：通“脱”，脱罪。　⑧懿：通“噫”，叹词。　⑨寺：寺人，阉人。　⑩鞫（jū鞠）人：奸人。忮忒（zhì tè治特）：害人。　⑪富：福。　⑫介狄：元凶。　⑬吊：善。　⑭类：善。　⑮罔：通“网”。　⑯几：危。　⑰觱（bì必）沸：涌出。槛（jiàn建）泉：喷涌而出的泉水。

《毛诗序》：“《瞻印》，凡伯刺幽王大坏也。”《笺》：“凡伯，天子大夫也。《春秋》鲁隐公七年：‘冬，天王使凡伯来聘。’”又方玉润《诗经原始》：“曹氏粹中曰：‘凡伯作《板》诗在厉王末，至幽王大坏时七十馀年矣，决非一人，犹家父也。’然亦不必辩。”

召　旻

旻天疾威，①	上天急着使威风，
天笃降丧。	天降灾荒使人丧。
瘨我饥馑，②	病我粮荒又菜荒，
民卒流亡。	人民到处都流亡。
我居圉卒荒！③	我的住处尽荒凉！
天降罪罟，	上天降下有罪网，
蟊贼内讧。	贼人内争自相伤。
昏椓靡共，④	昏阉完全不供职，
溃溃回遹。⑤	胡乱邪僻多冤枉。
实靖夷我邦。⑥	实在毁灭我家邦。
皋皋訿訿，⑦	态度顽固又懒惰，
曾不知其玷。	不知他们都点污。
兢兢业业，	虽然小心自惊恐，
孔填不宁。	很久不安怎能过。
我位孔贬。	我的职位贬低过。
如彼岁旱，	像那年荒有旱象，

草不溃茂，⑧	百草不能茂盛长，
如彼栖苴。⑨	像那水中浮的草。
我相此邦，	我是观察这个邦，
无不溃止。	没有不是溃烂亡。
维昔之富不如时，	昔富不像今日贫，
维今之疚不如兹。	今贫又加今日病。
彼疏斯粺，⑩	那些吃粗粮今反细，
胡不自替？	何不自己来告退？
职兄斯引！⑪	主况更是引长计！
池之竭矣，	池水枯竭了，
不云自频。⑫	不说水从滨外来。
泉之竭矣，	泉水枯竭了，
不云自中。⑬	不说水从泉中来。
溥斯害矣，	灾害已经普遍了，
职兄斯弘。	主况更是扩大哉。
不灾我躬！	灾害怎不向我来！
昔先王受命，	从前先王受天命，
有如召公，	贤臣有的像召公，
日辟国百里。	每天开拓国土有百里。

今也日蹙国百里。	如今日减百里中。
於乎哀哉！	呜呼哀哉！
维今之人，	只有今天的人中，
不尚有旧！⑭	不崇尚有旧的事功！

①昊（hào 浩）天：上天。　②瘨（diān 颠）：灾害。　③居圉（yǔ 禹）：居御，住处。　④椓（zhuó 酌）：宫刑的人，指阉人。郑《笺》：“昏、椓皆奄人也。椓，椓毁阴者也。”共：同“供”，供职。　⑤溃溃：乱。回遹：邪僻。　⑥靖夷：平定。　⑦皋皋：顽固。訿訿（zǐ zǐ 子子）：懒惰。　⑧溃：遂。　⑨苴（chá 茶）：水中草。　⑩疏：糙米。粺（bài 败）：细米。昔贤者禄薄食粗，今反之。　⑪职兄斯引：主况斯引。职：主。兄：况。引：长，延长。指奸佞小人长居高位。　⑫自频：由于海滨。　⑬自中：来自中央。　⑭旧：旧的事功。

这诗的解释有二：一是《毛诗序》：“《召旻》，凡伯刺幽王大坏也。旻，闵也，闵天下无如召公之臣也。”《笺》：“旻，病也。”二是方玉润《诗经原始》：“陈氏傅良曰：‘《周南》系于周公，《召南》系于召公，岂非化之盛者必有待乎二公也。至于《风》之终系以《豳》，《雅》之终系以《召旻》，岂非化之衰者必有思乎二公耶？’作者虽未必其如是，而编《诗》者岂无意于其间哉？唯《序》云：‘旻，闵也，闵天下无如召公之臣’，殊穿凿不成文理。……然‘昏椓’以下，有曰‘实靖夷我邦’，又似非专主褒姒为言。大凡朝政之乱，无不出内以及外。况幽王嬖宠褒姒，而褒姒又工于谗谮，为厉之阶。则一时小人‘皋皋訿訿’，因缘倖进，乘隙而弄国家之柄者，又岂少哉？”

卷　八

颂

颂是配有音乐又有舞蹈的诗，颂的特点就是有舞蹈。《左传》襄公二十九年，称吴公子季札聘问鲁国，请观周朝赐给鲁国的音乐。他看到颂，加以赞美。说："为之歌颂，曰：'至矣哉！直而不倨，曲而不屈，迩而不逼，远而不携，迁而不淫，复而不厌，哀而不愁，乐而不荒，广而不宣，施而不费，取而不贪，处而不底，行而不流。五声和，八风平，节有度，守有序，盛德之所同也。'"这是讲颂的音乐的。总的说来，颂的音乐是和平的，有节度的，不过分的。《毛诗序》说："颂者，美盛德之形容，以其成功，告于神明者也。"要用音乐来表演盛德，季札的话或可供想象。朱熹《诗集传》："盖颂与容，古字通用，故《序》以此言之。"《序》讲"形容"，提到"美盛德之形容"。对颂讲"形容"，即讲颂的形象，讲颂的舞姿。

周颂清庙之什

清　庙

於穆清庙，①　　　　啊，美好的清庙，

肃雍显相。②	严敬雍和光显的助祭好。
济济多士，	众多仪容美好的朝臣，
秉文之德，	秉承文王的美德，
对越在天。③	颂扬他在天英灵好。
骏奔走在庙，④	快些奔走在宗庙，
不显不承，⑤	光荣地继承，
无射于人斯！⑥	对人没什么烦恼！

①於：叹词。穆：美好。清庙：祭文王的庙。 ②肃雍：严敬和好。显相：指有明德光显的公卿诸侯助祭。 ③对越：对扬，报答。 ④骏：快。 ⑤不显不承：不，语助词。显，光耀。承，继承。 ⑥射（yì 亦）：同“斁”，厌。

《毛诗序》：“《清庙》，祀文王也。周公既成洛邑，朝诸侯，率以祀文王焉。”《笺》：“清庙者，祭有清明之德之宫也，谓祭文王也。天德清明，文王象焉，故祭之而歌此诗也。‘庙’之言‘貌’也，死者精神不可得而见，但以生时之居立宫室，象貌为之耳。成洛邑，居摄五年时。”

维天之命

维天之命，	只有上天的命令，
於穆不已。	啊！美好不停。

於乎不显，①	啊！这是光明啊，
文王之德之纯！	文王的德美而纯！
假以溢我，②	借来丰富我，
我其收之。③	我来接受它。
骏惠我文王，	快谢厚爱我的文王，
曾孙笃之。④	孙辈切实厚待他。

①显：指光明。　②假以溢我：借文王之美德来增我。　③收：受。　④曾孙：自称。笃：厚行。

《毛诗序》："《维天之命》，太平告文王也。"《笺》："告太平者，居摄五年之末也。文王受命，不卒而崩。今天下太平，故承其意而告之，明六年制礼作乐。"

维　清

维清缉熙，①	只有清明才光明，
文王之典。	文王的典章是清明。
肇禋，②	开始祭祀，
迄用有成，③	直到有功业成，
维周之祯。④	这是周家的祥祯。

①缉熙：光明。　②肇禋（yīn 音）：开始祭祀。指文王征伐前的祭

天。　③迄：至。有成：有天下。　④祯：吉祥。

《毛诗序》："《维清》，奏《象舞》也。"《笺》："《象舞》，象用兵时刺伐之舞，武王制焉。"又方玉润《诗经原始》："凡乐有声有容，是武功固可舞，文德亦未尝不可舞。《序》云《象舞》，非云'象武'，安知其言即为武功乎？……诸儒读《诗》，泥'舞'为'武'，故致疑议滋生，极为可笑。"

烈　文

烈文辟公，①	有功烈文德的君公，
锡兹祉福，	赐给这个福泽安康。
惠我无疆，	惠爱我们没有止境，
子孙保之。	子孙永远安保它。
无封靡于尔邦，②	不要有大罪对你邦，
维王其崇之。③	你们一定要崇敬王。
念兹戎功，④	想念他的大功，
继序其皇之。⑤	继承弘扬他的光芒。
无竞维人，	最强的只有得贤人，
四方其训之。	来归顺的有四方。
不显维德，	光显的只有美德，
百辟其刑之。	诸侯都依他作榜样。
於乎前王不忘！	唉，前王美德不能忘！

①烈：指功。文：指德。辟(bì 必)公：君公。文王起初不称王，为诸侯之一。　②封靡：大累，指大罪。封通“丰”。靡为羁縻。　③维：乃。崇：尊敬。　④戎功：大功。　⑤皇：美好，光大。

《毛诗序》：“《烈文》，成王即政，诸侯助祭也。”《笺》：“新王即政，必以朝享之礼祭于祖考，告嗣位也。”

天　作

天作高山，①	天生万物在岐山，
大王荒之。②	太王治理它。
彼作矣，	太王经营它，
文王康之。③	文王安定它。
彼徂矣，④	他们到过了，
岐有夷之行，⑤	岐山有了平路，
子孙保之。	子孙安保它。

①作：生长。高山：指岐山。　②荒：大，治理。　③康：安定。　④徂(cú 殂)：往，到。　⑤夷之行：平的路。

这诗的解释有二：一是《毛诗序》：“《天作》，祀先王、先公也。”《笺》：“先王，谓大王以下。先公，诸盩至不窋。”按：大王即太王，亦名古公亶父，为周文王祖，故以为先王。诸盩至不窋为后稷之子，故称先公。二是方玉润《诗经原始》：“文王治岐为王业之盛；光前裕后，二君为大。故《序》以为‘祀先王先公’，似矣。然何以下乃接云‘彼徂矣岐，有夷之行，子孙保之’，则又似重在岐，而非‘祀先王先公’之谓也。”认为此诗是“享岐山也”。

昊天有成命

昊天有成命，①	上天有明白的命令，
二后受之。②	文王、武王接受它。
成王不敢康，	成王不敢求安乐，
夙夜基命宥密。③	承受天命日夜信从宽仁安静。
於缉熙，	唉，光明，
单厥心，④	专诚他的心，
肆其靖之。⑤	故他得到天下的安定。

①成命：犹明命。　②二后：指文王、武王。　③夙夜：日夜。基命：王者始承的天命。宥密：宽宁。宥，通“有”，语助词。　④单：同“亶”，信。　⑤靖：安和。

《毛诗序》：“《昊天有成命》，郊祀天地也。”《笺》：“昊天，天大号也。有成命者，言周自后稷之生而已有王命也。文王、武王受其业，施行道德。成此王功，不敢自安逸，早夜始信天命，不敢懈倦，行宽仁安静之政，以定天下。宽仁，所以止苛刻也。安静，所以止暴乱也。”

我　将

我将我享，①	我献大祭，
维羊维牛，	是用羊用牛来祭，
维天其右之。②	只是求上天佑助他。
仪式刑文王之典，③	用文王的典章方法，
日靖四方。④	天天求安定四方。
伊嘏文王，	伟大的文王，
既右飨之。⑤	既经受祭上天帮助他。
我其夙夜，	我还是日夜不懈怠，
畏天之威，	敬畏上天的威严，
于时保之。⑥	于是保住他。

①我将我享：我大献祭。将，大。享，献祭。　②右：佑助。之：代国家，下同。　③仪式刑：则用法。仪，则。式，用。刑，法。　④靖：求。　⑤既右飨之：既佑助而祭享之。飨，神来受享。　⑥时：是。

《毛诗序》："《我将》，祀文王于明堂也。"《笺》："将，犹'奉'也。我奉养我享祭之羊牛，皆充盛肥腯，有天气之力助。言神飨其德而右助之。"

时　迈

时迈其邦，①	按时巡视诸侯国，

昊天其子之。	上天对周像爱子啊。
实右序有周，②	诚心保佑帮周朝，
薄言震之，③	武王威力震天下，
莫不震叠。④	没有一国不害怕。
怀柔百神，	再怀安百神，
及河乔岳。⑤	连及河神岳神。
允王维后，	武王不愧是国君，
明昭有周，	明显地保护周朝，
式序在位。	序列在位百官在朝。
载戢干戈，	把干戈聚拢来，
载櫜弓矢。⑥	把弓箭藏起来。
我求懿德，	我求有美德，
肆于时夏。⑦	于是布达到中国。
允王保之。⑧	确实是武王长保这美德。

①迈：行，指巡视。 ②右序：保佑帮助。 ③薄：语助词。 ④震叠：震动惧怕。叠，借作“慴”，故为惧。 ⑤乔岳：高山。 ⑥櫜（gāo高）：藏弓箭的袋，指装袋。 ⑦肆：遂。夏：华夏。 ⑧允：确实。

《毛诗序》：“《时迈》，巡守告祭柴望也。”《笺》：“巡守告祭者，天子巡行邦国，至于方岳之下而封禅也。《书》曰：‘岁二月，东巡守，至于岱宗，柴，望秩于山川，遍于群臣。’”

执　　竞

执竞武王，①	执持自强的是武王，
无竞维烈。②	功业无比的是克殷商。
不显成康，③	显耀的是成王康王，
上帝是皇。④	上帝赞美的君王。
自彼成康，	自从那成王康王，
奄有四方，	统治侯国的四方，
斤斤其明，⑤	考察英明无错差，
钟鼓喤喤。⑥	钟鼓声相和声皇皇。
磬筦将将，⑦	磬管应和声锵锵，
降福穰穰。⑧	降下福泽多穰穰。
降福简简，⑨	降下福泽盛而大，
威仪反反。⑩	威风容仪重堂皇。
既醉既饱，	既醉饱而无礼违，
福禄来反。⑪	福禄复来惠赐长。

①执竞：执持自强。执，持。竞，自强。　②竞：自强。烈：功业，指伐纣克商。　③成康：指成王、康王。　④皇：美。　⑤斤斤：明察。　⑥喤喤（huáng huáng 皇皇）：指声大而和。　⑦筦：通“管”，指竹制乐器。将将：指管乐器会集声。　⑧穰穰（ráng ráng 瓤瓤）：众多貌。　⑨简简：盛

大貌。　⑩反反：慎重。反，假作“昄”。　⑪反：反复。

这诗的解释有二：一是《毛诗序》：“《执竞》，祀武王也。”《笺》：“竞，强也。能持强道者，维有武王耳。不强乎其克商之功业，言其强也。不显乎其成安祖考之道，言其又显也。天以是故，美之，予之福禄。”二是朱熹《诗集传》：“此祭武王、成王、康王之诗。”

思　文

思文后稷，①	后稷的文德，
克配彼天。	能够配享那个上天。
立我烝民，②	种粮养活了众民，
莫匪尔极。③	没有不是与你德相连，
贻我来牟，④	天赐给我瑞麦，
帝命率育。	上帝命令与民种育相连。
无此疆尔界，	没有此疆那界分划，
陈常于时夏。⑤	布陈农政于华夏。

①思：语助词。文：文德。　②立：假借为粒，谷粒。烝民：众民。烝同“蒸”，众也。　③极：至德。　④来牟：来，小麦。牟（móu 谋），大麦。　⑤陈常：布政。时：是。夏：华夏。

《毛诗序》：“《思文》，后稷配天也。”《笺》：“克，能也。立，当作'粒'。烝，众也。周公思先祖有文德者，后稷之功能配天。昔尧遭洪水，黎民阻饥，后稷播殖百谷，烝民乃粒，万邦作乂。天下之人无不于汝时得其中者。言反其性。"

周颂臣工之什

臣　工

嗟嗟臣工！①	唉唉！臣子做侯国官，
敬尔在公。	敬谨你们在公家称能。
王釐尔成，②	王董理你们的收成，
来咨来茹。③	来询问来度称。
嗟嗟保介！④	唉唉！保护收成的人！
维莫之春，	在这暮春，
亦又何求？⑤	还有什么要求？
如何新畬？⑥	怎么对新田熟田去耕耘？
於皇来牟，⑦	好美啊天赐的麦，
将受厥明。⑧	大受它的收成。
明昭上帝，	明见的上帝，
迄用康年。⑨	到现在都使年成丰登。
命我众人：	命令我的众人：
庤乃钱镈，⑩	准备好农具，
奄观铚艾。⑪	察看镰刀割麦收成。

①臣工：臣官，指诸侯的卿士。　②王釐尔成：王理汝之收成。釐通

“理”，董理。成，指收获。　③咨：谋。茹：度。　④保介：保护田界的人。介通“甲”，指武士。　⑤又：有。　⑥新畲（yú 于）：新田熟田。耕未三年叫新，过三年叫畲。　⑦皇：美。　⑧将受厥明：大受其成。明，成，指收成。　⑨迄用康年：至今用丰年赐我。　⑩庤（zhì 至）：储备。钱（jiǎn 检）：农具，似铁铲。镈（bó 博）：锄。　⑪奄：全，尽。铚（zhì 至）：小镰刀。艾（yì 刈）：割。

《毛诗序》：“《臣工》，诸侯助祭，遣于庙也。”《笺》：“保介，车右也。《月令》：‘孟春，天子亲载耒耜，措之于参保介之御间。’莫，晚也。周之季春，于夏为孟春，诸侯朝周之春，故晚春遣之，敕其车右以时事：汝归当何求于民？将如新田畲田何？急其教农趋时也。介，甲也。车右勇力之士，被甲执兵也。”

噫　嘻

噫嘻成王，	啊啊！成王，
既昭假尔。①	既经招请了您。
率时农夫，	统帅农民百姓，
播厥百谷。	播种那百谷忙耕耘。
骏发尔私，②	快开发你们私田，
终三十里。	尽在三十里耕耘。
亦服尔耕，	竭力从事你们的耕耘，
十千维耦。③	十千个人是耦耕。

①昭假：招请。假，通“格”，至，降临。尔：指所请的神，即成王之灵。 ②骏发：快开发。 ③耦（ǒu 偶）：两人各持一耜，并肩耕种。

《毛诗序》：“《噫嘻》，春夏祈谷于上帝也。”《笺》：“祈，犹祷也，求也。《月令》‘孟春祈谷于上帝’，‘夏则龙见而雩’是与？”

振　鹭

振鹭于飞，①	成群的白鹭在飞，
于彼西雝。②	在那西边的水泽里。
我客戾止，③	我的客人到来，
亦有斯容。④	也有这样高洁的容仪。
在彼无恶，⑤	在那个国里没人厌恶，
在此无斁。⑥	在这里没人厌弃。
庶几夙夜，⑦	早晚勤勉差不多，
以永终誉。⑧	永远保持着美誉。

①振：群飞貌。 ②雝（yōng 庸）：水泽。 ③我客：指宋国诸侯微子。戾（lì 吏）：到。 ④斯容：这样的容貌，指像白鹭一样的高洁。 ⑤无恶：无人厌恶。 ⑥无斁（yì 亦）：无人厌弃。 ⑦夙夜：从早到夜。 ⑧永：永远。终誉：终久称誉。

这诗的“有客”解释有二：一是《毛诗序》：“《振鹭》，二王之后来助祭也。”《笺》：“二王，夏、殷也，其后杞也、宋也。”二是方玉润《诗经原始》：“《振鹭》，微子来助祭也。”“《序》说原有可疑者三：周有三恪助祭，何以独二王后？一也；诗但言‘我客’，不言二客，二也；此篇言有‘振鹭’之容，白也，《有客》篇明言‘亦白其马’，似指殷后而不指夏后，三也。有此三者，故或以为武庚，或以为微子，所自来矣。以今揆之，微子之说较优于武庚，且有《左传》以证。《左传》皇武子曰：‘宋，先代之后，于周为客，天子有事，膰焉，有丧，拜焉。’按周之隆宋自愈于杞，盖一近一远，近亲而远疏，亦理势所自然也。《商颂》亦称‘嘉客’，指夏后。此称‘客’，指殷后也。宋国之臣言宋事，则宜为微子而非武庚也。‘有事膰焉’，亦来助祭之证。……但武庚被诛，虽有诗亦当删黜，微子嗣封，纵能贤犹当箴规，此指微子较优于武庚之说也。”

丰　年

丰年多黍多稌。①	丰收年多黍多稻。
亦有高廪，②	也有仓库很是高，
万亿及秭。③	积粮万万及亿亿。
为酒为醴，	做酒做甜酒都好，
烝畀祖妣，④	进献先祖和先妣，
以洽百礼，	用来配合百礼好，

降福孔皆。⑤　　降下福禄都是好。

①稌(tú 途)：稻。　②廪(lǐn 凛)：仓库。　③秭(zǐ 子)：万万为亿，亿亿为秭。　④烝：进。畀(bì 币)：给与。　⑤皆：通“嘉”。

《毛诗序》：“《丰年》，秋冬报也。”《笺》：“报者，谓尝也，烝也。”方玉润《诗经原始》：“《丰年》，秋冬大报也。”“《笺》以秋冬报为尝烝，王安石以丰年属天地之功，故以此诗为祭上帝。陈祥道引《丰年》以证《礼》，谓秋报者，季秋之于明堂也。吕祖谦谓以祈为郊(祭天)，则季秋大飨明堂，安知不并歌《丰年》之诗以为报欤？曹粹中谓秋冬大飨，及祭四方八蜡，天地百神，无所不报，同歌是诗。”大报，即大祭天地百神。

有　瞽

有瞽有瞽，①　　盲乐师盲乐师，
在周之庭。　　在周朝的朝廷。
设业设虡，②　　设立木版和木架，
崇牙树羽，③　　崇牙上面饰羽形，
应田县鼓，④　　小鼓大鼓都悬挂，
鞉磬柷圉。⑤　　鞉磬柷圉都可听。
既备乃奏，　　既经备齐就可奏，
箫管备举。⑥　　箫管齐奏无不灵。

喤喤厥声，⑦	它的声音喤喤响，
肃雍和鸣，⑧	舒缓协调声和鸣，
先祖是听。	先祖神灵下来听。
我客戾止，	我的客人到来后，
永观厥成。⑨	长久观到乐奏成。

①有：语助词。瞽（gǔ 古）：瞎子，古以瞎子为乐师。　②业：大版。虡（jù 俱）：木架。木架上有大版，可以挂钟鼓。　③崇牙：设在大版上，像象牙齿，可以挂钟鼓的。树羽：在崇牙上饰的五彩鸟羽。　④应：小鼓。田：大鼓。县鼓：应田都是悬挂的鼓。　⑤鞉（táo 陶）：摇鼓。磬：石磬，击之则鸣。柷（zhù 祝）：如漆桶，中有椎柄，令左右击，为开始演奏的信号。圉（yǔ 语）：状如伏虎，敲击以止乐。　⑥备举：一齐奏乐。　⑦喤喤（huáng 皇）：宏亮和谐。　⑧肃雍：舒缓和谐。　⑨成：乐一终为一成。

《毛诗序》："《有瞽》，始作乐而合乎祖也。"《笺》："王者始定，制礼功成。'作乐合'者，大合诸乐而奏之。"

潜

猗与漆沮，①	好啊那漆水和沮水，
潜有多鱼。②	水里柴堆上有多鱼。
有鳣有鲔，③	有大鲤鱼有鲟鱼，
鲦鲿鰋鲤。④	有白条鱼、黄颊鱼、鲇鱼、鲤鱼。

以享以祀，	用来献祖用来祭祀，
以介景福。⑤	用来求得大福气。

①猗（yī 衣）与：好啊。漆沮（jū 居）：岐山下面的两条河，在今陕西省境内。 ②潜：水中柴堆，供鱼止息，以便捕捉。 ③鳣（zhān 毡）：大鲤鱼。鲔（wěi 诿）：鲟鱼。 ④鲦（tiáo 条）：白条鱼。鲿（cháng 尝）：黄颊鱼。鰋（yǎn 偃）：鲇鱼。 ⑤介：求。景：大。

《毛诗序》："《潜》，季冬荐鱼，春献鲔也。"《笺》："冬鱼之性定，春鲔新来。荐，献之者，谓于宗庙也。"

雍

有来雍雍，①	这助祭来的人极和顺，
至止肃肃。②	到来以后严肃又恭敬。
相维辟公，③	助祭的有诸侯，
天子穆穆。④	天子庄严又和顺。
於荐广牡，⑤	啊，进献的大雄牛，
相予肆祀。⑥	助我陈列那祭品。
假哉皇考，⑦	美啊，我的先父，
绥予孝子。⑧	安定我这孝子身。
宣哲维人，⑨	明哲的只有贤人，
文武维后。	能文能武只有君。

燕及皇天，⑩	安抚及到上天意，
克昌厥后。	能够昌盛他的后。
绥我眉寿，	安定我来赐我寿，
介以繁祉。	用多种福气来保佑。
既右烈考，⑪	既然保佑有功业的先父，
亦右文母。⑫	有文德的先母亦保佑。

①雍雍：和顺貌。　②肃肃：严肃恭敬貌。　③相：助祭。辟公：诸侯。　④穆穆：庄严和气貌。　⑤於（wū 乌）：语助词。荐：进献。广牡：大的雄牛。　⑥肆祀：陈列祭祀。　⑦假哉：美哉。　⑧绥：安定。　⑨宣哲：明哲，指文王为人明哲睿智。　⑩燕：安。　⑪右：保佑。烈考：有功业的先父。　⑫文母：有文德的先母。

《毛诗序》："《雍》，禘太祖也。"《笺》："谛，大祭也。大于四时而小于祫。太祖，谓文王。"按《笺》，以此为成王祭文王之诗，与方玉润意合。但方玉润《诗经原始》："《祭法》，周人禘喾。……周之太祖即后稷也。禘喾于后稷之庙，而以后稷配之，所谓禘其祖之所自出，以其祖配之者也。《祭法》又曰'周祖文王'，而春秋家说三年丧毕，致新死者之主于庙，亦谓之吉禘。……今此《序》云'禘太祖'，则宜为禘喾于后稷之庙矣，而其诗无及于喾、稷；若以为吉禘于文王，则与《序》已不协，而诗文亦无此意，恐《序》之误也。……"按以太祖为文王，而兼祭武王，则于诗无不合。

载 见

载见辟王，①	开始朝见到君王，
曰求厥章。	礼仪要求合规章。
龙旂阳阳，②	龙旗色彩很鲜明，
和铃央央，③	和铃发声声央央，
鞗革有鸧，④	马辔饰物都有光，
休有烈光。⑤	美好饰物有大光。
率见昭考，⑥	相率来祭那武王，
以孝以享。	用孝思来献祭享。
以介眉寿，	以求长寿的荣光，
永言保之，	永远保有周天下，
思皇多祜。⑦	多种福气沾成王。
烈文辟公，⑧	武烈文德的诸侯，
绥以多福，	天用多福来安定，
俾缉熙于纯嘏。⑨	使有大福作明光。

①载：开始。辟（bì 必）王：君王，指成王。 ②龙旂：龙旗，画龙的旗。阳阳：色彩鲜明。 ③和铃：两种铃，和在车上，铃在旗上。央央：铃声。 ④鞗（tiáo 条）革：马辔头。鸧（qiāng 枪）：马辔头的金饰有光彩。 ⑤休：美。烈光：大光。 ⑥率：相率。昭考：指武王。 ⑦思皇：指成王。 ⑧烈文：有功业，有文德。辟（bì 必）公：诸侯。 ⑨俾：使。缉熙：

光明。纯嘏（gǔ 骨）：大福。

《毛诗序》："《载见》，诸侯始见乎武王庙也。"《笺》："诸侯始见君王，谓见成王也。曰求其章者，求车服礼仪之文章制度也。交龙为旂。鞗革，辔首也。鸧，金饰貌。休者，休然盛壮。"

有 客

有客有客，	客人来客人来，
亦白其马。	他用白马驾车乘。
有萋有且，①	有文彩又壮盛，
敦琢其旅。②	妆饰着他随从人。
有客宿宿，③	客人住一宿又一宿，
有客信信，④	客人住一信又一信，
言授之絷，⑤	我给他用拴马索，
以絷其马。	用拴他马不让行。
薄言追之，	他走了又去追他，
左右绥之。⑥	左右想法安定他。
既有淫威，⑦	既然有大的威德，
降福孔夷。⑧	神把很大福降给他。

①萋：文采交错。且（jū 拘）：盛，多。 ②敦（duī 堆）琢：妆饰打扮。 ③宿宿：住二夜。 ④信信：住四夜。 ⑤言：我。絷（zhí 直）：拴

马索。　⑥左右：用计。　⑦淫：大。威：德。　⑧孔夷：很大。

这诗的解释有二：一是《毛诗序》："《有客》，微子来见祖庙也。"《笺》："成王既黜殷命，杀武庚，命微子代殷后，既受命来朝而见也。"二是方玉润《诗经原始》："《有客》，'箕子来朝见祖庙也'。""唯邹肇敏曰：'愚以为箕子也。'《书》武王十三祀，王访于箕子，乃陈《洪范》。此诗之作，其因来朝而见庙乎？"按《序》称"见庙"，则武王已死，见于宗庙也。《史记·宋世家》称武王封箕子于朝鲜，箕子来朝周，在武王生前，武王死后，即不言箕子事。据"庙见"说，当为微子而非箕子。

武

於皇武王，①	啊，伟大的武王，
无竞维烈。②	没有强过他的功业。
允文文王，③	确实讲美德的文王，
克开厥后。	能够开创后人基业。
嗣武受之，	武王继承接受它，
胜殷遏刘，④	战胜殷商遏残杀，
耆定尔功。⑤	致使确定您的功业。

①於（wū 乌）：赞叹词。　②烈：功业。　③允：确实。　④刘：残杀。　⑤耆（zhǐ 旨）：致。

《毛诗序》："《武》，奏《大武》也。"《笺》："《大武》，周公作乐，所为舞也。"歌颂武王克商大功的乐舞，虽不一定是周公所作。

周颂闵予小子之什

闵予小子

闵予小子，①	可怜我小子，
遭家不造，②	遭遇家里的不幸了，
嬛嬛在疚。③	孤独的在忧伤中。
於乎皇考，④	唉，伟大的王考，
永世克孝！⑤	永世能够尽孝！
念兹皇祖，⑥	想念这位伟大的祖考，
陟降庭止。⑦	神灵升降在朝廷了。
维予小子，	我小子一人，
夙夜敬止。	早晚恭敬谨慎。
於乎皇王，	唉，伟大的武王，
继序思不忘！⑧	继承大业永思不忘！

①闵（mǐn 敏）：可怜。予小子：我小子，成王自称。 ②不造：不幸。 ③嬛嬛（qióng qióng 穷穷）：孤独貌。 ④於乎：呜呼。皇考：指武王。 ⑤永世：终于一世。 ⑥皇祖：指祖父。 ⑦陟降：升降，上下。庭：通“廷”。 ⑧继序：继承王业。

《毛诗序》：“《闵予小子》，嗣王朝于庙也。”《笺》：“‘嗣王’

者，谓成王也。除武王之丧，将始即政，朝于庙也。”

访　落

访予落止，①	谋政我开始怎样，
率时昭考。②	是遵循显赫的先父之道行。
於乎悠哉，③	唉，太遥远啊，
朕未有艾！④	我未有经历进行。
将予就之，⑤	我勉强继承王位，
继犹判涣。⑥	继谋恐分散难行。
维予小子，	我小子一人，
未堪家多难。	家有多难不堪担任。
绍庭上下，⑦	神灵继续在朝廷升降，
陟降厥家。	升降在我家进行。
休矣皇考，⑧	美啊，伟大的先父，
以保明其身！⑨	用来保佑我一身！

①访：访问。指向群臣谋政。落：开始。止：语助词。　②率：遵循。时：是。昭考：显赫的先父，指武王。　③於乎：呜呼。悠：远。　④朕：成王自称。艾：阅历，指成王年幼无知。　⑤就之：接近他，指就位。　⑥继犹：继续图谋。判涣：分散。　⑦绍：继续。上下：或升上或降下。　⑧休：美。　⑨保明：保佑。

《毛诗序》：“《访落》，嗣王谋于庙也。”《笺》：“谋者，谋政事也。”

敬　之

敬之敬之，①	戒慎啊戒慎啊，
天维显思，②	天道善恶是显明，
命不易哉！③	秉承天命不易啊！
无曰高高在上！	不说高高在上不显明，
陟降厥士，④	升上降下巡察，
日监在兹。	每天监视都在此。
维予小子，	我小子一人，
不聪敬止？	敢不聪达不戒慎？
日就月将，⑤	日有成就月有奉行，
学有缉熙于光明。⑥	学问靠积累到光明。
佛时仔肩，⑦	有人辅佐我担当责任，
示我显德行。	指示我显出德行。

①敬：戒慎。　②天维显：天道善恶明显。思：语助词。　③易：容易。　④士：《说文》：“士，事也。”《笺》：“天上下其事，谓转日月，施其所行，日月瞻视，近在此也。”　⑤日就：每日成就。月将：每月奉行。⑥缉熙：积渐广大。　⑦佛：通“弼（bì 毕）”，辅佐。时：是。仔肩：责任。

这诗的解释有二：一是《毛诗序》："《敬之》，群臣进戒嗣王也。"二是方玉润《诗经原始》："《敬之》，成王自箴也。""盖此诗乃一呼一应，如自问自答之意，并非两人语也。一起直呼'敬之敬之'，至'日监在兹'，先立一案：……故'唯予小子'以下，亦即紧承上文，相应而下，机神一片，何容分作两截，并谓二人语耶？"

小　毖

予其惩而毖后患！①	我是警戒而谨防后患！
莫予荓蜂，②	不要引我扰乱群蜂，
自求辛螫。③	自己惹得蜂来辣刺。
肇允彼桃虫，④	开始相信是那桃虫，
拚飞维鸟。⑤	翻飞就是一只鸟儿。
未堪家多难，	不堪忍受我家多难容，
予又集于蓼。⑥	我又落入在蓼草中。

①惩：警戒。毖（bì 必）：谨防。　②荓（píng 萍）蜂：扰动蜂群。　③辛螫（zhē 遮）：辛辣痛。　④肇：开始。允：相信。桃虫：鹪鹩，小鸟。古人认为桃虫能生雕。　⑤拚（fān 翻）飞：翻飞。　⑥蓼（liǎo 了）：一种有苦味的草。

《毛诗序》："《小毖》，嗣王求助也。"《笺》："毖，慎也。天下之事当慎其小，小时而不慎，后为祸大，故成王求忠臣早辅助己为政，以救患难。”

载　芟

载芟载柞，①	开始除草除树木，
其耕泽泽。②	开垦耕地土分崩。
千耦其耘，③	一千对耦耕来除草，
徂隰徂畛。④	到新开湿地到旧田埂。
侯主侯伯，	国君和他长子，
侯亚侯旅，	国君次子和他众子都来耕，
侯彊侯以。⑤	国中壮人和助耕人。
有嗿其馌，⑥	有送饭和吃饭声，
思媚其妇，	讨好送饭的妇女，
有依其士。⑦	爱悦耕作的男人。
有略其耜，⑧	那锋利的是犁头，
俶载南亩。⑨	始耕向阳的田塍。
播厥百谷，	种下那些百种谷，
实函斯活。⑩	种子饱满能够生。
驿驿其达，⑪	接连不断地出土，
有厌其杰。⑫	美好的苗茁壮生。
厌厌其苗，⑬	美好的是它禾苗，

绵绵其麃。⑭	细密的是它末梢。
载获济济，⑮	开始收割的人多，
有实其积，	果实堆积露天里，
万亿及秭。⑯	多到万万及亿亿。
为酒为醴，	做成清酒和甜酒，
烝畀祖妣，⑰	进献先祖和先妣，
以洽百礼。	用来和协成百礼。
有飶其香，⑱	饭菜缭绕的喷香，
邦家之光。	这为国家增荣光。
有椒其馨，⑲	酒醴缭绕的香气，
胡考之宁。⑳	这使老人得安康。
匪且有且，㉑	不料有此竟如此，
匪今斯今，	不料有今竟如今，
振古如兹。㉒	从古以来都如此。

①芟（shān 山）：除草。柞（zé 责）：伐树。　②泽泽：土地分解貌。③千耦：一千对两人并耕。耘：除草。　④徂（cú 殂）：前往。隰（xí 隙）：新开垦的低田。畛（zhěn 枕）：以前开垦的田界。　⑤侯主：国君。侯伯：国君长子。侯亚：国君次子。侯旅：国君以外的众子弟。侯彊：国君手下强壮的奴隶。侯以：侯与，其他帮忙的人。　⑥嗿（tǎn 坦）：众吃饭声。馌（yè）：送饭。　⑦依：爱悦。　⑧略：锋利。耜（sì 四）：犁头。　⑨俶（chù 触）载：首先耕好。南亩：向阳的田。　⑩实：种子。函：充满。活：生机。　⑪驿驿：接连不断。达：指出土。　⑫有厌：美好。其杰：它的壮

苗。　⑬厌厌：美好。　⑭绵绵：细密。麃（biāo 标）：禾苗末梢。　⑮济济：众多。　⑯万亿：万万。秭（zǐ 子）：亿亿。指粮多。　⑰烝（zhēng 蒸）：进献。畀（bì 闭）：给予。　⑱飶（bì 必）：芬香。　⑲椒（jiāo 焦）：香气缭绕。馨（xīn 欣）：芳香。　⑳胡考：老人。　㉑匪且有且：非此有此。　㉒振古：从古以来。

《毛诗序》："《载芟》，春藉田而祈社稷也。"《笺》："藉田，甸师氏所掌，王载耒耜所耕之田，天子千亩，诸侯百亩。'藉'之言'借'也，借民力治之，故谓之'藉田'。"

良　耜

畟畟良耜，①	深耕入土的好犁头，
俶载南亩。	开始耕种向阳田。
播厥百谷，	播种那百类好谷，
实函斯活。	种子生机满相连。
或来瞻女，	有人前来看望你，
载筐及筥，②	载了方筐和圆筥，
其馕伊黍。③	他的饭是黄小米。
其笠伊纠，④	他的斗笠真结实，
其镈斯赵。⑤	他的犁头真好使。
以薅荼蓼，⑥	用来除去荼和蓼，
荼蓼朽止。	荼草蓼草都朽死。

黍稷茂止，	小米高粱茂盛长，
获之挃挃。⑦	镰刀收割声吱吱。
积之栗栗，⑧	堆积谷物多又多，
其崇如墉，⑨	它的高像城墙起，
其比如栉。⑩	排列紧密像梳齿。
以开百室，	打开上百储藏库，
百室盈止，	装满百室好停止，
妇子宁止。	妇子心里才安止。
杀时犉牡，⑪	杀那公牛来祭祀，
有捄其角。⑫	有那弯曲的犄角。
以似以续，⑬	延续前人来继续，
续古之人。⑭	继续古人讲农事。

①畟畟（cè cè 册册）：耜深耕入地。耜（sì 四）：犁头。 ②筐：方形竹器。筥（jǔ 举）：圆形竹器。 ③馕（xiǎng 响）：送来的饭。黍：黄米饭。④纠：纠结，结实。 ⑤镈（bó 博）：锄头。赵（tiǎo 条）：锋利。 ⑥薅（hāo 蒿）：除草。荼蓼：陆上或水中的秽草。 ⑦挃挃（zhì zhì 至至）：镰刀割禾声。 ⑧栗栗：众多貌。 ⑨墉（yōng 庸）：城墙。 ⑩比：排列。栉（zhì 智）：梳篦齿。 ⑪时：是。犉（rún）牡：七尺高的大公牛。 ⑫捄（qiú 求）：长而弯曲。 ⑬似：通“嗣”，继承。 ⑭续古之人：继续古人的做法。

《毛诗序》：“《良耜》，秋报社稷也。”又方玉润《诗经原始》：

"案：此诗当秋祭而预言冬获，则前诗当春祭，何不可以预言秋成？是《载芟》为春祈无疑矣。盖二诗皆举农工本末而言。"

丝　衣

丝衣其纟不，①	丝制祭服多鲜净，
载弁俅俅。②	戴了皮帽很恭顺。
自堂徂基，③	从堂到阶都查过，
自羊徂牛。	从羊到牛查祭牲。
鼐鼎及鼒，④	大鼎小鼎查祭品，
兕觥其觩，	兕角杯弯曲列陈，
旨酒思柔。	好酒想起文德好。
不吴不敖，⑤	不喧哗来不骄傲，
胡考之休！⑥	故能长寿是美好！

①丝衣：丝织祭服。纟不（fóu）：鲜洁貌。　②载：通"戴"。弁（biàn汴）：皮帽。俅俅（qiú qiú 求求）：恭顺貌。　③基：台阶。　④鼐（nài奈）：大鼎。鼒（zī 资）：小鼎。　⑤吴：喧哗。敖：通"傲"。　⑥胡考：长寿。休：美好。

《毛诗序》："《丝衣》，绎宾尸也。高子曰：'灵星之尸也。'"《笺》："绎，又祭也。天子诸侯曰绎，以祭之明日。卿大夫曰宾尸，与祭同日。周曰绎，商谓之肜。"又《诗三家义集疏》称："高子与孟子同时，去古未远，故能确知此诗为祀灵星之作也。”《史记·封禅书》：“其令郡国县立灵星祠。”张晏注：“龙星左角曰天田，则农祥也，晨见而祭之。”天田即灵星。

酌①

於铄王师，②	好啊武王的军队，
遵养时晦。③	遵循时势计韬晦。
时纯熙矣，④	一朝大光明了，
是用大介。⑤	于是用大甲兵。
我龙受之，⑥	我的荣宠受天命，
跻跻王之造。⑦	勇武是周王造就成。
载用有嗣，⑧	王用的人有继承，
实维尔公允师。⑨	您的功业确可效法成。

①酌：言武王能酌量取得祖先之道以养民。　②於（wū 乌）：赞美。铄（shuò 朔）：美。　③遵养时晦：即遵时养晦。时，时势。晦，韬晦。　④纯熙：大光明。　⑤大介：大甲兵。　⑥龙：光荣，荣宠。　⑦跻跻（jiǎo jiǎo 矫矫）：勇武貌。造：成就。　⑧嗣：继承。　⑨实：是。维：语助词。尔：你，指武王。公：通“功”。允师：确实效法。

《毛诗序》：“《酌》，告成《大武》也。言能酌先祖之道以养天下也。”《笺》：“周公居摄六年，制礼作乐，归政成王，乃后祭于庙而奏之。其始成，告之而已。”

桓①

绥万邦，	安定成万诸侯国，
娄丰年，②	经常得到丰收年，
天命匪解。③	天命对周不懈怠。
桓桓武王，	桓桓的是武王威严，
保有厥士，④	保有他的功业，
于以四方。	更四方相连。
克定厥家，	能够安定他的家，
於昭于天，⑤	啊，功德显耀在上天，
皇以间之。⑥	用美德来取代纣天下。

①桓：桓桓，威武貌。 ②娄：通“屡”，经常。 ③解：通“懈”，懈怠。 ④厥：其。士：犹事，指功业。 ⑤於（wū 乌）：叹词。 ⑥间：代替。

《毛诗序》：“《桓》，讲武类禡也。桓，武志也。”《笺》：“类也，禡也，皆师祭也。”又方玉润《诗经原始》：“《小序》谓‘讲武类禡’，亦未尽非，但不若邹肇敏云‘祀武王于明堂’之说为较切耳。”

赉①

文王既勤止，	文王既然勤劳啊，
我应受之。	我应当继承他。
敷时绎思，②	布陈恩泽不断继承他，
我徂维求定，③	我去伐纣只求安定，
时周之命。④	是上天给周朝的命令。
於绎思！⑤	啊，应该不断继承他！

①赉（lài 赖）：赏赐。武王赏赐功臣。　②敷：布。时：是。绎（yì 亦）：连续不断。思：语助词。　③徂（cú 殂）：往。　④时：是。周之命：周朝所接受的天命。　⑤於（wū 乌）：叹词。

《毛诗序》："《赉》，大封于庙也。赉，予也，言所以锡予善人也。"《笺》："大封，武王伐纣时封诸臣有功者。"

般①

於皇时周，②	啊，伟大的是周朝，
陟其高山，③	登上四岳的高山，
嶞山乔岳。④	还有小山和高山，
允犹翕河，⑤	允水犹水合于黄河。

敷天之下，⑥	普天之下，
裒时之对，⑦	聚集群神来配祭，
时周之命。⑧	是周朝接受了天命啊。

①般：乐。写周成王的快乐，故称《般》。 ②於（wū 乌）：叹辞。时：是。 ③陟（zhì 至）：登上。 ④嶞（duò 舵）山：小山。 ⑤允：通“沇”，亦名济水。犹：通“湭”，水名。翕：合。河：黄河。允犹二水，合于黄河。⑥敷：普。 ⑦裒（póu 抔）：聚集。对：配，指配祭。 ⑧时：是。周之命：周朝的命令。

《毛诗序》：“《般》，巡守而祀四岳河海也。般，乐也。”《笺》：“於乎美哉，君是周邦而巡守，其所至则登其高山而祭之，望秩于山川。小山及高岳，皆信案山川之图而次序祭之。河言‘合’者，河自大陆之北敷为九，祭者合为一。”

鲁　颂

朱熹《诗集传》："鲁，少皞之墟，在《禹贡》徐州蒙羽之野，成王以封周公长子伯禽。今袭庆、东平府，沂、密、海等州即其地也。成王以周公有大勋劳于天下，故赐伯禽以天子之礼乐，鲁于是乎有颂，以为庙乐。其后又作诗以美其君，亦谓之颂。"

駉①

駉駉牡马，②	肥壮的雄马，
在坰之野。③	在极远的荒野。
薄言駉者，④	肥壮的马是那些，
有驈有皇，⑤	有黑白马和黄白马，
有骊有黄，⑥	有黑马和黄马，
以车彭彭。⑦	用车来驾都是强壮马，
思无疆，⑧	想它们跑得没止境，
思马斯臧。⑨	这些马是很好的马。
駉駉牡马，	肥壮的雄马，
在坰之野。	在极远的荒野。
薄言駉者，	肥壮的马是那些，
有骓有駓，⑩	有苍白马和黄白马，

有骍有骐，[11]	有赤黄马和青黑马，
以车伾伾。[12]	用车来驾都是强壮马，
思无期，[13]	想它们跑得没穷期，
思马斯才。	这些马是有才的马。
駉駉牡马，	肥壮的雄马，
在坰之野。	在极远的荒野。
薄言駉者，	肥壮的马是那些，
有驒有骆，[14]	有青黑马和黑白马，
有骝有雒，[15]	有赤黑马和黑白马，
以车绎绎。[16]	用车来驾都是强壮马。
思无斁，[17]	想它们跑得没厌倦，
思马斯作。[18]	这些马是能够振作的马。
駉駉牡马，	肥壮的雄马，
在坰之野。	在极远的荒野。
薄言駉者，	肥壮的马是那些，
有骃有騢，[19]	有黑白马和赤白马，
有驔有鱼，[20]	有脚胫长毛和眼边长毛的马，
以车祛祛。[21]	用车来驾都是强壮马。
思无邪，	想它们跑得无邪念，
思马斯徂。[22]	这些马是会跑的好马。

①駉(jiōng 扃)：歌颂鲁侯养马肥壮。　②牡马：雄马。　③坰(jiōng 扃)：远郊。城外叫郊，郊外叫牧，牧外叫野，野外叫林，林外叫坰。　④薄、言：皆语助词。　⑤驈(yù 浴)：黑马白股。皇：黄白相杂的马。　⑥骊：黑马。黄：黄马。　⑦彭彭：强壮有力貌。　⑧思：思虑。无疆：无止境。　⑨臧：优良。　⑩骓(zhuī 追)：苍白杂色马。駓(pī 丕)：黄白杂色马。　⑪骍(xīn 辛)：赤黄色的马。骐：青黑色的马。　⑫伾伾(pī pī 丕丕)：强壮有力貌。　⑬无期：无穷期。　⑭驒(tuó 佗)：青黑色马。骆(luò 落)：黑鬃白马。　⑮骝(liú 留)：赤身黑鬣的马。雒(luò 洛)：黑身白鬣的马。　⑯绎绎：跑得快。　⑰无斁(yì 亦)：无厌。　⑱作：振作。　⑲骃(yīn 因)：浅黑带白的马。騢(xiá 霞)：赤白色的马。　⑳驔(diàn 店)：脚胫有长毛的马。鱼：二目外长白毛的马。　㉑祛祛(qū qū 区区)：强健貌。　㉒徂：善跑。

《毛诗序》："《駉》，颂僖公也。僖公能遵伯禽之法，俭以足用，宽以爱民，务农重谷，牧于坰野，鲁人尊之，于是季孙行父请命于周，而史克作是颂。"《笺》："季孙行父，季文子也。史克，鲁史也。"

有　駜

有駜有駜，①　　　　肥壮马肥壮马，
駜彼乘黄。②　　　　他驾四匹肥壮黄马。
夙夜在公，③　　　　从早到晚在公家，
在公明明。④　　　　勤勉在公家。

振振鹭，[5]	群飞白鹭鸟，
鹭于下。	白鹭飞向下。
鼓咽咽，[6]	鼓声有节奏，
醉言舞。	醉醺醺地起舞。
于胥乐兮！[7]	都快乐啊！
有驳有驳，	肥壮马肥壮马，
驳彼乘牡。	他驾四匹肥壮雄马。
夙夜在公，	从早到晚在公家，
在公饮酒。	饮酒在公家。
振振鹭，	群飞白鹭鸟，
鹭于飞。	白鹭振飞下。
鼓咽咽，	鼓声有节奏，
醉言归。	醉醺醺地归去。
于胥乐兮！	都快乐啊！
有驳有驳，	肥壮马肥壮马，
驳彼乘骃。[8]	他驾四匹肥壮青骊马。
夙夜在公，	从早到晚在公家，
在公载燕。	宴会在公家。
自今以始，	从现在开始，
岁其有。	年年有丰收啊。

君子有穀,[9]	君子僖公有善政,
诒孙子。	留给孙子。
于胥乐兮!	都快乐啊!

①駜(bì 必):马强壮貌。这首诗称为《有駜》,是用诗句的开头两字做题目。 ②乘黄:四匹黄马。乘,指四匹。 ③夙夜:从早到夜。 ④明明:通"勉勉",勤勉。 ⑤振振:群飞貌。鹭:白鹭鸟,以比洁白之士。 ⑥鼓咽咽:鼓声有节奏。 ⑦胥乐:皆乐。 ⑧駽(xuān 宣):青黑色马。 ⑨穀:善。

这诗的解释有二:一是《毛诗序》:"《有駜》,颂僖公君臣之有道也。"《笺》:"'有道'者,以礼义相与之谓也。"二是朱熹《诗序辨说》:"此但燕饮之诗,未见君臣有道之意。"

泮　水[1]

思乐泮水,	快乐啊泮水,
薄采其芹。[2]	在水中采那芹菜忙。
鲁侯戾止,[3]	鲁侯来到了,
言观其旂。[4]	我看他的旂上有文章。
其旂茷茷,[5]	他的旗在飘扬,
鸾声哕哕。[6]	鸾铃丁当响。
无小无大,	官不论大小,
从公于迈。	跟从僖公前行。

思乐泮水，	快乐啊泮水，
薄采其藻。	在水中采那水藻。
鲁侯戾止，	鲁侯来到了，
其马蹻蹻。⑦	他的马勇骁。
其马蹻蹻，	他的马勇骁，
其音昭昭。⑧	他的声音明嘹。
载色载笑，	脸色和善还带笑，
匪怒伊教。⑨	不会发怒唯指教。

思乐泮水，	快乐啊泮水，
薄采其茆。⑩	在水中采那莼菜好。
鲁侯戾止，	鲁侯来到了，
在泮饮酒。⑪	在泮宫饮酒了。
既饮旨酒，	既饮了好酒，
永锡难老。⑫	永久赐给他难老。
顺彼长道，	顺着他走远征路，
屈此群丑。⑬	制服这些群丑了。

穆穆鲁侯，⑭	庄重和善的鲁侯，
敬明其德。⑮	恭敬修明他的道德。
敬慎威仪，	敬慎他威严的仪容，
维民之则。⑯	作为人民的法则。

允文允武，[17]	确实有文才有武略，
昭假烈祖。[18]	有功先祖感召到。
靡有不孝，[19]	家法没个不效法，
自求伊祜。	日求天赐他福好。
明明鲁侯，	勤勉的鲁侯，
克明其德。	能够修明他的道德。
既作泮宫，	既然造好了泮宫，
淮夷攸服。	淮夷服从来就职。
矫矫虎臣，[20]	勇武如虎的大臣，
在泮献馘。[21]	在泮宫献馘。
淑问如皋陶，[22]	善于断问像皋陶，
在泮献囚。	泮宫审囚献给国。
济济多士，[23]	众多贤良的士子，
克广德心。	能推仁德的心胸。
桓桓于征，[24]	威武军队去出征，
狄彼东南。[25]	扫荡淮夷南到东。
烝烝皇皇，[26]	生气勃勃又威风，
不吴不扬。[27]	不喧哗不宣扬，
不告于讻，[28]	不诉讼不争功，
在泮献功。	只在泮宫献武功。

角弓其觩，㉙	角弓弦松改弦急，
束矢其搜。㉚	众箭成束声搜搜。
戎车孔博，	兵车大又大，
徒御无斁。	步行坐车无倦容。
既克淮夷，	既然战胜淮夷敌，
孔淑不逆。	化为善良不背叛。
式固尔犹，	因为固守你计谋，
淮夷卒获。	淮夷终究得服从。
翩彼飞鸮，㉛	翩翩飞的那鸮鸟，
集于泮林。	停在泮水的树林。
食我桑黮，㉜	吃我的桑葚，
怀我好音。㉝	送给我善德音。
憬彼淮夷，㉞	觉悟的那淮夷，
来献其琛。㉟	来赠他的宝珍。
元龟象齿，	大龟和象牙，
大赂南金。㊱	厚献的是南金。

①泮（pàn 判）水：泮宫前的半月形水池。泮宫是诸侯国的学宫，这首诗名为《泮水》，即从第一句话中取两字为诗题。②薄：赶快。芹：水芹菜。③鲁侯：指鲁僖公。戾：到来。④言：我。⑤茷茷（pèi pèi 沛沛）：飘扬貌。⑥哕哕（huì huì 慧慧）：铃和声。⑦跻跻（jiǎo jiǎo 矫矫）：雄壮貌。⑧昭昭：嘹亮貌。⑨伊教：维教，只是教导。⑩茆

(mǎo 卯)：莼菜，蓴菜。⑪在泮：在泮宫。⑫难老：长寿。⑬群丑：对敌人的蔑称，指淮夷。⑭穆穆：庄重和善貌。⑮敬明：恭敬修明。⑯则：法则。⑰允：确实。⑱昭假：明至。假通"格"，至也。烈祖：有功业的祖先。⑲孝：同"效"。⑳矫矫：壮健貌。㉑献馘(guó 国)：不服者杀而献其左耳。㉒皋陶：舜的法官，善于断狱。㉓济济：众多。㉔桓桓：威武貌。㉕狄：扫荡。㉖烝烝：生气勃勃。皇皇：声势大。㉗不吴：不喧哗。㉘讻(xióng 凶)：争辩。㉙觩(qiú 求)：弓弯曲弦松，换弦急的。㉚束矢：众矢。搜：飕飕发箭声。㉛鸮(xiāo 销)：猫头鹰。㉜桑黮：同"桑葚"，桑树果实。㉝怀：馈。㉞憬(jǐng 景)：悔悟。㉟琛(chēn 抻)：珍宝。㊱南金：南方产的黄金。

这诗的解释有三：一是《毛诗序》："《泮水》，颂僖公能修泮宫也。"《笺》："言己思乐僖公之修泮宫之水，复伯禽之法，而往观之，采其芹也。辟雍者，筑土雝水之外，圆如壁，四方来观者均也。'泮'之言'半'也，'半水'者，盖东西门以南通水，北无也。天子诸侯宫异制，因形然。"二是朱熹《诗集传》："此饮于泮宫而颂祷之辞也。"不言僖公，不信其为僖公之诗。三是方玉润《诗经原始》："诗前半皆饮酒落成新宫，后半乃威服醜夷，故中间云'既作泮宫，淮夷攸服'，诗旨甚明。何《小序》仅释前半文义，而《集传》又以献馘实事为颂祷虚词，岂不谬哉？"

閟　宫

閟宫有侐，①　　神秘庙宇是清静，
实实枚枚。②　　广大而雕饰细密。

赫赫姜嫄，③	威赫的姜嫄，
其德不回。④	她的德行纯正不邪僻。
上帝是依，⑤	她是依靠上帝，
无灾无害，	无灾又无害，
弥月不迟。⑥	满足十月生产不迟。
是生后稷，	生下了后稷，
降之百福。	天降赐他百种福。
黍稷重穋，⑦	黍稷先后种后先熟，
稙穉菽麦。⑧	豆麦前后栽。
奄有下国，⑨	拥有天下的各国，
俾民稼穑。⑩	使人民都种庄稼。
有稷有黍，	有黍有稷，
有稻有秬。⑪	有稻有秬。
奄有下土，	拥有天下的土地，
缵禹之绪。⑫	继承夏禹的业绩。
后稷之孙，⑬	后稷的后代，
实维大王，⑭	就是这太王，
居岐之阳，⑮	住在岐山的南面，
实始翦商。⑯	谋划开始灭殷商。
至于文武，⑰	到了文王和武王，

缵大王之绪，	继承太王的事业，
致天之届，⑱	执行上天的讨伐，
于牧之野。⑲	在那牧地的原野。
无贰无虞，	没有贰心没有疑虑，
上帝临女！	上帝亲自看着你！
敦商之旅，⑳	消灭商朝的兵力，
克咸厥功。	能够共同建功业。
王曰叔父，㉑	成王说：叔父，
建尔元子，㉒	建立您长子的事业，
俾侯于鲁。	使他在鲁做君侯，
大启尔宇，	大力开发您的侯国，
为周室辅。	做周朝辅助的事业！

乃命鲁公，	于是王命令鲁公，
俾侯于东。	侯国建立在周东。
锡之山川，	赐给他山川，
土田附庸。㉓	赐他土田做附庸。
周公之孙，	周公的后代，
庄公之子，㉔	庄公的儿子，
龙旂承祀，	龙旂承接祭祀礼，
六辔耳耳。㉕	六根辔头柔和下垂。
春秋匪解，	不懈怠春秋祭祀，

享祀不忒。[26]	不差错献祭享祀。
皇皇后帝！	伟大的天帝！
皇祖后稷！	伟大的祖先后稷！
享以骍牺，[27]	祭献用红牛做牺牲，
是飨是宜，	是享用是适宜的祭祀，
降福既多。	天降的福既多。
周公皇祖，	伟大祖先周公，
亦其福女！	也赐福给您！
秋而载尝，[28]	秋天开始行尝祭，
夏而楅衡，[29]	夏天修理牛棚，
白牡骍刚。[30]	白公牛和赤公牛。
牺尊将将，[31]	牛角杯相撞声锵锵，
毛炰胾羹。[32]	带毛烧熟和切块烧羹。
笾豆大房，[33]	笾豆和大杯，
万舞洋洋。[34]	规模宏大《万舞》洋洋。
孝孙有庆，	孝的子孙有吉祥，
俾尔炽而昌，	使您兴旺而盛昌，
俾尔寿而臧！	使您长寿而康强！
保彼东方，	保护那个东方国，
鲁邦是常。	鲁国江山要久常。
不亏不崩，	不会亏损不会崩，

不震不腾。	不会震荡不翻腾。
三寿作朋，[35]	三个寿人作友朋，
如冈如陵。	像山陵像山冈。
公车千乘，	鲁公兵车有千辆，
朱英绿縢，[36]	矛有红缨有绿绳，
二矛重弓。[37]	佩有二矛带二弓。
公徒三万，	鲁公兵有三万人，
贝胄朱綅，[38]	头盔饰贝缀红线，
烝徒增增。[39]	大军密密又层层。
戎狄是膺，	戎狄前来遭击抗，
荆舒是惩，	楚舒前来是戒惩，
则莫我敢承。	没有谁敢来相敌。
俾尔昌而炽，	使您昌大而盛炽，
俾尔寿而富！	使您长寿而富庶！
黄发台背，[40]	黄头发和鲐鱼背，
寿胥与试。	老来相与进言事。
俾尔昌而大，	使您昌盛而强大，
俾尔耆而艾！[41]	使您老而又年轻！
万有千岁，	活到万又千岁年，
眉寿无有害。	虽寿而又无灾害事。

泰山岩岩，[42]	泰山石头高峻，
鲁邦所詹。	鲁国人所仰望。
奄有龟蒙，[43]	拥有了龟山蒙山，
遂荒大东，	于是扩充到极东。
至于海邦，	至于海上的邦国，
淮夷来同。[44]	淮夷纷纷来会同。
莫不率从，	没有不相率来服从，
鲁侯之功。	都是鲁侯立得功。
保有凫绎，[45]	保有凫山和绎山，
遂荒徐宅，[46]	扩充到徐人居处。
至于海邦，	至于海上各个邦，
淮夷蛮貊，[47]	淮夷和南蛮北貊，
及彼南夷，	以及南夷各个邦，
莫不率从。	没有不相率来服从。
莫敢不诺，	没有敢不来归从，
鲁侯是若。	鲁侯命令全顺从。
天赐公纯嘏，	天赐鲁公以大福，
眉寿保鲁。	长寿保全鲁士子。
居常与许，[48]	居住常邑和许邑，
复周公之宇。	恢复周公的土址。

鲁侯燕喜，	鲁侯设宴喜庆贺，
令妻寿母，	有寿母和好妻子，
宜大夫庶士。	也宴饮大夫众士。
邦国是有，	国泰民安的鲁国，
既多受祉，	既多受天赐福祉，
黄发儿齿。[49]	使他生出黄发儿齿。
徂徕之松，[50]	徂徕山上的松，
新甫之柏，[51]	新甫山上的柏，
是断是度，	是砍下是剖开，
是寻是尺。	是几寻是几尺。
松桷有舄，[52]	松树做椽粗又大，
路寝孔硕。[53]	庙堂正殿高又大。
新庙奕奕，[54]	新庙神采飞扬，
奚斯所作；[55]	是奚斯所盖；
孔曼且硕，[56]	广阔而宏大，
万民是若。[57]	万民都说是顺洽。

①閟（bì 闭）宫：神秘的宫殿，指祭祀后稷母亲姜嫄的庙，这诗也以诗首两字为题。侐（xù 序）：清静。 ②实实：广大。枚枚：雕饰细密。 ③赫赫：威严。 ④回：邪僻。 ⑤依：依靠。 ⑥弥月：满月，指满足十月。 ⑦重：先种后熟的。穋（lù 路）：后种先熟的。 ⑧稙（zhí 直）：先种的庄稼。稺（zhì 置）：后种的庄稼。菽（shū 叔）：大豆。 ⑨奄有：全有。下国：天下的国

家。 ⑩俾(bǐ 鄙):使。 ⑪秬(jù 巨):黑谷子。 ⑫缵(zuǎn 纂):继承。绪:事业。 ⑬孙:后代。 ⑭大王:太王,指古公亶父。 ⑮岐:岐山。阳:南面。 ⑯翦商:消灭商朝。 ⑰文武:文王、武王。 ⑱致:执行。届:通“殛”,罚。 ⑲牧:牧野,今河南淇县西南。 ⑳敦:通“凋”,凋残。旅:军队。 ㉑王:周成王。叔父:指周公旦。 ㉒元子:长子。 ㉓附庸:附属国家。 ㉔庄公:鲁庄公。 ㉕耳耳:柔和貌。 ㉖不忒(tè 特):没有差错。 ㉗骍(xīn 辛)牺:赤色牛作牺牲。 ㉘载尝:始祭,指秋祭。尝,秋祭名。 ㉙楅(bì 壁)衡:指修牛栏。 ㉚骍刚:红色公牛。 ㉛牺尊:牛角杯。将将:杯撞击声。 ㉜毛炰(páo 袍):连毛烧熟的肉。胾(zì 字):切块的肉。 ㉝大房:大杯。 ㉞万舞:一种舞名。洋洋:指场面宏大。 ㉟三寿:上寿九十,中寿八十,下寿七十。作朋:为友。 ㊱朱英:矛头饰的红缨。绿縢(téng 藤):束弓套的绿绳。 ㊲重弓:二弓。 ㊳朱綅(qīn 亲):红线。 ㊴烝:众。增增:密密层层。 ㊵台背:鲐背,像鲐背,指老人。 ㊶艾:青黑。 ㊷岩岩:山石高峻。 ㊸龟:龟山,在山东泗水县东北。蒙:蒙山,在山东蒙阴县。 ㊹同:会同,朝贡。 ㊺凫:凫山,在山东邹县西南。绎(yì 亦):峄山,在山东邹县东南。 ㊻徐宅:徐人居地。 ㊼貊(mò 末):指少数民族。 ㊽许:许邑,在鲁西。 ㊾儿齿:老人齿落复生。 ㊿徂徕:山名,在山东泰安市东南。 (51)新甫:山名,在山东新甫县西北。 (52)松桷:松木椽子。舄(xì 细):大。 (53)路寝:庙堂正殿。孔硕:很高大。 (54)奕奕:神采飞扬。 (55)奚斯:鲁僖公大夫。 (56)曼:广。 (57)若:顺。

《毛诗序》:“《閟宫》,颂僖公能复周公之宇也。”《笺》:“宇,居也。”又方玉润《诗经原始》:“窃意‘閟’者,闭也,严肃之谓。凡庙皆然,不必姜嫄庙始称‘閟宫’,则其为鲁旧有之庙可知。至僖公始命奚斯葺而新之,诗人于是铺张扬厉,发为兹颂。以致后之儒者,多方考证,毫无实据,焉能符合?亦可哂也。”

商　颂

朱熹《诗集传》云："契为舜司徒，而封于商，传于四世，而汤有天下。其后三宗迭兴(《史记·殷本纪》称'太宗'、'中宗'、'高宗'使殷国复兴)，及纣无道，为武王所灭。封其庶兄微子启于宋，修其礼乐以奉商后。其地在《禹贡》徐州泗滨，西及豫州盟诸之野。其后政衰，商之礼乐日以放失。七世至戴公时，大夫正考甫得《商颂》十二篇于周太师，归以祀其先王。至孔子编《诗》而又亡其七篇(按《诗》非孔子所编)。……"方玉润《诗经原始》："……然《颂》之编，不始于孔子。'颂'之名，自商始有之。……愚谓颂之体始于商，而盛于周。鲁，其末焉者耳。然必合三诗而其体始备，亦犹后世之论唐诗有盛、中、晚三唐之分，此三颂之体所由辨也。而乃先周而后商者，何哉？盖先周者，尊本朝；后商者，溯诗源，编《诗》体例应如是耳。"

那

猗与那与，①	盛大啊繁多啊，
置我鞉鼓。②	设置我的手摇鼓。
奏鼓简简，③	敲鼓的声音洪大，
衎我烈祖。④	快乐我有功业的先祖。
汤孙奏假，⑤	汤的后代奏报，

绥我思成。⑥	赐我太平好报。
鞉鼓渊渊，⑦	手摇鼓音深深，
嘒嘒管声。⑧	清亮的是管乐声。
既和且平，	既谐和且平正，
依我磬声。	依伴着我的击磬声。
於赫汤孙，⑨	啊，显赫的汤后代，
穆穆厥声！⑩	和美的奏乐声！
庸鼓有斁，⑪	谐和的钟鼓声，
万舞有奕。⑫	《万舞》显得娴熟又有神。
我有嘉客，	我有助祭好客人，
亦不夷怿？⑬	不也喜欢平和声？
自古在昔，	从远古在从前，
先民有作，	先民就是这样作，
温恭朝夕，⑭	从早到晚温良恭敬，
执事有恪。⑮	办起事来谨慎恭敬。
顾予烝尝，⑯	顾念我的冬祭秋祭，
汤孙之将。⑰	扶助汤后代祭祀相延。

①猗（yī伊）：盛大。与：叹词。那：繁多，指武功。用“那”做诗题，是赞汤的武功多。　②置：设立。鞉（táo桃）鼓：有两耳的摇鼓，摇时两耳击鼓发声。　③简简：和谐洪大声。　④衎（kàn看）：使欢乐。烈祖：有功业的祖先，指汤。　⑤孙：后代。奏假：奏告。假，通“嘏”，告。　⑥绥：

安。成：平，太平，指汤取得太平。　⑦渊渊：指鼓声。　⑧嘒嘒（huì惠）：清亮声。管声：管乐声。　⑨於（wū乌）：叹词。赫：显赫。　⑩穆穆：和美貌。　⑪庸：通“镛”，大钟。斁（yì亦）：洪大调和。　⑫奕：娴熟。　⑬夷怿（yì亦）：喜悦。　⑭温恭：温文恭敬。　⑮恪（kè克）：谨慎恭敬。　⑯顾：《笺》：“犹念也。”烝：冬祭。尝：秋祭。　⑰将：奉。

《毛诗序》：“《那》，祀成汤也。微子至于戴公，其间礼乐废坏，有正考甫得《商颂》十二篇于周之大师，以《那》为首。”《笺》：“‘礼乐废坏’者，君怠慢于为政，不修祭祀朝聘养贤待宾之事，有司忘其礼之仪制，乐师失其声之曲折，由是散亡也。自正考甫至孔子之时，又无七篇矣。正考甫，孔子之先也。其祖弗甫何，以有宋而授厉公。”查《史记·孔子世家》：“其先宋人也，曰孔防叔。”下引《索隐》：“宋襄公生弗父何，弗父何生宋父周，周生世子胜，胜生正甫父，考父生孔父嘉，五世亲尽，别为公族，姓孔氏。”则“其祖弗甫何”为正考甫之曾祖，为孔子之先祖。

烈　祖

嗟嗟烈祖！①	唉唉，有功业的祖先，
有秩斯祜，②	天赐大福与功大相连，
申锡无疆，③	重重赏赐无边，
及尔斯所。④	直到你所在处所。
既载清酤，⑤	既陈设清酒来前，
赉我思成。⑥	赏赐我太平好报。

亦有和羹，⑦	也有和羹极妍，
既戒既平。⑧	既已调和味和平。
鬷假无言，⑨	向神祷告默无声，
时靡有争，	当时肃敬没争喧，
绥我眉寿，	赐我与长寿相连，
黄耇无疆。⑩	我的黄发有寿无边。
约軧错衡，⑪	革束车毂雕饰横木，
八鸾鸧鸧。⑫	八个鸾铃声连绵。
以假以享，⑬	迎神前来受祭享，
我受命溥将。⑭	我受天命大久延。
自天降康，	从天降下安康，
丰年穰穰。⑮	谷物众多又丰年。
来假来飨，⑯	神的到来受享，
降福无疆。	降下的福无边。
顾予烝尝，⑰	顾念我的秋祭冬祭，
汤孙之将。⑱	扶助汤后代祭祀相延。

①烈祖：有功业的祖先，指成汤。　②秩：很大貌。　③申锡：反复赏赐。无疆：无穷无尽。　④斯所：此地，指宋国。　⑤载：设。酤（gū 沽）：酒。　⑥赉（lài 赖）：赏赐。成：平，指太平。　⑦和羹：调和的浓汤。⑧既戒：既已完备调和。戒，备。平：和平。和羹的调味是和平的。　⑨鬷（zōng 宗）假：祷告。无言：指默默祷告。　⑩黄耇（gǒu 苟）：黄发老

人。　⑪约軧(qí 其)：用皮束车毂。错衡：雕刻车前横木。　⑫八鸾：八个鸾铃。鸧鸧(qiāng qiāng 腔腔)：铃声。　⑬以假(gé 隔)：迎神。以享：神受享。　⑭溥(pǔ 谱)将：广大而长远。　⑮穰穰(ráng ráng 瓤瓤)：丰盛貌。　⑯来假：神来。来飨(xiǎng 享)：神受享。　⑰烝：冬祭。尝：秋祭。　⑱将：扶助。

这诗的解释有二：一是《毛诗序》："《烈祖》，祀中宗也。"《笺》："中宗，殷王太戊，汤之玄孙也。有桑穀之异，惧而修德，殷道复兴，故表显之，号为中宗。""嗟嗟乎我功烈之祖成汤，既有此王天下之常福，天又重赐之无竟界之期，其福乃及汝之此所。汝，汝中宗也。言承汤之业能兴之也。既载清酒于樽，酌以裸献，而神灵来至，我致齐之所思则用成。重言'嗟嗟'，美叹之深。"二是朱熹《诗集传》："此亦祀成汤之乐。"

玄　鸟

天命玄鸟，①	上天命令燕子，
降而生商，②	降下卵来生出商，
宅殷土芒芒。③	住在殷土一片茫茫。
古帝命武汤，④	上帝命令武王成汤，
正域彼四方。⑤	征服疆域有四方。
方命厥后，⑥	命令各酋长，
奄有九有。⑦	统有九州作他们的王。

商之先后，⑧	商的先王祖先，
受命不殆，	接受天命不懈怠，
在武丁孙子。⑨	武丁是汤后代最贤。
武丁孙子，	武丁是汤贤后代，
武王靡不胜。⑩	武王事业没有不胜任。
龙旂十乘，⑪	打起龙旗车十辆，
大糦是承。⑫	承担大祭行在前。
邦畿千里，⑬	国都附近有千里，
维民所止。	人民所居紧相连。
肇域彼四海，⑭	开始拥有那四海，
四海来假，⑮	四海君主来朝见，
来假祁祁，⑯	来朝见的人众多，
景员维河。⑰	国界与黄河相连。
殷受命咸宜，	殷受天命很相宜，
百禄是何。⑱	天赐百禄担在肩。

①玄鸟：燕子。　②生商：传说有娀（sōng 松）氏女简狄，吞燕子卵有孕，生下商族祖先契（xiè 谢）。　③宅：居住。殷土：殷国土地。芒芒：广大。　④古帝：上帝。武汤：威武的成汤王。　⑤正域：正其疆域。四方：四方四面，指天下。　⑥方：遍。后：君，指各酋长。　⑦奄：全部。九有：九州。　⑧先后：先王。　⑨武丁孙子：武丁好后代。武丁是汤九代孙，所以孙子指后代。　⑩武王：指汤。　⑪乘：辆。　⑫大糦（chì 斥）：大祭。　⑬邦畿（jī 激）：国都附近。　⑭肇域：开始拥有。四海：四海之

内，指中国。　⑮来假：来到。假通“格（gé 格）”，到。　⑯祈祈：众多。　⑰景员：通“广运”，东西为广，南北为运。指大的国界。河：黄河。　⑱何：通“荷”，承受。

《毛诗序》：“《玄鸟》，祀高宗也。”《笺》：“祀当为‘祫’。祫，合也。高宗，殷王武丁，中宗玄孙之孙也，有雊雉之异，又惧而修德，殷道复兴，故亦表显之，号为高宗云。崩而始合祭于契之庙，歌是诗焉。古者君丧，三年既毕，禘于其庙，而后祫祭于太祖。明年春，禘于群庙。自此之后，五年而再殷祭。一禘一祫，《春秋》谓之大事。”祫，合祭。

长　发

濬哲维商，①	明哲的只是殷商，
长发其祥。	久已发现它吉祥。
洪水芒芒，②	大水一片白茫茫，
禹敷下土方。③	禹治水理天下四方。
外大国是疆，④	京城外划定大国边疆，
幅陨既长。⑤	面积既经增长。
有娀方将，⑥	有娀国正在盛强，
帝立子生商。⑦	上帝立女生殷商。
玄王桓拨，⑧	玄王武勇奋发，

受小国是达，	受封到小国令通达，
受大国是达。	受封到大国令通达。
率履不越，⑨	遵照礼法不超越，
遂视既发。⑩	遂即视察教令发。
相土烈烈，⑪	孙子相土真威武，
海外有截。⑫	在海外整理乱国。
帝命不违，	上帝命令不可违，
至于汤齐。⑬	与汤齐名是一回。
汤降不迟，	汤的降生正适时，
圣敬日跻。⑭	圣敬之德上升时。
昭假迟迟，⑮	向神祷告诚迟迟，
上帝是祗，⑯	上帝是神受敬奉，
帝命式于九围。⑰	上帝命令导九州。
受小球大球，⑱	接受了小玉和大玉，
为下国缀旒。⑲	作为各国的表章一流。
何天之休，⑳	担负上天的美意，
不竞不絿，㉑	不争不急求，
不刚不柔。	不刚也不柔。
敷政优优，㉒	发布政令平和又宽容，

百禄是遒。[23]	百种福禄都聚拢。
受小共大共，[24]	接受小宝玉和大宝玉，
为下国骏厖。[25]	作为各国的庇护公。
何天之龙，[26]	担负上天的光宠，
敷奏其勇，[27]	施展他的英勇，
不震不动，	不震惊不摇动，
不戁不竦，[28]	不胆怯不惊恐，
百禄是总。	百种福禄都来从。
武王载旆，[29]	商汤车子树大旗，
有虔秉钺，[30]	坚强地执着大斧，
如火烈烈，	猛烈得像团烈火，
则莫我敢曷。[31]	没有谁敢阻挡我。
苞有三蘖，[32]	树根生了三枝杈，
莫遂莫达。	不能上长不能大。
九有九截，[33]	九州治理归一统，
韦顾既伐，[34]	韦国顾国既讨伐，
昆吾夏桀。[35]	昆吾夏桀又治理。
昔在中叶，[36]	从前商朝在中叶，

有震且业。[37]	确有威震立大势，
允也天子，	诚然是天以为子，
降予卿士。	天降给他好卿士。
实维阿衡，[38]	这就是阿衡伊尹，
实左右商王。	确能辅佐商王事。

①濬(jùn俊)哲：明哲。 ②芒芒：通“茫茫”，指广大。 ③敷下土方：治理天下土地。 ④外大国是疆：夏以外的大国划定疆。 ⑤幅陨：面积。长(zhǎng掌)：增长。 ⑥有娀(sōng松)：国名。方将：正兴盛。 ⑦立子：立女子，指姜嫄。 ⑧玄王：契的谥号。桓拨：武勇奋发。 ⑨率履：遵行。不越：不超出礼法。 ⑩发：行，施行。 ⑪相土：契的孙子。烈烈：威武。 ⑫海外：指遥远处。有截：整治不乱。 ⑬汤齐：和汤一样。 ⑭日跻(jī基)：每日上升。 ⑮昭假：祷告。迟迟：久久不息。 ⑯祗(zhī知)：尊敬。 ⑰式于九围：领导九州。 ⑱球：玉。 ⑲缀旒(liú刘)：旗上的飘带，指表识。缀，表。旒，章。 ⑳何：通“荷”，承受。休：美。 ㉑竞：争。絿(qiú求)：急。 ㉒敷政：发布政令。优优：宽容。 ㉓遒(qiú求)：聚集。 ㉔共：通“珙”，指美玉。 ㉕骏厖(méng蒙)：庇护。 ㉖龙：宠。 ㉗敷奏：施展。 ㉘戁(nǎn赧)：恐惧。 ㉙武王：指商汤。旆(pèi配)：大旗。 ㉚有虔：坚强。钺(yuè悦)：大斧。 ㉛曷：通“遏”，阻挡。 ㉜苞：树桩。指夏桀。三蘖：新生的枝，比韦、顾、昆吾。 ㉝九有：九州。截：整治不乱。 ㉞韦：国名，故址在今河南省滑县东南。顾：国名，故址在今山东省鄄城县东北。 ㉟昆吾：国名，故址在今河南省许昌市东。夏桀：夏朝的末代君主。 ㊱中叶：商朝中期。 ㊲业：大。 ㊳阿衡：商代官名，指大臣伊尹。

《毛诗序》："《长发》，大禘也。"《笺》："大禘，郊祭天也。《礼记》曰：'王者禘其祖之所自出，以其祖配之。'是谓也。"方玉润《诗经原始》："然愚按，《诗》明言'有娀方将，帝立子生商'。娀子者，契也。契所出者，娀氏女也。言娀女即言帝喾也。诗固有意到而笔不到者，此类是已。又况古人文字，类多简质，如《思文》本以后稷配天，而文不及天，自不失为郊天之文，又何疑于此诗禘其祖所自出，而不及于祖所自出之人乎？"

殷　武

挞彼殷武，①	神速是那殷商武丁，
奋伐荆楚。②	奋起讨伐荆楚。
罙入其阻，③	深入到它的险阻，
裒荆之旅，④	掳获楚军作俘虏，
有截其所，⑤	整治了他们处所，
汤孙之绪。⑥	汤的后代业绩树。
维女荆楚，	你们荆楚，
居国南乡。	住在我国的南乡。
昔有成汤，	从前有成汤，
自彼氐羌，⑦	从那远方的氐羌，
莫敢不来享，	没有敢不来进贡，
莫敢不来王，⑧	没有敢不来朝见王，

曰商是常。[9]	说对商这是尊崇。
天命多辟，[10]	上天命令众诸侯，
设都于禹之绩。	设立都城禹治地。
岁事来辟，[11]	年年到时来朝见，
勿予祸适，[12]	不过问不谴责，
稼穑匪解。	不废庄稼不可懈怠田役。
天命降监，	上天命令向下监察，
下民有严。	天下人民谨慎又惊惶。
不僭不滥，	不敢越礼，不敢过度，
不敢怠遑。	不敢暇怠。
命于下国，	施令于诸侯各国，
封建厥福。	分封立国福禄有光。
商邑翼翼，[13]	商朝都邑整饬，
四方之极。	是四方侯国的表率。
赫赫厥声，	威赫的声望，
濯濯厥灵，[14]	光明的威灵，
寿考且宁，	神赐长寿且安宁，
以保我后生。	来保佑我的后生。

陟彼景山，⑮	登上那景山，
松柏丸丸。⑯	松柏挺拔正直。
是断是迁，	于是砍断于是运出，
方斫是虔，⑰	于是用刀削于是用刀琢。
松桷有梴，⑱	松树椽子太长大，
旅楹有闲，⑲	众柱太大实难成，
寝成孔安。⑳	正殿落成很平安。

①挞：行动迅速貌。挞通“达”。殷武：殷王武丁。　②荆楚：荆州的楚国。　③罙：“深”的本字。阻：阻碍处。　④裒（póu 抔）：俘虏。　⑤截：整治。　⑥汤孙：汤的后代，指武丁。绪：业绩。　⑦氐羌：古代西北的两种少数民族。　⑧来王：来朝见。　⑨常：通“尚”，尊崇。一说常，指常君。《笺》：“氐羌远夷之国，来献来见，曰商王是吾常君也。”　⑩多辟：多君，指诸侯。　⑪来辟（bì 必）：犹来朝。　⑫祸适：指谴责。　⑬翼翼：整饬，整齐，有条理。　⑭濯濯：指光明。　⑮景山：在商故都西亳（bó 博），今河南偃师县。　⑯丸丸：光直。　⑰斫（zhuó 酌）：砍。虔：削。　⑱松桷：松树作椽子。梴（chān 搀）：长貌。　⑲旅楹：众柱。有闲：即闲闲，粗大。　⑳寝：正殿。

《毛诗序》：“《殷武》，祀高宗也。”《笺》：“殷道衰而楚人叛，高宗挞然奋扬威武，出兵伐之，冒入其险阻。谓逾方城之隘，克其军率而俘虏其士众。”又方玉润《诗经原始》：“其有功德之君，则后世宗之，虽亲尽而不祧，别立百世不迁之庙，而特祔其主焉。……六章乃作庙以安其灵。然则此固高宗百世不迁之庙耳。

庙既落成，故祔其主而祭之，与《玄鸟》又异也。或疑商时无楚，遂谓此诗为春秋时人作。殊不知《禹贡》荆及衡阳为荆州，楚即南荆也。其后成王封熊绎于荆国，以地名，非今日之所谓楚，讵得以是而疑之哉？又况《易》称‘高宗伐鬼方，三年克之’，与此诗‘罙入其阻’者合。鬼方，今之乌蛮，楚属国也。其俗尚鬼，故曰鬼方。说者谓验诸屈原《九歌》，可见高宗之功，当以此为最，故诗首述之。……然则高宗有庙，子孙之所以酬报之者，不亦宜哉！”

《诗经译注》修订本后记

周老去世后，我们从他给挚友山东大学王绍曾教授的信中，得知在两年前，老人家已预感到自己离大限不远了。在信中，说有两件事还没有做完，心里很着急，做完两件事，就可以安心地走了。老人家所说的两件事，其中一件事，就是《诗经译注》。老人家最终战胜了骨癌的折磨，完成了《诗经译注》的工作。书成后，老人家的精力也耗尽了，再也没有气力和时间去修改文稿、核实文献、订正错讹，为此，老人家深感内疚和不安。

这次修订本，我们对诗篇的各章译文，作了文字上的统一；对有的译文和注释，根据周老生前发表的有关文章和老人家讲解《诗经》时我们作的笔录，略作改动；对一些错字和疏漏，作了订正。全书的注音，则由周海兵协助订正。由于我们的水平限制，一定有许多不恰当或失误处，谨请读者批评指正。

徐名翚　周佩兰

2009 年 9 月于北京